ROBERT GODDARD

Die Zauberlehrlinge

Buch

Harry Barnett, verkrachter englischer Geschäftsmann mit Alkoholproblemen, lebt in den Tag hinein. Bis ihn eines Nachmittags eine Nachricht erreicht, die sein Leben von einem Augenblick zum anderen auf den Kopf stellt: Sein Sohn David liegt im Insulinkoma auf der Intensivstation. Nur – Harry weiß nichts von einem Sohn. Neugierig fährt er ins Krankenhaus und trifft dort Iris Venning, mit der er vor über dreißig Jahren eine kurze Affäre hatte. Aus dieser Verbindung ging David hervor, ein hochbegabter Mathematiker, der in wissenschaftlichen Kreisen den Ruf eines Genies genießt. Harry, der sich für diesen ihm so unverhofft zugewachsenen Sohn zu interessieren beginnt, findet bald heraus, daß David einer sensationellen Entdeckung auf der Spur war, die ebensolchen Fluch über die Menschheit bringen könnte wie die Kernspaltung. Alle, die mit dieser Entdeckung zu tun haben, kommen entweder unter merkwürdigen Umständen zu Tode oder verschwinden spurlos. Schließlich kann er Davids Verlobte, die schöne Neurologin Donna Trangam, ausfindig machen…

Autor

Robert Goddard, 1953 in der südenglischen Grafschaft Hampshire geboren, studierte Geschichte an der Universität von Cambridge und war danach im Lehrfach tätig. Seit dem aufsehenerregenden Erfolg seiner ersten Romane konzentriert er sich ganz auf seine Arbeit als Schriftsteller.

Von Robert Goddard sind bei Goldmann außerdem erschienen:

Die Krallen der Katze. Roman (9857)
Leben heißt Jagen. Roman (41195)
Mitten im Blau. Roman (41310)
Nimm niemals Abschied. Roman (42141)
Heute nicht und niemals wieder. Roman (42432)
Dein Schatten, dem ich folgte. Roman (42512)
Geschlossene Gesellschaft. Roman (42751)
Das Geheimnis der Lady Paxton. Roman (43963)

Robert Goddard

Die Zauberlehrlinge

Roman

Aus dem Englischen
von Elke vom Scheidt

GOLDMANN

Die englische Originalausgabe erschien 1996
unter dem Titel »Out of the Sun«
bei Bantam Press, London

Umwelthinweis
Alle bedruckten Materialien dieses Taschenbuches
sind chlorfrei und umweltschonend.

Der Goldmann Verlag
ist ein Unternehmen der Verlagsgruppe Bertelsmann GmbH

Deutsche Taschenbuchausgabe 2/98

Umschlaggestaltung: Design Team München
Umschlagfoto: Premium/Sigall
Satz: Uhl + Massopust, Aalen
Druck: Elsnerdruck, Berlin
Verlagsnummer: 44273
V. B. · Herstellung: Sebastian Strohmaier
Printed in Germany
ISBN 3-442-44273-7

1 3 5 7 9 10 8 6 4 2

Für Duncan

1. Kapitel

Wenn er jetzt ginge oder selbst erst in fünf Minuten, bliebe alles in bester Ordnung. Nur, er würde nicht gehen. Er wußte das. Und sie auch.

»Noch einen?«

»Besser nicht. Sonst kann ich nicht mehr gerade streichen.«

»Dann versuchen Sie's erst gar nicht.«

»Was ist mit Claude? Er wird nicht gerade erfreut sein, wenn der Anstrich bis zum Wochenende nicht fertig ist.«

»Ich werde ihm sagen, es hätte geregnet.«

»Wird er Ihnen glauben?«

»Wen interessiert das? Also, was ist jetzt mit dem Drink?«

»Sie sollten mich nicht in Versuchung führen.«

»Wer sagt denn, daß ich das will?« Sie schenkte ein, und Gin floß in sein Glas.

»Ob Sie's wollen oder nicht«, sagte er, hob das Glas an die Lippen und trank genußvoll etwas von der starken Mixtur, »Sie tun es jedenfalls.«

»Wirklich?«

»O ja. Sehr. Und ich war noch nie gut darin, irgendeiner Versuchung zu widerstehen.«

»Nein?«

»Nein!«

»Das ist komisch.«

»Warum?«

»Ich nämlich auch nicht, Harry.«

Vierunddreißig Jahre, drei Monate und einige Tage später gab es nichts, was Harry Barnett hätte in Versuchung führen können, als er in südlicher Richtung durch die Scrubs Lane trottete. Die steife herbstliche Brise war mit den Abgasen des Straßenverkehrs und einem Stickstoffcocktail aus den Industrieschloten angereichert. Noch mehr davon wäre kaum auszuhalten gewesen. Während er von der Eisenbahnbrücke über die farblose Fläche des Friedhofs von Kensal Green starrte, dessen Gräberreihen eine noch kältere Grauschattierung aufwiesen als der unfreundliche Londoner Himmel, stellte Harry fest, daß so ungefähr das letzte, was er im Augenblick brauchte, eine Extradosis von irgendeinem der trostlosen Bestandteile seines Lebens war.

Einer der trostlosesten war sein Teilzeitjob in der Servicestation Mitre Bridge, die auf halber Höhe der Scrubs Lane in Fahrtrichtung der A40-Straßenüberführung lag. Er war schon zu spät dran für seine fünfstündige Schicht aus Geldzählen und Kartenentwerten, aber sein rechter Fußknöchel tat nach dem gestrigen Straucheln auf dem nächtlichen Heimweg von Stonemason's Arm so weh, daß an eine schnellere Gangart nicht zu denken war. Außerdem war Shafiq ein verständnisvoller Mensch. Für einen Moslem war er wirklich erstaunlich tolerant gegenüber den Ausrutschern, die einem Mann passieren konnten, wenn er ein paar Gläser zuviel intus hatte. Natürlich würde er meckern, das war nicht anders zu erwarten. In gewissem Sinne war das die Art, wie sie beide bei Verstand blieben.

Aber seltsam, als Harry ein paar Minuten später den Vorplatz von Mitre Bridge betrat und nicht allzu schnell durch die von Benzin in allen Regenbogenfarben schillernden Pfützen zum Kassen- und Verkaufsraum der Tankstelle tappte, blickte Shafiq mit einem Ausdruck verwirrten Mitgefühls von der Theke auf. Die Schimpftirade, auf die Harry sich gefaßt gemacht hatte, blieb aus. Daher war er schon besorgt, bevor er die Tür ganz aufgestoßen hatte. Wie sich herausstellte, allerdings nicht halb so besorgt, wie er eigentlich hätte sein sollen.

»Harry, mein Freund«, sagte Shafiq, »gut, dich zu sehen!«

»Du brauchst nicht sarkastisch zu werden. Ich bin gekommen, so schnell ich...«

»Ich bin nicht sarkastisch, Harry. Wie kommst du bloß darauf?«

»Dazu gehört nicht viel. Aber laß nur, jetzt bin ich ja da. Du kannst nach Hause abhauen.«

»Unter diesen Umständen? Kommt ja gar nicht in Frage.«

Harry, der gerade seinen Anorak ausziehen wollte, hielt mitten in der Bewegung inne. »Wovon redest du eigentlich?«

»Ich bin sicher, Mr. Crowther hätte nichts dagegen, wenn du direkt ins Krankenhaus fahren würdest.«

Mit einem Schulterzucken streifte Harry seinen Anorak wieder über, trat an die Theke, beugte sich darüber und starrte in Shafiqs rundliches, besorgtes Gesicht. »Hast du Frostschutzmittel geschnüffelt, Shafiq? Wovon zum Teufel redest du?«

»Tut mir leid, Harry. Ich hab's nicht richtig erklärt. Aber es war eine Überraschung, ja, direkt ein Schock. Ich hatte ja keine Ahnung, daß du einen Sohn hast.«

Jetzt war Harry mit der Besorgnis an der Reihe. »Einen Sohn?«

»Ja, sie haben vor ungefähr zwanzig Minuten angerufen. Dein Sohn ist im National Neurological Hospital. Ich habe die Zimmernummer notiert.«

Vogelzwitschern und der Geruch frischer Farbe drangen durch das mit einer Tüllgardine verhängte Fenster, während Harry wieder zu Atem kam. Aus dem Augenwinkel konnte er die von der Tür bis zum Bett achtlos verstreuten Kleidungsstücke sehen. In seinen Gedanken war jede Bewegung, mit der sie diese Kleider ausgezogen hatten, schon köstliche Erinnerung. Wenn auch nicht so köstlich wie das, was danach gekommen war. Und auch nicht so berauschend wie die Genüsse, die er vielleicht noch kosten würde.

Sie lag auf der Seite, mit dem Rücken zu ihm. Schämte sie sich vielleicht schon? Bereute sie jetzt, nach dem Höhepunkt, das Verlangen, dem sie erlegen war? Er streckte die Hand aus und fuhr mit den Fingern langsam über ihr Rückgrat, umfaßte ihr Gesäß, glitt zwischen ihre Beine. An dem kehligen Laut, mit dem sie darauf reagierte, merkte er, daß Scham und Reue kein Problem sein würden. Nicht für sie. Und für ihn schon gar nicht.

»Mach's mir noch mal, Harry«, murmelte sie und öffnete einladend die Schenkel.

»Willst du wirklich?«

»Hat mein Mann nicht gesagt, du solltest alles tun, was ich verlange?«

»Aber ja, Mrs. Venning, das hat er.«

»Also, worauf wartest du?« Ihr Atem ging wieder schneller, als er sie streichelte. »Einmal ist nie genug für einen richtigen Endspurt.«

»Wie oft wäre denn genug?«

»Das sag ich dir später«, antwortete sie und stöhnte. »Viel später.«

»Ich habe keinen Sohn, Shafiq. Und auch keine Tochter. Ich habe überhaupt keine Kinder. Ich bin der letzte Barnett. Chingachgook, der letzte Mohikaner. Ende der Fahnenstange. Absolutes Ende. Okay?«

»Wenn du es sagst, Harry.«

»Ich sag's. Wer war denn der Typ, der dich da angerufen hat?«

»Hätte auch eine Frau sein können, weißt du. Eine dieser komischen Stimmen, bei denen man das nicht sagen kann.«

»Wer auch immer. Was auch immer. Die haben was verwechselt. Das da im Krankenhaus muß der Sohn von irgendeinem anderen armen Teufel sein.«

»Aber sie hatten deinen Namen, Harry Barnett.«

»Davon gibt es Dutzende, vielleicht Hunderte.«

»Aber nur einer davon arbeitet hier.«

»Sehr lustig. Und nun schieb ab, ja? Ich habe zu tun.« Er nickte in Richtung auf den Vorplatz, wo mehr oder weniger gleichzeitig drei Autos vorgefahren waren.

»In Ordnung, wenn du sicher bist.«

»Ich bin sicher!«

Shafiq fingerte einen Augenblick an seinem Schnurrbart herum, seufzte dann ohne besonderen Anlaß und schlurfte davon. Harry war froh, ihn gehen zu sehen. Wenn er erst fort war, konnte er hoffentlich den merkwürdig verstörenden Gedanken verdrängen, daß er womöglich irgendwo einen Sohn hatte. Bei dem Leben, das er geführt hatte, war das nicht so ausgeschlossen, wie er Shafiq gegenüber behauptet hatte. Vielleicht gar nicht ausgeschlossen. Andererseits hatte er die letzten zehn oder zwölf Jahre trotz seiner kurzen und einzigen Erfahrung mit der Ehe überwiegend zölibatär gelebt. Irgendeine Vaterschaft, von der er nichts wußte, mußte also derart lange zurückliegen, daß er sicherlich schon vor Ewigkeiten davon erfahren hätte. Wenn überhaupt.

Es gab natürlich eine einfache Methode, die Sache zu klären: im National Neurological Hospital anzurufen und sich zu vergewissern, daß der Patient von Zimmer E318 niemand war, dessen Vater er sein konnte, sosehr er seine Phantasie auch anstrengen mochte.

Warum es ihm so widerstrebte, diesen einfachen Schritt zu tun, hätte Harry nicht erklären können, nicht einmal sich selbst. Aber schließlich war er derart irritiert, weil ihm die Sache nicht aus dem Kopf ging, daß seine Abwehr erlahmte. In einer Pause zwischen zwei Kunden rief er im Krankenhaus an.

»National Neurological Hospital.«

»Man hat mir mitgeteilt, ein enger Verwandter von mir läge auf Zimmer E318 in Ihrem Krankenhaus, aber ich glaube, das muß ein Irrtum sein. Könnten Sie mir den Namen des Patienten in diesem Zimmer sagen? Nur zur Sicherheit.«

»Bitte bleiben Sie am Apparat.« Eine Pause folgte, dann: »Zimmer E318, sagten Sie?«

»Ja.«

»Der Name des Patienten ist Venning. David John Venning.«

»Einmal ist nie genug«, hatte Iris Venning gesagt. Und sie hatte Wort gehalten. Die Ehe mit Claude mußte noch öder sein, als Harry angenommen hatte, um in Iris eine solche Sehnsucht nach physischer Entladung zu wecken, wie Harry sie an diesem Nachmittag unter seinen Händen spürte. Sie blühte auf wie eine exotische Blume, deren Fleisch ebenso warm und sinnlich war wie ihr Duft.

Was ihrer beider Hingabe steigerte – das wurde ihm erst nachträglich klar –, war das gemeinsame Wissen, daß sie auf lange Sicht nichts zu bedeuten hatte. Claude war in den letzten drei Jahren sein Abteilungsleiter im Stadtrat von Swindon gewesen, und in dieser Zeit hatte Harry Iris nicht mehr als ein- oder zweimal gesehen, flüchtig und gewöhnlich dann, wenn alle nach irgendeinem geselligen Anlaß schon zuviel getrunken hatten. Aber vielleicht hatte sein bewundernder Blick ihr trotzdem das signalisiert, was sie suchte. Vielleicht hatte sie und nicht Claude die Idee gehabt, Harry eine freie Woche vorzuschlagen, in der er in einer Schönwetterperiode im Juli 1960 ihr Haus streichen sollte. Claude hatte damals seit zwei Monaten einen neuen und besseren Job beim Manchester City Council, und seine Beziehungen zu Swindon beschränkten sich auf ein Haus, das sich als schwer verkäuflich erwies, und eine Ehefrau, die ihm erst nach Norden folgen konnte, wenn das Haus verkauft war. Wahrscheinlich hatten sie gedacht, ein neuer Anstrich verbessere die Verkaufschancen. Und Harry kam sicher billiger als irgendein Fachmann, das hätte Claudes knauseriger Natur entsprochen. Was der Natur seiner Frau entsprach, sowohl an Häufigkeit als auch an Vielfalt, hatte Harry mit lustvollem Erstaunen entdeckt. Mit der weiteren Erforschung dieses Themas befaßte er sich noch mehrfach, als der Anstrich des Hauses längst fertig war. Der Sommer schritt voran, der Verkauf kam und kam nicht zustande, und der arme alte Claude schlief noch immer sechs von sieben Nächten allein in seinem preiswerten Quartier in Manchester. Während Harry und die schöne Iris…

Doch jedes Idyll nimmt einmal ein Ende, im besten Fall, wie hier, bevor es schal wird. Im September trat ein Käufer auf den Plan, und Ende des Monats war Iris zu ihrem Mann nach Manchester gezogen. In mancher Hinsicht war das eine Erleichterung, wahrscheinlich für beide. Es schloß ein Kapitel in ihrem Leben ab, das wegen seiner Kürze um so befriedigender gewesen war. Die Trennung war endgültig und in zweierlei Hinsicht gut: Lust ohne Bindung, Erinnerung ohne Andenken.

Gelegentlich, wenn er sich selbst leid tat oder gerade von irgendeinem der vielen Mädchen, die auf seine Anmache nicht reagierten, abgewiesen worden war, dachte Harry an die spektakulär einfache Eroberung von Iris Venning zurück. Dann kamen ihm gewisse Bilder und Empfindungen in den Sinn: ihr gerötetes Gesicht mit geschlossenen Augen und offenem Mund, das er im Spiegel über dem Kamin sah, als sie auf dem Sofa eine akrobatische Vereinigung feierten; das Rascheln von Nylon auf Fleisch, wenn er ihr die schwarzen Strümpfe von den weichen, weißen Schenkeln zog; die kühle Haut und die Üppigkeit ihrer Brüste und Gesäßbacken; der unangestrengte Drang, der sie zusammentrieb, und vor allem ihr heftiges Verlangen, in seiner Phantasie gesteigert, bis sein eigenes ganz nebensächlich erschien – ihr Verlangen und sein Genuß.

Als die Jahre vergingen und Harry andere Erfahrungen machte, verblaßten diese Erinnerungen in seinem Gedächtnis und wurden nur selten, wenn überhaupt, wieder hervorgeholt. Ein verschwommenes Bild ihres Körpers, ein verwischter Eindruck von ihrem Gesicht, ihr leise geflüsterter Name. Sonst nichts. Und am Ende gab es nicht einmal mehr das. Warum auch? Wahrscheinlichkeit und gesunder Menschenverstand sprachen dafür, daß sie sich nie wieder begegnen würden.

Bis zum Ende seiner Schicht und der Ablösung durch Crowther hatte Harry vorgehabt, durch die Scrubs Lane nach Kensal Green zurückzukehren und pünktlich anzukommen, wenn Terry die verriegelte Tür des Stonemason's öffnete. Vermutlich war es auch genau das, was er vernünftigerweise tun sollte. Aber die Neugier und die heimliche Erinnerung ließen ihn nicht mehr los. Also wandte er sich schließlich statt dessen nach Süden zur U-Bahn-Station White City. Dort nahm er die Central Line nach Holborn und ging zur Stoßzeit durch Bloomsbury hindurch zu dem Krankenhauskomplex um Great Ormond Street und Queen Square. Das National Neurological war ein pompöses Bauwerk im edwardianischen Stil: Marmorsäulen, hohe Decken, lange, hallende Gänge. Ein großer, moderner Anbau klebte daran wie ein neues Haus an einer alternden Schnecke; hier dominierten helles Licht und klinische Nüchternheit.

Harrys Weg führte in diesen neuen Teil des Krankenhauses, geleitet von Hinweistafeln und Pfeilen, nicht von Krankenschwestern oder Empfangsdamen, die er nicht gern um Auskunft bitten wollte. Die Gründe für seinen Besuch waren schließlich nicht sonderlich vertrauenerweckend, nicht einmal für Harry selbst.

Aber den Schildern war leicht zu folgen, und keiner schien sich auch nur entfernt für die allein und mit gesenktem Kopf dahintrottende Gestalt zu interessieren. Als er den dritten Stock erreicht und ein leeres Schwesternzimmer passiert hatte, fand er ohne große Schwierigkeiten das Ende eines kurzen Ganges mit einem trüben Fenster, durch das er über ein Durcheinander von Dächern hinweg die schmutzverkrustete Flanke des British Museum erspähte. Zimmer E318. In Augenhöhe hing ein Namensschild an der Tür: *David Venning.* Also kein Irrtum. Aber trotzdem ein Fremder, da war Harry immer noch sicher. Es sei denn, die vermeintliche Sicherheit war in Wirklichkeit eine verblassende Hoffnung.

Er stieß die Tür auf und trat ein. Das Zimmer war klein, aber komfortabel möbliert. Helles Holz, pastellfarbener Teppichboden und ein großes Fenster mit geblümtem Vorhang schufen eine denkbar helle, luftige und normale Atmosphäre. Allerdings endete die Normalität am Bett. Reglos lag ein junger, dunkelhaariger Mann darin, den Kopf auf ein glattes Kissen gebettet. Seine Arme ruhten gleich stark angewinkelt auf der Bettdecke. Er gab kein vernehmbares Geräusch von sich, und doch war es nicht still, Harry hörte den stetigen Rhythmus künstlicher Beatmung. Auf einem niedrigen Tisch neben dem Bett, durch einen gerippten Plastikschlauch mit einem Ventil am Hals des Mannes verbunden und an den Luftröhrenschnitt angeschlossen, durch den seine Lungen gefüllt und entleert wurden, stand ein Beatmungsgerät mit einer Art Gebläse. Ohne das der Mann, so sagte Harry sein geringes medizinisches Wissen, sterben würde. Das sah nicht gut aus. Friedlich, ja fast heiter. Aber alles andere als gut.

So traurig der Anblick eines scheinbar vitalen und gesunden jungen Mannes auch war, der regungslos und künstlich beatmet dalag, vorerst war er für Harry nicht mehr als das. Er hatte nichts damit zu tun. Er brauchte sich nicht darum zu kümmern. Er ging ihn nichts an. Wer immer David

John Vennings Vater war, Harry konnte es nicht sein. Oder doch?

»Geburtsdatum«, murmelte Harry vor sich hin, während er zum Fußende des Bettes ging und ein Klemmbrett mit vielen Aufzeichnungen in die Hand nahm, das an einem der Gitterstäbe hing. »Damit das klar ist.« Und in gewissem Sinn war es dann auch klar. Wenn auch nicht so, wie Harry gehofft hatte. *David John Venning. Geb. am 10. 05. 61.* »Oh, verdammter Mist!« David John Venning war im Frühling nach dem Sommer von Harrys längst vergessener Affäre mit Iris Venning geboren.

2. Kapitel

Als er das Krankenhaus verließ, hatte Harry keinen ernsthaften Zweifel mehr daran, daß es sich bei dem komatösen Patienten im Zimmer E318 um seinen eigenen Sohn handelte. Nicht nur wegen des Zusammentreffens von Namen und Datum, nicht nur, weil die stolzen Eltern neben David Venning auf einem gerahmten Schulabschlußfoto auf dem Nachttisch als ältere Versionen des Claude, mit dem er gearbeitet hatte, und der Iris, die ihn vor vierunddreißig Sommern verführt hatte, zu erkennen waren. Es war zwar möglich, daß der Junge bei einem von Claudes Wochenendbesuchen zu Hause und nicht in den Tagen dazwischen gezeugt worden war. Möglich, aber unwahrscheinlich, vor allem angesichts von Harrys Meinung über Claudes Manneskraft im Vergleich mit seiner eigenen.

Doch all das war eigentlich nicht entscheidend. Was Harry letztlich überzeugte, war der Anruf. Jemand wußte, daß er tatsächlich Davids Vater war, und meinte, er solle über dessen Zustand unterrichtet werden. Und der war, wie eine Krankenschwester vorsichtig einräumte, ernst, sehr ernst.

David Venning war seit fast einem Monat im Krankenhaus und hatte die ganze Zeit in tiefem Koma gelegen. Was die Genesungschancen betraf, wollte die Schwester sich nicht festlegen. Sie mißtraute offenbar Harrys Behauptung, er sei ein alter Freund der Familie, der irgendwie den Kontakt verloren habe. Wenn er Adresse und Telefonnummer der nächsten Angehörigen nicht kenne, so könne sie sie ihm auch nicht geben. Allerdings korrigierte sie ihn in einem Punkt: Davids Mutter hieß Iris Hewitt, nicht Iris Venning. Also geschieden oder verwitwet und wiederverheiratet. Nun, das Schulabschlußfoto war vermutlich vor mehr als zehn Jahren aufgenommen worden. So überraschend war das nicht. Armer alter Claude – so oder so.

Nur wenig mitteilsamer war die Schwester hinsichtlich der Ursache von Davids Koma. Sie sagte nur, es hinge mit Diabetes zusammen. Grausame Schicksalswillkür bei einem so gutaussehenden jungen Mann, und doppelt grausam, wenn man bedachte, daß sein übergewichtiger und immer kränklicher Vater im Grunde ziemlich fit geblieben war.

Harry zuckte zusammen, als er in einem der dunkler werdenden Fenster sein eigenes Spiegelbild erblickte. Er machte keine gute Figur. Nach dem Foto zu urteilen war Iris wesentlich ansehnlicher gealtert als er selbst. Aber das war wohl auch zu erwarten gewesen.

Eine mitfühlendere Lernschwester teilte ihm mit, Mrs. Hewitt besuche ihren Sohn jeden Nachmittag, gewöhnlich zwischen vierzehn und sechzehn Uhr. Wenn Harry sie sehen wolle, solle er es um diese Zeit versuchen.

Ob das klug wäre, erwog er später bei mehreren Bier in einem nahe gelegenen Pub. Vor vierunddreißig Jahren wäre er meilenweit gerannt, um Vater zu werden. Im Prinzip würde er das auch heute noch tun. Doch die ruhige, stille, wartende Gestalt in dem Bett hatte nichts mit Prinzipien zu tun. Sie war eine Person. Ein Körper und eine Seele. Ein Sohn, den er nie gekannt hatte. Ein Mann, den er nie getroffen hatte. Bis jetzt.

Und dann war da noch der Anruf, auf den er immer wieder zurückkam. Wer außer Iris konnte das gewesen sein? Sie allein wußte es sicher. Der Anruf mußte von ihr gekommen sein. Und wenn das so war, dann war er eine Art Aufforderung. Ein Hilfeschrei vielleicht, eine Bitte um Unterstützung. Sie mußte sich einige Mühe gemacht haben, um ihn aufzuspüren. Unter diesen Umständen konnte er sie kaum ignorieren. Aber warum, wenn sie es wirklich war, hatte sie weder Namen noch Telefonnummer hinterlassen? Warum diese Anonymität? Sie mußte doch wissen, daß er dahinterkommen würde.

Vom Pub aus rief Harry Shafiq an und fragte, ob er bereit wäre, morgen die Schicht mit ihm zu tauschen. Zu einer Erklärung gedrängt, räumte er ein, es habe etwas mit den Besuchszeiten des Krankenhauses zu tun. Dann behauptete er, kein Kleingeld mehr zu haben, und legte auf, bevor Shafiq mehr tun konnte als zusagen.

Da der Tausch Harry zu einem unangenehm frühen Arbeitsbeginn zwang, ging er direkt nach Hause und hoffte, Mrs. Tandy sei schon zu Bett gegangen. Doch dieses Glück hatte er nicht. Sie war noch auf und damit beschäftigt, sich Kakao zu kochen und Sardinen kleinzuschneiden, um ihren Kater Neptun von einem benachbarten Dach zu locken. Obwohl Kakao nicht gerade das war, was Harry sich nach vier Bierchen, der plötzlichen Entdeckung eines Sohnes und dem fehlenden Abendessen wünschte, fand er sich schließlich Schokolade trinkend in der winzigen Küche wieder.

Mrs. Tandy stand derweil an der offenen Hintertür, rief nach Neptun und schwenkte die Schlüssel mit den Sardinen durch die Nachtluft, um seine Schnurrhaare von ihrem Duft erzittern zu lassen.

»Ich weiß nicht, warum ich mich mit diesem Kater abmühe«, seufzte sie. »Er wird besser behandelt als die meisten Kinder hier in der Gegend.«

Harry verschluckte sich an seinem Kakao und fragte sich unter Husten und Spucken, wie Mrs. Tandy die unheimliche Gabe entwickelt haben mochte, immer gerade über das Bemerkungen zu machen, was er am dringendsten für sich behalten wollte.

»Selwyn und ich waren nie mit Nachkommen gesegnet. Vielleicht, wenn wir Kinder gehabt hätten... Aber andererseits, man weiß ja nie, nicht?«

»Was denn, Mrs. Tandy?«

»Wie sie sich entwickelt hätten. Was aus ihnen geworden wäre. Ich glaube, sie sind genauso oft ein Fluch wie ein Segen.«

»Na ja, ich kann da wohl kaum mitreden, oder?«

»Nein.« Mit einem verwirrenden Glitzern in den Augen sah sie sich nach ihm um. »Nein, wohl nicht.«

3. Kapitel

DIENSTAG WAR Mrs. Tandys Scrabble-Tag. Für Harry bedeutete das, daß er ungesehen aus Mitre Bridge zurückkehren, ein Bad nehmen, sich rasieren und umziehen konnte, ehe er sich auf den Weg ins Krankenhaus machte. Ein solches mittägliches Herausputzen hätte Mrs. Tandy in höchstem Maß verdächtig gefunden, genau wie seine Alkoholabstinenz, die an Harrys Nerven zerrte, als er sich auf die Reise nach Bloomsbury machte. Ganz zu schweigen von dem halben Dutzend Rundgänge um Russell Square, die er absolvierte, während er den größeren Teil eines Päckchens Karelia-Sertika-Zigaretten rauchte. Er nahm sich vor, später bei Theophilus' Laden in der Nähe von Charing Cross Road vorbeizugehen und sich einen neuen Vorrat der exotischen griechischen Marke zu besorgen, für die er nach seinen Jahren auf Rhodos eine Vorliebe hatte. Doch ob er sich bei allem anderen, was er bald würde bewältigen müssen, an eine so banale Besorgung erinnern würde, wußte er selbst nicht.

Es war fast fünfzehn Uhr, als er das Krankenhaus erreichte. Diesmal war das Schwesternzimmer im dritten Stock besetzt, doch glücklicherweise von keiner der Schwestern, die ihn gestern gesehen hatten.

»Kann ich David Venning besuchen?«

»Nun ja, er hat bereits Besuch.«

»Seine Mutter?«

»Ja.«

»Keine Sorge. Wir kennen uns.«

Er ging den Korridor entlang. Die Tür von Zimmer E318 stand halb offen, Sonnenstrahlen fielen über die Schwelle. Er blieb kurz davor stehen, als er eine Stimme hörte: Iris Venning. Sie las laut vor.

»Als Reaktion auf so unbequeme Daten haben die Kosmologen anscheinend Schweigen vereinbart. Wie kann das Universum bis zu sechzehn Milliarden Jahre alte Sterne enthalten, wenn das Hubble-Teleskop das Alter des gesamten Universums mit nur acht Milliarden Jahren angibt? Die Antwort darauf ist nicht einfach. Doch Wissenschaftlern steht es nicht an, schwierigen Fragen auszuweichen.«

Ihre Stimme hatte sich nicht verändert. Während er sie hörte, konnte er sich fast vorstellen, sie beim Eintreten so zu sehen, wie er sie zuletzt gesehen hatte: mit rotem Haar, hellen Augen und üppiger Figur, die sinnlichen Lippen zu einem einladenden Lächeln oder einem vielsagenden Kichern verzogen. Doch das Foto hatte ihn darauf vorbereitet, was er wirklich sehen würde: eine Dame mittleren Alters mit graumeliertem, vernünftig kurz geschnittenem Haar, einem vorsichtigen Ausdruck auf dem faltigen Gesicht, leblosen und schüchternen Augen, einem Lächeln, das... Aber sie würde nicht lächeln, nicht wahr? Es gab nichts zu lächeln.

»Möglicherweise wird die Quadratur dieses Kreises die Zukunft der Astrophysik bestimmen. Vielleicht wird man den Urknall einmal als Urirrtum betrachten. Womöglich ergibt sich plötzlich eine Rolle für die oft verspottete kosmologische Konstante. Für viele allerdings wird das verdächtig nach einer letzten Zuflucht aussehen. Was wirklich erforderlich wäre...«

Sie verstummte in dem Moment, in dem er auf der Schwelle erschien. Über fast vier Meter und einen Abgrund von Jahren hinweg sahen sie sich an. In ihren Blicken kämpfte Wiedererkennen mit Unglauben. Überrascht öffnete sich ihr Mund. Langsam nahm sie ihre Brille ab, legte die Zeitschrift nieder, aus der sie vorgelesen hatte, und starrte ihn an. Anscheinend konnte sie nicht fassen, daß er es wirklich war. Hatte er sich so verändert? Oder hatte sie gedacht, er würde ihre Nachricht ignorieren?

»Entschuldigung«, sagte sie. »Wer...« Sie runzelte die Stirn, stand von ihrem Stuhl auf und ging um das Bett herum, um ihn besser sehen zu können. »Kenne ich Sie?«

»Ich bin's«, antwortete er und wünschte sich im gleichen Moment, er hätte sich etwas weniger dümmlich vorgestellt.

»Harry?« Ihre Augen verengten sich. Sie kam noch einen Schritt näher. »Das kann nicht sein!«

Er zuckte mit den Schultern und lächelte entschuldigend. »Vermutlich sieht man so aus, wenn man sich gehen läßt.«

Sie sagte nichts und blinzelte rasch, während sie ihn anstarrte, griff hinter sich und umklammerte das Bettgestell, als müsse sie sich stützen.

»Wie geht es dir, Iris?«

»Was... Was machst du hier?«

»Ich habe deine Nachricht bekommen.«

»Was für eine Nachricht?«

»Über David. Über... unseren Sohn.«

Alle Farbe wich aus ihrem Gesicht. Der Ring an ihrem Finger begann auf dem hohlen Metall des Bettgestells zu klappern. Sie zitterte, als trete auf einmal Angst an die Stelle des Schocks.

»Ich war gestern hier. Sie wollten mir nicht viel sagen.«

»Du warst das?«

»Ja. Sie haben meinen Besuch doch erwähnt, oder? Sicher hast du erraten, daß ich es war.«

»Erraten, daß du es warst? Natürlich nicht! Ich hätte niemals...«

»Warum setzen wir uns nicht?«

Zögernd betrat er den Raum. Iris sprang plötzlich an ihm vorbei und schlug die Tür hinter ihm zu. Aus der Nähe konnte er hören, wie kurzatmig sie war, und spüren, in welchem Aufruhr sie sich befand. Aber er konnte es nicht begreifen. Ihre Reaktion ergab keinen Sinn. »Damit ich das richtig verstehe«, sagte sie langsam. »Du behauptest, du hättest irgendeine Nachricht bekommen... über David?«

»Du hast gestern in der Tankstelle angerufen, wo ich arbeite, kurz bevor ich kam.«

»Und was habe ich gesagt?«

»Daß mein... Sohn... hier ist.«

»Dein Sohn?«

»David.«

»Er ist nicht dein Sohn.« Doch etwas in ihrem flackernden Blick zum Bett war so falsch wie ausweichend.

»Komm schon, Iris. Mai 61. Ich kann auch rechnen.«

»Du hast falsch gerechnet.«

»Was sagst du da?«

»Ich sage, daß David nicht dein Sohn ist. Ich sage, daß ich nicht angerufen habe. Und ich sage, daß ich gern möchte, daß du jetzt gehst.«

»Was?«

»Mein Sohn ist schwer krank, und ich mache mir größte Sorgen um ihn. Das letzte, was ich brauche – das allerletzte –, ist, daß jemand, den ich kaum kenne, aus der fernen Vergangenheit auftaucht und Anspruch auf eine Beziehung erhebt, die nur in seiner Phantasie existiert.«

»Iris, um Gottes willen...« Sie mußte die Verblüffung in seinen Augen erkannt haben, genau, wie er in ihren die Entschlossenheit erkannt hatte. Die Nachricht war nicht von ihr gekommen, doch die entscheidende Tatsache darin stimmte. David war sein Sohn. Aber Iris hatte nicht die Absicht, irgend etwas zuzugeben. Für sie war Harry schlimmer als ein Feind und weniger als ein Fremder. Er war eine Art Rivale. Ein Rivale, den schlagen zu können sie sicher war.

»Wirst du gehen?«

»Nicht einfach wie...«

Sie öffnete die Tür und trat hinaus in den Korridor. »Ich möchte sofort Schwester Rachel sprechen!« rief sie in Richtung Schwesternzimmer. »Es ist dringend.«

»Es ist bestimmt nicht nötig, daß...«

»Du hast recht«, sagte sie und sah ihn direkt an. »Nicht nötig, daß du all das getan hast. Wie bist du auf die Idee gekommen, Harry? Hast du einen der Zeitungsartikel über David gelesen und angenommen, da könnte für dich ein bißchen Geld drinstecken?«

»Geld?«

»Du siehst aus, als wärst du klamm. Ich kann nicht behaupten, daß mich das überrascht. Aber wenn du denkst...«

»Das hat nichts mit Geld zu tun!«

»Ich kann mir nicht vorstellen, was dich sonst aus der Versenkung geholt hätte.«

»Du hast mich angerufen.«

»Nein.«

»Irgend jemand hat es aber getan.«

»Das glaube ich nicht. Tatsächlich...« In diesem Augenblick kam Schwester Rachel in Sicht, ein Muster geschäftiger, gestärkter Tüchtigkeit. »Danke, daß Sie so schnell gekommen sind, Rachel«, sagte Iris. »Ich glaube, Sie haben diesen Mann gestern kennengelernt?«

»Ja.«

»Sein Name ist Harry Barnett.«

»Ein Freund von Ihnen, hat er gesagt.«

»Ganz und gar kein Freund. Und für meinen Sohn keinerlei Hilfe. Ich habe ihn gebeten zu gehen, aber er weigert sich.«

»Ich habe mich nicht geweigert«, warf Harry ein. »Es ist bloß...«

»Ich möchte, daß er geht. Und ich möchte nicht, daß er noch einmal kommt. Ist das klar?«

»Es ist klar, Mrs. Hewitt.« Die Schwester sah Harry mit einem unerbittlichen Blick an. »Wir haben Sicherheitspersonal, Mr. Barnett. Muß ich jemanden rufen?«

»Nein, müssen Sie nicht.«

»Dann bitte hier entlang.«

Harry versuchte einen letzten Appell. »Iris, können wir nicht einfach...« Aber nein. Sie konnten nicht, das war offensichtlich. Mir resigniertem Schulterzucken ging er in einem Tempo, das er für würdevoll hielt, an ihnen vorbei und den Korridor hinunter.

4. Kapitel

Bier war eine Geliebte, die Harrys Aufmerksamkeit niemals verschmähte, eine Freundin, die ihn niemals abwies. Die wurstige Gleichgültigkeit, die er unter dem Einfluß von Bier erreichen konnte, umfing ihn für den Rest des Tages und vergrößerte sich mit jedem Pub, den er auf seinem erratischen Heimweg aufsuchte. Im letzten Lokal, in dem er Zuflucht suchte, konnte sogar der Unwille des Barkeepers, ihn zu bedienen, seiner Kaltblütigkeit nichts mehr anhaben.

»Meinen Sie nicht, daß Sie genug haben, Sportsfreund?«

»Oh, von vielen Sachen. Aber nicht von Bier. ›Auf dem Grund des Bierkrugs kannst du die Welt so sehen, wie sie nicht ist.‹ Das Wahrste, was ich je gelesen habe.«

»Poesie ist hier nicht am Platz.«

»Nein? Na, wenn ich mir die Dekoration ansehe, verstehe ich, was Sie meinen. Trotzdem, ein Gläschen müßte die Aussicht verschönern.«

»Also gut. Aber nur eins.«

»Natürlich. Nur eins. Gott soll mein Zeuge sein.«

Das war ein Schwur, den gebrochen zu haben er am nächsten Morgen bereute. Er erwachte spät und mit bleiernem Kopf und stellte fest, daß selbst das durch die Vorhänge gefilterte Licht der Foxglove Road schmerzhaft blendete, wenn man vor kurzem ganz allein die zu erwartenden Dividenden mehrerer Bierbrauer an ihre Aktionäre um einiges gesteigert hatte.

Er taumelte in die Miniküche, steckte sich eine Zigarette an und begann zu husten. Dann füllte er den Wasserkessel, setzte ihn auf den Herd, schluckte einen halben Liter Londoner Leitungswasser und begann seine Suche nach einem sauberen Kaffeebecher. Ehe er damit fertig war, läutete das Telefon.

»Hallo?« sagte eine krächzende Imitation seiner eigenen Stimme.

»Harry?«

»Ja, wer...« Es war Iris. Ungläubig verstummte er. Das war einfach nicht möglich. Aber sie war es.

»Störe ich?«

»Äh...« Er beugte sich vor und stellte das Gas ab. »Nein. Du störst nicht, wirklich nicht.«

»Es ist so... na ja... tut mir leid, was ich gestern gesagt habe. Wie ich reagiert habe. Es war...«

»Verständlich.« Mit der freien Hand massierte er sich kräftig die Stirn. Es half allerdings nichts. »Ehrlich.«

»Es war der Schock. Nach all den Jahren! Der Schock und …«

»Du brauchst nichts zu erklären.«

»Doch, ich glaube schon. Ich denke, das schulde ich dir, da du ja nun von David weißt. Könnten wir uns vielleicht treffen?«

»Ja, natürlich. Warum nicht? Ich meine …«

»Du meinst, daß du gestern genau das wolltest und daß ich es verhindert habe. Du hast ganz recht. Ich kann mich nur entschuldigen. Du fragst dich vermutlich, was diesen Sinneswandel bewirkt hat.«

»Ich nehme an, wir hatten beide Gelegenheit, darüber zu schlafen.« Ob man die Bewußtlosigkeit, von der Harry sich noch immer zu erholen versuchte, als Schlaf bezeichnen konnte, wußte er allerdings nicht.

»Sicher. Wie auch immer, ich schlage vor, wir treffen uns woanders als im Krankenhaus. Manchmal trinke ich im Hotel Russell Tee, nachdem ich David besucht habe. Kennst du das?«

»Ja.« Natürlich kannte er es. Es war der Backsteinbau, an dem er bei seinen Runden um den Russell Square gestern nachmittag vorbeigekommen war. Das erinnerte ihn daran, daß er es wie vorhergesehen versäumt hatte, seinen Vorrat an griechischen Zigaretten zu erneuern.

»Ich treffe dich um vier in der Halle.«

»Gut.« Das bedeutete, daß er Mitre Bridge früher würde verlassen müssen. Vielleicht würde er auch einfach krank werden. Er fühlte sich so elend, daß es beinahe stimmte. Wenn seine Verfassung sich auch seltsamerweise gebessert zu haben schien, seit er den Hörer abgenommen hatte. »Ich werde dort sein.«

»Gut. Also …«

»Eins noch, Iris.« Sein Verstand wurde jetzt klarer, auch ohne die Hilfe von Kaffee. In ihm wuchs der Argwohn, daß ihr versöhnlicher Ton womöglich so etwas wie ein Geständnis war. »Wenn du diese Nummer die ganze Zeit hattest, warum hast du dann am Montag in der Tankstelle angerufen?«

»Das war ich nicht, Harry. Ich habe heute morgen deine Mutter in Swindon angerufen. Sie hat mir diese Nummer gegeben. Oh, mach dir keine Sorgen, ich habe ihr nicht gesagt, wer ich bin. Aber die Nachricht, die du bekommen hast, war nicht von mir. Später wurde mir klar, wie dumm sich mein Gerede über das, worauf du aus wärst, angehört haben muß. Selbst wenn du über David gelesen hättest, hättest du ihn nicht mit mir in Verbindung gebracht, oder? Oder mit dir selber.«

»Wer hat mich denn dann angerufen?«

»Das weiß ich nicht. Niemand außer David und mir wissen davon, Harry. Das ist der Punkt.«

»Wissen, daß ich sein Vater bin, meinst du?«

Ein längeres Schweigen folgte, und Harry mußte sich Mühe geben, es nicht zu brechen. Dann sagte Iris: »Genau.«

5. Kapitel

SEIN HALS rieb sich an der ungewohnten Enge eines durch eine Krawatte gezierten Kragens wund, seine Augen registrierten kaum die holzgetäfelte Eleganz der Umgebung. Harry nahm die Tasse mit Assamtee, den Iris ihm eingeschenkt hatte, und lehnte sich auf seinem Stuhl zurück. Er fühlte sich so, wie er auszusehen fürchtete: fehl am Platz und unbehaglich.

Iris Venning, oder Hewitt, wie er sich zu denken bemühte, wirkte im Gegensatz zu ihm völlig zu Hause in der leisen, intimen Atmosphäre. Sie trug ein einfaches, aber schmeichelhaftes Kleid, das Mrs. Tandy vermutlich als Nachmittagskleid bezeichnet hätte. Es bestätigte, daß Iris ihre Figur behalten hatte, während der zweireihige Blazer, den Harry anhatte, den Bauch nicht verbergen konnte, den er seit dem Sommer 1960 angesetzt hatte. Seine und zweifellos auch ihre Gedanken kehrten immer wieder zu diesem Sommer zurück, so sorgfältig sie auch vermieden, direkt davon zu sprechen.

Indirekt waren die Ereignisse dieses fernen Sommers der einzige Grund, warum sie sich an diesem winterlichen Nachmittag getroffen hatten. Ohne sie wäre David John Venning niemals geboren worden und läge jetzt auch nicht, nur ein paar Straßen entfernt, bewußtlos im Koma. So entwickelte die Zeit ihre eigene Rache, sowohl durch Anfänge als auch durch Enden.

»Bist du Diabetiker, Harry?« fragte Iris, nachdem er Zukker abgelehnt hatte.

»Nein.«

»Ich dachte, du wärst vielleicht Diabetiker, verstehst du? Ich dachte, David hätte die Krankheit vielleicht von dir geerbt. Er bekam sie als Teenager. Er machte nicht viel Wind darum, es war einfach ein Problem, das er lösen mußte. Darin war er immer gut. Probleme lösen. Aber diesmal…«

»Wie ist es passiert? Das Koma, meine ich.«

»Ich weiß nicht. Ich verstehe es nicht. Er war allein in einem Hotelzimmer draußen in Heathrow. Dort hat er übernachtet, bevor er nach Amerika zurückfliegen wollte. Er wohnt und arbeitet in den Staaten, seit, ja, jetzt sind es neun Jahre. Er ist Mathematiker, Harry. Ziemlich brillant sogar. Aber das geht alles über meinen Horizont. Was er macht, worüber er nachdenkt. Über deinen auch, denke ich.«

»Ein brillanter Mathematiker?«

»Ja. Erstaunlich, nicht? In einem Alter, in dem du noch Kinderbücher gelesen hast, hat er Newtons *Principia* verschlungen. Und Sachen gebastelt, Dodekaeder aus Pappe, Hyperwürfel, Gott weiß was. Er war wirklich ein Wunderkind. Bestnote bei der mathematischen Abschlußprüfung in Cambridge, promoviert mit dreiundzwanzig. Wir waren so stolz auf ihn.«

»Du und Claude?«

»Ja. Claude starb ein Jahr, nachdem David nach Kalifornien gegangen war, um an der UCLA Postpromotionsforschung zu betreiben. Da hat er auch seine Frau kennengelernt. In Los Angeles.«

»Er ist also verheiratet. Hat er...«

»Nein, keine Kinder. Außerdem sind David und Hope inzwischen wieder geschieden. Vielleicht hast du von ihr gehört. Sie hat wieder geheiratet, diesen Filmstar, Steve Brancaster.«

»Ich glaube nicht.«

»Es spielt auch keine Rolle. Es war gut für David, daß er sie loswurde. Sie hätte ihn nur zurückgehalten.«

»Von was?«

»Vom akademischen Erfolg. Sie wollte immer, daß er in den kommerziellen Sektor geht. Am Ende bekam sie ihren Willen, durch diesen Job bei Globescope. Globescope ist ein internationaler Konzern, der wirtschaftliche Voraussagen macht. David hat bis zum Frühjahr dieses Jahres für ihn gearbeitet. Aber ich glaube nicht, daß er wirklich mit dem Herzen dabei war. Als er uns letzten Monat besucht hat, war er ganz erfüllt von einem neuen Projekt, einem reinen Forschungsvorhaben.«

»Bedeutet ›uns‹ dich und deinen neuen Mann?«

»Ja. Ken war ein Golffreund von Claude. Er war nach Claudes Tod sehr gut zu mir. Wir sind jetzt fünf Jahre verheiratet. Er hat eine Ingenieurfirma in Stockport.«

»Du lebst also noch immer in Manchester?«

»In Wilmslow. Aber seit das hier passiert ist, wohne ich bei meiner Schwester in Chorleywood. David ist hergekommen, um Interesse für sein neues Projekt zu wecken. Er hat in Amerika schon allerhand Geldmittel gesammelt und schien zuversichtlich, daß das auch hier klappen würde. Ein spezialisiertes Institut zur Erforschung der Mathematik höherer Dimensionen. Frag mich nicht, was das ist, ich habe solche Sachen nie verstanden. Aber David war ganz begeistert davon und fand die Aussichten sehr aufregend. Er konnte kaum erwarten, das Projekt endlich in Gang zu bringen. Das ist es, was die Vermutung eines Selbstmordversuchs so völlig…« Sie bemerkte seinen schockierten Blick. »Tut mir leid, vielleicht hätte ich es von Anfang an ausführlicher erklären sollen. Aber das ist nicht leicht. Ich hätte nie erwartet, daß ich all das jemandem erklären muß… jemandem, der nie…«

»Der nie gewußt hat, daß er einen Sohn hat, Iris. Vergiß das nicht. Ich hatte keine Ahnung.«

»Hätte es irgendwas geändert, wenn du es gewußt hättest? Hättest du zu mir gestanden, wenn ich ein paar Monate später nach Swindon zurückgekommen wäre und dir erklärt hätte, daß ich ein Kind erwarte? Ich glaube nicht, Harry. Oder glaubst du das?«

Langsam schüttelte er den Kopf. Er kapitulierte vor seiner eigenen Meinung von sich selbst und der Kraft ihres Arguments. »Nein. Mit Claude als Vater war er sicher besser dran. Aber heute früh hast du gesagt, daß er es weiß. Das über mich, meine ich.«

»Ich habe es ihm nach Claudes Tod gesagt. Ich dachte, er hätte ein Recht darauf, es zu wissen. Aber er machte sich nicht viel daraus. Mathematik war für ihn immer wichtiger als menschliche Fehlbarkeit. Noch ein Grund, warum er niemals an Selbstmord gedacht hätte.«

»Warum nimmt man an, er hätte?«

»Weil das Koma durch eine Überdosis Insulin ausgelöst wurde. Eine zu hohe Überdosis, als daß er sie sich versehentlich hätte injizieren können. Wenn ihn nicht ein Zimmermädchen gefunden hätte, wäre er mit Sicherheit gestorben. Wie die Dinge liegen …« Sie seufzte. »Man glaubt nicht, daß er sich erholen wird, Harry. Man glaubt nicht, daß er jemals wieder aufwachen wird.«

So war das also. Die letzte Ironie. Vielleicht hatte eine körperlose Schicksalsstimme die Nachricht für Harry hinterlassen, damit er erst erfuhr, daß er einen Sohn hatte, wenn es zu spät war, Anspruch auf ihn zu erheben. »Es gibt keine Hoffnung?«

»Realistisch gesehen nicht viel. Das sagen jedenfalls die Ärzte. Natürlich geschehen manchmal Wunder. Aber sie meinen, daß die Chancen auf vollständige Genesung buchstäblich gleich Null sind. Selbst wenn er aus dem Koma erwacht, wird er bleibende Hirnschäden davontragen. Kannst du dir vorstellen, was das für einen brillanten Mathematiker bedeuten würde?«

»Nein, ich weiß nicht, ob ich das kann.«

»Sie haben vorgeschlagen, ihn von den lebenserhaltenden Maschinen abzuhängen.« Sie sah Harry direkt in die Augen. »Ihn sterben zu lassen.«

»Ich verstehe.«

»Wirklich? Verstehst du wirklich, was das für mich bedeutet?«

»Es zerreißt dich, nehme ich an.«

»Ja. Es zerreißt mich fast.« Sie wandte den Blick ab. Einen Augenblick lang war er versucht, ihre Hand zu ergreifen, physischen Trost zu bieten, wo ihm die Worte fehlten. Aber sie hatten sich nicht mehr berührt, solange David auf der Welt war, und vielleicht würden sie es nie wieder tun. »Manchmal wünschte ich …«

»Sag es nicht.«

»Es tut mir leid«, sagte sie energisch und sah ihn wieder an. »Das ist nicht dein Problem.«

»Nein?«

»Nein. Absolut nicht. Ken und ich werden...«

»Was denkt Ken, was du tun solltest?«

Sie schürzte die Lippen. Eine Sekunde lang verriet ihr Gesicht Schwäche. Harry glaubte zu wissen, was Ken dachte, ohne daß sie es sagen mußte. Wenn er recht hatte, war der anonyme Anruf vielleicht doch von Iris gekommen – damit er ihr half, ohne daß sie darum zu bitten brauchte.

»Ich glaube nicht, daß du dich zu etwas überreden lassen solltest, was du später bereuen könntest.«

»Wie überaus vernünftig von dir, Harry.«

»Wer immer mir diese Nachricht hinterlassen hat, hat offenbar gedacht...«

»Ich war es nicht.«

»Wer dann?«

»Ich weiß es einfach nicht. Ich bin mir ziemlich sicher, daß David das, was ich ihm gesagt habe, für sich behalten hat.«

»Vielleicht hat er es seiner Frau anvertraut.«

»Das würdest du nicht sagen, wenn du sie jemals kennengelernt hättest.«

»Oder einem engen Freund.«

»Nein. Bevor ich es ihm sagte, war ich nervös. Aber das hätte ich nicht zu sein brauchen. Er ließ keinen Zweifel daran, daß er es nicht sehr bedeutsam fand.«

»Da kannst du nicht sicher sein.«

»Nein? Nun, hat er dich aufgespürt, Harry? Hat er dich gesucht, als er die Chance dazu hatte?«

»Das war vielleicht schwierig. Ich habe im Ausland gelebt.«

»Ja. Auf Rhodos.« Ihr Blick verhärtete sich. »Ich habe in den Zeitungen über dich gelesen. Vor sechs Jahren war es, nicht? Etwas mit einem Mädchen, das in den Ferien verschwand.«

Mit müdem Fatalismus stellte Harry sich dem Augenblick, von dem er die ganze Zeit gewußt hatte, daß er kommen würde. Das Skelett in seinem Schrank war gar kein Skelett und doch sehr viel berühmter als die wirklichen Skelette. »Etwas, ja. Aber die Presse hat aus dem Geheimnis mehr gemacht als aus dessen Lösung. Wie immer.«

»Ich glaube allerdings nicht, daß die Story es bis in die amerikanischen Zeitungen schaffte. Und ich habe David keine Ausschnitte geschickt. Also befand er sich vermutlich in gnädiger Unwissenheit, was deine kurze Bekanntschaft mit dem Ruhm betrifft.«

»Iris, du kannst doch nicht denken, daß ...«

»Wie bist du überhaupt auf Rhodos gelandet? Ich habe mir immer vorgestellt, daß du dein Leben als Angestellter im Stadtrat fristest.«

»Fünf Jahre nachdem du nach Manchester gezogen bist, habe ich den Stadtrat verlassen und mit einem alten Kumpel vom National Service in der Marlborough Road einen Autohandel eröffnet. Ging leider bankrott.« Er beschloß, die betrügerische Rolle seines Partners bei dieser Episode nicht zu erwähnen, weil er fürchtete, Iris würde ihm nicht glauben. »Danach habe ich für eine Firma für Schiffselektronik in Weymouth gearbeitet. Aber leider fiel der Job nach ein paar Jahren flach.« Dieser Satz war ein weiterer Triumph der Verschwiegenheit. Er glaubte nicht, daß er Iris die Erklärung zumuten konnte, man habe ihn fälschlich der Unterschlagung bezichtigt. »Etwa um die gleiche Zeit hat mir ein Freund angeboten, mich um seine Villa auf Rhodos zu kümmern.«

»War der Freund zufällig dieser in Ungnade gefallene Minister – Alan Dysart?«

»Ja. Aber damals war er nicht Minister und nicht in Ungnade gefallen.«

»Woher kanntest du ihn?«

»Er hatte für Barry und mich gearbeitet, als er noch Student war.« Verlegen rutschte Harry auf seinem Stuhl herum. »Ach, wohin soll uns das alles führen?«

»In die Gegenwart, Harry. In deine Gegenwart.«

»Ich lebe in der Foxglove Road 78 in Kensal Green in einer Wohnung im ersten Stock. Meine Vermieterin und ihr Kater wohnen unten. Ich bezahle die Miete, indem ich halbtags in einer Tankstelle und Werkstatt arbeite. Ich komme zurecht. Ich lebe von Tag zu Tag. Ich überlebe. Was willst du sonst noch wissen?«

»Nie geheiratet?«

»Da du schon fragst: doch. Erst vor ein paar Jahren.«

»Aber ihr lebt nicht zusammen?«

»Sie ist nach Newcastle gezogen, um einen Job zu finden. Sie hat da einen Vetter, der Anwalt ist. Er hat sie als Sekretärin eingestellt.« Wachsende Vorsicht hinderte Harry an der Erklärung, daß er Zohra geheiratet hatte, um sie vor der Abschiebung nach Sri Lanka zu bewahren. Es war ein Akt unzweideutiger Großzügigkeit gewesen. Aber irgendwie dachte er, es würde sich nicht so anhören. »Das reicht über mich. Was ist mit dir? Und David?«

Sie trank Tee und wollte offensichtlich Zeit gewinnen, ehe sie antwortete. »Da gibt es etwas, was du verstehen mußt, Harry. Etwas, das nicht leicht auszusprechen ist. Was vor vierunddreißig Jahren zwischen uns passiert ist, hatte einen tieferen Grund.«

»Was meinst du damit?«

»Claude und ich haben lange versucht, Kinder zu bekommen. Ohne Erfolg. Und ich wollte Kinder, unbedingt. Claude war ein guter Mann. Ich liebte ihn. Aber …«

»Aber er konnte keine Kinder zeugen?«

»Nein. Aber …«

»Aber ich konnte es.«

»Das hört sich schrecklich an, nicht? So klinisch. So … berechnend.«

»Ich dachte, wir hätten einfach Spaß gehabt. Einfachen, unkomplizierten Spaß.«

»Einfach, ja. Unkompliziert, nein.«

»Also war die Erkenntnis, daß du von mir schwanger warst, nicht so sehr ein schrecklicher Schock, sondern eher ein befriedigendes Resultat. Hast du David das erzählt?«

»Ja. Und deshalb hätte er niemals nach dir gesucht.«

»Na, vielen Dank«, sagte er und ließ seine Bitterkeit in seinem Ton mitschwingen. »Vielen Dank, daß du meinem Sohn zu verstehen gegeben hast, daß ich nur ein Mittel zum Zweck war.«

»Dein Sohn ist er nur im strengsten biologischen Sinn.« Sie warf den Kopf zurück, als wolle sie nicht nur ruhig, sondern auch logisch reden. »Ich werde dich nicht daran hindern, ihn zu besuchen, Harry. Ich könnte es, aber ich werde es nicht tun. Andererseits werde ich nicht zulassen, daß du dich in sein Leben drängst oder in meines.«

»Wie lange habe ich Zeit, bevor du ihn abschaltest?«

»So einfach ist das nicht.«

»Würdest du mich wenigstens vorwarnen, wenn du zu einer Entscheidung gekommen bist?«

»Ja.« Sie sah ihn ernst an. »Das werde ich.« Sie nahm ein winziges Notizbuch aus ihrer Handtasche, riß eine Seite heraus, schrieb etwas darauf und schob ihm das Blatt über den Tisch zu. »Adresse und Telefonnummer meiner Schwester. Du kannst mich dort erreichen, wenn es wirklich nötig ist.«

»Weiß sie von mir?«

»Sie wird es erfahren.«

»Und Ken?«

Iris schüttelte den Kopf. »Ich werde keine Fragen mehr beantworten, Harry. Du weißt bereits alles, worauf du ein Recht hast. Vermutlich noch mehr.«

»Wer immer mir diese Nachricht hinterlassen hat, war offenbar anderer Ansicht.«

»Wenn es überhaupt eine Nachricht gab.«

»Du hast selbst gesagt, daß ich es anders nicht hätte herausfinden können.«

»Vermutlich nicht. Einfach noch ein Geheimnis.«

»Wie die Überdosis? Wenn es kein Selbstmordversuch war und kein Unfall gewesen sein kann...«

»Hör auf!« Zum erstenmal hob sie die Stimme, was ausreichte, neugierige Blicke vom Nebentisch auf sie zu ziehen. »Ich habe diese Spekulationen satt. Glaubst du, ich hätte nicht immer wieder über all das nachgedacht? Am Ende ist das Warum und Wozu unwichtig. Es hilft ihm nicht beim Atmen oder Sprechen oder Gehen. Gar nichts hilft.«

Sie zitterte jetzt und hatte Tränen in den Augen. »Ich frage mich, ob es eine Art Strafe dafür sein könnte, daß ich Claude betrogen habe. Dasselbe habe ich mich schon gefragt, als seine Zuckerkrankheit zum erstenmal diagnostiziert wurde. Und jetzt das. Da kommt man schon ins Nachdenken.«

»Du weißt, daß das lächerlich ist.«

»Ja.« Sie tupfte ihre Augen mit einem Taschentuch ab und putzte sich die Nase. »Natürlich weiß ich das. Und natürlich hoffe ich, daß er wieder gesund wird. Lächerlich. Aber ich kann nicht anders.«

»Ich auch nicht.«

Diese Bemerkung mit ihrer Andeutung von Intimität schien auf einmal zuviel für Iris. »Warum sollte dir daran liegen?« versetzte sie barsch. »Dir bedeutet er nichts.«

»Vielleicht, weil ich sonst niemanden habe, an dem mir liegt.«

»Genau.« Ihr Ausdruck war jetzt hart, gezeichnet von der Qual, die sie durchmachte. »Wenn du selbst eine Familie hättest, würde es dich nicht interessieren, nicht? Du würdest es gar nicht wissen wollen.«

»Du hast leicht reden, weil du weißt, daß ich dir nicht das Gegenteil beweisen kann.«

»Das reicht nicht.« Sie sah auf ihre Uhr. »Ich muß gehen. Blanche wird sich schon fragen, wo ich bin.« Sie stand eilig auf, nahm eine Zehnpfundnote aus ihrer Handtasche und warf sie auf Harrys Seite des Tisches. »Könntest du bitte die Rechnung für mich bezahlen? Das sollte reichen.«

»Es ist nicht nötig, daß du …« Doch als er im Aufstehen ihrem Blick begegnete, erkannte Harry, daß es aus ihrer Sicht zwingend notwendig war. Sie wollte ihm nichts schuldig bleiben, auch nicht in den trivialsten Dingen. Damit sie und er nicht daran erinnert wurden, was sie sich gegenseitig schuldeten, ohne daran etwas ändern zu können.

»Leb wohl, Harry«, sagte sie mit kühler Endgültigkeit.

6. Kapitel

Am nächsten Morgen wirkte Zimmer E318 im National Neurological Hospital warm und dumpf. Die Beatmungsmaschine stieß ihre gemessenen, mütterlichen Atemzüge aus, und eine Vase mit frischer Iris verbreitete symbolische Heiterkeit. Die entfernten Klänge gedämpfter Stimmen und vertrauter Bewegungen verdichteten sich zu einem institutionellen Universum aus Pflege und Mitgefühl. Es umgab Harry von allen Seiten, umschloß ihn und seinen schweigenden Sohn, bezog ihre Vergangenheit ein und das, was sie an Zukunft noch haben mochten.

»Deine Mutter hat meine Verbannung aufgehoben«, bemerkte Harry bei einem seiner einseitigen Konversationsversuche. »Du wirst mich also häufiger sehen. Solange du nichts dagegen hast, heißt das. Wenn du es nicht willst, mußt du es sagen. Wir haben natürlich eine Menge aufzuholen. Wenn du willst, erzähle ich dir von mir. Da gibt es nichts Bemerkenswertes zu berichten. Nicht wie bei dir. Ich meine, Mathematik! Ich wüßte gar nicht, wo ich anfangen sollte. Das Quadrat der Hypotenuse ist gleich der Summe der Quadrate auf den beiden anderen Seiten. Darüber kenne ich einen Witz... Na ja, ich nehme an, den willst du sowieso nicht hören. Was würdest du gern hören? Meine Lebensgeschichte? Das läßt sich machen. Ich würde gern deine hören und auch, was du über ein oder zwei Sachen denkst, die mich verwirren. Zum Beispiel die Nachricht, die ich bekommen habe. Wenn sie nicht von deiner Mutter war, von wem war sie dann? Und wozu sollte sie mich veranlassen? Zu fragen, wie du hier gelandet bist, vielleicht? Ein Unfall scheidet offenbar aus. Und ein Selbstmordversuch? Das glaube ich nicht. Nicht bei einem Sohn von mir. Die Barnetts haben oft Pech, aber sie sind niemals selbstzerstörerisch. Also, was dann? Was ist in diesem Hotelzimmer passiert? Ich würde ja versuchen, das herauszufinden – ich verspreche, ich würde es wirklich –, wenn du mir bloß sagen würdest, wo ich anfangen soll.«

Doch David konnte Harry nichts sagen. Und Iris, selbst wenn sie konnte, hatte keinen Zweifel daran gelassen, daß sie nicht wollte. Harry blieb also nichts anderes übrig, als Shafiq nach der Person zu fragen, die in Mitre Bridge die Nachricht für ihn hinterlassen hatte. Es führte zu nichts. Shafiq wußte nicht einmal das Geschlecht des Anrufers. Er konnte sich auch an keinen besonderen Akzent erinnern.

»Hast du nicht daran gedacht, nach dem Namen zu fragen?«

»Doch, natürlich. Hältst du mich für blöde?«

»Und was war die Antwort?«

»Gar nichts. Der Anrufer hat aufgelegt.«

»Na, großartig!«

»Tut mir leid. Hättest du es besser gemacht?«

»Vielleicht. Zum Beispiel hätte ich vielleicht die Stimme erkannt.«

»Wenn derjenige gewußt hätte, daß das möglich gewesen

wäre, hätte er eben nicht angerufen, solange du hier warst, oder?«

»Nein. Nein, vermutlich nicht.«

»Also...«

»Jemand muß beobachtet haben, was ich mache. Jemand muß mich überwacht haben.«

Das war eine beunruhigende Möglichkeit. So beunruhigend, daß Harry beschloß, sich Mrs. Tandy zu offenbaren. Er wählte dafür seinen nächsten freien Tag, an dem er sie wie üblich als Blumen- und Wasserträger zum Friedhof von Kensal Green begleitete. Mrs. Tandy war mit einem Vetter verheiratet gewesen, was dazu geführt hatte, daß die verwandtschaftlichen Beziehungen zwischen ihren und seinen Angehörigen unauflösbar verwickelt waren. Außerdem kamen die Verwandten Harry manchmal zahlreicher vor als das Unkraut zwischen den überwucherten Gräbern.

Als sie sich nach der anstrengenden Tour zu den verstreut liegenden Gräbern sowie zu den Gedenkstätten der engeren Tandy-Verwandtschaft auf einer Bank erholten, erklärte Harry Mrs. Tandy seine mißliche Lage so sachlich, wie es ihm möglich war. Er hatte das Gefühl, ihr seine seltsame Situation begreiflich machen zu müssen. Allerdings war er nicht sicher, ob er sie wissen lassen wollte, wie sehr ihn das alles aus dem Gleichgewicht gebracht hatte.

In seiner Unsicherheit hatte er nicht mit ihrem Scharfsinn gerechnet.

»Ein ziemlicher Schock für Sie, könnte ich mir vorstellen. So spät im Leben zu entdecken, daß Sie Vater sind.«

»Nur technisch gesehen Vater.«

»Aber der Mann, der sich für den Vater hielt, ist tot, oder? Also sind die technischen Umstände vielleicht unwichtig.«

»Iris findet das nicht.«

»Wessen Bedürftigkeit ist größer, Harry, Davids oder die seiner Mutter?«

»Davids natürlich.«

»Dann sollten Sie vielleicht etwas tun, um ihm zu helfen.«

»Aber was schlagen Sie vor?«

»Finden Sie heraus, was der Grund für sein Koma war und was man tun kann, um ihn zu heilen.«

»Wie denn?«

»Sprechen Sie mit seinem Arzt. Und mit denen, die ihn am besten kannten. Seinen Freunden und Altersgenossen, seinen Mathematikerkollegen, mit irgendwem, der vielleicht die Verfassung kannte, in der er sich in diesem Hotel einschrieb. Oder der weiß, warum ihm vielleicht jemand schaden wollte.«

»Aber Iris ...«

»Ist seine Mutter. Was wird sie wirklich wissen? Haben Sie selbst beispielsweise Ihrer Mutter erzählt, daß sie einen Enkel hat?«

»Natürlich nicht. Was hätte das für einen Sinn?«

»Sehen Sie, was ich meine?«

»Aber seine Freunde sind vermutlich alle in Amerika.«

»Und seine Exfrau?«

»Die bestimmt, denke ich.«

»Wirklich?« Sie grinste boshaft. »Sie sollten in den Zeitungen nicht bloß die Rennseite lesen, Harry, wirklich. Holen Sie doch mal aus dem Abfallkorb da drüben den *Telegraph* von gestern, ja?«

»Darin habe ich die verwelkten Blumen eingewickelt.«

»Dann wickeln Sie sie wieder aus. Suchen Sie Seite drei oder fünf.«

Achselzuckend und mit widerwilligem Seufzen ging Harry zum Abfallkorb, fischte das Bündel heraus, das die verfaulten Stengel enthielt, strich die Zeitung glatt und versuchte, die feuchten Seiten voneinander zu lösen. »Was genau suche ich eigentlich, Mrs. Tandy?«

»Bringen Sie sie her.«

Harry ließ den Haufen verfaulter Blätter liegen und brachte die Zeitung zur Bank, wo Mrs. Tandy bereits ihre Brille aufgesetzt hatte. Sie nahm die Zeitung mit hochmütigem Lächeln entgegen und legte den Kopf in den Nacken, um schärfer sehen zu können.

»So, dann schauen wir mal, schauen wir mal.« Zwei Seiten mit nassen Rändern wurden sorgfältig getrennt. »Aha, da haben wir's ja. Gestern abend war im MGM-Kino in der Shaftsbury Avenue eine Filmpremiere. Sicher nicht so glanzvoll wie die, die ich vor dem Krieg miterlebt habe, aber egal. Der Punkt ist, einer der Stars von *Dying Easy* ist kein anderer als Steve Brancaster. Hier ist ein Bild von ihm, wie er mit seiner bildschönen Frau Hope vor dem Kino ankommt.«

Harry setzte sich neben Mrs. Tandy und starrte die Fotos an. Das größte zeigte, wie ein junges Mitglied des Königshauses aus einer Limousine stieg, doch Harrys Blick wurde von einem anderen Foto angezogen. Wie die Bildunterschrift bestätigte, war die großgewachsene, ein wenig raubtierhafte Gestalt in Smoking und offenem Hemd der Schauspieler Steve Brancaster. Neben ihm – langes, blondes Haar auf nackten Schultern, strahlendes Lächeln, funkelnde Augen, die mit einem erstaunlich tiefen Dekolleté um Aufmerksamkeit wetteiferten – stand Hope Brancaster, ehemals Venning, ehemals Gott weiß was.

»Ich nehme an, daß sie noch hier sind«, sagte Mrs. Tandy. »Premieren können sehr anstrengend sein.«

»Meinen Sie?«

»Aber ja.« Sie schaute genauer hin. »Wenn ich Sie wäre, würde ich's im Dorchester versuchen.«

7. Kapitel

MRS. TANDYS Einschätzung des Hotelgeschmacks der Brancasters erwies sich als zutreffend. Harry legte wieder einmal seinen abgenutzten Blazer und die ausgebleichte Krawatte an, ging am späten Nachmittag zum Dorchester und fragte mit soviel Selbstvertrauen, wie er aufbringen konnte, nach Mrs. Brancaster. Er wurde mit der Auskunft belohnt, sie sei tatsächlich Gast im Hause, im Moment aber ausgegangen.

»Kann ich ihr etwas ausrichten, Sir? Oder möchten Sie lieber warten?«

»Nun, äh …«

»Oh, Sie brauchen gar nicht zu warten.« Der Empfangschef blickte über Harrys Schulter. »Da kommt die Dame gerade.«

Harry wandte sich um und sah Hope Brancasters großen Auftritt in breitrandigem Hut, signalfarbenem Regenmantel und hochhackigen Stiefeletten. Hinter ihr folgte ein Hotelboy, in jeder Hand zwei Einkaufstüten aus der Bond Street, eine fünfte über die Schulter gehängt.

»Dieser Herr hat nach Ihnen gefragt, Mrs. Brancaster«, sagte der Empfangschef, während er ihr den Schlüssel reichte.

»Und wer sind Sie?« fragte Hope mit breitem kalifornischem Akzent. Harry war nah genug, um ihr berauschendes Parfüm und ihren makellosen Teint wahrnehmen zu können.

»Harry Venning«, antwortete er prompt und lächelte beflissen. Da er Zweifel in Hopes Augen flackern sah, fügte er hinzu: »Davids Onkel.« Diese Lüge hatte er sich zurechtgelegt, um bis zu Hopes Zimmer zu gelangen. Jetzt, da er gezwungen war, Auge in Auge mit Hope davon Gebrauch zu machen, fragte er sich, ob Hope wohl wußte, daß David keinen Onkel hatte. Falls ja, konnte er sich auf einen schmählichen Abgang gefaßt machen.

Aber er hatte Glück. Glück – und etwas, womit er nicht hatte rechnen können. »Sie haben dasselbe Lächeln wie er. Wissen Sie das?«

»Finden Sie?«

»Haargenau! Aber merkwürdig, ich erinnere mich gar nicht, daß David Sie je erwähnt hätte.«

»Ich habe schon eine ganze Weile keinen Kontakt mehr mit der Familie. Jetzt tue ich mein Bestes, um wieder Anschluß zu finden.«

»Ach so.« Sie klapperte mit dem Schlüssel in ihrer Hand, als wolle sie ihm zu verstehen geben, daß sie nun keine Zeit mehr für ihn habe. »Also, was kann ich für Sie tun?«

»Ich hoffte, mit Ihnen über David sprechen zu können.«

»Das ist vielleicht ein bißchen schwierig.« Ostentativ schaute sie auf die Uhr. »Ich bin in Eile.«

»Es ist wirklich ziemlich wichtig.«

Sie zögerte einen Augenblick und sagte dann: »Okay. Aber ich muß mich erst frisch machen. Ich treffe Sie in zehn Minuten in der Bar.«

Eine halbe Stunde war vergangen, und Harry hatte ein exorbitant teures Bier geleert und ein zweites in Angriff genommen, als Hope Brancaster zu erscheinen geruhte. Wie es aussah, war sie nicht zu sehr in Eile gewesen, um sich nicht irgendwie in eine hautenge Kunststoffhose zu zwängen, die leise quietschte, als sie sich auf dem Stuhl Harry gegenüber niederließ. Harry konnte seine Enttäuschung darüber nicht ganz unterdrücken, daß ihr weites T-Shirt die bemerkenswerten Brüste, an die er sich von dem Zeitungsfoto erinnerte, völlig verbarg. Hope bestellte eine Virgin Mary und warf einen feindseligen Blick auf den Aschenbecher, aus dem sich der Rauch einer Karelia-Sertika-Zigarettenkippe kringelte.

»Rauchen Sie diese Dinger«, fragte sie ohne jede Ironie, »oder räuchern Sie Fische damit?«

»Tut mir leid«, sagte er achselzuckend.

»Nicht so leid, wie es Ihnen tun sollte. Ich mag Lügner ebensowenig wie Nikotinsüchtige.«

»In Ordnung. Ich bin keins von beiden.«

»Hören Sie mit dem Unsinn auf! Ich habe Iris angerufen. Sie hat Sie nach der Beschreibung erkannt. Ihren Namen allerdings nicht.«

»Aha.«

»Sie hat mir geraten, Sie rauszuschmeißen, ohne mir ein Wort von Ihnen anzuhören.«

»So, hat sie?«

»Das wollte ich auch tun!«

»Aber?«

»Sie erinnern mich wirklich an David. Komisch, wo Sie nicht mit ihm verwandt sind. Aber Iris versicherte mir, daß Sie das nicht sind.«

»Ich bin sein Vater.«

»Ihr Tod war bloß ein häßliches Gerücht, was?«

»Iris und ich hatten eine kurze Affäre im Sommer vor Davids Geburt.«

»Ach, was Sie nicht sagen!«

»Hat David Ihnen das nie erzählt?«

»Er hat nie auch nur eine Andeutung gemacht.«

»Ich verstehe.«

»Ich nicht. Ist es nicht etwas spät, sich auf einmal als Vater aufzuspielen?«

»Ich habe es erst vor ein paar Tagen erfahren.«

»Iris war auf der Suche nach einem Verbündeten, nicht?«

»Wie meinen Sie das?«

»Sie steht ganz allein mit ihrem Wunsch, David am Leben zu erhalten. Ich vermute, sie hat bei Ihnen Unterstützung gesucht. Aber nach der Art, wie sie über Sie gesprochen hat, vermute ich, daß Sie anderer Meinung sind. Habe ich recht?«

»Sie meinen, man sollte ihn sterben lassen?«

»Das steht mir nicht zu, oder? David und ich sind in jeder Hinsicht geschiedene Leute. Aber um der alten Zeiten willen habe ich ihn im Krankenhaus besucht, und für mich sah die Sache ziemlich hoffnungslos aus. Ich meine, keiner hat das ausgesprochen, aber man merkte, daß sie es denken. Für Iris muß es hart sein. Einziger Sohn und so. Aber man muß sich dem stellen, nicht? Für David mehr als für jeden anderen wäre das Leben mit einem halben Gehirn unendlich viel schlimmer als der Tod.«

»Warum mehr als für jeden anderen?«

»Weil er den größten Teil seines Lebens mit Denken verbracht hat. Er hat im Kopf all diese verdammten Gleichungen gelöst, hat nach Antworten auf Fragen gesucht, die die meisten von uns nicht mal stellen könnten. Mathe, Mathe, Mathe. Für anderes war nie viel Raum.«

»Sie sind selbst keine Mathematikerin?«

»Was glauben Sie? Finden Sie, daß ich wie eine aussehe? Vielleicht, wenn ich eine gewesen wäre... Aber davon wollen Sie sicher nichts hören.«

»Wenn es mir hilft, mir ein Bild von David zu machen, zu sehen, wie mein Sohn wirklich ist, dann würde ich es gern hören.«

»Fragen Sie da besser seine Mutter. Von mir bekommen Sie bloß ein voreingenommenes Bild.«

Harry grinste zerknirscht. »Iris war nicht gerade entgegenkommend.«

»Bedauert sie inzwischen, daß sie Sie einbezogen hat?«

»Sie hat mich nicht einbezogen. Ein anonymer Anrufer hat mir das über David mitgeteilt. Haben Sie eine Ahnung, wer das gewesen sein könnte?«

»Jemand, der mehr wußte als ich. Dem vielleicht mehr daran lag als mir.« In ihrer Stimme klang ein leises Ressentiment mit.

»Denken Sie an jemand Bestimmten?«

Hope machte eine Pause, um einen Schluck von ihrem Drink zu nehmen, und stellte das Glas dann mit verzweifelter Heftigkeit wieder auf den Tisch. »Hören Sie, Harry. Sie wollen den Sohn verstehen, von dem Sie nichts wußten? Besessenheit ist der Schlüssel. Der Mann, den ich geheiratet habe, war charmant, geistreich, gutaussehend und scharf wie ein Nagel. Es machte Spaß, mit ihm zusammenzusein. Das war es, was ich an ihm anziehend fand. Aber er hatte noch eine andere Seite. Seinen Geist.« Sie tippte sich an die Stirn. »Nicht von dieser Welt. Buchstäblich! Komplexe Zahlen, höhere Dimensionen, Quantenphysik. Und hinter all dem irgendwas, wonach er suchte, etwas, das ihn immer antrieb. Zahlen, Symbole, Gleichungen. Sie könnten sagen, daß ich davon kein Wort begriff, und Sie hätten recht. Aber er faßte es nicht in Worte, bloß in Zahlen, Symbole, Gleichungen, Formeln, manchmal nicht einmal das. Manchmal saß er stundenlang da, sprach nicht, bewegte sich nicht, dachte bloß nach. Seine ›ungeschriebenen Theoreme‹ nannte er das. Nach einer Weile hielt ich das nicht mehr aus. Bei Steve brauche ich mir bloß Sorgen über die neueste Schauspielerin zu machen, die versucht, ihn ins Bett zu kriegen. Bei David waren die Dinge komplizierter. Wenn Sie wissen wollen, wie er tickte, dann schauen Sie sich seine Notizbücher an. Er hatte sie bei sich, wohin er immer ging, Seite um Seite vollgekritzelt mit seinen verdammten Hieroglyphen. Ich habe sogar miterlebt, daß er sie in einem Restaurant mit an den Tisch brachte.« Sie seufzte. »Ja, sehen Sie die durch, Harry. Iris müßte die letzten paar haben. Sie werden in seinem Hotelzimmer gewesen sein, wahrscheinlich unter seinem Kopfkissen. Natürlich werden Sie einen Mathematiker brauchen, der sie für Sie interpretiert. Und selbst dann …«

»Wen müßte ich fragen?« erkundigte sich Harry, der sein Bestes tat, um sie glauben zu lassen, daß ihn intellektuelle

Neugier antrieb und nicht sein Eifer, soviel wie möglich über Davids Freundeskreis in Erfahrung zu bringen.

»Meinen Sie das im Ernst?«

Harry zuckte mit den Schultern.

»Nun, den Dänen, denke ich. Torben Hammelgaard. Er ist eher Physiker als Mathematiker, aber das läuft auf dasselbe raus. Er und David haben bei Globescope zusammengearbeitet.«

»Woran?«

»Vorhersagen, nehme ich an. Das macht Globescope doch, oder?«

»Das müssen Sie besser wissen als ich.«

»Na ja, Vorhersagen trifft wohl zu. Ökonomische Projektionen, Klimavorhersagen, wie viele Milliarden Menschen es 2020 noch geben wird, denen man Cheeseburger verkaufen kann. Ziemlich großes Geschäft. Wenn David es ernster genommen hätte, hätte er vielleicht nie so geendet.«

»Warum nicht?«

»Weil er in Washington geblieben wäre und gutes Geld verdient hätte. Er hätte nicht in einem Hotelzimmer in Heathrow rumgesessen und sich überlegt, wie er die Finanzierung für das nächste Projekt zusammenkriegt.«

»Iris hat gesagt, er hätte genug Mittel für eine Art Forschungsinstitut gesammelt.«

»So, das hat er ihr erzählt. Wer würde schon die Erforschung höherer Dimensionen finanzieren, wenn er seinen Verstand beieinander hat? Was Sie nicht sehen können, können Sie auch nicht verkaufen. Das ist eine Lektion, die David niemals lernen wollte. Aber seit Globescope ihn gefeuert hatte…«

»Gefeuert?«

»So habe ich's gehört, jawohl. Zusammen mit Hammelgaard und Davids enger Freundin Donna Trangam.«

»Wer ist das?«

»Eine Neurobiologin. Gehirnexpertin, die glaubt, sie sei auch Expertin für Herzen. Komisch, aber so weit, bei Davids Behandlung zu helfen, reicht ihre Freundschaft nicht. Dabei ist sie sogar Spezialistin für komatöse Zustände, glaube ich. Aber jetzt, wo sie am meisten gebraucht würde, läßt sie sich nicht blicken. Eigenartig, finden Sie nicht?«

»Sie meinen, sie wäre vielleicht wirklich in der Lage, etwas für ihn zu tun?«

»Möglich ist es.«

»Und wo ist sie?«

»Da kann auch ich nur raten. Nein, vielleicht doch nicht. Früher war sie in Berkeley. Ich würde darauf wetten, daß sie dahin zurückgekrochen ist, als sie bei Globescope rausflog.«

»Warum flogen sie raus?«

»Weiß ich nicht. David wahrscheinlich, weil er zuviel von der Zeit des Konzerns für seine eigene Forschung abzweigte. Was die anderen angeht, da habe ich wirklich keine Ahnung.« Sie beugte sich auf ihrem Stuhl vor. »Und jetzt muß ich wirklich los, so interessant das alles auch sein mag. Wenn Sie etwas für Ihren Sohn tun wollen, Harry, dann überreden Sie Iris, ihn loszulassen. Er kommt nicht zurück. Jedenfalls nicht so, wie er war. Und das bedeutet, er kommt überhaupt nicht zurück.«

»Sagen Sie«, fragte Harry und hielt für einen Moment ihren Blick fest, »was glauben Sie, wie es gekommen ist, daß er diese Überdosis Insulin nahm?«

»Ich glaube, seit dem Rausschmiß bei Globescope kam er nicht recht weiter, und ich denke, das hat er vielleicht erkannt. Aber nageln Sie mich nicht darauf fest. Fragen Sie Adam Slade. Soviel ich weiß, hat er an dem Abend, an dem es passiert ist, mit David zusammen in seinem Hotel gegessen. Wenn irgend jemand Ihnen von Davids Verfassung zu diesem Zeitpunkt berichten kann...«

»Wer ist Adam Slade?«

»Haben Sie nie von ihm gehört?«

»Nein.«

In gespielter Überraschung rollte Hope die Augen. »Ich dachte, Sie hätten bloß dreißig Jahre keinen Kontakt mit David gehabt, nicht mit der Welt im allgemeinen. Adam Slade, der Magier. Sagt Ihnen das gar nichts?«

Harry schüttelte den Kopf.

»Man faßt es nicht! Adam bestimmt am wenigsten. Er ist wirklich eine ziemlich große Nummer. Hier und genauso in den Staaten. Er behauptet, bei einigen seiner Tricks die höheren Dimensionen zu manipulieren, daher kam Davids Interesse an ihm. Erstaunlich, daß sich ein brillanter Wissenschaftler von solchen Taschenspielertricks einwickeln läßt, nicht?«

»Ich weiß nicht, was ich denken soll. Ich weiß nicht mal, was höhere Dimensionen sind.«

»Nein. Das wissen Sie bestimmt nicht.« Hope lächelte ihn erheitert an. »Warum machen Sie sich nicht selbst ein Bild? Adam hatte die Unverfrorenheit, Steve und mir zwei Karten für die Show morgen abend zu schicken. Er gibt im Palladium ein kurzes Gastspiel sogenannter ›Reiner Magie‹. Wir gehen nicht hin, also können Sie die Karten haben.« Sie nahm einen kleinen Umschlag aus ihrer Handtasche und legte ihn auf den Tisch. »Nehmen Sie eine Freundin mit.« Damit stand sie auf und ging; das weiche Licht glänzte auf ihren engen Hosen, während sie rasch davonstöckelte.

8. Kapitel

Wie sehr Adam Slade daran lag, sich bei den Brancasters einzuschmeicheln, merkte man an den ausgezeichneten Plätzen, auf denen Harry und Mrs. Tandy sich am folgenden Abend im Palladium wiederfanden. Die Sicht aus der mittleren Loge in der sechsten Reihe war kaum zu übertreffen, wenn man die magischen Talente Adam Slades bewundern wollte. Doch die Anerkennung eines Hollywoodstars und seiner nicht minder glamourösen Gattin war solche Großzügigkeit natürlich wert. Adam Slade ahnte schließlich nicht, daß die Brancasters ihre Karten an einen Teilzeitmitarbeiter der Servicestation Mitre Bridge und dessen ältliche Vermieterin weitergegeben hatten.

Andererseits hatte Mrs. Tandy in auberginefarbenem Organza und mit Perlen dekoriert fraglos ihren großen Auftritt.Sie war von Harrys Einladung entzückt gewesen, wenn sie auch kurz und tränenreich an längst vergangene Theaterabende mit ihrem Mann hatte denken müssen. Das hier war mehr, als Harrys einzige frühere Einladung zu einem Karaoke-Abend im Stonemason's Arms. »Reine Magie« im Palladium war entschieden mehr nach Mrs. Tandys Geschmack.

Und auch nach Harrys, was er freimütig zugegeben hätte. Der professionelle Illusionismus hatte eindeutig Fortschritte gemacht, seit Harry ihm zuletzt vor nahezu fünfzig Jahren bei einem Ausflug mit Onkel Len begegnet war, um den Großen Caldenza im alten Empire Theatre in Swindon zu sehen. Caldenza war weder unter ohrenbetäubender Rockmusik und rosa angestrahltem Trockeneisnebel aufgetreten, noch hatte ihn ein Quartett kurvenreicher Blondinen in durchsichtigen Kostümen begleitet. Und er war auch nicht wie Adam Slade eine seltsame Mischung aus Mephisto und dem Jungen von nebenan gewesen.

Hochkarätiger Charme mit einem Schuß Exzentrik schien Slades Markenzeichen zu sein. Er war klein und zierlich, hatte scharfe Züge, ein bereitwilliges Lächeln und tiefdunkles, kurzgeschorenes Haar. Er war selbstsicher, glatt, geistreich und ungeheuer egozentrisch. Seine Routinevorstellung lief flott und unterhaltsam ab, doch in der Pause empfand Harry etwas wie Enttäuschung. Abgesehen von den trickreichen Lichteffekten, der ausgefeilten Technik und den bildhübschen Assistentinnen bestand Slades Repertoire im wesentlichen aus der alten Magierroutine von Verschwinden und Wiederauftauchen, Levitation, Hellsehen, Kartentricks und Fingerfertigkeit. Zugegeben, er sägte nicht die Dame im hautengen Trikot in zwei Hälften, sondern sich selbst. Und Harry hatte nicht die leiseste Ahnung, wie er all das bewerkstelligte. Das galt sicher auch für den Zuschauer, dessen Geburtstag Slade erraten hatte, ganz zu schweigen von dem nervösen Freiwilligen, dessen goldene Armbanduhr Slade scheinbar zu Splittern zertrümmerte, ehe er sie wieder zusammensetzte. Doch daß es sich bei all dem um clevere, fingerfertige Tricks handelte, stand für Harry fest.

Und was war mit den höheren Dimensionen? »Er hat sie nicht mal erwähnt«, beklagte Harry sich an der Bar bei Mrs. Tandy.

»Sie hätten das Programm lesen sollen«, sagte sie vorwurfsvoll. »Die sollen der Höhepunkt der zweiten Hälfte sein.«

»Oh.«

»Das wird aber auch Zeit. Bisher habe ich noch nichts gesehen, was man nicht schon aus dem Buch *Houdinis Geheimnisse* von dem guten Selwyn kennt. Es liegt zu Hause irgendwo auf dem Dachboden.«

Der zweite Teil der Vorstellung begann mit gedämpftem Licht und melancholischer Musik. Slade trat allein auf, ging ohne ein Lächeln in eine Ecke der Bühne, trat an die Rampe, setzte sich dort auf den Boden und schaute ins Publikum.

»Was Sie heute abend bislang gesehen haben«, verkündete er schließlich, »waren Illusionen. Ich lege meine Tricks so an, daß Sie unterhalten und in die Irre geführt werden. Aber es sind eben nur Tricks. Ich habe allerdings festgestellt, daß sie mich besser als Einsamkeit oder Meditation auf die Ausübung echter Magie vorbereiten. Die werden Sie jetzt sehen. Im Unterschied zu meinen Magierkollegen überall auf der Welt besitze ich die Fähigkeit, Gegenstände in anderen Dimensionen als denen von Höhe, Breite und Tiefe zu bewegen. Diese Fähigkeit habe ich von meinem Urgroßvater Henry Slade geerbt, einem Amerikaner, der 1877 nach England kam und aufgrund der Demonstration seiner hyperdimensionalen Fähigkeiten wegen Betrugs verurteilt wurde. Diese Verurteilung war ungerecht, wie mein Großvater und auch mein Vater ihr ganzes Leben lang beteuert haben. Doch erst jetzt, da seine Fähigkeiten in meiner Generation wieder aufgetreten sind, läßt sich diese Ungerechtigkeit beweisen. Ich werde heute abend Variationen von drei hyperdimensionalen Demonstrationen zeigen, die Henry Slade vorführte, und ein paar eigene hinzufügen.«

Die Musik wurde schneller, das Licht heller. Drei der Blondinen, konservativer gekleidet als zuvor, trugen das Zubehör auf die Bühne: ein Tablett mit einer silbernen Kaffeekanne, Tasse und Untertasse, ein Paar hölzerne Reifen von fünfzehn Zentimeter Durchmesser und ein Seil. Das alles wurde auf einen runden Tisch gelegt. Freiwillige wurden auf die Bühne gebeten, und zahlreiche Hände fuhren in die Luft, darunter auch die von Harry. Er gehörte zwar nicht zu den Auserwählten, doch von seinem Platz aus konnte er alles klar und deutlich sehen. Was immer Hyperdimensionalität sein mochte, er würde sie bald in Aktion erleben.

Slade bat die Freiwilligen, zwei Männer und eine Frau, auf die Bühne, fragte nach ihren Namen, machte ein paar Witzchen, um die Stimmung zu heben, und griff nach dem Seil. »Professor Zöllner von der Universität Leipzig unterzog meinen Urgroßvater mehreren Tests bezüglich der Hyperdimensionalität, die er alle bestand, wenn auch nicht unbedingt so, wie Professor Zöllner sich das vorgestellt hatte. Wie es scheint, hatten die Slades immer Sinn für Humor.« Er grinste, gab jedem der beiden Männer ein Ende des Seils und bat sie, sich so weit voneinander entfernt aufzustellen, daß das Seil in einem Halbkreis zwischen ihnen hing. »Wer kann einen Achterknoten in dieses Seil knüpfen, ohne daß Mark oder Neil ihr Ende loslassen?« Keiner meldete sich. »Für diejenigen, die an die drei räumlichen Dimensionen gebunden sind, ist es unmöglich. Für jemanden, der das nicht ist, ist es so einfach, wie einen Schnürsenkel zu binden.« Er streckte den Arm aus, fuhr mit der Hand an der durchhängenden Seilschlinge entlang, hakte seinen Zeigefinger darüber, vollführte eine rasche, zwirbelnde Bewegung, und … *hey presto*, wie der Große Caldenza vermutlich gesagt hätte, bildete das Seil einen wohlgeformten Knoten in Achterform, ohne daß einer der beiden Männer sein Ende losgelassen hätte. Stürmischer Applaus.

»Kaffee für die Dame«, sagte Slade, ging zum Tisch hinüber und füllte die Tasse. Er reichte sie der Frau, und als diese einen Schluck getrunken hatte, fragte er: »Wie lange sind Sie schon verheiratet, Amanda?«

»Achtzehn Monate«, antwortete sie zögernd.

»Und Sie tragen ständig den Verlobungsring und auch den Ehering?«

»Ja.«

»Immer in der gleichen Anordnung – den Verlobungsring vor den Ehering gesteckt?«

»Ja, natürlich.«

»Bis heute abend.«

»Was? Nein, ich …« Doch als sie ihren Ringfinger betrachtete, hätte sie vor Überraschung beinahe die Kaffeetasse fallen lassen; Slade mußte sie ihr abnehmen.

»In welcher Reihenfolge tragen Sie sie heute abend, Amanda?«

»Um … umgekehrt.«

»Wenn ich versucht hätte, sie Ihnen abzustreifen, als ich

Ihnen die Tasse reichte, hätten Sie das gemerkt, nicht wahr? Und außerdem ist es ziemlich heiß hier drinnen, also kleben sie vermutlich ein bißchen. Aber nicht, wenn man sie einfach hochhebt und vertauscht.«

Amanda wirkte so ehrlich schockiert, wie das Publikum ehrlich überrascht war. Harry wußte nicht, was er denken sollte. Doch ehe er Zeit hatte, darüber nachzudenken, war Slade schon weitergegangen.

»Alles in Ordnung, Amanda. Ihre Ringe sind völlig unbeschädigt. Trinken Sie Ihren Kaffee aus, er wird Sie beruhigen.«

Sie nahm die Tasse wieder entgegen, hob sie gehorsam von der Untertasse, um zu trinken, und hielt dann inne. »Sie ist leer«, sagte sie erstaunt.

»In der Tat«, sagte Slade. »Nun, was habe ich wohl damit gemacht?«

Weiterer Applaus.

»Machen Sie sich nichts draus. Ich gieße Ihnen eine neue ein.« Inzwischen wirkte Amanda wie jemand in hypnotischer Trance. Danach schlenderte Slade zu Mark und Neil hinüber. »Sie können jetzt loslassen, Gentlemen«, sagte er, nahm das Seil weg und händigte jedem der Männer einen der hölzernen Reifen aus. »Zeit für einen gesunden kleinen Wettbewerb. Die Kaffeekanne ist aus massivem Silber. Sie gehört Ihnen, wenn Sie Ihren Reifen über sie werfen können. Kinderleicht, nicht? Prüfen Sie zuerst die Reifen. Ziehen Sie daran, drehen Sie sie. Beißen Sie hinein, wenn Sie wollen.« Nachdem Mark und Neil die Reifen zu ihrer Zufriedenheit geprüft hatten, trat Slade zurück und forderte sie auf: »Werfen Sie! Möchten Sie beginnen, Mark?«

Doch es spielte keine Rolle, wer anfing. Quer über die Bühne und nervös, wie sie waren, schafften es beide nicht zu treffen. Marks Reifen war zu kurz geworfen, während der von Neil weit über die Kaffeekanne hinaussegelte. Slade sammelte sie mit gespieltem, augenrollendem Unwillen wieder ein; dann zielte er selbst sorgfältig, als wolle er dem Publikum zeigen, wie man das machte. Doch was er vorführte, war etwas ganz anderes. Der erste Reifen flog langsam und niedrig durch die Luft, traf das Tischbein etwa in halber Höhe und prallte ab. »Wenn es beim erstenmal nicht klappt, muß man es anders versuchen«, bemerkte Slade ungerührt. Fast beiläufig warf er den zweiten Reifen. Der traf ebenfalls das Tischbein, prallte diesmal aber nicht ab. Statt dessen legte er sich irgendwie um das Tischbein, und man konnte sehen, wie er daran abwärts kreiselte. Einige Leute standen auf, andere rissen verblüfft den Mund auf. Auch Harry war sprachlos. Er war nicht sicher, daß *Houdinis Geheimnisse* eine Erklärung für das enthielt, was er eben gesehen hatte. Er wußte nicht genau, ob man es überhaupt erklären konnte. Aber es war passiert.

Unter rauschendem Beifall entließ Slade die Freiwilligen von der Bühne. Als Amanda gehen wollte, bat er sie, nach ihren Ringen zu sehen. Und zu ihrer höchsten Verblüffung, die allgemein geteilt wurde, steckten die Ringe wieder in der ursprünglichen Reihenfolge an ihrem Finger.

Dann wurden die Gegenstände weggetragen, und die Musik ging zu einem ausgelassenen Rhythmus über. Zwei Clowns kamen auf Einrädern auf die Bühne gefahren und beschrieben ein paar wacklige Kreise. Dann stieg einer von ihnen ab, gab Slade sein Rad und machte sich davon. Ein Drahtseil wurde heruntergelassen, das Slade am Sattel einklinkte, ehe er zurücktrat und das Rad knapp zwei Meter über den Boden hochgezogen wurde. Dasselbe geschah mit dem zweiten Einrad, nur wurde es deutlich höher aufgehängt. Die beiden Räder hingen etwa dreieinhalb Meter voneinander entfernt in einem rechten Winkel zueinander. Beleuchtung und Musik bekamen jetzt etwas Bedeutungsvolles, während Slade die beiden Räder in drehende Bewegung versetzte.

Langsam wurden die Drahtseile näher zusammengeführt,

und Slade rannte in der immer kleiner werdenden Lücke zwischen den Rädern hin und her, um die Drehbewegung aufrechtzuerhalten und noch zu beschleunigen. Was passieren würde, wenn die Räder sich trafen, schien auf der Hand zu liegen: ein schlichter Zusammenstoß von Gummireifen und Metallspeichen. Doch Slade sprang wieder von einer Seite auf die andere. Sein Kopf zuckte hin und her, und seine Hände bewegten die Reifen fast so schnell, wie sie sich drehten. Die Musik wurde noch lauter, im Bühnenhintergrund wallte türkisfarbener Rauch auf, und plötzlich trafen sich die beiden Räder und standen auf einen Schlag still; Reifen und Speichen beider Räder waren ineinander verflochten.

Zuerst herrschte Stille. Dann, als die Zuschauer erkannten, was da passiert war, brandete tosender Applaus auf. Als er verklang und die beiden bizarr ineinander verschlungenen Räder entfernt worden waren, sagte Slade: »Mein Urgroßvater hat das mit den zwei Hochrädern nie geschafft. Schade, finden Sie nicht?«

Das Publikum stimmte begeistert zu. Unter enttäuschten Ausrufen der Zuschauer verkündete Slade dann, seine hyperdimensionalen Kräfte seien für diesen Abend erschöpft. Es folgten noch ein paar von ihm selbst so bezeichnete Tricks mit Spielkarten, Handschellen und weißen Kaninchen mit schwarzen Hüten, ehe Slade sich davonmachte, indem er aus einem scheinbar ausbruchsicheren Safe verschwand, um mitten im Publikum wieder zu erscheinen. Dann sprang er zurück auf die Bühne und verbeugte sich zum Abschied.

»Wie fanden Sie es, Mrs. Tandy?« fragte Harry, als die Bravorufe verstummt waren und sie aufstanden, um zu gehen.

»Eindrucksvoll, wirklich eindrucksvoll. Aber wenn er tatsächlich, wie hat er noch gesagt, wenn er wirklich Objekte in höheren Dimensionen manipulieren kann, warum hält er sich dann damit auf, auf so anstrengende Weise sein Geld zu verdienen? Warum bedient er sich nicht einfach mit ein paar

Goldbarren, wenn er an der Bank von England vorbeikommt?«

Eine vernünftige Frage. Harry dachte noch über die Antwort nach, als sie den Mittelgang erreichten, wo sie ein nervös aussehender junger Mann im Abendanzug ansprach. »Mr. und Mrs. Brancaster?« fragte er zweifelnd.

»Ganz bestimmt nicht«, sagte Mrs.Tandy.

»Aber enge Freunde von ihnen«, warf Harry ein. »Wir sind an ihrer Stelle hier, könnte man sagen.«

»Oh, nun ja, in diesem Fall… ich denke, dann ist es angebracht… Wissen Sie, Mr. Slade hoffte, die Brancasters würden nach der Show bei einem späten Imbiß seine Gäste sein.«

»Aber ja doch«, sagte Harry. »Sie haben so etwas erwähnt. Sagen Sie mir nur noch einmal, wo er stattfindet.«

»Im Chasse-Marée in der Beak Street.«

»Ach ja, natürlich. Vielen Dank. Wir gehen gleich hin.«

»Was fällt Ihnen ein, Harry?« sagte Mrs. Tandy, als der junge Mann davoneilte. »Wir sind keine Freunde von den Brancasters. Es wäre äußerst peinlich, wenn das herauskommt. Und bei einem Mann von Slades Talenten wird es bestimmt herauskommen.«

»Ich weiß«, sagte Harry und zwinkerte ihr zu. »Tatsächlich rechne ich darauf.«

9. Kapitel

Harry nahm es Mrs. Tandy nicht übel, daß sie auf den Rest der Abendunterhaltung verzichtete. Das ungebetene Erscheinen bei einem Mitternachtsimbiß hatte nicht zu seiner ursprünglichen Einladung gehört. Außerdem war ihre Schlafenszeit längst überschritten, Neptun würde auf seine Sardinen warten, und insgeheim zog Harry es ohnehin vor, allein zu gehen.

Nachdem er Mrs. Tandy in ein Taxi gesetzt hatte, schlenderte er gemächlich in die Beak Street, weil er annahm, Slade werde sich duschen und umkleiden, bevor er zu seinen Gästen stieß. Das Chasse-Marée erwies sich als eines von Sohos exklusiveren und weniger grell erleuchteten Restaurants. Es war ein französisches Fischlokal mit blauen Wänden, in dem alles, von den Lampenschirmen bis zu den Aschenbechern, die Form von Seemuscheln hatte. Slades Gäste waren leicht zu erkennen. Es handelte sich um ein Dutzend Personen in Abendgarderobe, die die Bar mit Beschlag belegt hatten und denen freigebig Champagner ausgeschenkt wurde. Harry brauchte nur zu nicken und einem Kellner zuzulächeln, um in die Gastfreundschaft einbezogen zu werden.

»Eine seiner besten Vorstellungen, finden Sie nicht?« sagte eine große, langnasige Brünette mit Schlafzimmerblick, während sie an ihrer Zigarette zog. »Ich meine, er war heute abend wirklich da.«

»Ich habe ihn heute zum erstenmal auf der Bühne gesehen. War eine ziemliche Offenbarung.«

»Weiß Gott. Übrigens, ich bin Tina.«

»Und ich bin Harry.«

»Woher kennen Sie Adam, Harry?«

»Das ist kompliziert. Aber nicht so kompliziert wie die höheren Dimensionen. Ich bin nicht sicher, daß ich begreife, was das überhaupt ist.«

»Erkläre Harry die höheren Dimensionen, Malcolm«, sagte Tina, indem sie einen lauten jungen Mann aus dem Gespräch der benachbarten Gruppe zog.

»Sie kennen sich damit nicht aus?« sagte Malcolm und warf das Haar aus der Stirn.

»Sie denn?«

»Nicht wie Adam, aber ich begreife das Gesamtbild.«

»Und wie sieht das aus?«

»Nun ja, es ist eine zusätzliche Art zu sehen, nicht? Wie

Teile des Spektrums, die gewöhnliche Menschen nicht erkennen können. Als wenn wir nur in zwei Dimensionen existierten, sozusagen nur Länge und Breite, aber nicht die Höhe sehen könnten. Wir würden nicht verstehen, was passiert, wenn etwas aufgehoben und wieder abgesetzt würde, statt nur vorwärts oder rückwärts geschoben zu werden. Es würde verschwinden und anderswo wieder auftauchen wie durch Zauberei.«

»Wie der Reifen um das Tischbein?«

»Ja. Und die Räder. Adam sagt, es wäre ganz einfach, alle diese Speichen ineinanderzufädeln, wenn man nur weiß, wie es geht. Wie Kartenmischen. Und genau das tut er eben.«

»Natürlich«, warf ein rotgesichtiger, dicklicher Mann ein, der mitgehört hatte, »bei Malcolm macht es keinen Unterschied, ob er sich in zwei oder drei oder siebzehn verdammten Dimensionen befindet.« Er klapste Malcolm mit dem Theaterprogramm auf den Kopf. »Die Dinge haben trotzdem die Neigung, aus großer Höhe auf ihn zu fallen.« Bei seinem brüllenden Gelächter schienen die Wände des Restaurants zu erzittern. Dann stellte er mit gnädiger Plötzlichkeit das Lachen ein.

Der Grund war die Ankunft von Adam Slade, Magier und Hyperdimensionalist. In schwarzem Anzug und rotem Hemd mit offenem Kragen trat er lässig durch die Tür, ohne sich sichtbar um einen großen Auftritt zu bemühen. Trotzdem zog er sofort alle Blicke auf sich. Hoch- und Willkommensrufe wurden laut. Die Menge an der Bar teilte sich vor ihm wie das Rote Meer vor den Stämmen Israels, und zu seiner großen Überraschung fand sich Harry neben diesem menschlichen Phänomen wieder.

»Brillante Vorstellung, Adam«, sagte Tina und trat näher, um ihn zu küssen.

»Danke, Schätzchen.« Slade trank einen Schluck geeistes Mineralwasser.

»Völlig kaputt?«

»Ja. Aber hier unter meinen Freunden werde ich mich schnell wieder erholen.« Jetzt bemerkte er Harry und runzelte leicht die Stirn. »Kennen wir uns?«

»Das ist Harry«, sagte Tina. »Ein bißchen skeptisch, glaube ich.«

»Mein Name ist Barnett«, sagte Harry, lächelte trotzig und streckte eine Hand aus, die Slade ignorierte.

»Nie von Ihnen gehört.«

»Sie überraschen mich. Ich meine, bei all den zusätzlichen Dimensionen der Wahrnehmung, die Ihnen zur Verfügung stehen, müßte doch klar sein, wer ich bin. Können Sie nicht eine davon zu Hilfe nehmen, um es herauszufinden?« Harry hatte nicht vorgehabt, sich den Mann zum Feind zu machen, doch in seiner Verzweiflung, dessen Aufmerksamkeit zu fesseln, hatte er anscheinend genau das getan.

»Ersparen Sie mir die Mühe.«

»In Ordnung. Ich bin David Vennings Vater.«

»Das glaube ich nicht.«

»Es stimmt aber. Warum sonst hätte seine Mutter mir von Ihrer Dinnerverabredung mit ihm im letzten Monat erzählen sollen?«

»Ich weiß es nicht. Und ich will es auch nicht unbedingt wissen.«

»Aber ich will es wissen. Ich will wissen, in welcher Verfassung er an dem Abend war. Was ihm durch den Kopf ging.«

»Ich bin hergekommen, um mich zu entspannen. Nicht, um mich verhören zu lassen.«

»Ich verstehe.« Harry versuchte es mit einem weiteren Grinsen, aber das schien nicht ansteckend zu sein. »Vielleicht könnten wir uns morgen treffen.«

»Ich habe eine bessere Idee. Rufen Sie am Montag meinen Agenten an.«

»Das hat nichts mit Ihrem Agenten zu tun.«

»Wirklich nicht? Ich weiß zufällig, daß Davids Vater vor fast zehn Jahren gestorben ist. Was Sie zum Betrüger stempelt. Vermutlich sind Sie Journalist. Sie wollten sich mit dieser Scharade ein Exklusivinterview verschaffen, nicht? Für die Art von Zeitung, die jemanden wie Sie beschäftigt, wäre das wahrscheinlich ein echter Knüller. Nur daß es dazu nicht kommen wird.«

»Ich kann Ihnen versichern ...«

»Geben Sie sich keine Mühe.«

»Ich möchte nur wissen, worüber Sie und David beim Dinner gesprochen haben. Das ist wohl kaum ein Staatsgeheimnis.«

»Nein. Aber es war ein Gespräch unter vier Augen, und das wird es auch bleiben.«

»Mein Sohn liegt im Koma, Mr. Slade. Seit dem Abend, an dem er mit Ihnen gegessen hat. Er hat eine Überdosis Insulin genommen, und keiner scheint zu wissen, warum. Sicher sehen Sie ein ...«

»Was ich sehe, ist, daß ein ungeladener Gast eine private Party stört. Wenn Sie wirklich Davids Vater wären, wüßten Sie, daß ich seiner Mutter alles berichtet habe, was zu berichten war. Sie hätten nicht herzukommen brauchen, um mich zu belästigen. Ihre Story ist nur ein Vorwand, der nicht funktionieren wird.«

»Sieht aus, als wären Sie durchschaut, Harry«, sagte Tina.

»Sie können aus eigenem Willen gehen, ich kann aber auch ein paar Freunde bitten, Sie rauszuwerfen. Meine Freunde halten sich ziemlich fit.« Slade tätschelte Harrys Bauch. »Aber ein bißchen zusätzliches Gewichtstraining schadet nie.«

Harry zog eine Grimasse. »Ich gehe freiwillig.«

»Das dachte ich mir.«

»Aber David wird das nicht tun. Falls es das ist, was Sie erhoffen.« Es war eine leere Drohung, die mehr auf Wut als auf

Argwohn beruhte. Doch indem er sie aussprach, verschaffte sich Harry zumindest in seinen Augen einen strategischen Abgang, der nicht so sehr nach Rückzug aussah. »Dafür werde ich sorgen.«

10. Kapitel

Ein milder, grauer Sonntagnachmittag mit wenig Verkehr und nur vereinzelten Kunden hatte Harry Gelegenheit gegeben, noch einmal alles zu überdenken, was er bisher erreicht hatte und für seinen Sohn noch versuchen konnte. Je mehr er darüber nachdachte, desto müßiger schienen seine Bemühungen zu sein. Außerdem gingen sie vermutlich in die falsche Richtung. Hope Brancaster hatte wahrscheinlich recht gehabt. David, deprimiert über eine Reihe von Karriererückschlägen, hatte sich freiwillig eine Überdosis Insulin gespritzt und lag nun in irreversiblem Koma. Es hatte kein falsches Spiel gegeben, und eine Wunderheilung würde es auch nicht geben. So einfach war das.

Es fiel Harry nicht einmal schwer, sein eigenes Widerstreben zu durchschauen, diese Schlußfolgerung zu akzeptieren. Ein Sohn konnte einem ansonsten inhaltslosen Leben einen gewissen Sinn geben. Einen solchen Sinn zu entdecken, nur um ihn dann gleich wieder zu verlieren, war unerträglich. Daher die Suche nach Geheimnissen, nach unlauteren Motiven und unausgeglichenen Konten. Bisher hatte er nichts als das übliche Durcheinander menschlicher Schwächen entdeckt, nichts, das schimpflicher gewesen wäre als seine eigene Rolle in der Tragödie. Warum also Iris' Seelenqualen vergrößern, indem er überarbeiteten Ärzten zusetzte und entschwundene Freunde aufspürte? Warum nicht einfach akzeptieren, was alle anderen bereits erkannt hatten und Iris bald erkennen würde: daß man David sterben lassen mußte?

Natürlich wegen allem, was Harry versäumt hatte: die schlaflosen Nächte und die Tage voller gemeinsamer Spiele, das strahlende Baby, das schmollende Krabbelkind, der heranwachsende Junge und der erwachsene Mann, sein Streben und seine Leistungen, seine Launen und das, was ihn ehrte. Alles, was ihn ausmachte, einschließlich seiner Fehler, kurz, das Leben von David John Venning. Die dreiunddreißig Jahre, die er und Harry gemeinsam auf diesem Planeten verbracht hatten, ohne sich zu kennen. Die Bindung, die nie zerbrochen war, weil sie niemals bestanden hatte. Es war eine harte Lektion und eine noch härtere Strafe. Einmal zuvor in seinem Leben hatte er zu sich selbst gesagt: »Das ist das Schlimmste, Harry, schlimmer kann es nicht werden.« Aber das hatte nicht gestimmt, weil dieser Moment ihn noch erwartet hatte.

Ein Lieferwagen fuhr vor. Ein lockiger Mann in Jeans und kariertem Hemd kletterte heraus und begann zu tanken. Dahinter kam ein dunkelgrüner Jaguar herein. Harry war auf traurige Weise dankbar für den Strom von Kundschaft. Jede Unterbrechung seiner Einsamkeit, wie kurz auch immer, war ihm willkommen. Doch der Jaguar fuhr an den Zapfsäulen vorbei und hielt bei den Luftpumpen. Typisch! Sie kauften nicht einmal eine Tüte Milch, von Benzin ganz zu schweigen. Dann erkannte er, wer auf dem Beifahrersitz saß und ihn durch die vom Nieselregen benetzte Scheibe ansah: Iris. Ihr Gesicht war grau und ausdruckslos, ihr Blick auf ihn gerichtet, ohne daß sie ihn zu sehen schien. Sie sah müde und ausgelaugt aus, als sei sie an irgendeiner unmarkierten Grenze des Erträglichen angelangt.

Die Fahrertür wurde zugeschlagen. Ein großer, stämmiger Mann in Tweedjacke und Gabardinehosen ging um den Wagen herum und kam auf den Laden zu. Er hatte dunkles, glattes Haar, das auf altmodische Weise mit Frisiercreme zurückgekämmt war. Sein Gesicht war kräftig und gerötet, die

Wangen zitterten bei seinen energischen Schritten, die kleinen Augen blickten gespannt und richteten sich beim Gehen auf Harry. Ken Hewitt war genau das, was Harry befürchtet hatte: zäh, unbarmherzig und gewohnt, seinen Willen zu bekommen. Harry war diesem Typ nur zu oft begegnet. Häufiger, dachte er manchmal, als er verdiente. Schon jetzt stand fest, daß die Begegnung unangenehm werden würde.

»Harry Barnett?« Die Worte waren schon aus Hewitts Mund, bevor die Tür hinter ihm zugefallen war.

»Ja. Sie müssen Ken Hewitt sein.«

»Richtig.« Er marschierte an die Theke und schien bis zum letzten Moment im Zweifel, ob er Harry dahinter hervorholen sollte. Doch sie spürten beide, daß Iris sie durch das Fenster aufmerksam beobachtete. Die einzige Kraft, die zu benutzen sie sich erlauben konnten, war die der Persönlichkeit. In dieser Hinsicht zog Harry von vornherein den kürzeren. »Ich habe beschlossen, Ihrer Einmischung in die Angelegenheiten meiner Frau ein Ende zu machen.«

»Ich mische mich nicht ein.«

»Hope hat uns von Ihrem Besuch erzählt. Nennen Sie es nicht Einmischung, wenn Sie sich als nicht existierender Verwandter ausgeben?«

»Ich bin ein Verwandter.«

»Juristisch nicht, praktisch nicht, und für mich auch nicht.«

»Eine Meinung, die Sie Iris zweifellos aufzwingen wollen.«

»Sie sind derjenige, der sich aufdrängt, Barnett. Und das wird aufhören.«

»Ich glaube nicht, daß Sie das zu bestimmen haben. Wenn Sie Claude wären, dann vielleicht. Aber Claude ist tot. Ich denke, damit bin ich für David noch am ehesten so etwas wie ein Vater.«

»Sie denken? Ich werde Ihnen sagen, was ich denke …« Er verstummte, als der Mann aus dem Lieferwagen hereinkam und zu den Warenregalen ging. Dann fuhr er mit leiserer

Stimme und über die Theke gebeugt fort: »Ich liebe Iris. Ich respektiere sie. Sie haben vermutlich keines von beiden getan, sonst hätte sie Sie nicht von sich ferngehalten. Lassen Sie sie in Ruhe.«

»Ich versuche doch nur…«

»Sich wichtig zu machen und Iris einzureden, daß Sie eine Rolle spielen. Aber das tun Sie nicht. Sie haben es nie getan und werden es nie tun. Sie sind bloß ein Fehler, den Iris vor zu langer Zeit gemacht hat, als daß er es wert wäre, sich überhaupt daran zu erinnern.«

»Und wo bleibt David bei all dem?«

»Da, wo er seit einem Monat ist: jenseits aller Hilfe. Besonders Ihrer Hilfe.«

»Ist Iris der gleichen Meinung?«

»Sie fing gerade an, so zu denken, als Sie unter Ihrem Stein hervorkrochen.«

Harry lächelte grimmig. »Das tut mir leid.«

»Sie werden allen Grund dazu haben, wenn Sie nicht wieder dahin zurückkriechen.«

»Das ist eine Drohung, ja?«

»Ich werde einen Gerichtsbeschluß erwirken, wenn das nötig ist, Barnett. Ich werde Sie daran hindern, sich einzumischen. So oder so.«

Harry seufzte. »Was sieht sie bloß in Ihnen?«

»Was glauben Sie? Schauen Sie in den Spiegel und finden Sie's heraus.«

»Sie möchten, daß die Maschinen abgestellt werden, nicht?«

»Ich möchte ihn von seinem Elend erlösen. Ich möchte, daß Iris nicht mehr das Unmögliche erhofft, sondern anfängt, ihren Sohn zu betrauern. Dafür sind Sie ein Hindernis, das ich aus dem Weg zu räumen gedenke.«

»Was glauben Sie, warum er die Überdosis genommen hat?«

»Halten Sie sich da raus!«

»Oder hat sie ihm jemand gegeben?«

»Versuchen Sie nicht, Iris solche verrückten Ideen in den Kopf zu setzen, Barnett. Das meine ich ernst. Tun Sie es nicht.«

»Das hier und zwanzig Rothman's«, sagte der Mann aus dem Lieferwagen und legte eine Viererpackung Cola, zwei Würste, einen Marsriegel und eine Zeitschrift auf die Theke. »Und dazu noch zehn Stück Kautabak.« Er schaute Hewitt argwöhnisch an. »Störe ich?«

»Nein«, sagte Hewitt gelassen. »Wir sind fertig.«

Harry sah ihm nach, als er ging, und schaute dann zum Wagen. Doch Iris starrte geradeaus auf die Liste mit dem empfohlenen Reifendruck, die an der Hofmauer hing. Sie wandte die Augen nicht davon ab, als Hewitt sich auf den Fahrersitz setzte und anfuhr. Sie wechselten kein Wort und keinen Blick. Für Harry war das ein flüchtiger Sieg, den er der drohenden Niederlage entgegensetzen konnte.

11. Kapitel

HARRY GING langsam durch die Scrubs Lane heimwärts. Seine Stimmung entsprach den düsteren, langsam dahinziehenden Wolken. So, nahm er an, würde es wohl enden: mit der schleichenden Akzeptanz des Unvermeidlichen. Er würde morgen nachmittag ins Krankenhaus gehen und seinen Frieden mit Iris schließen. Er würde sie entscheiden lassen, was für David am besten war, und ihre Entscheidung respektieren. Er würde seinen Groll und seinen Argwohn mit David sterben lassen. Und danach? Nun, danach würde er sich zweifellos ziemlich betrinken.

Unglücklicherweise lag die Kleinigkeit von vierundzwanzig Stunden zwischen ihm und seinem pragmatischen Akzeptieren der Weisheit anderer Leute. Schlimmer noch, es war Sonntag, was bedeutete, daß das Stonemason's noch nicht geöffnet war. So konnte er nur in die Einsamkeit seiner Wohnung zurückkehren und auf die Öffnung des Pubs um neunzehn Uhr warten. Nur gut, dachte er, als er in die Foxglove Road einbog, daß er kein scharfes Rasiermesser besaß. Wenn er zu Hause auf seinem Bett lag und *Songs of Praise* aus dem Nebenhaus durch die Dielenbretter drang, wäre es sonst vielleicht genau das, was ihm den Rest gab.

Als er das Haus betrat, war noch kein *Songs of Praise* zu hören. Harry wußte nicht recht, ob das gut oder schlecht war, doch noch während er sich das überlegte, überraschte ihn etwas. Ein Brief erwartete ihn auf dem Tisch im Flur, wo Mrs. Tandy normalerweise seine Post hinlegte. Aber heute war Sonntag, wie konnte da ein Brief gekommen sein? Er nahm ihn in die Hand und betrachtete die handgeschriebene Adresse. Der Brief war weder von seiner Mutter noch von Zohra. Von wem sonst?Er kannte die Schrift nicht, und der Poststempel war so verschmiert, daß er nicht zu entziffern war. Harry schaute ins Wohnzimmer und schwenkte den Umschlag in Mrs. Tandys Richtung. Die blickte widerwillig von dem Horrorroman von Peter James auf, den ihre Nichte ihr zum Geburtstag geschickt hatte.

»Woher kommt der, Mrs. Tandy?«

»Ich weiß nicht, Harry. Er kam, als Sie gerade zur Arbeit gegangen waren. Vielleicht hat ein Nachbar ihn eingeworfen. Sie wissen ja, wie viele Briefe falsch zugestellt werden, seit unser früherer Briefträger in Rente gegangen ist.«

»Ist mir noch nicht aufgefallen.«

»Weil Sie so wenig Post bekommen.«

»Sie meinen, man muß auch für kleine Gefälligkeiten dankbar sein?«

»Würde Ihnen vielleicht nicht schaden. Aber wenn Sie nichts dagegen haben, ich bin mitten in einer Enthauptung.«

Harry schätzte, daß ihm das mindestens ein paar Minuten Schwatz ersparte. Langsam ging er die Treppe hinauf und riß dabei den Umschlag auf. Er enthielt einen dreifach gefalteten Zeitungsausschnitt, aber weder eine Nachricht noch einen Brief, womit sich der Absender zu erkennen gegeben hätte. Harry zog seine Wohnungstür hinter sich zu, lehnte sich dagegen und faltete den Zeitungsausschnitt auseinander. Er stammte aus der *Sunday Times* von vor drei Wochen und war die obere Hälfte einer Innenseite mit der über vier Spalten gedruckten Überschrift: *Auf Vorhersagen spezialisierte Wissenschaftler begegnen unvorhergesehenen Zwischenfällen.* Begierig las Harry den darunterstehenden Artikel.

Mit dem letzten Dienstag verstorbenen Dr. Marvin Kersey, einem kanadischen Biochemiker, erhöht sich die Anzahl der ehemaligen Mitarbeiter von Globescope Inc., einer auf Vorhersagen spezialisierten Firma mit Sitz in Washington, die in den letzten Wochen von tödlichen oder beinahe tödlichen Unfällen betroffen wurden, auf drei. Der Präsident von Globescope, Byron Lazenby, hat Vermutungen über einen Zusammenhang zwischen dieser Häufung von Unfällen und der Arbeit der Opfer für seine Organisation als »erfundenen Unsinn« abgetan. Bislang spreche nicht mehr als der Zufall für eine Verbindung.

Dieser Zufall ist allerdings faszinierend. Am 13. September wurde Dr. David Venning, ein englischer Mathematiker, in seinem Zimmer im Skyway Hotel am Flughafen Heathrow in diabetischem Koma aufgefunden. Anscheinend hatte er sich eine Überdosis Insulin injiziert. Neun Tage später stürzte Gerard Mermillod, ein französischer Soziologe, in Paris auf dem Bahnhof Pigalle vor die Metro und fand den Tod. Zeugen beschrieben die Art seines Sturzes als »bizarr«. Letzten Dienstag wurde Dr. Marvin Kersey tot in seinem Apartment in Montreal aufgefunden. Die Polizei glaubt, daß er durch

Kohlenmonoxyd vergiftet wurde, das aus einer defekten Heizanlage austrat. Alle drei Männer waren bis April dieses Jahres Mitglieder des wissenschaftlichen Spezialistenteams von Globescope. Mr. Lazenby bezeichnete ihren gleichzeitigen Weggang als »normale Fluktuation«. Dr. Kersey war danach als Dozent an die McGill University in Montreal zurückgekehrt, wo er vor seinem Übertritt zu Globescope tätig gewesen war. Mr. Mermillod hatte eine Stellung beim Institut des Hautes Etudes Scientifiques in Paris angenommen. Dr. Venning hatte zur Zeit des letztgenannten Vorfalls keinen akademischen Posten inne.

Die Mitarbeiter von Globescope sind angewiesen worden, nichts über ihre früheren Kollegen zu sagen. Ein Angestellter, der bereit war, sich inoffiziell zu äußern, sagte, alle hofften, es möge sich bei diesen Ereignissen wirklich um Zufälle handeln. Der Gedanke, es könne anders sein, »macht einen zittrig«, wie er einräumte. Bisher sind keine plausiblen Motive für Selbstmord aufgetaucht, und weder die Polizei in Paris noch die in Montreal scheint die Todesumstände als verdächtig anzusehen. Dr. Venning liegt weiterhin im National Neurological Hospital in London im Koma. Sein Zustand wird als ernst, aber stabil beschrieben. Bei Globescope sieht die Aufgabe, die Zukunft vorherzusagen, inzwischen sehr viel einfacher aus als die Interpretation der Gegenwart.

Weniger als eine Stunde später lief Harry durch den Gang, der zu Zimmer E318 im National Neurological Hospital führte. Der Besuch schien nicht viel Sinn zu haben, doch seine Gedanken waren nun so rastlos, daß ihm körperliche Aktivität, sinnvoll oder nicht, unentbehrlich erschien. Der anonyme Anruf und der Brief, Davids Koma und der Tod zweier anderer Männer, mindestens fünf Wissenschaftler, die im letzten Frühjahr von Globescope entlassen worden waren, zwei davon tot, einer so gut wie tot: All das war mit Sicherheit Teil eines Musters. Das mußte auch Iris erkannt haben. Aber sie hatte sich entschieden, es vor ihm zu verheimlichen. Sie hatte so getan, als gebe es kein Muster, als sei Davids Erkrankung einfach nur ein tragisches Mißgeschick. Was hatte sie gesagt? »Ich werde nicht zulassen, daß du dich in sein Leben drängst.« Zu dem Zeitpunkt war ihm das einleuchtend erschienen, aber jetzt ... Alle waren so eifrig darauf bedacht, David sterben zu lassen, wollten nicht wissen, was mit ihm passiert war. Diese Einmütigkeit brachte Harrys Blut in Wallung. Wo waren sie, wenn David sie brauchte? Wenn Harry selbst gewußt hätte, daß er einen Sohn hatte, dann hätte er ...

Ruckartig blieb er stehen und entging gerade noch dem Zusammenstoß mit einem Mann, der aus Davids Zimmer kam. Er hatte ungefähr Harrys Größe und Gewicht, allerdings mit mehr Muskeln und weniger Fett, ein hübsches, wenn auch leicht ramponiertes Gesicht, große blaue Augen und blondes, stacheliges Haar. Ohne den dunklen Anzug und die rote Seidenkrawatte hätte man ihn für den Rausschmeißer eines Nachtclubs halten können. Er zog eine Augenbraue hoch, musterte Harry flüchtig, drängte sich dann an ihm vorbei und ging.

Harry trat in das Zimmer und schaute zu David hinüber. Sein leeres, friedliches Gesicht war unverändert, zeigte keine noch so geringe Spur von Bewußtsein. Er konnte nicht hören, nicht sehen, nicht reagieren. Für die Welt blieb er tot. Aber vielleicht, tief im Inneren, war er für seinen eigenen Vater nicht ganz tot. Harry setzte sich an das Bett, streckte den Arm aus und legte die Hand auf Davids Hand, die auf der Bettdecke lag. »Ich werd's versuchen, Sohn«, murmelte er. »Ich werd's wirklich versuchen. Morgen sehe ich deine Mutter. Und deinen Arzt, wenn das möglich ist.«

Davids Arzt – natürlich! Der Mann, in den er beinahe hineingerannt wäre, hatte die autoritäre Ausstrahlung eines zugezogenen Spezialisten. Und Harry hatte sich diese Gelegenheit entgehen lassen. Er fluchte lautlos, sprang auf und eilte auf den Gang. Der Mann war nirgends mehr zu sehen. Aber weiter unten auf dem Gang machte sich eine Krankenschwester zu schaffen, die vorher nicht dagewesen war. Harry winkte und eilte ihr entgegen, um mit ihr zu sprechen. Das Personal kannte ihn inzwischen, und sie begrüßte ihn mit einem Lächeln.

»Hallo, Mr. Barnett. Sie sind ja noch spät hier.«

»Ich bin nicht der einzige. War das Davids Facharzt, den ich eben aus seinem Zimmer kommen sah?«

»Nein. Mr. Baxendale kommt erst morgen wieder. Das war nur ein anderer Besucher. David hatte heute viel Besuch.«

»Wer war er?«

»Er hat seinen Namen nicht genannt. Ein Kollege, hat er gesagt, glaube ich.«

»Ein Kollege von David?«

»Ja.«

»Von Globescope?«

»Globescope? Was ist das?«

Daß die Schwester es nicht wußte, spielte keine Rolle. Wenn der Mann ein Kollege von David war, dann mußte er von Globescope sein. Und in diesem Fall... Ein flotter Trab bis zum Haupteingang bescherte Harry nichts weiter als völlige Atemlosigkeit und die traurige Auskunft des Portiers, er erinnere sich vage, daß ein Harrys gekeuchter Beschreibung entsprechender Mann vor ein paar Minuten das Krankenhaus verlassen habe. Draußen im Nieselregen des Londoner Abends war allerdings nichts mehr von ihm zu sehen.

Harry zündete sich eine Zigarette an, um seine Enttäuschung zu lindern, und stand rauchend im Schutz des Säulenvordachs, das auf den Queen Square hinausging. Schlimm genug, daß er die Chance verpaßt hatte, mit einem Insider von Globescope zu sprechen. Was ihn aber noch mehr wurmte, war eine andere Möglichkeit. Konnte Davids unidentifizierter Kollege auch für den Brief und den Anruf verantwortlich sein? War er vielleicht der namenlose Bote, der mehr über Harrys Vergangenheit zu wissen schien als Harry selbst?

12. Kapitel

»WOLLEN DOCH mal sehen, was deine Mutter dazu zu sagen hat, was, David? Vielleicht liegt es ja gar nicht an ihr, weißt du. Könnte sein, daß Ken das eigentliche Problem ist. Das ist mir klar. Dir auch, denke ich. Setzt er sie unter Druck? Was meinst du? Auf jeden Fall versucht er, mich unter Druck zu setzen. Aber mach dir keine Sorgen. Bei mir wird das nicht funktionieren.« Harry lächelte, als ihm seine Hartnäckigkeit bewußt wurde. Sie hatte ihn schließlich seit dem frühen Vormittag im Krankenhaus festgehalten, wo er auf den Besuch von Davids Mutter wartete. Er würde Harry die Chance geben, Iris einige der Fragen zu stellen, die ihm nicht aus dem Kopf gingen. Natürlich hätte er sie auch anrufen können, aber vielleicht hätte sie sich geweigert, mit ihm zu reden. Er hätte nach Chorleywood hinausfahren können, um sie zu sehen, aber sie hätte ihm die Tür vor der Nase zuschlagen können. Ken hätte das bestimmt getan. Harry hoffte allerdings, daß Ken nach Manchester zurückgekehrt war, um wieder das Kommando über seine Firma zu übernehmen. Insofern war Davids Krankenzimmer der sicherste Boden für eine Konfrontation mit Iris.

Da Harry den größten Teil des Montags im Krankenhaus zugebracht hatte, war es ihm bereits gelungen, Davids Facharzt einige Informationen zu entlocken. Aber Dr. Baxendale, ein freundlicher, wenn auch vorsichtiger Mann, hatte nur seine schlimmsten Befürchtungen bestätigt. »Es gibt keine realistische Hoffnung auf eine Erholung nach einem so tiefen Koma, Mr. Barnett. Früher oder später wird Mrs. Hewitt entscheiden müssen, wie man mit dieser Tatsache umgeht.« Was die angeblichen neurobiologischen Fachkenntnisse von Donna Trangam anging, so hatte Baxendale die höflich abgetan. »Sie hat David kurz nach seiner Einlieferung einen Besuch abgestattet und mir ihre ziemlich radikale Ansicht über Komabehandlung mitgeteilt. Aber sie hat absolut keine klinische Erfahrung damit. Außerdem ist sie fast unmittelbar danach in die Vereinigten Staaten zurückgekehrt, und seither habe ich nichts mehr von ihr gehört.«

»Wann war das?« hatte Harry gefragt. »Genau, meine ich?«

»Schwer zu sagen. David wurde am 15. September von Charing Cross hierher verlegt. Einige Tage danach, nehme ich an.«

»Und ein paar Tage später ist sie abgereist?«

»Vermutlich.«

Im Gegensatz zu seinem Sohn war Harry kein Mathematiker, doch schlichte Arithmetik ging noch nicht über seinen Horizont. Donna Trangams plötzliche Abreise in die Staaten fiel zeitlich mehr oder weniger mit Gerard Mermillods Tod in Paris am 22. September zusammen. Natürlich war ihr Reiseziel nur eine Vermutung von Baxendale. Sie hätte genausogut nach Paris fliegen können. Oder über Paris. Wie auch immer, das hörte sich nicht nach Zufall an. Für Harry war kaum noch etwas Zufall. Verschwörung, Heimlichtuerei, Verwirrung lagen für ihn viel näher.

»Was ist mit dir passiert, David?« fragte er, beugte sich auf seinem Stuhl vor und starrte auf die geschlossenen Augen seines Sohnes. »Hast du dir das Insulin injiziert? Oder war es jemand anders? Derselbe Jemand, der Mermillod vor die Metro gestoßen und die Heizanlage in Kerseys Apartment manipuliert hat? Derselbe Jemand, der vielleicht deinen anderen Freunden auf den Fersen ist, während du da liegst und ich hier sitze, während sie weglaufen und wir warten? Ist es das, was ...«

Er schaute auf und sah Iris in der Tür stehen, frische Blumen in den Armen, ein gefrorenes Lächeln auf dem Gesicht. Sie hatte gehört, was er gesagt hatte, schien aber nicht zu wissen, wie sie reagieren sollte. Sie starrten einander einen langen Augenblick schweigend an. Dann legte sie die Blumen sanft auf einen Tisch. Das Zellophanpapier knisterte und übertönte das Geräusch des Beatmungsgeräts. Iris zog sich einen Stuhl heran und setzte sich auf die andere Seite von Davids Bett.

»Hallo, Iris. Überrascht, mich zu sehen?«

»Ein bißchen.«

»Ken war sicher, mich verscheucht zu haben, was?«

»Er dachte, er hätte sich dir verständlich gemacht, ja.«

»Aber das hier hat er nicht erwähnt.« Harry nahm den Zeitungsausschnitt aus der Tasche und reichte ihn ihr. »Und du auch nicht.« Er sah, wie sie schluckte, als sie den Artikel überflog. »Warum?«

»Wie hast du das herausgefunden?«

»Das spielt keine Rolle. Wichtig ist, was es bedeutet.«

»Nichts. Es bedeutet nichts.«

»Komm, Iris. Was hat David bei Globescope gemacht? Was haben all diese Leute gemacht?«

»Ich weiß es nicht. Ich habe absolut keine Ahnung.«

»Hast du dich das denn gar nicht gefragt?«

»Globescope sagt die Zukunft voraus. Firmen, sogar Regierungen, bezahlen sie, um ökonomische Entwicklungen vorherzusagen. David hat an etwas gearbeitet, was sich *predictive modelling* nannte, Modellvorhersage oder so ähnlich. Was gibt es da noch zu sagen?«

»Hat er mit Kersey und Mermillod zusammengearbeitet?«

»Vielleicht. Mir gegenüber hat er ihre Namen nie erwähnt. Warum sollte er auch? So sehr hat mich das nicht interessiert.«

»Und interessiert es dich jetzt?«

»Mich interessiert, das Beste für David zu tun.«

»Mich auch.«

»Dann tu, was Ken gesagt hat: Laß uns in Ruhe.«

»Wie kann ich das, wenn es dir so zu widerstreben scheint, die Wahrheit herauszufinden?«

»Die Wahrheit ist, daß David eine Überdosis Insulin genommen hat, vermutlich aus Versehen. Wenn jemand das getan hätte, was du anscheinend argwöhnst, dann hätte es in seinem Hotelzimmer Spuren eines Kampfes gegeben. Es gab aber keine. Er hätte unter diesen Umständen sowieso reichlich Zeit gehabt, medizinische Hilfe zu holen. Es sei denn, du willst unterstellen, daß er gefesselt und geknebelt wurde, bis das Insulin wirkte, damit er keinen Alarm schlagen konnte. Auch das hätte Spuren hinterlassen. Aber es gab keine. Er hatte keinerlei Male am Körper, kein einziges. Er war allein, als es passierte, Harry. Verstehst du nicht? Dieser Journalist stoppelt nur eine Story zusammen, um die Seite zu füllen. Es ist nichts dran.«

»Du meinst also, diese beiden Todesfälle wären reiner Zufall?«

»Was sollten sie sonst sein?«

»Warum wurde David von Globescope gefeuert?«

»Das wurde er gar nicht, soviel ich weiß. Er hat mir erzählt, er hätte gekündigt, weil er sich konzentrieren wollte auf...«

»Auf höhere Dimensionen? Das war zweifellos ein Thema bei seinem Abendessen mit Adam Slade. Auch etwas, das du mir gegenüber nicht erwähnt hast.«

»Wegen deiner möglichen Reaktion, Harry. Wegen der Art, wie du dann auch tatsächlich reagiert hast. Dabei war Mr. Slade wirklich sehr besorgt und so hilfsbereit wie nur möglich. Ob er tatsächlich diese Kräfte hat, wie er behauptet, möchte ich eher bezweifeln. Aber es ist doch nichts Schlimmes, daß er sich mit David getroffen hat, um darüber zu diskutieren.«

»Was ist mit Donna Trangams Blitzbesuch? Siehst du nichts Merkwürdiges darin, daß sie so plötzlich abgereist ist?«

»Überhaupt nicht. Sie hatte einen Lehrauftrag in Berkeley, zu dem sie zurückkehren mußte. Nachdem sie gesehen hatte, daß sie nichts zu Davids Behandlung beitragen konnte, sie und Mr. Hammelgaard …«

»Der Däne war auch hier?«

»Kurz. Was ist so seltsam daran? Sie sind Freunde von David. Sie wollten ihm helfen. Und sahen, daß das nicht möglich war.«

»Haben sie dir das gesagt?«

»Nicht mit so vielen Worten. Ich habe sie nur einmal hier getroffen, ein paar Tage nach Davids Einlieferung. Ich war in einem Zustand, in dem ich nicht viel mitbekam, aber es lag wohl auf der Hand …« Sie verstummte, preßte zwei Finger an ihre Stirn und sagte dann mit ruhigerer Stimme: »Sie gingen einfach ihrer Wege, Harry. So sind die Leute.«

»Wann? Wann sind sie gegangen?«

»Ich weiß nicht. Sie haben mich nicht benachrichtigt. Warum sollten sie auch?«

»Aber sie kamen in der Woche, in der David krank wurde, und reisten ein paar Tage später wieder ab?«

»Tja, ich denke schon. Aber was …«

»Hast du seither von ihnen gehört?«

»Nein.«

»Meinst du, daß es ihnen noch gutgeht?«

»Gut? Natürlich, warum denn nicht?«

»Aus dem gleichen Grund, aus dem es Kersey und Mermillod nicht gutgeht, möchte ich meinen.«

»Das ist Unsinn. Kerseys Tod war ein Unfall. Hunderte von Leuten sterben jedes Jahr an Kohlenmonoxydvergiftung, weltweit wahrscheinlich Tausende.«

»Und sich unter einen Zug zu werfen ist eine häufige Selbstmordmethode.«

»Ja, sicher.«

»Aber beide binnen vierzehn Tagen? Zwei Leute aus einer kleinen Gruppe von Wissenschaftlern, die gleichzeitig von derselben Firma rausgeworfen wurden, weil ...«

»David wurde nicht gefeuert!« Iris blickte hinüber zu ihrem Sohn, als fürchte sie, ihn gestört zu haben. Aber sie hätte sich keine Sorgen zu machen brauchen. Seine Ruhe war undurchdringlich. »Er hat aus eigenem Willen gekündigt.«

»Hope erzählt das anders.«

»Was weiß sie schon? Da waren sie schon geschieden.«

»Sie ließ durchblicken, es könne etwas zwischen David und Donna Trangam gewesen sein.«

»Wennschon! Sie sind beide erwachsen.«

»Du bist also auch der Meinung, daß da vielleicht etwas war?«

»Ich vermute, daß es zumindest möglich ist. Sie sind beide attraktiv, sie haben eine Menge gemeinsam. Das würde sicher erklären, warum er sie an diesem Abend angerufen hat.« Sie verkrampfte sich. »Das heißt ... ich meine ...«

»Er hat sie aus dem Skyway Hotel angerufen?«

Iris blickte ernst zu Harry hinüber. »Ja. Das hat er.«

»Woher weißt du das?«

»Weil das Hotel den Nerv hatte, mir Davids Rechnung zu schicken, damit ich sie begleiche. Darauf stand auch ein Anruf, den er an diesem Abend gemacht hat, um kurz nach elf. Ich habe die Nummer gewählt, und wie sich herausstellte, war es die Vermittlung der Universität in Berkeley. In San Francisco ist es acht Stunden früher als hier, also ...«

»Was hat Donna gesagt, als du sie danach gefragt hast?«

»Ich hatte keine Gelegenheit, sie zu fragen. Als die Rechnung kam, war sie schon abgereist.«

»Aber du hast doch inzwischen sicher mit ihr gesprochen.«

»Nein, habe ich nicht.«

»Warum denn das nicht, zum Teufel?«

»Weil sie nicht mehr dort ist.«

»Nicht dort? Was meinst du damit?«

»Man hat sie in Berkeley nicht mehr gesehen, seit sie am 15. September Urlaub nahm. Das muß gewesen sein, als sie von David hörte.«

»Und sie ist nicht zurückgekommen?«

»Offenbar nicht. Man gab mir ihre Privatnummer, aber da meldet sich nur der Anrufbeantworter. Sie hat auf keine meiner Nachrichten reagiert.«

»Könnte sie mit Hammelgaard zusammensein?«

»Vermutlich.«

»Hast du versucht, ihn zu erreichen?«

»Ja.«

»In Princeton?«

»Ja.«

»Und?«

»Dieselbe Geschichte. Er hat keinen Urlaub, ist aber weg.«

»Vermißt, meinst du?«

»Na ja, vermutlich.«

»Um Gottes willen!« Harry sprang auf und ging zum Fenster, wo er ein paarmal tief einatmete, um sich zu beruhigen, ehe er sich wieder zu Iris umwandte. Seine Wut schmolz beim Anblick ihrer tiefen Niedergeschlagenheit. Sie wirkte plötzlich alt und unsicher, hilfsbedürftig. Aber natürlich würde sie nicht um Hilfe bitten. Was allerdings nicht bedeutete, daß sie sie ablehnen würde. Nicht einmal, wenn sie von ihm kam. »Vor ein paar Augenblicken hast du noch gesagt, es gäbe keinen Grund für die Annahme, daß sie in Gefahr sind.«

»Gibt es auch nicht.«

»Das glaubst du doch selbst nicht.«

»Ken hat mir geraten, diesen Gedanken fallenzulassen. Er sagte, es sei sinnlos, die Sache weiterzuverfolgen. Er sagte, es könnte David nicht helfen, wenn man sich mit seinem früheren Arbeitgeber anlegt.«

»Ach, der gute alte Ken.«

»Aber er hat doch recht, oder?«

»Ich weiß nicht. Vielleicht. Aber eins weiß ich: Das mindeste, das allermindeste, was wir David schulden, ist, herauszufinden, wie ihm diese Sache passiert ist und warum. Hat Donna, als du sie getroffen hast, irgendwas gesagt, was ein Hinweis sein könnte?«

»Nicht, daß ich wüßte. Wir haben über Davids Zustand gesprochen, sonst nichts.«

»Und den Anruf hat sie nicht erwähnt?«

»Nein.«

»Was bedeutet, daß er sie entweder nicht erreicht hat, oder ...«

»Der Anruf hat mehr als zehn Pfund gekostet, Harry. Man sollte meinen, daß er jemanden erreicht haben muß. Und am wahrscheinlichsten war das Miss Trangam.«

»Dann wollte sie wahrscheinlich nicht, daß du erfährst, was er gesagt hat, oder?«

»Ja, sieht so aus.«

Der Gedanke kränkte Iris offensichtlich. Doch in ihrem Seitenblick auf David erkannte Harry eine Angst, die auch er gern verdrängt hätte. War der Anruf womöglich ein Abschied von einer früheren Geliebten gewesen? In diesem Fall wäre ihre Zurückhaltung nicht nur verzeihlich, sondern bewundernswert. »Was ist mit Hammelgaard? Hat er irgendwas gesagt, als du ihn getroffen hast?«

»Nicht viel. Er drückte natürlich sein Mitgefühl aus. Abgesehen davon, ich weiß nicht mehr ...« Sie zuckte mit den Schultern. »Er schien sich Sorgen zu machen, was aus Davids Notizbüchern geworden ist, aber ...«

»Seinen mathematischen Notizbüchern?«
»Ja.«
»Von denen Hope sagte, daß er sich nie davon trennte?«
»Na ja, ich weiß nichts darüber«
»Waren sie nicht in seinem Hotelzimmer?«
»Nein, sie waren tatsächlich nicht da.«
Einen Augenblick lang war Harry zu bestürzt, um zu sprechen. Langsam ging er zum Bett hinüber und setzte sich auf seinen Stuhl. Iris errötete schuldbewußt, als er sie ansah. »Du meinst, sie sind verschwunden?«
»Ich meine, daß er sie nicht bei sich hatte.«
»Hatte er sie bei sich, als er dich in Wilmslow besuchte?«
»Ich weiß nicht. Ich habe sein Gepäck nicht durchsucht.« Sie schüttelte den Kopf. »Tut mir leid. Ich nehme an, er hat sie in seinem Haus in Washington gelassen.«
»Hat jemand nachgesehen?«
»Ich nicht. Vielleicht hat Mr. Hammelgaard das inzwischen getan.«
»Nur können wir ihn nicht fragen, weil er ja vermißt wird.«
»Sieht so aus.«
»Hope hat mir ausdrücklich gesagt, daß er sie überallhin mitnahm.«
»Na ja, das wenigstens müßte sie ja wohl wissen.«
»Also wenn sie nicht in seinem Hotelzimmer waren, dann hat sie entweder jemand weggenommen, oder er hat sie überhaupt nicht mitgebracht. Könnte er sie woanders gelassen haben – zur Sicherheit?«
»Warum hätte er das tun sollen?«
»Weil er dachte, sie könnten sonst in die falschen Hände fallen. Weil er Umstände voraussah, unter denen er sie nicht mehr würde schützen können.«
Iris sah Harry lange und eindringlich an. »Ist dir klar, was du da annimmst?«
»Durchaus. Aber ich verstehe es nicht. Die abstrakten

Kritzeleien und abstrusen Berechnungen eines höheren Mathematikers – welchen Wert sollten sie haben?«

»Keinen, den du oder ich begreifen würden.«

»Aber für Hammelgaard wäre das eine andere Sache, nicht?«

»Ja, vermutlich.«

»Was hast du ihm gesagt?«

»Daß ich keine Ahnung habe, ob David die Notizbücher bei sich hatte oder nicht, als er bei uns war. Ich schlug vor, daß er sich mit Athene Tilson in Verbindung setzt, Davids ehemaliger Tutorin in Cambridge. David hatte erwähnt, daß er sie besucht hat, bevor er zu uns kam. Sie ist ebenfalls Mathematikerin. Vielleicht hat er ihr seine letzten Arbeiten gezeigt.«

»Oder sie bei ihr gelassen?«

»Natürlich, das wäre auch möglich.«

Harry beugte sich über das Bett. »Wo kann ich sie finden, Iris?«

»Southwold, an der Küste von Suffolk. Da hat sie sich zur Ruhe gesetzt.«

»Hast du seit Davids Erkrankung von ihr gehört?«

»Nein, seltsamerweise nicht.«

»Findest du nicht, daß es dann Zeit wird, daß sie von uns hört?«

»Vielleicht.«

»Willst du denn nicht wissen, was sie zu sagen hat?«

»Das hängt davon ab, was es ist.«

Das war ein Echo der vorherigen Angst. Ein Mann, der sich darauf vorbereitet, freiwillig aus dem Leben zu scheiden, könnte durchaus die Früchte seiner letzten intellektuellen Bemühungen bei seiner vertrauenswürdigen Mentorin zurücklassen. Genauso, wie er seiner Mutter einen letzten Besuch abstatten und zum Abschied seine Exgeliebte anrufen könnte, bevor er das BITTE NICHT STÖREN-Schild an seine Hotelzimmertür hängt und eine Spritze mit genügend Insulin füllt, um seinen Nachtschlaf bis in die Ewigkeit auszudehnen. Das war der eigentliche Grund, warum Iris davor zurückschreckte, die Geheimnisse der letzten Stunden ihres Sohnes zu erforschen. Weil sie nicht sicher war, ob sie die Wahrheit dem Nichtwissen vorziehen sollte. Weil Nichtwissen ungefährlich war, selbst wenn es zweifellos schmerzte.

»Du brauchst das nicht zu tun, Harry. Du kannst immer noch Kens Rat befolgen. Halt dich da raus. Laß uns in Ruhe.«

»Das glaube ich nicht«, antwortete er und betrachtete Davids ruhiges, unveränderliches Gesicht. »Ich glaube wirklich nicht, daß das noch eine Option ist.« Er sah Iris an. »Du vielleicht?«

13. Kapitel

Harry erreichte Southwold mit dem Bus aus Ipswich. Es war ein heller, windiger Morgen mit bauschigen, rasch dahinziehenden Wolken und weitem, blauem, ostenglischem Horizont. Örtliche Dichter mochte die Geschäftigkeit der High Street und das laute Kreischen der Möwen am Ufer zu Versen anregen. Doch Harry war nicht gerade in poetischer Stimmung. Er hatte die bleiernen Kopfschmerzen und beginnenden Leberbeschwerden, die nach einer langen Nacht im Stonemason's, einem hastigen Frühstück und einer Fahrt in der überfüllten Untergrundbahn zur Liverpool Street zu erwarten waren. Ihn störte die Erinnerung an Crowthers Sarkasmus, als er eingewilligt hatte, ihm einen freien Tag zu geben: »Die Arbeit hier stellt nicht allzugroße Ansprüche an Ihre Zeit, was, Harry?« Und er war überhaupt nicht sicher, daß der Ausflug nach Suffolk tatsächlich etwas bringen würde, was er nicht auch telefonisch hätte erfahren können.

Natürlich hatte er Dr. Tilson angerufen, aber nur eine

Haushälterin erreicht, doch es war ihm gelungen, einen Termin zu vereinbaren, ohne mehr sagen zu müssen, als daß er ein Freund von David Vennings Mutter sei. Diese Zurückhaltung war ihm nur klug erschienen, bevor er Davids ehemalige Tutorin sehen und ihr Verhalten und ihre Worte abwägen konnte. Als er jetzt am Ufer entlangschlenderte und sich gegen den Wind stemmte, zweifelte er unwillkürlich daran, daß er seine Karten klug ausgespielt hatte.

Avocet House war eine hochgiebelige viktorianische Villa hinter sturmzerzausten Hecken am südlichen Ende der Stadt. Es sah mehr nach dem letzten Ankerplatz eines bärtigen Admirals aus als nach dem Versteck einer Gelehrten. Warum Dr. Tilson diese salzbesprühte Abgeschiedenheit den holzgetäfelten Räumen in Cambridge vorgezogen hatte, die Harry sich mühelos vorstellen konnte, war auf den ersten Blick unerklärlich.

Das blieb es auch, als Harry an der Tür von der Haushälterin empfangen wurde, mit der er am Telefon gesprochen hatte. Sie war jünger, als er angenommen hatte, klein und stämmig und hatte eine überraschend klare Gesichtshaut und eine Menge marmeladenfarbener Haare. Das einfache Kleid und das Kopfband entsprachen ihrer Position, in der Harry sie vermutete, die etwas zittrige Unsicherheit dagegen nicht.

»Sie müssen Harry Barnett sein«, sagte sie ein wenig atemlos. »Kommen Sie herein.« Harry trat in die geräumige Halle. »Athene ist im Wintergarten.« *Athene*, fiel Harry auf. Nicht *Dr. Tilson*. »Hier entlang, bitte.«

Er folgte ihr durch die Halle in ein nachlässig möbliertes Wohnzimmer, das in den Wintergarten führte. Sie fragte, ob sie ihm einen Kaffee bringen könne, und er nahm gerne an, denn Kaffee hatte er dringend nötig. Dann ging er allein zum Wintergarten hinüber.

Der Wintergarten war eindeutig noch im Urzustand seiner Erbauung. Terrakottafliesen unten, trübes Glas und Gußeisen oben. Kakteen und farnblättrige exotische Pflanzen mit fleischigen grünen Stämmen, die in breiten roten Töpfen standen, nahmen den größten Teil der Bodenfläche ein. Es gab weder Statuetten noch Skulpturen, keine grinsenden Gnome und keine ausgelassenen Cherubim. Der Raum wirkte tatsächlich eher wie ein Treibhaus, in dem gearbeitet wurde, und nicht wie ein häuslicher Wintergarten, bis auf die Weidensessel und den Tisch in einer Art Nische am hinteren Ende.

In einem der Sessel saß eine dünne, grauhaarige Frau, die aufblickte, als er näher kam. Sie trug feste Schuhe, Cordhosen und einen Strickpullover mit einer Art Polohemd darunter. Ihr Haar war kurz, ihr Gesicht faltig und ungeschminkt. Sie stand nicht auf, was die am Tisch lehnenden Krücken zu erklären schienen, doch ihre dunklen, durchdringenden Augen sprachen Harry direkter an, als jedes Wort und jede Geste es vermocht hätten.

»Mr. Barnett?«

»Ja. Dr. Tilson?«

»In der Tat. Kommen Sie, setzen Sie sich.« Ihre Stimme hatte eine gewisse Schärfe, die die Einladung eher wie einen Befehl klingen ließ. »Hat Mace Ihnen etwas angeboten?«

»Äh, ja, Kaffee.«

»Kaffee? Wie langweilig.« Sie musterte ihn genau, während er sich setzte. »Na, da ist nichts zu machen. Wir haben kein Bier im Haus. Und Zigarettenrauch würde die Pflanzen angreifen.« Sie sah sein Stirnrunzeln und fügte hinzu: »Ihre Taille verrät Sie,Mr. Barnett. Und meine Nase ist scharf genug, um eine kürzlich gerauchte Zigarette zu riechen. Keine englische Marke, denke ich. Italienisch?«

»Griechisch.«

»Wirklich? Wie enttäuschend. Für mich, meine ich. Für Sie, stelle ich mir vor, war sie sicher sehr angenehm.« Sie lächelte mit überraschender Wärme. »Ein leichtes Emphysem sorgt dafür, daß der Tabak in diesem Haus eine verbotene Substanz ist, fürchte ich. Mace setzt dieses Verbot rigoros durch.«

»Nun, die Seeluft ist sicher gut für…«

»Rein? Ja, ist sie.« Sie schaute durch das Fenster hinaus, wo das abfallende Land und die dürftige Gartenhecke ein Stückchen sonnenglitzernder Nordsee freigaben. »Reinheit des Denkens wie der Atemluft.« Sie sah wieder Harry an und blickte dann auf das Buch, in dem sie gelesen hatte, *Schatten des Geistes: Wege zu einer neuen Physik des Bewußtseins* von Roger Penrose. Es sah nach einem schweren, gewichtigen Werk aus. »Ich nehme nicht an, daß Sie mit Professor Penrose vertraut sind, nein, natürlich nicht. Sie sind kein Mathematiker, nicht wahr, Mr. Barnett?«

»Nein, ich fürchte nicht. Aber ich bin wegen eines Mathematikers hier.«

»David? Ja, der arme Junge. Es tat mir wirklich sehr leid zu hören, was ihm passiert ist. Es wäre natürlich in jedem Fall traurig, aber für den Besitzer eines so erstklassigen Gehirns… Nun, Sie sind ein Freund der Familie, also brauche ich das wohl kaum näher zu erläutern.«

»Eigentlich kenne ich David überhaupt nicht. Um ehrlich zu sein, ich glaube nicht mal, daß man mich als Freund bezeichnen könnte. Oder als Familienmitglied.«

»Nein? Sie faszinieren mich.« Sie lächelte schelmisch, als Mace den Kaffee brachte. »Mr. Barnett ist unter Vorspiegelung falscher Tatsachen hier, Mace. Wie findest du das?«

»Ich denke, das ist gar nicht so ungewöhnlich«, sagte Mace. Sie stellte die Tasse neben Harrys Arm und ging. Der Saum ihres Kleides streifte die Pflanzen wie eine leise Brise.

Dr. Tilson kicherte. »Sie wollten keinen Zucker, nicht wahr, Mr. Barnett?«

»Äh… nein.«

»Um so besser. Mace hat offenbar entschieden, Zucker wäre schlecht für Sie.« Ihr Blick konzentrierte sich nun ganz auf ihn. »Aber lassen Sie sich nicht davon abhalten, sich zu erklären.«

Harry trank zuerst einen Schluck Kaffee, um nicht gleich antworten zu müssen. Der Kaffee schmeckte so schal, daß es sich wohl um die koffeinfreie Version handeln mußte. »Ich bin Davids leiblicher Vater.«

Dr. Tilson nickte nachdenklich, während sie die Information aufnahm, und sagte dann: »Warum finde ich das nicht so überraschend, wie ich eigentlich sollte?«

»Vielleicht eine Ähnlichkeit. Davids Exfrau glaubte so etwas in meinem Lächeln zu bemerken.«

»Ja. Ich glaube, sie hat recht. David mit ungefähr zwanzig Kilo und fünfundzwanzig Jahren mehr auf dem Buckel würde wohl ähnlich aussehen wie Sie.«

»Vielen herzlichen Dank.«

»Nehmen Sie das als Kompliment, Mr. Barnett. Ich habe Mr. Venning einmal getroffen, Davids juristischen Vater, wie man ihn wohl nennen sollte. Sie sind eine Verbesserung, glauben Sie mir. Aber kommen wir zur Sache. Was führt Sie her?«

»Ein paar von Davids Habseligkeiten scheinen zu fehlen. Das macht die Umstände seiner Überdosis Insulin fragwürdiger, als die meisten Leute anzunehmen scheinen.«

»Welche Habseligkeiten genau?«

»Seine mathematischen Notizbücher. Wie ich hörte, hatte er die neuesten immer bei sich. Hatte er sie auch bei sich, als er Sie zuletzt besucht hat?«

»Ja, mit ziemlicher Sicherheit. Wir haben ein paar seiner neuesten Arbeiten durchgesehen. Ich schmeichle mir, daß er noch immer Wert auf meine Meinung legt. Mathematiker haben ihre Blütezeit früh, Mr. Barnett. Manch einer würde denken, daß David seine besten Jahre schon hinter sich hatte, auch ohne... Was eine Siebzigjährige wie mich betrifft, nun, die heutige Generation betrachtet mich als Museumsstück. Zumindest der Teil, der nicht annimmt, daß ich schon längst tot bin. David besitzt die ungewöhnliche Fähigkeit, sich nicht um die aktuelle Mode zu kümmern, wenn er mathematische Bedeutungen bewertet. Diese Fähigkeit hat seine Karriere nicht gerade gefördert. Das könnte allerdings ganz anders aussehen, wenn es um die Nachwelt geht.«

»Sie meinen, daß David einer wichtigen Entdeckung auf der Spur ist?«

»Vielleicht. Um ehrlich zu sein, ein paar seiner Berechnungen gingen ein wenig über meinen Horizont. Mein Geist ist einfach nicht mehr so beweglich wie früher. Ich kann nur hoffen, daß das Emphysem mich erledigt, ehe es die Alzheimersche Krankheit tut.«

»Aber Sie haben gesehen, woran er arbeitete?«

»Einen Teil davon. Alles wollte er mir nicht zeigen. Er sagte, ein großer Teil des Materials sei zu spekulativ, um ihn mitzuteilen. Aber er hatte anscheinend eine Menge Material. Die Freiheit, die er seit dem Verlassen von Globescope genoß, hat er offensichtlich genutzt.«

»Hat er gesagt, warum er Globescope verlassen hat?«

»Nicht genau. Er wurde vor ein paar Jahren dort angestellt, zusammen mit etwa einem halben Dutzend Spezialisten anderer Disziplinen, um am bislang ehrgeizigsten Projekt der Firma zu arbeiten. Projekt Sibylle wurde es genannt, vermutlich nach der antiken Prophetin. Das Ziel war die Erstellung eines detaillierten und genauen Modells vom Zustand der Welt in fünfzig Jahren. Ein Konsortium aus internationalen Gesellschaften wollte eine langfristige Sicht auf ihre Ziele und die Art und Weise, wie sie zu erreichen wären. Futurologie ist im Augenblick so etwas wie das Steckenpferd des Big Business, glaube ich. Ich wage zu sagen, daß der englische König Ethelred the Unready vor tausend Jahren auf etwas Ähnliches aus war. Aber er konnte dafür nicht Globescope anheuern, nicht wahr?«

»War das Projekt denn abgeschlossen?«

»Ich hatte nicht den Eindruck, aber David hat sehr wenig darüber gesagt. Er erwähnte flüchtig irgendeine Meinungsverschiedenheit mit dem Präsidenten von Globescope und beließ es dabei.«

»Dieselbe Meinungsverschiedenheit, die auch vier andere Wissenschaftler zum Gehen veranlaßte, von denen zwei inzwischen tot sind?«

Dr. Tilson fuhr überrascht auf. »Tot?«

»Ein kanadischer Biochemiker, Marvin Kersey, und ein französischer Soziologe, Gerard Mermillod. Innerhalb von vierzehn Tagen nach Davids versehentlicher Überdosis starben sie. Auch durch Unfälle. Das macht einen nachdenklich, nicht?«

»Ja, das tut es allerdings.«

»Hat David sie im Zusammenhang mit dem Projekt Sibylle erwähnt?«

»Nach meiner Erinnerung nicht. Aber wissen Sie, Globescope und das Projekt Sibylle waren für ihn nur ein Mittel zum Zweck. Sie zahlten gut. Und er brauchte Geld, die Art Geld, die anscheinend nur amerikanische Unternehmer bieten können, um sein Steckenpferd zu finanzieren: eine Akademie zur Erforschung des Hyperdimensionalen. Passenderweise sollte sie HYDRA heißen. Das beschäftigte ihn, als er herkam. Die Welt der höheren Dimensionen, nicht die Futurologie.«

»Und darum handelte es sich bei seinen neuesten Arbeiten?«

»Natürlich. In gewissem Sinn drehte sich seine gesamte Arbeit darum, seit seinem Studium. Ich sah sofort, wie vielversprechend er war. Dasselbe gilt für sein Interesse an höheren Dimensionen. Manchmal überwog das sogar seine Leistungen.«

»Nur was sind höhere Dimensionen, Dr. Tilson?«

»Teilchenphysiker sagen uns, daß sie notwendig sind, um

die fundamentale Struktur der Materie zu erklären. Ich vermute, daß Sie nicht mit der Superstring-Theorie vertraut sind?«

»Sie vermuten richtig.«

»Nun, Superstrings sind so ungefähr die befriedigendste Art, die Physiker gefunden haben, um Einsteins Relativität mit der Quantenmechanik in Übereinstimmung zu bringen, eine Schwierigkeit, die sie für den größten Teil unseres Jahrhunderts verfolgt hat. Damit Superstrings mathematisch funktionieren, ist es nötig, die Existenz von zusätzlichen Dimensionen außer den vieren vorauszusetzen, mit denen wir alltäglich arbeiten: Höhe, Breite, Tiefe und Zeit. Die Superstring-Theorie sagt aus, daß es irgendwo da draußen mindestens noch sechs weitere gibt.«

Harry nickte. »Ich habe mir Adam Slades Magievorstellung angesehen. Er behauptet, mit diesen Dimensionen in Verbindung zu sein.«

Dr. Tilson schnalzte mit der Zunge. »Ein Scharlatan, Mr. Barnett. Nicht mehr und nicht weniger.«

»Sieht David ihn auch so?«

»Nicht so klar, wie mir lieb wäre. David war immer eifrig darauf bedacht, Beweise für die tatsächliche physikalische Existenz höherer Dimensionen zu bekommen. Es ist ein zutiefst unbefriedigendes Konzept. Die Superstring-Theoretiker erledigen das Problem am liebsten mit dem Argument, die zusätzlichen Dimensionen seien am Ursprungspunkt des Universums auf so kleinen Raum zusammengedrängt worden, daß sie niemals aufgespürt werden können. *Quod erat disposandum*. Sauber, finden Sie nicht?«

»Ich ... ich nehme an, daß es sich mit den Tatsachen deckt.«

»So ziemlich. Aber hüten Sie sich vor dem, was bequem ist. Das ist oft ein trügerischer Verbündeter. Wenn Sie höhere Dimensionen wirklich verstehen wollen, ohne auf die Verdichtung zurückzugreifen, gibt es Schlechteres als meinen eigenen Raubzug auf dieses Gebiet. Er brachte mir begrenzten Ruhm ein, als er zuerst veröffentlicht wurde, aber der war nicht von Dauer. David war der erste Student, den ich traf, der darin gelesen hatte, und das in mindestens zehn Jahren.«

»Aber seine neueste Arbeit übersteigt sogar Ihr Fassungsvermögen?«

»Ja. Hauptsächlich wegen der neuen Notationstechniken, die er entwickeln mußte, weil...« Sie hielt inne und lächelte. »Aber ich verliere den Boden unter den Füßen, und Sie sicher auch, Mr. Barnett. Wenn ich Sie recht verstehe, dann sorgen Sie sich, weil Davids Notizbücher nicht in dem Hotelzimmer waren, wo er im Koma aufgefunden wurde. Haben Sie sich gefragt, ob er sie bei mir gelassen hat?«

»Damit wäre ihr Fehlen erklärt.«

»Das hat er aber nicht getan. Ich bezweifle, daß er sich freiwillig von den Notizbüchern getrennt hätte. Wie ich Mr. Hammelgaard schon sagte...«

»Hammelgaard hat Sie also besucht? Iris, Davids Mutter, hat gesagt, sie hätte ihn an Sie verwiesen.«

»O ja, er war hier. Ungefähr eine Woche nachdem ich von Davids Erkrankung gehört hatte. Er hat zweifellos am Projekt Sibylle gearbeitet, und er war auch mit Davids hyperdimensionalen Spekulationen vertraut. Er war fast so begeistert wie David vom Aufbau von HYDRA. Er sagte mir, er könne das Potential einer solchen Einrichtung sehen und verstehen. Aber wo waren die Notizbücher? Die Frage verwirrte ihn noch mehr als Sie. Da war kaum Raum für andere Themen. Er hat beispielsweise diese tödlichen Unfälle, von denen Sie erzählten, überhaupt nicht erwähnt.«

»Da waren sie auch noch nicht passiert. Sonst hätte Hammelgaard das Verschwinden der Notizbücher womöglich noch verdächtiger gefunden.«

»Soll das heißen, daß Sie da irgendwelche üblen Machenschaften vermuten?«

»Ich weiß nicht, was ich vermuten soll. Tatsache ist, daß die Notizbücher verschwunden sind, und Hammelgaard auch.«

»Da müssen Sie falsch informiert sein, Mr. Barnett. Mr. Hammelgaard hat mir gesagt, er würde nach Princeton zurückkehren.«

»Seit Mitte letzten Monats fehlt er ohne jede Erklärung.«

»Merkwürdig. Ich glaube mich zu erinnern, daß er seine Absichten ziemlich genau mitteilte. Und er war bestimmt später als Mitte letzten Monats bei mir.«

»Mermillod starb am 22. September, Kersey am 27. Ich denke, bei der Nachricht von diesen beiden Todesfällen könnte Hammelgaard seine Pläne geändert haben.«

»Nun, der Ablauf ist leicht zu überprüfen. Mr. Hammelgaard hat genau wie Sie vor seinem Besuch angerufen. Ich habe unsere Verabredung sicher in meinen Kalender eingetragen. Er ist im Arbeitszimmer. Gehen wir, und sehen wir nach.« Sie stemmte sich mit solcher Mühe aus ihrem Sessel, daß Harry herbeisprang, um ihr zu helfen. Aber sie schüttelte ihn ungeduldig ab. »Ich schaffe das schon, danke, Mr. Barnett. Altersschwäche soll man nicht unterstützen, sondern überwinden.« Sie nahm in jede Hand einen Krückstock und machte sich keuchend auf den Weg zur Tür. »Erzählen Sie mir... unterwegs... von diesen Unfällen.«

Harry hatte reichlich Zeit, ihr auf dem mühsamen Weg ins Arbeitszimmer alles, was er über den Tod von Mermillod und Kersey wußte, ausführlich zu erzählen. Sie durchquerten dabei das Wohnzimmer und die Halle. Er hatte sogar noch Gelegenheit, Donna Trangams Verschwinden und Davids mysteriöses Abendessen mit Adam Slade zu erwähnen, ehe sie ankamen.

»*Prima facie*... wirkt die Verbindung mit Globescope... und dem Projekt Sibylle... faszinierend... Mr. Barnett... Aber es sind... lauter Zufälle... nicht? Lauter... Zufälle... So, da wären wir.«

Das Arbeitszimmer war nicht die mit Büchern gefüllte, weltabgeschiedene Klause, die Harry unbewußt erwartet hatte. Gewiß, es gab Bücher, sie nahmen den größten Teil einer der Wände ein. Doch die Möbel waren modern, und sehr zeitgenössische Apparate wie Computer und Faxgerät fielen ins Auge. Vor den Fenstern hingen Jalousien und schwere grüne Vorhänge. An der den Büchern gegenüberliegenden Wand war eine Tafel befestigt, und das schmale Brett darunter lag voller gelber Kreidestücke. Sie mußten erst vor kurzem benutzt worden sein, denn ein schwacher Geruch von Kreidestaub lag in der Luft, ein Geruch, der Harry sofort wieder in das Klassenzimmer der Commonwealth School in Swindon zurückversetzte, wo Howell-Jones, der walisische Mathematiklehrer, sich mit Logik, Sarkasmus und gelegentlicher Brutalität abmühte, seinen widerspenstigen Schützlingen die Grundbegriffe von Geometrie und Algebra einzupauken. In Harrys Fall wie in den meisten anderen ein vergebliches Bemühen.

»Schauen wir mal...«, sagte Dr. Tilson, ließ sich auf einem Drehstuhl hinter dem Schreibtisch nieder und hielt inne, um wieder zu Atem zu kommen. »Wo habe ich bloß diesen Kalender gelassen?«

Locker hingekritzelte Gleichungen füllten den größten Teil der Tafel. Harry musterte die vertrauten, aber undurchdringlichen Zahlen, die eckigen und runden Klammern, die Pis und Psis, die Ziffern und Symbole einer Sprache, die er nicht beherrschte. Dann ging er hinüber zum Kamin, lehnte sich an den Sims und wartete, so geduldig er konnte, während Dr. Tilson ihren Terminkalender unter einem Stapel Computerausdrucken hervorzog und anfing, die Seiten durchzublättern. Sein Blick fiel auf ein gerahmtes Foto, das über dem Kaminsims hing. Es zeigte eine Versammlung älterer und alter Männer, für die Kamera in zwei Reihen aufgestellt, eine stehend, die andere sitzend. Sie waren nach der Mode von vor vierzig oder fünfzig Jahren gekleidet und sahen aus wie der Lehrkörper einer nicht sehr feinen Public School. Fast gleichzeitig bemerkte Harry dann drei Dinge. Erstens befand sich zwischen den Männern in den unförmigen Anzügen eine Frau, eine schlanke, aber nicht sonderlich elegante Dame in Tweed und derben Schuhen mit strengem Haarschnitt und steifem Lächeln. Zweitens erkannte er sie an den Gesichtszügen und dem intensiven Ausdruck als Athene Tilson. Und drittens erkannte er den Mann, der neben ihr saß, weil er der einzige Mathematiker war, dessen Gesicht jedermann kannte. Es war Albert Einstein.

»Dienstag, den 20. September, Mr. Barnett.«

»Wie bitte?«

»Mr. Hammelgaard hat mich am Dienstag, dem 20. September, besucht.«

»Ah ja.«

»Was vermutlich für Ihre Annahme spricht, daß er seine Pläne, nach Princeton zurückzukehren, nach Mermillods Tod zwei Tage später geändert haben könnte.«

»Ja, das tut es wohl.«

»Merkwürdigerweise scheint Sie das nicht sonderlich zu interessieren.«

»Doch. O doch, wirklich. Es ist bloß ... Das ist doch Albert Einstein, nicht? Und das neben ihm sind Sie.«

»Beide Male: Ja.«

»Wie kamen Sie ... ich meine, wo ...«

»Einstein verbrachte die letzten zweiundzwanzig Jahre seines Lebens am Princeton Institute for Advanced Study. Ich war Anfang der fünfziger Jahre dort. Das Foto wurde, glaube ich, 1953 aufgenommen.«

»Und da arbeitet Hammelgaard heute?«

»Nein. Mr. Hammelgaard ist – oder war – an der Princeton University. Das Institute for Advanced Study ist eine völlig andere, davon getrennte Einrichtung. Keine Studenten, verstehen Sie, kein Unterricht, keine Terminarbeit irgendwelcher Art. Nur Denken. Reines, tiefes Denken. Theoretisch jedenfalls.«

»Haben Sie Einstein gut gekannt?«

»Er war so freundlich, mir etwas von seiner Zeit zu widmen. Dieses Buch von mir, das ich erwähnte, enthielt einiges Material, das er interessant fand. Das führte dazu, daß ich eingeladen wurde, an diesem Institut zu arbeiten. Natürlich ließ ich mir eine solche Chance nicht entgehen. In dieser Zeit waren einige der größten Wissenschaftler unseres Jahrhunderts dort versammelt. Auf dem Foto sehen Sie auf meiner anderen Seite einen dünnen, um nicht zu sagen mageren Herrn, der sich große Mühe gibt, die Linse der Kamera mit seinem scharfen Blick zu zertrümmern.«

»Ja.«

»Das ist Kurt Gödel, am berühmtesten vielleicht für sein Unvollständigkeitstheorem, aber auch bemerkenswert wegen seiner alternativen Lösungen für Einsteins Gravitationsfeldgleichungen. Er demonstrierte die mathematische Konsistenz eines Universums, das homogen, aber nicht isotrop ist. Seine Schrift über dieses Thema hatte die wissenschaftliche Welt gerade im Sturm erobert, als ich an das Institut kam. Können Sie mir folgen, Mr. Barnett?«

»Nicht so ganz, fürchte ich.«

»Macht nichts. An anderer Stelle auf dem Foto finden Sie John von Neumann, den Mann, der den ersten elektronischen Computer entwickelte, und Benoit Mandelbrot, den Erfinder der Fraktalgeometrie. Große Namen.« Sie seufzte. »Die Sie anscheinend nicht kennen. Nun, schauen Sie in die Mitte der vorderen Reihe. Ein großer, schlanker Mann mit harten Augen und kurzem Haar, der offensichtlich von Angst verzerrt wird. Haben Sie ihn gefunden?«

»Ja.«

»J. Robert Oppenheimer. Direktor des Instituts. Früher...«

»Vater der Atombombe.«

»Na, sagen wir Hebamme. Und auch Philosoph, was letztlich zu seinem Nachteil war. Aber genug von meiner Vergangenheit. Was ist mit Ihrer Zukunft? Was schlagen Sie als nächstes vor?«

»Ich weiß nicht. Ich würde gern mit Hammelgaard sprechen, oder mit Donna Trangam. Aber ich habe keine Ahnung, wo sie sind.«

»Glauben Sie, daß sie sich verstecken?«

»Das halte ich durchaus für möglich. Aber wovor?«

»Mr. Hammelgaard wirkte tatsächlich besorgt, vielleicht sogar gehetzt. Und das war, bevor er von Mermillod oder Kersey wußte. Ich kann nicht leugnen, daß Sie da anscheinend auf etwas gestoßen sind. Aber um das weiterzuverfolgen, müssen Sie unbedingt Hammelgaard finden. Er ist Davids engster Vertrauter. Wenn irgend jemand weiß, was da vorgeht, dann er.«

Harry zuckte mit den Schultern. »Genau. Hoffnungslos, nicht wahr?«

»Nicht unbedingt. Behandeln Sie das Problem mit schlichter Logik. Falls Mr. Hammelgaard sich versteckt, wo würde er das dann am wahrscheinlichsten tun?«

»Woher soll ich das wissen?«

»Er ist Däne, Mr. Barnett. In Princeton ein bißchen zu auffällig, möchte ich meinen. Aber nicht in seinem Heimatland. Er hatte am Niels-Bohr-Institut eine glänzende Karriere hinter sich, bevor er in die Vereinigten Staaten ging. Wenn er nicht nach Princeton kann, dann vielleicht nach Kopenhagen.«

»Ja, warum nicht?« Harry runzelte die Stirn. »Da könnten Sie recht haben. Aber das ist eine ziemlich große Stadt.«

»Mit einer kleinen akademischen Gemeinde. Ich würde am Niels-Bohr-Institut anfangen. Könnte natürlich sein, daß Sie da nichts erfahren, aber ...«

»Wer nicht wagt, der nicht gewinnt.«

»Mathematisch wie als Sprichwort ist das ein Axiom. Aber ehe ich's vergesse – würden Sie so freundlich sein, mir ein Buch zu holen?« Dr. Tilson zeigte auf die Bücherwand, und Harry ging gehorsam hinüber. »Viertes Regal von oben. Auf der anderen Seite. Ein schmaler Band, in Leder gebunden: *Die implizite Topologie komplexer Zahlen*. Haben Sie's?«

Harry zog das Buch heraus und betrachtete den Titel. »Ja, ich habe es.« Dann sah er den Namen des Autors: A. H. Tilson.

»Nehmen Sie es als Geschenk, Mr. Barnett. Ich habe noch mehrere Exemplare.«

»Das ist sehr freundlich von Ihnen. Aber ich werde kein Wort verstehen, von den Zahlen ganz zu schweigen. Komplex oder nicht. In der Schule bin ich nie über die Differentialrechnung hinausgekommen.«

»Vielleicht waren Sie ein Spätentwickler.«

»Ein sehr später. Ich bin noch immer nicht weiter.«

Dr. Tilson kicherte. »Es ist ja noch Zeit.«

»Für mich nicht genug, fürchte ich. Aber Sie sagen, David hat das gelesen?«

»Ja. Es war einer der Auslöser für sein Interesse an höheren Dimensionen.«

»Dann möchte ich wirklich gern einen Blick hineinwerfen. Haben Sie vielen Dank.«

»Lassen Sie es mich für Sie signieren.«

Harry brachte es zum Schreibtisch und sah zu, wie Dr. Tilson das Deckblatt aufschlug und mit einem alten Füllfederhalter und brauner Tinte ihren Namen hineinschrieb. Sie fügte eine Widmung hinzu, die Harry nicht entziffern konnte, ehe sie das Buch zuklappte und ihm reichte.

»Werden Sie nach Kopenhagen reisen?«

»Wahrscheinlich. Anscheinend bin ich schon zu weit gekommen, um noch umzukehren. Vielleicht erreiche ich nichts, aber das ist immer noch besser, als wenn ich mich fragen müßte, was ich womöglich hätte erreichen können.«

»Viel Glück.«

»Danke. Und auch für das Buch. Sehr großzügig von Ihnen.«

»Nicht wirklich.« Sie lächelte. »Aber wenn Sie den Gefallen erwidern möchten, kommen Sie zurück, und erzählen Sie mir, was Sie herausgefunden haben. Mehr verlange ich nicht.«

»Das werde ich tun. Ich verspreche es.«

»Und ein Rat noch …«

»Ja?«

»Gehen Sie ins Lord Nelson, bevor Sie die Stadt verlassen. Ich glaube, sie haben da ein ausgezeichnetes Bier.«

Eine halbe Stunde später, nachdem sich Athene Tilsons Empfehlung als sehr berechtigt erwiesen hatte und Harry sich gerade überlegte, ob er noch Zeit für ein drittes Glas Adnam's Broadside hatte, ehe der Bus nach Ipswich abfuhr, erinnerte er sich an die Widmung in seinem Exemplar von *Die implizite Topologie komplexer Zahlen*. Er zog das Buch aus der Tasche und schlug das Deckblatt auf. *Für Harry*, hatte Dr. Tilson geschrieben. *Mögen Sie ebensoviel finden wie suchen.*

14. Kapitel

»WARUM KONNTEN wir uns nicht im Krankenhaus treffen?« beschwerte sich Harry, als er von der Schlange am Buffet zu dem Ecktisch zurückkehrte, an dem Iris saß. Tee und Kekse in der Nichtraucherzone der Cafeteria im British Museum waren nicht gerade das, was er sich unter einem Vergnügen vorstellte, wenngleich die Vertraulichkeit wohl kaum zu übertreffen war. Ein paar gleich gekleideter französischer

Teenager am nächsten Tisch plapperten alle durcheinander und sehr laut.

»Tut mir leid«, sagte Iris. »Es ist bloß ... na ja, du findest das vielleicht dumm, aber manchmal habe ich das Gefühl, daß ich vor David nicht frei sprechen kann.«

Harry lächelte verständnisvoll. »Nein, das finde ich nicht dumm. Ich rede mit ihm, als könnte er mich hören und verstehen, und ich weiß, daß du das auch tust. Das ist nur natürlich. Aber was kannst du denn in seiner Anwesenheit nicht sagen?«

»Das spielt im Moment keine Rolle«, sagte sie rasch und nippte an ihrem Tee. »Erzähl mir von Dr. Tilson.«

»Da gibt es nicht viel mehr zu erzählen als das, was ich schon am Telefon gesagt habe. Sie hat Davids Notizbücher nicht, meint aber auch, daß ihr Verschwinden verdächtig ist, und hat bestätigt, daß Hammelgaard das ebenfalls fand. Und sie glaubt, er würde sich vielleicht in Kopenhagen verstecken.«

»Mit Miss Trangam?«

»Vielleicht. Er könnte jedenfalls wissen, wo sie ist.«

»Ich kann noch immer nicht glauben, daß sie David irgendwie helfen kann, Harry. Wenn sie es könnte, hätte sie es mir gesagt, als wir uns trafen.«

»Sie hat Baxendale einige Ratschläge gegeben, nicht?«

»Ja, aber höchst theoretische. Es waren die Ergebnisse ihrer Forschungen über die Bedeutung des Bewußtseins. Mr. Baxendale zufolge drehte sich alles darum, wo und wie im Gehirn das Bewußtsein genau funktioniert. Bei genügend großer Präzision sei es vielleicht möglich, diese Bereiche operativ zu stimulieren und so einen Patienten aus dem Koma zu holen. Aber die notwendigen Techniken existieren einfach noch nicht und werden in absehbarer Zeit auch noch nicht existieren.«

»Das wäre zumindest wert, mit ihr zu reden, oder?«

»Vermutlich. Aber du mußt dir klarmachen, wie gering die Aussichten sind. Kurz nachdem das Zimmermädchen ihn gefunden hat, hat David aufgehört zu atmen. Die Sanitäter haben zwanzig Minuten gebraucht, bis sein Herz wieder schlug und sie ihn an das Beatmungsgerät angeschlossen hatten. Alle stimmen darin überein, daß es nichts mehr gibt, was man wiederbeleben könnte.«

»Warum hast du dann nicht schon längst eingewilligt, ihn sterben zu lassen?«

»Weil eine Mutter die Hoffnung nicht aufgeben kann.«

»Ob du es glaubst oder nicht, Iris, ein Vater auch nicht.«

Sie sah ihn ziemlich lange an, ohne zu sprechen, und sagte dann: »Aber es geht nicht wirklich darum, David zu retten, Harry, nicht wahr? Es geht darum, jemandem die Schuld an dem zu geben, was mit ihm passiert ist.«

»Es geht um beides.«

»Ken war sehr großzügig, weißt du. Alles, was Claude mir hinterlassen hat, waren ein Bungalow und eine Witwenrente. Ohne Ken wäre ich nicht in der Lage, Davids Zimmer zu bezahlen, von der Pflege rund um die Uhr ganz zu schweigen. Aber ich kann Kens Großzügigkeit nicht unbegrenzt in Anspruch nehmen. Nicht, wenn es keine vernünftige Aussicht auf eine Besserung in Davids Zustand gibt. Das wäre einfach nicht fair.«

»Wäre es David gegenüber fair, wenn wir nicht alles versuchen würden?«

»Wenn du es so ausdrückst...«

»Ich möchte nichts weiter, als daß du nichts unternimmst. Nicht, ehe ich eine Gelegenheit hatte, mit Hammelgaard und Donna Trangam zu sprechen.«

»Zuerst mußt du sie finden.«

»Deswegen fahre ich nach Kopenhagen.«

»Wann?«

»So bald wie möglich. Nächste Woche wahrscheinlich. Ich

muß meinem Chef ein paar Tage Zeit geben, eine Vertretung für mich zu finden.«

»Deinem Chef in der Tankstelle?«

»Genau dem.«

»Die machte keinen sehr tollen Eindruck.«

»Es ist auch kein sehr toller Job. Aber ich habe keinen anderen.«

»Wie ist die Bezahlung?«

Harry grinste. »Drücken wir es so aus: Wenn wir jemals eine Labourregierung bekommen und die ein nationales Mindesteinkommen hochdrückt, dann steht mir eine beträchtliche Gehaltserhöhung bevor.«

Iris kicherte. »Du hattest immer Sinn für Humor, Harry. Das weiß ich noch. David hätte...« Sie verstummte und wurde rot. Ausweichend griff sie nach ihrer Teetasse.

»Hätte mich gemocht?«

Sie trank etwas Tee und setzte die Tasse klirrend wieder auf die Untertasse.

»Du hast nie erwähnt, daß wir das gleiche Lächeln haben.«

»Was hätte das für einen Sinn gehabt? Du wirst ihn niemals lächeln sehen, nicht?« Sie schloß für einen Moment fest die Augen. Dann öffnete sie sie wieder und sagte: »Ich habe nach deinem Gehalt gefragt für den Fall, daß du Geld brauchst. Reisekosten, solche Sachen. Ich meine, in gewissem Sinn fliegst du ja in meinem Interesse nach Kopenhagen, nicht? Also...«

»Ich brauche keine Bezahlung, um meinem Sohn zu helfen, Iris. Behalte dein Geld. Bezahle damit die Krankenhausrechnung.« Ihre Blicke trafen sich. Vierunddreißig Jahre beiderseitiger Gleichgültigkeit kämpften mit den Verpflichtungen und Notwendigkeiten des Augenblicks. Stillschweigend schlossen sie Waffenruhe. »Tut mir leid. Es hat keinen Zweck, wenn wir uns streiten. Damit ist David nicht geholfen.«

»Mir tut es auch leid. Ich wollte niemals andeuten...«

»Es spielt keine Rolle. Wichtig ist nur, ob du mir die Zeit gibst, die ich brauche.«

»Ich werde nichts unternehmen, bevor ich von dir gehört habe. Nichts, ohne…« Sie verstummte und schwieg eine ganze Weile, ehe sie das Wort aussprach, das ihrem Pakt irgendwie Würde gab. »Ohne dich vorher zu Rate zu ziehen. Reicht das?«

Harry nickte. »Das reicht.«

Sie trennten sich an dem Tor, das den Museumshof von der Great Russell Street trennte, wo Harry warten wollte, bis Iris in einem Taxi nach Marylebone saß, ehe er in den Pub auf der anderen Straßenseite schlüpfte. Aber Iris ließ sich Zeit, als habe sie noch etwas zu sagen.

»Ich habe etwas für dich«, sagte sie und griff in ihre Handtasche. »Ich war mir erst nicht sicher, aber ich denke, du solltest es bekommen. Es ist nicht viel, wie das, was wir tun. Aber es ist besser als nichts.« Sie reichte ihm einen kleinen Umschlag. Er war unverschlossen, und der Inhalt war nicht dick. »Es ist ein Foto von David. Das neueste, das ich habe, aufgenommen in Edale. Wir haben da einen Spaziergang gemacht, als er uns letzten Monat besuchte. Nur wir beide. David hatte die Gipfel so gern, weißt du. Jedenfalls habe ich für dich einen Abzug machen lassen, falls du ihn haben willst.«

»Danke, Iris. Ich weiß das zu schätzen. Wirklich!«

»Es ist nur ein Schnappschuß. Und… Na ja, du wirst schon sehen.« Sie drehte sich um und winkte einem Taxi. Sofort hielt eines am Straßenrand. Als sie die Tür öffnete, wandte sie sich um und sagte: »Melde dich bald, Harry.«

»Das werde ich!«

Die Tür fiel zu, das Taxi fuhr an, und Harry nahm das Foto aus dem Umschlag. David, mit zerzaustem Haar, Jeans und einem Skianorak, lehnte an einer Steinmauer vor bergigem Hintergrund, in wäßriges Sonnenlicht getaucht. Wie Iris gesagt hatte, war es kein bemerkenswerter Schnappschuß. Doch das Ereignis, das ein paar Tage später eingetreten war, verlieh ihm eine Aura des Unwiederbringlichen, einen Anflug von Sehnsucht und Verlust. Und noch etwas fiel Harry sofort auf. Das, weshalb sich Iris gefragt haben mußte, ob sie es ihm überhaupt geben sollte. David lächelte. Breit und liebevoll. Wie ein Sohn seine Mutter anlächelt. Oder seinen Vater.

15. Kapitel

Regen pladderte an das Fenster von Zimmer E318. Jenseits der Scheibe lag eine nasse, windige Londoner Nacht. Harry starrte düster hinaus auf die Lichter der City – rot und weiß, grün und gelbbraun – und wandte sich dann wieder dem Bett zu, um David zu betrachten, seinen reglosen, bewußtlosen Sohn, für den jedes Wetter gleich war, jeder Stimmungswechsel und jede Variation nur eine graue Formlosigkeit. Träumt er? dachte Harry. Wandert sein Geist an die Orte, die sein Körper nicht gehen kann? Gab es wirklich und wahrhaftig nichts mehr zu retten?

»Ich reise bald ab«, sagte Harry und ließ sich auf den Stuhl neben dem Bett fallen. »Muß um zehn in Victoria sein. Denk an mich, wie ich über den Kanal gondle, während du hier warm und gemütlich liegst. Ich bin natürlich selbst schuld. Wenn ich das Angebot deiner Mutter angenommen hätte, hätte ich vermutlich in ungefähr eineinhalb Stunden nach Kopenhagen fliegen können. Statt dessen werde ich erst morgen nacht um diese Zeit ankommen. Bei dem Wetter ist nicht mal das sicher. Wenn ich zurückkomme, habe ich keinen Job mehr, weißt du. Crowther hat sich geweigert, mir Urlaub zu geben. Hat gesagt, es passe gerade nicht. Wenn ich trotzdem reise, würde er das als Kündigung ansehen. Nun ja, ich habe darauf bestanden. Also habe ich wohl gekündigt.

Aber um einen neuen Job kümmern wir uns später, was? Zuerst muß ich deinen Freund Torben Hammelgaard finden. Vielleicht auch Donna Trangam. Deine Mutter glaubt nicht, daß sie dir helfen kann, aber ich bin nicht so sicher. Sie bleibt vielleicht nur deshalb weg, weil sie Angst um ihr Leben hat. Nach dem, was Kersey, Mermillod und dir passiert ist, kann man ihr das wohl nicht übelnehmen. Nicht, daß ich genau wüßte, was passiert ist, den anderen oder dir. Ich bin zum Skyway Hotel rausgefahren. Deine Mutter hatte mir die Zimmernummer gegeben. Ich habe den Manager überredet, mich einen Blick hineinwerfen zu lassen. Natürlich war da nichts. Keine unter dem Bett oder hinter der Klospülung versteckten Notizbücher. Ich habe nachgesehen. Es gab definitiv nichts. Aber sie sind da gewesen, nicht? Du hattest sie bei dir.

Was steht drin, David? Was macht sie so wichtig? Wenn sie denn wichtig sind, wenn sie nicht bloß eine falsche Fährte sind. Ich meine, höhere Dimensionen! Wer zum Teufel versteht die denn, wer interessiert sich schon dafür? Ich habe es mit Dr. Tilsons Buch versucht, aber ich bin nicht über die erste Seite rausgekommen. Ich mußte mir schon Mrs. Tandys Lexikon ausleihen, um überhaupt zu kapieren, was der Titel bedeutet. Topologie ist die Mathematik abstrakter Räume, die Größe oder Form verändern können und doch dieselben bleiben, nicht? Implizite Topologie handelt also von abstrakten Räumen, die umeinander gewickelt, irgendwie zusammengedreht sind. Und komplexe Zahlen sind Zahlen, die mathematisch nicht definiert werden können, wie die Quadratwurzel von minus eins.Dr. Tilsons Buch befaßt sich also mit verflochtenen abstrakten Räumen, geschaffen mit Zahlen, die nicht existieren. Zum Teufel, was bedeutet das alles denn eigentlich?«

Harry lehnte sich zurück und sah auf seine Uhr. »Jetzt muß ich gleich gehen. Besser, den Zug nicht zu verpassen, was?« Er stand auf, nahm seine Tasche, die er neben das Bett gestellt hatte, und ging zur Tür. »Ich werde tun, was ich kann«, sagte er, blieb stehen und drehte sich noch einmal um. »Wie wenig oder viel das auch sein wird.« Er lächelte noch einmal. »Das ist ein Versprechen.« Damit wandte er sich um und ging hinaus.

16. Kapitel

Harrys stürmische Überfahrt über den Kanal war nur noch eine ferne Erinnerung, als er am nächsten Abend aus dem Hovedbaneg¨rden in Kopenhagen trat, um einer Stadt die Stirn zu bieten, die genauso feucht war wie London, aber einige Grade kälter. Erleuchtete Hotelschilder lockten ihn nach Westen, aber er hatte die Ränder des Rotlichtbezirks erreicht, bis er ein Hotel entdeckte, das seinem Budget zu entsprechen schien. Eingezwängt zwischen ein türkisches Lebensmittelgeschäft und einen Tätowiersalon, erhob das Hotel Kong Knud eindeutig keinen Anspruch auf Klasse, doch sein Foyer erschien Harry anständig genug, um saubere Laken zu versprechen, und gleichzeitig unelegant genug, um einen bescheidenen Preis zu garantieren.

Das Niels-Bohr-Institut war eine Ansammlung anonym aussehender grauer Steingebäude etwa eine Meile außerhalb des Stadtzentrums. Harry bat den Taxifahrer, ihn gleich hinter dem Eingang abzusetzen, doch der Mann hatte ihn entweder mißverstanden oder tat zumindest so, denn als Harry ausstieg, fand er sich im Vorhof des Instituts wieder, umgeben von einem Strom flachsblonder Studenten auf Fahrrädern, die ihn geschickt umrundeten.

Der Haupteingang hatte eine Art Zeitschloß, doch es kamen und gingen so viele Leute, daß Harry einfach hereinspazieren konnte. Die Tatsache, daß er ungefähr dreimal so alt war wie die meisten anderen um ihn herum, schien nicht besonders aufzufallen. Ob sie ihn für einen Professor oder den Hausmeister hielten, war schwer zu sagen.

Er erreichte ein schlecht erleuchtetes Foyer mit vielen Gängen und einer großen Pinnwand voll handschriftlicher Angebote billiger Zimmer und verbilligter Lehrbücher. Durch eine Glasschiebetür daneben sah er einen Postraum, in dem zwei Gestalten lethargisch Kisten voller Pakete und gepolsterter Umschläge sortierten. Ermutigt durch das flüchtige Lächeln eines der Männer klopfte Harry an die Glastür.

»Kan jeg hjaelpe med noget?«

»Äh, ich suche einen Mitarbeiter. Torben Hammelgaard.«

»Undskyld?«

»Torben Hammelgaard.«

Der Mann zuckte mit den Schultern und schüttelte den Kopf. *»Jeg forst¨r det ikke.«*

»Er hat früher hier unterrichtet. Ham-mel-gaard.«

Weiteres Achselzucken. Da mischte sich sein Kollege ein, der vorher gelächelt hatte. »Sie suchen Torben Hammelgaard?«

»Ja.«

»Er ist weg. Seit vier Jahren, vielleicht auch fünf. Nach Amerika, wo alle Schlauen hingehen.«

»Ich habe gehört, er wäre zurückgekommen.«

»Nein.«

»Nicht unbedingt an dieses Institut, um wieder hier zu arbeiten, aber nach Kopenhagen.«

»Das glaube ich nicht.«

»Gibt es irgend jemanden, bei dem er sich vielleicht gemeldet haben könnte? Jemand, mit dem er befreundet ist?«

Zwischen den beiden Männern brach eine Debatte auf dänisch aus, verdrossenes Gemurmel, begleitet von stirnrunzelnden Blicken auf Harry. Er verstand kein Wort, aber in ihm keimte der Verdacht, daß den Männern solche Fragen schon einmal gestellt worden waren. Endlich war die Diskussion beendet.

»Keiner hat Torben Hammelgaard hier gesehen, Sir. Seine Freunde kennen wir nicht.«

»Und seine Familie?«

Der Mann überlegte einen Augenblick und sagte dann: »Er hatte eine Schwester. Eine… *blomsterhandler*. Blumen, verstehen Sie? Sie hat mir *en rabat* gegeben, einen guten Preis.« Er zog eine Grimasse. »Einmal habe ich Blumen geschickt, aber dann nie wieder.«

»Verzeihung, Sie meinen, Sie haben Hammelgaards Schwester Blumen geschickt?«

»Nej, nej.« Er griff nach einem Buch, das dick genug aussah, um die Gelben Seiten für ganz Dänemark zu enthalten, blätterte darin, drehte es um und zeigte Harry eine Annonce. Der abgebildete Blumenkorb neben dem vertrauten Namen überwand endlich die Sprachbarriere. Hammelgaards Schwester war Floristin und hatte ein Geschäft in Kopenhagen.

Es handelte sich um einen besseren Laden am Strøget, der Fußgängerzone im Kern des Stadtzentrums. Die Verkäuferinnen waren höflich, aber nicht sehr hilfreich. Margrethe Hammelgaard war nicht im Geschäft. Man riet Harry, es gegen sechzehn Uhr noch einmal zu versuchen.

Er vertrieb sich die Zeit mit einem flüssigen Lunch und einem Spaziergang um den Hafen. Kopenhagen zu Beginn des Winters war eine eisige und vorsichtige Stadt, Himmel, Straßen und Meereshorizont von unnachgiebigem Grau. Auf dem Rückweg durch den Strøget, noch immer die Zeit totschlagend, wanderte Harry in eine Buchhandlung und suchte in den Wissenschaftsregalen nach irgendeinem Werk von Torben Hammelgaard, dem abgewanderten Schlaukopf aus dem Niels-Bohr-Institut. Zu seiner Überraschung fand er nicht nur eines, sondern zwei. Höhere Mathematik und dänische

Prosa machten sie zwar doppelt unverständlich, aber auf dem Schutzeinband gab es ein Foto des Autors, das ihn für seine Anstrengungen belohnte.

Torben Hammelgaard war ein vorzeitig kahl werdender junger Mann, trug auf dem Foto ein Hemd mit offenem Kragen, blickte ernst und ohne ein Lächeln hinter seiner stahlgerahmten Brille und besaß einen präzise gestutzten Bart. *Han er født i 1957*, begann der biographische Waschzettel; er war also vier Jahre älter als David. Und das Foto sah aus, als sei es mindestens zehn Jahre alt.

Der zweite Besuch in Margrethe Hammelgaards Geschäft kurz nach sechzehn Uhr war vielversprechender: Die fragliche Dame war zurückgekommen. Sie telefonierte gerade, als Harry in ihr Büro geführt wurde. Margrethe Hammelgaard war schlank, kurzhaarig und schick gekleidet und sah aus und klang wie eine überaus tüchtige Geschäftsfrau – zu tüchtig, um weitschweifige Fragen nach ihrem umherreisenden Bruder willkommen zu heißen, wie Harry fürchtete. Aber wenigstens sprach sie fließend Englisch. Das war zumindest ein Anfang.

Der Anruf war beendet. Sie blickte fragend zu ihm auf.

»Ja?«

»Mein Name ist Harry Barnett, Miss Hammelgaard. Ich bin auf der Suche nach Ihrem Bruder.«

»Meinem Bruder?«

»Torben.«

»Und Sie sind?«

»Harry Barnett. Sie kennen mich nicht. Ihr Bruder auch nicht. Aber es ist wichtig, daß ich ihn finde.«

»Torben lebt in Amerika. Princeton University.« Sie sah ihn ungefähr so an wie die beiden Männer im Postraum. »Kopenhagen war ihm nicht groß genug.«

Harry trat näher. »Miss Hammelgaard ...«

»Ich kann Ihnen nicht helfen. Torben ...«

»Hat Princeton vor ungefähr sechs Wochen verlassen und ist seither nicht zurückgekommen.« Er versuchte, beschwichtigend zu lächeln. »Es ist in Ordnung. Ich weiß, was läuft. Einiges jedenfalls. Ich bin keine Bedrohung.«

»Ich weiß nicht, wovon Sie reden.«

»Wenn er hier ist, muß er sich bei Ihnen gemeldet haben.«

»Wie ich schon sagte, Torben ...«

»Ich bin David Vennings Vater.« Der Name sagte ihr etwas, das war offensichtlich. »Ich versuche, meinem Sohn zu helfen, und ich versuche, auch Ihrem Bruder zu helfen. Er ist in Gefahr. Sie wissen das, nicht wahr?«

Sie musterte ihn einige Sekunden lang schweigend und sagte dann: »Sie haben sich gerade als Harry Barnett vorgestellt. Nicht Venning.«

»Das ist eine lange Geschichte.«

»Dafür habe ich keine Zeit.«

»Gut. Sie haben zu tun. Ich verstehe das. Sie haben zu tun, und auch ich bin in Eile. Vielleicht ist Torben auch in Eile. Wenn nicht, schätze ich, er sollte es zumindest sein.« Ihr Stirnrunzeln verstärkte sich und drückte Ungeduld aus. Er hatte nicht viel Zeit, um Eindruck auf sie zu machen. »Schauen Sie, Miss Hammelgaard, wenn ich nur so tun würde, als wäre ich Davids Vater, dann würde ich mich Venning nennen, nicht? Ein Hochstapler würde das tun. Ich bin aber keiner.«

»Was sind Sie dann?«

»Ein Vater, der zu verstehen versucht, was mit seinem Sohn passiert ist. David liegt im Koma, wissen Sie. Und zwar seit ...«

»Das weiß ich alles«, versetzte sie gereizt.

»Weil Torben es Ihnen erzählt hat?«

Sie starrte ihn lange und intensiv an. »Ich habe davon gelesen.«

»Es stand in den dänischen Zeitungen? Sie überraschen mich.«

Sie wandte den Blick ab, ein Zeichen von Schwäche, Zweifel und auch Kapitulation. »Was wollen Sie, Mr. Barnett?«

»Ich möchte für Ihren Bruder eine Nachricht hinterlassen.«

»Wie lautet die Nachricht?« Die Frage kam flüsternd, war ein unausgesprochenes Eingeständnis.

»Wir müssen miteinander reden, so bald wie möglich. Die Zeit läuft aus, für alle. Ich wohne im Hotel Kong Knud in der Istedgade. Er soll heute abend dorthin kommen.«

»So läuft das nicht, Mr. Barnett.«

»Wie läuft es dann?«

»Sie müssen abwarten.«

»Wie lange?«

»Ein oder zwei Tage vielleicht.«

»Das ist zu lange.«

»Dann warten Sie eben nicht.« Sie erwiderte seinen Blick. »Sie haben die Wahl.«

Harry wartete. Ihm blieb nichts anderes übrig. Den Rest des Tages und den größten Teil des folgenden wartete er, während Kopenhagens seltsame Mischung aus Freiheit und Strenge an seinen Nerven zerrte und die irrationale Überzeugung wuchs, daß er beobachtet wurde, verfolgt, auf Schritt und Tritt überwacht. Er schlenderte um die Sexshops der Istedgade herum und versuchte herauszufinden, wozu die exotischeren Ausstellungsstücke wohl dienen mochten. Er saß in Bars, trank Julebryg und starrte Davids Foto an, bis er jede Einzelheit auf dem Bild auswendig kannte. Er experimentierte mit dänischen Zigaretten, um seinen schwindenden Vorrat an griechischen zu schonen, und beobachtete das Kommen und Gehen der Autofähren im Hafen. Ab und an ertappte er sich dabei, daß er nervös über die Schulter blickte. Doch er war niemals schnell genug. Wenn tatsächlich etwas hinter seinen Ängsten steckte, dann war es stets zu flink für ihn.

»Brief für Sie«, verkündete der misanthropische Manager des Kong Knud, als Harry am späten Donnerstagnachmittag in die Hotelhalle schlenderte. Zusammen mit dem Zimmerschlüssel schob er einen zerknitterten braunen Umschlag über die Theke. Harry ergriff den Brief und riß ihn auf, während er zum Lift ging. Er enthielt einen Stadtplan von Kopenhagen. Harry wandte sich nach dem Manager um. »Haben Sie gesehen, wer den Brief gebracht hat?«

»Nein. Es war niemand an der Rezeption, als er kam.« Also Hammelgaard. Er mußte es sein.

Harry faltete den Stadtplan auseinander. Kongens Nytorv, der Platz am östlichen Ende des Strøget, war mit roter Tinte eingekreist. Und am Rand stand groß und unübersehbar das Wort: *Mitternacht*.

17. Kapitel

Es war kalt, und Regen lag in der Luft. Aus einem Dock auf einer Seite des Platzes erklang das kalte Klirren von gegen Masten schlagender Takelage. Der Strom der Opernbesucher aus dem Königlichen Theater war versiegt, und die letzten Gäste hatten das zur Straße gelegene Restaurant des Hotel d'Angleterre verlassen. Der Verkehr war zum Erliegen gekommen. Harry fühlte sich exponiert und viel auffälliger, als er in Wirklichkeit war, als er um das dunkle Zentrum des Kongens Nytorv herumschlenderte. Er zündete sich eine weitere Zigarette an – eine von seinen kostbaren *Karelia Sertika* – und hielt das Streichholz dicht an seine Uhr, um die Zeit abzulesen. Mitternacht vorbei, aber keine Spur von Torben Hammelgaard.

Harry zog an der Zigarette und stieß mit einem Seufzer den Rauch aus. Trotz eines längeren Aufenthalts in einer Bar auf halber Höhe des Strøget fühlte er sich vollkommen nüchtern. Um diese Nachtstunde war das ein besonders unangenehmes Gefühl, nicht zuletzt deshalb, weil er so wenig Erfahrung damit hatte.

Plötzlich fuhr er herum, überzeugt, daß dicht hinter ihm jemand war. Aber nein, seine Nerven spielten ihm wieder einen Streich. Feuchte Pflastersteine und schimmernde Trambahnschienen in Richtung Hafen, sonst nichts. Ein später Bus fuhr schnell und laut an ihm vorbei. Wieder drehte er sich um. Und war nicht mehr allein.

Ein kleiner, breitschultriger Mann stand einige Schritte von ihm entfernt, die Hände tief in die Taschen einer dicken, wasserundurchlässigen Jacke vergraben, das Gesicht teilweise unter einer pelzbesetzten Mütze verborgen. Aber die Brille mit dem Stahlgestell und der gestutzte Bart verrieten seine Identität. Langsam trat er in helleres Licht und nickte grüßend.

»Hallo, Harry.« Die Stimme war leise und tief, eine seltsame Mischung aus Dänisch und Amerikanisch. Doch es war weniger der Akzent als vielmehr die vertrauliche Anrede, die Harry verwirrte.

»Torben Hammelgaard?«

»Natürlich. Erkennen Sie mich nicht?«

»Doch, ja. Von einem Foto in einem Ihrer Bücher. Aber wie haben ...«

»Ob Sie mich nicht von unserem letzten Zusammentreffen erkennen, meine ich.«

»Wir haben uns meines Wissens nie getroffen.«

»Sie müssen sich doch erinnern!«

»Nein. Unsere Wege haben sich nie gekreuzt. Warum sollten sie?«

»Warum? Ich hätte gedacht, den Grund müßten Sie recht gut kennen.«

»Ich weiß nicht, wovon Sie reden.«

»Rhodos, Harry, August 88. Die Bar in Lindos, in der Sie gearbeitet haben. Wie hieß sie noch?«

»Die Taverna Silenou?«

»Ja, richtig.«

»Sie waren dort?«

»Ja, ich war dort. Und nicht allein.«

Eine unheilvolle Ahnung überkam Harry. Eine Vermutung keimte in ihm auf, die ihm Übelkeit verursachte. »Wer war bei Ihnen?«

»Zwei Freunde. Ein Mädchen namens Hanne, das zu der Zeit scharf auf mich war, und noch jemand.«

»August 88 sagten Sie?«

»Ja, das habe ich gesagt.«

»Und diese... Hanne... war Dänin?«

»Ja. Damals war ich noch am Niels-Bohr-Institut. Die meisten meiner Freunde waren Dänen. Aber nicht alle.«

Manche Dinge vergingen nie, verblaßten nie. Sie wuchsen einfach und wurden schlimmer, schwollen in der Erinnerung an wie ein Tumor. Ein betrunkenes Mißverständnis an einem heißen Tag in Lindos hätte weiter keine Folgen haben dürfen. Aber drei Monate später war es bei den polizeilichen Ermittlungen über das Verschwinden von Heather Mallender gegen ihn ausgelegt worden. Und jetzt, mehr als sechs Jahre später, holte es ihn wieder ein.

»Es war nicht Ihr Fehler, Harry. Hanne versuchte, mich eifersüchtig zu machen, indem sie mit Ihnen flirtete. Vermutlich hat sie Sie für harmlos gehalten. Als die Sache außer Kontrolle geriet, machte sie Theater. Sie machte immer Theater. Heute managt sie eine geologische Feldstation in Grönland. Das dürfte sie abgekühlt haben.«

»Wer war Ihr anderer Freund?«

»Sie wissen, wer er war.«

»Ich kann mich nicht erinnern. Sie oder er, ich dachte, Sie

wären alle Dänen. Ich war zu betrunken, um groß darauf zu achten.«

»Er hat damals kein Wort gesagt. Er überließ es mir, Hanne beschwichtigend zuzureden. Er war sehr zurückhaltend. Damals verstand ich nicht, warum. Nach Lindos zu fahren war zwar seine Idee, aber ich hatte gedacht, wir wären zufällig in die Bar geraten. Aber so war es nicht, nicht wahr? David hatte die Bar absichtlich ausgesucht. Er wollte Sie sehen, herausfinden, wie Sie waren. Das muß es gewesen sein.«

Und was hatte David gesehen? Nach der Mühe, seinen Vater aufzuspüren, von der Harry gemeint hatte, er habe sie sich nie gemacht? Er hatte einen Mann in mittleren Jahren gesehen, der einen betrunkenen Narren aus sich machte. Und falls er vorgehabt hatte, sich zu erkennen zu geben, hatte er es sich zweifellos anders überlegt, als ihm klarwurde, *wem* er sich da zu erkennen gäbe.

»Vermutlich sollten wir froh sein.«

»Warum?«

»Weil ich die Geschichte, die Sie Margrethe erzählt haben, sonst nicht geglaubt hätte. Ich hätte sonst den Mann nicht gekannt, den ich im Kong Knud ein und aus gehen sah, und ich hätte diese Verabredung nicht getroffen. Sie haben meiner Schwester gesagt, ich sei in Gefahr, und Sie hatten recht. Aber Sie wissen nicht, in wie großer Gefahr. Das können Sie nicht wissen. Andernfalls wären Sie nicht hergekommen. Sie wären verrückt gewesen, wenn Sie dann gekommen wären.«

»Warum?«

»Weil die jetzt auch hinter Ihnen her sind. Wenn ich heute nacht in eine Falle gegangen bin, Harry, dann sind Sie das auch.«

Sie gingen in westlicher Richtung durch immer schmalere und verlassenere Straßen. Hammelgaard wählte einen so labyrinthischen Weg, daß er Harry ziellos vorkam und völlig verwirrend. Nicht, daß es eine Rolle spielte, wohin sie gingen. Ihr Ziel war das, was sie sprachen. Hammelgaard wollte wissen, wie Harry von der Existenz seines Sohnes und von dessen Zustand erfahren hatte. Er wollte wissen, was ihn nach Kopenhagen geführt hatte. Was er hörte, gefiel ihm nicht.

»Die telefonische Nachricht, der Zeitungsausschnitt – das sind Mitteilungen, für die Sie keine Erklärung haben. Aber ich schon, Harry. Sie sind der Spürhund, ich bin die Zielscheibe. Die müssen gewußt haben, daß Sie in der Lage sein würden, mich ausfindig zu machen. Aber wie? Wie konnten sie das wissen? Und warum sind sie Ihnen heute nacht nicht gefolgt? Keiner hat Sie zum Kongens Nytorv verfolgt, da habe ich mich vergewissert. Aber warum nicht? Worauf warten die?«

»Von wem reden Sie?«

»Globescope, Harry. Byron Lazenby und wen immer er dafür benutzt. Sie haben Gerard und Marvin umgebracht, sie haben dafür gesorgt, daß David im Koma liegt, und sie werden sich damit nicht zufriedengeben.«

»Warum haben Sie dann eingewilligt, mich zu treffen?«

»Weil ich eine Botschaft an die anderen von uns habe, und Sie sind der einzige mögliche Überbringer.«

»Ich überbringe keine Botschaften, solange ich die Wahrheit nicht kenne.«

Hammelgaard sah sich um. »Was ist seit unserer letzten Begegnung mit Ihnen passiert, Harry? Gewöhnlich sind Schluckspechte nicht so zäh.«

»Sie haben mich an einem schlechten Tag erwischt.«

»Wie schade. Für Sie und David.«

»Das versuche ich jetzt gutzumachen.«

»Seinetwegen?«

»Auch meinetwegen.«

»An Ihnen ist eindeutig mehr dran, als man auf den ersten Blick sieht. David dachte, es sei nicht der Mühe wert, sich mit Ihnen abzugeben, fürchte ich. Er war deprimiert, als wir nach Rhodos-Stadt zurückkamen, richtig düsterer Laune. So konnte er manchmal sein. Der Preis für mein Genie, pflegte er zu sagen. Bescheidenheit gehörte nie zu seinen Fehlern. Aber in dieser Nacht war es anders. Tiefer, schärfer.«

»Warum waren Sie auf der Insel?«

»Um über höhere Dimensionen zu diskutieren und gleichzeitig Ferien zu machen. Ich hatte David früher im Jahr bei einer Konferenz in Los Alamos kennengelernt. Er plante da bereits für den Sommer eine Zusammenkunft von Leuten, die seine Begeisterung für das Thema teilten. Den Treffpunkt hatte er vorgeschlagen. Er schien dabei Hintergedanken zu haben. Jetzt weiß ich, welche.«

»Der Mann, den er für seinen Vater gehalten hatte, starb 1986. Da hat seine Mutter ihm von mir erzählt.«

»Und zwei Jahre später beschloß er, Sie sich anzusehen.«

»Scheint so. Aber offenbar gefiel ihm nicht, was er sah.«

»Tut mir leid, Harry. Wirklich.«

»Nicht nötig. Sagen Sie mir nur, wo Sie und er reingeraten sind.«

»Das sollten Sie besser nicht wissen, glauben Sie mir. David macht dabei keine heldenhafte Figur.«

»Ich möchte es verstehen. Ich glaube, ich muß es verstehen.«

Sie kamen auf einen kleinen Platz, hinter dem man den Umriß einer Kirche erkannte, schwärzer als der restliche Himmel. Hammelgaard blieb stehen und sah sich um, als prüfe er den Weg. Dann warf er einen langen Blick nach hinten. »Also gut«, sagte er. »Ich werd's Ihnen erzählen, jedenfalls einiges davon. Aber nur unter der Bedingung, daß Sie jetzt im voraus einwilligen, den anderen eine Nachricht von mir zu übermitteln. Sie verstecken sich in den Staaten, und ich kann Sie mit ihnen in Kontakt bringen.«

»Warum rufen Sie sie nicht einfach an?«

»Weil Telefone angezapft, Computer geknackt und Briefe geöffnet und gelesen werden können. Globescope hat die Macht, all das zu tun. Aber es ist möglich, nur eine Möglichkeit, daß sie nichts von Ihnen wissen. Ich habe vielleicht ein Verliererblatt bekommen, aber Sie könnten in dem Spiel der Joker sein.«

»Wie lautet die Nachricht?«

»Werden Sie sie überbringen?«

»Gehört Donna Trangam auch dazu?«

Die schwache Andeutung eines Lächelns erschien auf Hammelgaards Gesicht. »Ja, Harry, sie gehört auch dazu. Aber sie hat keine magischen Kräfte. Ich kann nicht versprechen, daß sie in der Lage sein wird, David aus seinem Koma zu erwecken. Wenn Sie das von mir hören wollen…« Er zuckte mit den Schultern. »Sie können annehmen oder auch nicht, aber verlangen Sie nicht, daß ich lüge. Ich habe schon zuviel gelogen. Ich würde sagen, Ihre Chancen, je wieder mit David zu reden, sind erbärmlich gering. Aber es gibt etwas, das Sie für ihn tun können. Donna und die anderen sind wegen David und mir in Gefahr. Wir haben sie verraten. Indem Sie ihnen helfen, würden Sie für Ihren Sohn eine Schuld begleichen. Die Botschaft, die ich Sie zu überbringen bitte, wird ihnen helfen wie nichts anderes sonst. Also, was sagen Sie? Ja oder nein?«

Die Frage war eine Chance und eine Herausforderung. Die Chance, die Rolle eines guten Vaters zu spielen, wie kurz und unredlich auch immer, und eine Herausforderung, der er wahrscheinlich nicht gewachsen war. Aber eines ohne das andere war nicht zu haben. Er konnte die Scham von vor sechs Jahren nicht wegwischen, ohne einen Mißerfolg in der Gegenwart zu riskieren. Es gab, wie Hammelgaard gesagt hatte, nur ja oder nein. Und obwohl er es vielleicht bereuen würde, wenn er ja sagte, würde er es sicher noch mehr bereuen, wenn er nein sagte. »Okay«, murmelte er. »Ich werde es machen.«

Sie überquerten den Platz und bogen in eine Straße ein, die kaum mehr als eine enge Gasse war. Hammelgaards Stimme sank beinahe zu einem Flüstern und zwang Harry, dicht neben ihm zu gehen und den Kopf zu ihm zu neigen, um ihn überhaupt zu verstehen.

»Was macht Leute zu Verrätern, Harry? Geld? Sex? Oder irgendeine andere Gier? David und ich träumten davon, den bedeutsamsten Schritt in der menschlichen Evolution zu lenken. Wir träumten davon, die Macht höherer Dimensionen freizusetzen. Zugang zu höheren Dimensionen würde nicht nur unser Leben verändern, sondern auch unseren Geist. Nichts wäre mehr außerhalb unserer Reichweite, und alle Ehre würde denen zuteil, die die Tür dazu gefunden und geöffnet hatten. Die meisten Wissenschaftler glaubten, die Technologie, die nötig wäre, um die Energie zum Öffnen dieser Tür zu erzeugen, gibt es erst in vielen hundert Jahren. Aber David glaubte, auf dem Weg zu einer Abkürzung zu sein. Einige seiner mathematischen Einsichten gingen über mein Begriffsvermögen, aber ich konnte sehen, wohin sie führten. Wir brauchten Zeit und Hilfe und Geld, um sie umzusetzen. Deshalb waren wir so begierig darauf, HYDRA zu verwirklichen: Weil wir sicher waren, daß das Problem gelöst werden könnte, wenn genügend Mathematiker und Physiker ihm ihre ganze Zeit widmeten. Und so waren wir natürlich überzeugt, so ungefähr jedes Opfer sei gerechtfertigt, um unser Ziel zu erreichen. Freundschaft, Loyalität, Integrität – was spielen sie für eine Rolle, was zählen sie schon, wenn Sie denken, Sie hätten das Schicksal unserer gesamten Spezies in der Hand?

Globescope verkauft Vermutungen über die Zukunft an jeden, der sie hören will. Und Globescope ist gut. Sie sagten voraus, daß die Sowjetunion Ende der achtziger Jahre zerbrechen würde, daß aber die chinesische Version des Kommunismus überleben und sich anpassen würde. Das brachte ihnen eine Menge Kredit ein, und Byron Lazenby wurde ein sehr reicher Mann.«

»Wann stießen Sie dazu?«

»Vor zwei Jahren, als das Projekt Sibylle begonnen wurde. David empfahl mich, angeblich wegen meiner Fachkenntnisse in der technologischen Anwendung von Quanteneffekten. In Wirklichkeit aber, damit wir bei den höheren Dimensionen enger zusammenarbeiten konnten.«

»Dr. Tilson sagte, der Zweck des Projekts sei gewesen, den Zustand der Welt im Jahr 2050 detailliert vorherzusagen.«

»Richtig. Es war ein Auftrag für ein Konsortium aus internationalen Konzernen, das Lazenby nie beim Namen nannte. Wir waren sieben: David und ich, Gerard Mermillod, Marvin Kersey, Donna Trangam, Makepeace Steiner und Rawnsley Ablett. Eine eindrucksvolle Mannschaft: ein Mathematiker, ein Physiker, ein Soziologe, ein Biochemiker, eine Neurowissenschaftlerin, eine Computerwissenschaftlerin und ein Wirtschaftswissenschaftler. Wir hatten zwei Jahre Zeit und sämtliche Einrichtungen von Globescope zu unserer Verfügung, um ein klares und detailliertes Bild von der Mitte des nächsten Jahrhunderts zu zeichnen. Welche Art Leben wir alle führen würden, wie es der Welt und der menschlichen Spezies gehen würde. Sie müssen verstehen, das war kein Job, den man hastig erledigt, keine oberflächliche Skizze der Zukunft, sondern gewogene und analysierte Realität, so wahrheitsgetreu wie nur möglich, mit Spielraum für alle Variablen. So genau, wie eine Vorhersage überhaupt sein kann.«

»Und wie wird das Leben 2050 sein?«

»Das werden Sie von mir nicht hören. Es würde Ihnen nichts einbringen, wenn Sie wüßten, was wir vorhergesagt haben. Sie werden dann längst tot sein. Und ich auch. Und das ist auch nicht der wirkliche Grund, warum wir hier sind.«

»Warum denn dann?«

»Weil wir sieben im letzten Frühjahr Lazenby unsere vorläufigen Schlußfolgerungen präsentiert haben, und sie gefielen ihm nicht. Er sagte, sie seien unvereinbar mit der Politik von Globescope und nicht das, was seine Kunden wollten. Er stritt nicht darüber, ob sie zutreffend waren oder nicht. Damit gab er sich gar nicht ab. Er sagte uns einfach, wir sollten sie abändern. Sollten sie kommerziell akzeptabel machen.«

»Aber wenn Sie sie abänderten, würden sie nicht mehr stimmen!«

»Richtig. In diesem Moment erkannten wir, was wir schon früher hätten erkennen sollen, nämlich, daß Lazenbys Schlüssel zu seinem Erfolg darin bestand, den Kunden das zu sagen, was sie hören wollten. Nicht das, was sie wissen sollten. Weder er noch seine Kunden würden im Jahr 2050 noch dasein, um über diesen Punkt zu streiten. Sie bezahlten allein für die Beruhigung ihrer Anteilseigner. Lazenby sagte nie genau, welche Konzerne unsere Kunden waren, aber wir wußten, daß es sich um große internationale Multis mit Interessen an allen globalen Handelswaren handeln mußte. Öl, Autos, Chemikalien, Waffen, Raumfahrt, pharmazeutische Produkte. Was immer es war, unsere Vorhersagen waren klar. Keines von all diesen Geschäften würde 2050 noch genauso ablaufen wie heute. Die heutigen Konzernkönige würden die Welt nicht mehr wiedererkennen und in dieser Welt auch nicht überleben. Es ist nicht nett, wenn Ihnen jemand sagt, daß Ihre Tage gezählt sind, und Lazenby entschied, daß es auch nicht profitabel ist. Also wies er uns an, unsere Parameter zu korrigieren, wie er das nannte, um ein akzeptableres Ergebnis zu erzielen. Wir weigerten uns. Sieben hochgesinnte Wissenschaftler bezogen einen ethischen Standpunkt. Wir würden uns nicht herumstoßen lassen. Statt dessen wurden wir ausgestoßen, auf der Stelle entlassen. Wir mußten das Gelände von Globescope binnen einer halben Stunde verlassen, und während dieser Zeit wurden wir beaufsichtigt, damit wir nichts mitnahmen. Außerdem wurden wir sehr eindringlich daran erinnert, daß die Diskussion irgendeines Aspekts von Projekt Sibylle mit Dritten einen Vertragsbruch darstellte. Wir konnten zu den bequemen akademischen Institutionen zurückkriechen, aus denen wir gekommen waren, und den Mund halten. Oder wir konnten den Mund aufmachen und vor Gericht gezerrt werden.«

»Was haben Sie getan?«

»Zuerst gar nichts. Wir waren alle ein bißchen schockiert, denke ich. Ich ging nach Princeton zurück. Die anderen zerstreuten sich ebenfalls. Gerard kehrte zu IHES zurück, Marvin an die McGill University, Rawnsley nach Harvard, Makepeace ans Caltech und Donna nach Berkeley. Nur David blieb in Washington, in seinem kleinen Haus in Georgetown, von wo aus man zu Fuß zu Globescope gehen konnte. Er hatte es nicht eilig wegzugehen.«

»Was war mit ihm und Donna? Seine Mutter scheint zu denken...«

»Ja, sie lebten eine Zeitlang zusammen. Aber das endete ungefähr zur gleichen Zeit. Donna ging nach Kalifornien zurück, und David folgte ihr nicht. Keiner von beiden wollte darüber reden. Aber sie gingen höflich miteinander um, als wir uns letzten Sommer alle in Florida trafen. Die Zusammenkunft war Donnas Idee. Sie fand, daß wir Projekt Sibylle noch einmal erstellen und dann unsere Funde veröffentlichen und Globescope als korrupte Organisation bloßstellen sollten. Damit waren alle einverstanden. Unsere Vorhersagen für 2050 waren wirklich furchterregend, aber sie waren nicht unausweichlich. Uns ging es vor allem darum, daß konzertiertes Handeln in der Gegenwart das Bild für die Zukunft unermeßlich verbessern würde. Wir schätzten, daß es sechs Monate dauern würde, das Projekt Sibylle zu rekonstruieren. Dann konnten wir es samt der ganzen Geschichte der wissenschaftlichen Presse anbieten. Bis dahin mußten wir heimlich Verbindung halten und arbeiten. Es war entscheidend wichtig, daß Lazenby nicht erfuhr, was wir planten.«

»Aber er hat es erfahren?«

»O ja. Er hat es erfahren. Ein paar Wochen nach meiner Rückkehr aus Florida kam David zu mir zu Besuch. Er war in einer dieser Hochstimmungen, in denen er einen glauben machen konnte, ihm sei nichts unmöglich. Er hatte eine Idee: Wir könnten zu Lazenby gehen und einen Handel mit ihm abschließen. Wir könnten ihm anbieten, uns von den anderen abzuspalten und ihnen öffentlich zu widersprechen. Wir könnten ihre Vorhersagen bestreiten und sagen, Globescope habe sich in dieser ganzen Sache untadelig verhalten. Das würde die Story wirksam abmurksen. Als Gegenleistung sollten wir verlangen, daß Lazenby HYDRA finanzierte. Das würde ihn etliche Millionen Dollar kosten, wäre aber ein fairer Preis für die Rettung von Globescopes Ruf.«

Hammelgaard wandte Harry das Gesicht zu. »Vielleicht denken Sie, ich hätte Davids Vorschlag sofort rundheraus ablehnen sollen. Aber da war unser Traum, verstehen Sie? Ein Traum, der plötzlich in Reichweite war, sogar mit elegant eingebauter Rechtfertigung. Der Zugang zu hyperdimensionalen Kräften würde vielleicht helfen, viele der Probleme zu lösen, die Projekt Sibylle für die Zukunft aufgezeigt hatte, während die Reaktion auf die Globescope-Story, wenn sie herauskam, womöglich genauso wirkungslos wäre wie all die anderen hochtönenden Appelle, den Planeten zu erhalten.«

Sie erreichten eine Straße am Hafen und wandten sich nach links, folgten den angestrahlten Wallanlagen von Schloß Christiansborg. Ein oder zwei Minuten lang sprach keiner von ihnen. Harry fühlte sich elend und verwirrt, gesättigt mit einem Wissen, das er größtenteils lieber nicht besessen hätte. Eine Zukunft voller Gefahren, eine Freundschaft, die sein eigener Sohn verraten hatte. Doch etwas nahm seiner Düsternis die Spitze, etwas, das er selbst niemals hätte zugeben können. Der Graben zwischen ihm und David war jetzt nicht mehr so tief. Verdammung und Vergebung lagen auf beiden Seiten.

»Sie sind zusammen zu Lazenby gegangen?«

»Ja. Ende August.«

»Was hat er gesagt?«

»Er erklärte sich mit unseren Bedingungen einverstanden. Er hat eine Menge Wind gemacht, aber am Ende ist er eingeknickt. Das dachten wir jedenfalls. Jetzt ist mir klar, daß er nur Zeit gewinnen wollte. Er war nicht darauf vorbereitet, erpreßt zu werden oder eine Bloßstellung zu riskieren. Er beschloß, die ultimativen Sanktionen anzuwenden, uns einen nach dem andern aus dem Verkehr zu ziehen. Es muß so sein, es gibt keine andere mögliche Erklärung. Ich weiß nicht, wie sie das mit Davids Überdosis arrangiert haben. Die Umstände hörten sich eindeutig nach einem Unfall an. Ich habe zuerst wirklich geglaubt, daß es ein Unfall war. Aber als Gerard starb und dann Marvin, wurde mir klar, was da läuft. Sie wurden eliminiert. Die Bedrohung, die wir darstellten, wurde neutralisiert. Die anderen dachten dasselbe. Ich flog mit Donna nach New York. Wir trafen uns mit Rawnsley und Makepeace in einem Hotel in der Nähe des Flughafens und kamen überein, daß wir uns verstecken müssen, bis wir unsere Arbeit an Sibylle Zwei abgeschlossen haben. Ohne David, Gerard und Marvin wird sie bei weitem nicht so umfassend sein wie vorher, aber etwas anderes konnten wir nicht tun. Lazenby vorzuwerfen, daß er Morde in Auftrag gibt, wird uns nichts einbringen, wenn wir kein plausibles Motiv vorweisen können.«

»Aber Sie sind nicht bei den anderen geblieben?«

»Nein. Ich gab vor, ich würde lieber allein arbeiten. Ich habe gesagt, sie könnten sich leichter verstecken, wenn sie keinen Dänen bei sich hätten. Aber das war nur ein Vorwand. Ich höre mich genauso amerikanisch an wie der Nebenmann in der U-Bahn. Aber ich hätte nicht bei den anderen bleiben können, nicht in dem ständigen Wissen, daß ich teilweise für unsere Situation verantwortlich bin. Ich mußte weg, um das Problem zu durchdenken und eine Lösung zu finden.«

»Und? Haben Sie eine gefunden?«

»Hier kommt die Botschaft ins Spiel, Harry. Die, die zu überbringen Sie sich bereit erklärt haben.«

»Was ist, wenn die anderen Sie kriegen, ehe Ihre Freunde die anderen kriegen?« fragte Harry.

»Dann heißt es *god nat, København*. Das ist die einzige Lösung, Harry. Ich habe den ganzen letzten Monat damit verbracht, mir eine einfachere Lösung auszudenken. Es gibt keine.« Sie erreichten eine Brücke und überquerten sie. Der Wind zerrte an Harrys Haar und ließ das Wasser gegen die Piers unter ihnen spritzen. »Dies ist Knippelsbro. Die andere Seite ist Christianshavn. Wir trennen uns hier. Kommen Sie morgen um diese Zeit, ein Uhr früh, wieder her, und warten Sie oben an der Treppe, die auf die Brücke führt. Ich werde Ihnen dann sagen, welche Vorkehrungen ich getroffen habe, um Sie in die Staaten zu schaffen. Wenn ich glaube, daß es zu riskant ist, selbst zu kommen, schicke ich einen Freund. Olaf Jensen. Groß und dünn wie ein Laternenpfahl, gelblicher Bart. Schwer zu verfehlen. Sie können ihm vertrauen.«

Sie erreichten die Brückenmitte und hielten an. Hammelgaard lehnte sich an das Geländer und schaute in den Hafen hinunter. So blieben sie einige Sekunden schweigend stehen. Dann brach Harry das Schweigen.

»Wie lautet die Botschaft, Torben?«

»Verzeihung. Sie haben recht, wir dürfen keine Zeit verschwenden. Sagen Sie Donna und den anderen alles, was ich Ihnen erzählt habe, und fügen Sie folgendes hinzu: Als David und ich Lazenby aufsuchten, war ich mit einem hochauflösenden Mikrorecorder von neuestem technischem Standard verkabelt. Wir wollten Beweise für alles, worauf Lazenby sich einließ, verstehen Sie? Und wir bekamen sie. Aber Lazenby ist immer argwöhnischer, als man für möglich halten sollte. Er bestand darauf, daß wir gefilzt wurden, ehe wir gingen. Ich wußte natürlich, daß sie das Band finden würden.

Während wir auf Fredericks warteten, den Sicherheitschef, habe ich den Recorder abgenommen und ihn seitlich in den Sessel gestopft. Die anderen werden sich an diese riesigen, weichen Sessel in Lazenbys Büro erinnern. Es war der Sessel direkt am Fenster. Rechts unter der Armlehne war der Recorder sicher. Er ist nicht größer als eine Streichholzschachtel. Ich hoffte, ihn mir später holen zu können. Das Mikrofon war in einem Stift, der allein keinen Verdacht erregt. Aber wir wurden sofort zur Tür geführt, nachdem Fredericks uns gefilzt hatte, und so mußte ich den Recorder lassen, wo er war. Er muß noch immer dort sein. Das Band sollte genug Material enthalten, um Lazenby irgendwie zu verklagen. Selbst wenn es vor Gericht nicht standhält, wird es ihn ruinieren. Und das ist die einzige Möglichkeit, ihn jetzt zu stoppen.«

»Ist das alles?«

»Ja. Ich weiß nicht, wie Sie sich die Kassette verschaffen können, aber Sie müssen es tun. Es ist…«

»Eine Aufzeichnung, die Sie nie gehört haben? Versteckt in einem Sessel? Vielleicht hat Lazenby das Ding inzwischen gefunden und vernichtet. Vielleicht hat es auch nicht richtig funktioniert, meine Güte!«

»Daß es gefunden worden ist, ist unwahrscheinlich«, sagte Hammelgaard ruhig. »Und ich habe mich vorher vergewissert, daß es funktioniert. Es enthält eine Aufzeichnung von allem, was am Nachmittag des 29. August in Lazenbys Büro bei Globescope von David, Lazenby und mir gesagt wurde, bis ich den Kontakt unterbrochen habe. Projekt Sibylle, HYDRA, den ganzen Handel, alles. Wir haben Klartext gesprochen, das kann ich Ihnen versichern. Die Aufzeichnung läßt keinen Raum für Zweifel. Sie wird Lazenby erledigen.«

»Falls sie sich noch im Sessel befindet. Falls man sie beschaffen kann.«

»Da steht ›falls‹ gegen ›wann‹, Harry. Falls Sie das durchziehen können, bevor die uns aufspüren. Sie haben die Wahl. Ich kann Sie nicht zwingen, unsere Abmachung einzuhalten. Vielleicht gibt es immer noch eine Möglichkeit, sich aus dem Staub zu machen. Für Sie jedenfalls.«

»Aber nicht für Sie und die anderen. Nicht für David.«

»Nein, für uns nicht.«

»Dann habe ich wohl keine Wahl.«

»Werden Sie morgen nacht kommen?«

»Ja. Ich werde da sein.«

Hammelgaard starrte ihn einen Moment an, sein Gesichtsausdruck war im Dunkeln nicht zu erkennen. Dann sagte er:»Danke, Harry. Das bedeutet sehr viel. Und nicht nur für mich.«

»Das ist es, was mir Sorgen macht.«

»Besorgte Männer sind gute Boten.«

»Wie überbringe ich die Botschaft?«

»Das erkläre ich Ihnen morgen. Ich muß eine Menge Vorkehrungen treffen. Und noch eins zu Davids Notizbüchern. Ich nehme an, sie wurden mitgenommen für den Fall, daß sie Anspielungen auf das Projekt Sibylle enthalten. Wahrscheinlich enthalten sie keine. Sie sind eigentlich nur eine Aufzeichnung seiner hyperdimensionalen Arbeit und für Globescope von keinerlei Interesse. Eine Vorsichtsmaßnahme der anderen Seite, vermutlich. Aber das Verwirrende ist, daß sie sich solche Mühe geben, die Überdosis Insulin als Unfall hinzustellen, und dann mit einem sinnlosen Diebstahl alles verderben.«

»Bis jetzt hat das anscheinend noch keinen Argwohn erregt.«

»Nein, nur bei mir. Gerard oder Marvin wurde nichts gestohlen, dabei werden sie sicher auch Aufzeichnungen bei sich gehabt haben. Gerard tat keinen Schritt ohne seinen Laptop. Man fand ihn unbeschädigt auf dem Bahnsteig der Metro, nachdem Gerard unter den Zug gestürzt war. Warum haben die den Laptop nicht auch mitgenommen – zur Vorsicht?«

»Weil es Zeugen gab?«

»Vielleicht. Vielleicht ist das der Grund.«

»Iris dachte, David hätte die Notizbücher vielleicht in Washington gelassen, aber Dr. Tilson …«

»Hat bestätigt, daß er sie bei sich hatte, ich weiß. Deshalb habe ich …« Hammelgaard sprach jetzt noch leiser. »Hören Sie zu, Harry. Das hat keine Auswirkungen auf irgend etwas sonst. Wir behalten das für uns, ja? Iris gab mir die Schlüssel für Davids Haus in Washington, für den Fall, daß ich die Notizbücher suchen wollte, was ich natürlich nicht getan habe. Es wäre zu riskant gewesen. Wie auch immer, Dr. Tilson hatte mir schon gesagt, daß David sie nicht dort gelassen hatte. Aber es könnten andere Papiere da sein, andere Aufzeichnungen, seine neuesten Arbeiten. Er stand dicht vor einem Durchbruch. Alles, was gerettet werden kann, könnte höchst bedeutsam sein. Wenn all das vorbei ist, möchte ich, daß Sie hingehen und alle Disketten und Dokumente an sich nehmen, die Sie finden können. Bringen Sie es zu Dr. Tilson, sie kann die Bedeutung abschätzen. Ich bin nicht sicher, ob jemand anderes das kann. Hier sind die Schlüssel.« Er griff nach Harrys Hand und drückte einen Ring mit drei Schlüsseln hinein. »Verlieren Sie sie nicht.«

»Warum durchsuchen Sie das Haus nicht selbst, wenn alles vorbei ist?« Aber Harry kannte den Grund so gut wie Hammelgaard selbst.

»Tun Sie es einfach, Harry, sobald es gefahrlos möglich ist. Das Band wird Davids Ruf zusammen mit dem von Lazenby zerstören. Lassen Sie nicht zu, daß auch alles andere, was er geleistet hat, zerstört wird. Er war nahe dran, er hatte es fast geschafft. Er stand am Rand einer historischen Entdeckung.«

»Vielleicht kann er seine Arbeit ja doch noch persönlich fortsetzen.«

»Eine schöne Hoffnung, Harry. Die Hoffnung eines Vaters.« Hammelgaard richtete sich auf und schaute sich um. »Zeit zu gehen. Also bis in vierundzwanzig Stunden. Sie werden doch kommen, oder?«

»Ja.«

»Verhalten Sie sich bis dahin unauffällig.«

»Das werde ich.«

»Gute Nacht, Harry.« Hammelgaard drückte ihm fest die Hand. *»Held og lykke.«* Er sah Harrys Stirnrunzeln und fügte hinzu: »Ich wünsche uns beiden Glück.« Damit drehte er sich um und schritt rasch über die Brücke davon, ohne sich ein einziges Mal umzuschauen. Harry sah ihm nach und zündete sich dann eine Zigarette an. Das Nikotin und die Einsamkeit wirkten beruhigend auf den Aufruhr seiner Gedanken, bis auch er sich schließlich auf den Rückweg machte, müde und mit der einzigen Gewißheit, daß er sein Versprechen, zurückzukommen, halten würde.

18. Kapitel

DER FREITAG war kalt und grau. Harry wanderte durch die winterlichen Straßen Kopenhagens und versuchte, nicht an die tollkühne Mission zu denken, die er übernommen hatte. Das gelang ihm auch, allerdings um den Preis, daß er sich nagenden, trostlosen Erinnerungen ausgesetzt sah.

Lindos, August 1988. Der Strand war ebenso überfüllt wie die Stadt. Die sengende Sonne knallte wie mit Hämmern auf die weißen Dächer. Alle Bars, alle Läden wimmelten von Leuten. Lärm, Hitze, zuviel menschliches Gedränge. Harry in der Taverna Silenou war mehr als nur ein bißchen betrunken. Kostas war so klug gewesen, ihn nach Hause zu schicken, damit er seinen Rausch ausschlief; fehlende Kellner waren besser als betrunkene. Grollend hatte Harry sich verabschieden wollen, war dann aber in ein flirtendes Gespräch mit einem dänischen Mädchen geraten. Um was es ging, wußte er nicht mehr. Er erinnerte sich auch nicht an den genauen Ablauf der folgenden Ereignisse. Vielleicht war er über ein Stuhlbein gestolpert, vielleicht hatte auch jemand absichtlich ein Bein ausgestreckt. Wie auch immer, im Fallen hatte er mit der Hand nach der lose zugeknöpften Bluse des Mädchens gegriffen und sie dabei aufgerissen. Er hatte bereits bemerkt, daß sie keinen Büstenhalter trug, jetzt sahen es auch alle anderen. Die Szene selbst – wegspringende Blusenknöpfe, hüpfende Brüste, dänisches Kreischen, starrende Gesichter, Arme, die ihn festhielten – lag in gnädigem Nebel. Erst am folgenden Tag hatte Kostas ihm erzählt, das Mädchen habe ernsthaft gedroht, ihn wegen sexueller Belästigung anzuzeigen; offenbar hatten ihre Begleiter ihr das ausgeredet.

Ach ja, ihre Begleiter. An ihrem Tisch hatten zwei Männer gesessen. Daran konnte Harry sich noch erinnern. Doch wie sie im einzelnen ausgesehen hatten, wußte er nicht mehr. Vor seinem inneren Auge waren sie so verschwommen, wie in Fernsehinterviews Spione und Superspitzel gezeigt werden, damit man sie nicht erkennt. Natürlich wußte er, wer sie waren, er hatte sie ja beide inzwischen wiedergesehen. Trotzdem hätte er sich gern ein deutliches Bild von ihnen an diesem Tag gemacht. Jedenfalls von einem der beiden. Von dem, den er jetzt nur noch als reglose Gestalt in einem Krankenhausbett vor sich sah. Von dem Sohn, mit dem er zusammengetroffen war und vermutlich gesprochen hatte, ohne es zu merken. Der gesehen hatte, wie er sich mit rotem Gesicht und seiner Sinne kaum mächtig an den Stamm eines Feigenbaums geklammert und eine Entschuldigung gestammelt hatte. Der ihn gemustert und verurteilt hatte und seiner Wege gegangen war, ohne sich zu erkennen zu geben.

Drei Monate später hatte Harry im Schatten einer sehr viel ernsteren Anschuldigung und Unschuldsbeteuerungen seinerseits, die ihm wieder nicht geglaubt wurden, Rhodos verlassen und war niemals zurückgekehrt. Die Erinnerung jedoch kannte keine Schranken, ihren Reisen konnte man nicht entgehen. Und so kehrte er im Laufe dieses Tages in Kopenhagen mit grausamer Regelmäßigkeit immer wieder in die Taverna Silenou und auch in Iris Vennings Bett zurück.

Im vollbesetzten Palads-Kino sahen einige hundert dänische Teenager und Harry die Nachtvorstellung von *Natural Born Killers*. Harry empfand eine perverse Dankbarkeit, weil ihm dieses Schwelgen in sinnloser Gewalt Übelkeit verursachte. Das lenkte ihn wenigstens von der ängstlichen Spannung vor seiner Verabredung um ein Uhr morgens in Knippelsbro ab.

Er wanderte durch den Strøget, zwang sich in einer Bar, Kaffee zu trinken, und machte sich dann auf den Weg zum Hafen. Es war ein paar Minuten vor eins, als er den Fuß der Treppe erreichte, die auf die Brücke führte, aber er kam besser zu früh als zu spät. Er schaute zum Brückengeländer hinauf und glaubte eine Gestalt zu sehen, die sich anlehnte und auf ihn niedersah. Es war zu dunkel, um zu erkennen, ob es Hammelgaard war. Vorsichtig hob er die Hand, und die Gestalt wich sofort zurück und war nicht mehr zu sehen. Aus unerklärlichen Gründen war Harry plötzlich zutiefst beunruhigt und rannte die Treppe hinauf, zwei Stufen auf einmal nehmend. Oben mußte er innehalten, um wieder zu Atem zu kommen, doch er war schnell genug gewesen, um sicher zu erwarten, die Gestalt noch zu sehen, wer sie auch sein und in welche Richtung sie auch gegangen sein mochte. Doch auf der Brücke war niemand. Niemand näherte oder entfernte sich. Überhaupt niemand.

Harry zitterte, als er nach einer Zigarette suchte. Er verfluchte seine Nerven, steckte sich eine Karelia Sertika zwischen die Lippen und riß ein Streichholz an, um plötzlich von der fast an visuelle Sicherheit grenzenden Überzeugung gepackt zu werden, jemand stehe neben ihm. Er wirbelte herum, doch da war nichts. Das Streichholz erlosch, die Schachtel glitt ihm aus den Fingern. Er versuchte sie aufzufangen, stieß sich aber nur den Daumen am Geländer. Die Schachtel fiel hinab und verschwand. Sekunden später hörte er sie ins Wasser fallen. »Vielen Dank«, murmelte er. »Das hat mir grade noch gefehlt.« Gereizt riß er sich die Zigarette aus dem Mund und warf sie hinter den Streichhölzern her, bereute es aber sofort. Sicher würde Hammelgaard Feuer haben.

Aber wo war Hammelgaard? Inzwischen war es bestimmt ein Uhr. Wie auf ein Stichwort schlug eine ferne Kirchenglocke die Stunde. Harry fröstelte und beschloß, in die Mitte der Brücke zu gehen, weil er hoffte, Hammelgaard von der anderen Seite kommen zu sehen. Seine Schritte hallten laut durch die stille Nachtluft. Die Wolke, die sein Atem bildete, ließ ihn sehnsüchtig an Zigarettenrauch denken. Sein Daumen begann zu pochen.

Dann sah er eine zusammengesunkene Gestalt am Christianshavn-Ende der Brücke liegen. Er begann zu rennen. Es war ein Mann, schwarz gekleidet, der mit dem Gesicht nach unten dicht am Geländer lag. Seine Mütze hatte er verloren, und man sah den hellen, kahlen Oberkopf, doch der Mantelkragen war hochgeschlagen und verbarg sein Gesicht. Harry beugte sich über ihn. Es bestand noch immer die Chance, daß es ein Fremder war, eine geringe, geisterhaft verblassende Chance. Harry streckte die Hand aus, faßte nach dem Kragen, zog ihn zurück – es war Torben Hammelgaard.

Seine Augen waren leblos, sein Mund stand offen, doch

kein Atemwölkchen trübte die Luft. Es gab keine Blutlache, kein Anzeichen von Gewalt. Nur die blicklosen Augen und die gekrümmten Glieder erzählten ihre Geschichte. Noch bevor Harry am Handgelenk nach seinem Puls tasten oder ihn umdrehen und das Herz abhorchen konnte, wußte er, was er feststellen würde. Torben Hammelgaard war tot.

19. Kapitel

ANGST VERLEIHT Flügel. Harry rannte weiter und schneller vor diesem unbeachteten Leichnam auf der Brücke davon, als er je in seinem Leben gelaufen war. Er rannte, bis seine Brust schmerzte und er nicht mehr konnte, bis er in irgendeine dunkle Toreinfahrt in Christianshavn taumelte, zwischen Wurstzipfeln und Hamburgerschachteln zu Boden sank und jeden Augenblick damit rechnete, daß der Schatten seiner Verfolger über ihn fiel.

Es gab bestimmt Verfolger. Wieder hatten sie auf ihre einzigartige, nicht zu entdeckende Weise gemordet. Sie hatten den Mann getötet, zu dem Harry sie geführt hatte. Nun mußte er an der Reihe sein. Jeden Moment mußten sie kommen, aus irgendeiner Richtung.

Aber sie kamen nicht. Als die Minuten vergingen und Harry sich langsam erholte, keimte in ihm die Hoffnung auf, ihnen irgendwie entkommen zu sein. Mühsam stand er auf und spähte aus der Einfahrt. Nirgends rührte sich etwas. Nichts wartete darauf, daß er auftauchte.

Er machte sich wieder auf den Weg; doch diesmal rannte er nicht, sondern ging mit schnellen Schritten, schaute zur Seite und nach hinten, hielt sich im Schatten und bog in die nächstbeste Straße ein. Er hatte ein starkes Verlangen nach einem Drink und einer Zigarette. Was er dringender wollte, wußte er nicht genau, aber das spielte auch keine Rolle, da seine Chancen, eines von beiden zu bekommen, im Moment gering waren.

Was sollte er tun? Wohin sollte er gehen? Wie sollte er bewältigen, was passiert war? Die Notwendigkeit einer Entscheidung kämpfte in seinem Inneren mit der Unmöglichkeit, eine zu treffen. Hammelgaard war tot. Harry hatte eine Botschaft von ihm auszurichten, wußte aber nicht, wie er das machen sollte. Und er befand sich in Lebensgefahr. Oder? Vielleicht hatten sie Hammelgaard schon eine Weile verfolgt. Vielleicht war es nur ein Zufall, daß sie zugeschlagen hatten, als er sich gerade mit Harry treffen wollte. Aber er konnte das Risiko nicht eingehen. Er konnte es sich nicht leisten, irgend etwas zu vermuten. Er sollte so schnell wie möglich aus Kopenhagen abreisen. Aber wohin? Und wie? Flughafen und Bahnhof waren leicht zu überwachen, und sein Paß lag noch immer in seinem Zimmer im Kong Knud. Auch das Hotel konnte überwacht werden.

Doch Flucht war die einzig vernünftige Entscheidung. Bis zum Morgen würde man Hammelgaards Leiche finden. Wenn er irgendwelche Papiere bei sich hatte, würde die Polizei schnell seine Schwester aufspüren, und die würde ihnen von Harry erzählen. Womöglich würde man ihn am Ende wegen Mordes suchen, und er hatte kein Alibi und ein ziemlich verdächtiges Verhalten zu erklären. Das erleichterte zumindest eine Entscheidung: Er konnte nicht zur Polizei gehen.

Aber an wen konnte er sich wenden? Ohne Hilfe war er erledigt. Ebensogut könnte er sich der Polizei stellen und darauf hoffen, daß man ihm glaubte. Zumindest wäre er in Polizeigewahrsam sicher. Aber was war mit Hammelgaards überlebenden Freunden in Amerika? Was war mit der Botschaft, die zu überbringen er sich verpflichtet hatte?

Natürlich! Margrethe Hammelgaard war die Antwort. Sie wußte vielleicht, wie man sich mit Donna Trangam und den anderen in Verbindung setzen konnte. Sie würde Harry vielleicht als einzige glauben. Aber wie sollte er sie finden? Bei ihrem Laden im Strøget zu warten wäre zu auffällig. Er würde erst in ungefähr sieben Stunden wieder geöffnet, und es gab keine Garantie dafür, daß sie dann dort war. Wesentlich besser wäre es, zu ihr nach Hause zu gehen, wo immer das sein mochte.

Von einer Telefonzelle aus rief Harry die Auskunft an. Die Person am anderen Ende sprach Englisch und gab sich große Mühe, ihm zu helfen, aber eine M. Hammelgaard stand nicht im Verzeichnis. Vielleicht wohnte sie außerhalb der Stadt, vielleicht war die Nummer unter dem Namen ihres Ehemanns eingetragen. Falls sie einen Ehemann hatte. Harry wußte es nicht. Aber er wußte, daß sie einen Bruder hatte. Vielleicht hatte der ein Notizbuch oder Verzeichnis bei sich, das die Adresse seiner Schwester enthielt.

Und so machte Harry sich widerwillig und ängstlich wieder auf den Weg nach Knippelsbro. Er wußte, daß das, was er tat, vernünftig war, aber er wußte auch, daß er von seinen bloßliegenden Nerven viel verlangte. Außerdem hatte er völlig die Orientierung verloren. Die Straße, von der er glaubte, sie führe nach Knippelsbro, endete vor einem Apartmentkomplex am Rand des Hafens. Als er das Ufer erreichte und nach links schaute, konnte er allerdings die Brücke sehen, nicht weiter als eine Viertelmeile entfernt. Doch da, wo sie sich über den Hafen spannte, sah er nun blaue, rote und weiße Lichter. Das geisterhafte Heulen von Sirenen und schwach knisterndes Funkrauschen lag in der Luft. Uniformierte Gestalten bewegten sich bei Scheinwerferlicht am Christianshavn-Ende der Brücke. Torben Hammelgaard war gefunden worden, und mit ihm, was immer er bei sich tragen mochte.

20. Kapitel

Der Nachtclub Pussy Cat in Helgolandsgade um halb fünf am Samstagmorgen war ein rauchiger Raum voll elektronischer Musik und schaler Lüsternheit. Auf der kleinen, von Scheinwerfern angestrahlten Bühne spulten drei Mädchen, die nichts als fransenbesetzte Tangas und einen gelangweilten Gesichtsausdruck trugen, pflichtschuldig irgendeine pseudolesbische Routineübung ab. Am Tisch neben Harrys war ein übermüdeter Geschäftsmann auf seinem Stuhl eingeschlafen; neben ihm schlürfte eine barbusige Hosteß in dankbarem Schweigen Champagner. Harry nahm an, daß in den Séparées ringsum die Nacht einen vitaleren Höhepunkt erreichte. Das einzige, was hier zu großäugigem Staunen nötigte, war die Rechnung, die man ihm gerade gebracht hatte. Sollte er beim Guiness-Buch der Rekorde anrufen und fragen, ob ihm ein solcher Preis für vier Biere, zwei Tassen Kaffee und eine Schachtel Streichhölzer einen Eintrag in der nächsten Ausgabe garantierte? Oder sollte er einfach höflich bezahlen, weil das für einen Mann in seiner Lage noch immer das beste war? Wo sonst hätte er um diese Zeit Zuflucht gefunden, ohne daß ihm jemand Fragen stellte? Wo sonst in ganz Kopenhagen hätte er hingehen sollen?

Zerknirscht legte er die verlangte Anzahl von Hundertkronenscheinen auf das Tablett und gab der spitzenbeschürzten Kellnerin an der Bar ein Zeichen. Sie kam und nahm das Geld, lächelte gezwungen und wackelte mit bloßem Hinterteil davon. Nichts legt den sexuellen Appetit derart lahm wie Angst, dachte Harry, während er ihr nachsah. Das hätte schon längst jemand als empfängnisverhütendes Mittel vermarkten sollen.

Doch sogar die Angst hat ihre Grenzen, und die Müdigkeit findet sie. Harry, zu erschöpft, um zu denken, stand auf und ging zur Tür. Das Kong Knud lag gleich um die Ecke. Es war noch zu früh, als daß die Polizei ihn dort hätte aufspüren können, und so spät, daß jeder, der das Hotel beobachtete, sicher längst aufgegeben hatte und nach Hause und ins Bett gegangen war. Wenn man alle zweifelhaften Möglichkeiten abwog, war jetzt die richtige Zeit für Harry, um seine Sachen zu holen, vor allem seinen kostbaren Paß, und sich davonzumachen. Er hatte noch immer keine Ahnung, wohin er gehen wollte oder sollte, doch in seinem gegenwärtigen Zustand konnte er nur einen Schritt nach dem anderen tun.

Er stieg die Kellertreppe hinauf. Seine Füße schmerzten von dem langen Umweg, mit dem er die Brücke in Knippelsbro umgangen hatte. Die Straße war still, kalt und leer, aus dem Pussy Cat hinter ihm stieg das Gerumpel von Bässen auf. Harry zündete sich eine dänische Zigarette an und machte sich auf den Weg. Helgolandsgade führte direkt in die Istedgade. In fünf Minuten würde er im Kong Knud sein, und in weiteren fünf Minuten konnte er wieder fort sein.

An der Kreuzung blieb er stehen und spähte die Istedgade entlang in Richtung Hotel. Alles sah harmlos aus. Keine herumlaufenden Gestalten, keine Leute in geparkten Autos, keine finsteren Profile in dunklen Toreinfahrten. Es schien keine Gefahr zu bestehen. Mit gleichmäßigen Schritten ging er los und behielt dabei den gegenüberliegenden Bürgersteig im Auge. Dann, als die vertraute, unbeleuchtete Front des Kong Knud sichtbar wurde, nahm er seinen Schlüssel aus der Tasche, warf die Zigarette weg und spurtete über die Straße zur Eingangstür. Er verdarb allerdings die Wirkung, weil er versuchte, den Schlüssel verkehrt herum ins Schloß zu stekken. Einen Augenblick später hatte er schließlich die Tür geöffnet, einen weiteren Augenblick später fiel sie hinter ihm zu.

Die Halle lag im Dunkeln bis auf ein schwaches Nachtlicht hinter der Empfangstheke. Harry ging daran vorbei zum

Schlüsselbrett, nahm seinen Zimmerschlüssel und stieg die Treppe hinauf. Die Stufen knarrten unter seinen Schritten, doch sonst durchbrach nichts die beruhigende Stille.

Sein Zimmer war so, wie er es verlassen hatte, seine wenigen Habseligkeiten auf den bescheidenen Möbeln verteilt. Harry brauchte nur wenige Minuten, um zu packen. Erst danach fühlte er sich zu einer Entscheidung fähig, was er als nächstes tun sollte. Es war beinahe fünf Uhr, und in Kürze mußten irgendwelche Züge gehen. Irgendein Zug würde ihn aus Kopenhagen und Dänemark herausbringen, ehe die Polizei ihn im Kong Knud aufspürte. Ja, das war es. Er würde zum Bahnhof gehen und eine Fahrkarte für den nächstbesten Zug kaufen. Er betastete seine Brust, um sich zu vergewissern, daß sein Paß nun sicher in seiner Tasche steckte, nahm seine Reisetasche und verließ das Zimmer.

Unten in der Halle legte er die Schlüssel so hin, daß sie gefunden werden mußten, und dachte einen Augenblick traurig an die restlichen Tage der Woche, die er im voraus hatte bezahlen müssen. Dann öffnete er die Tür zur Straße und trat hinaus in das, was von der Nacht noch übrig war.

Er hatte etwa zwanzig Schritte zurückgelegt und daran gedacht, sich eine Zigarette anzuzünden, als er ganz nahe das Ticken eines abkühlenden Motors hörte. Plötzlich und lautlos öffnete sich die hintere Tür eines geparkten Wagens auf dem Bürgersteig dicht vor ihm und versperrte ihm den Weg. Ehe er reagieren konnte, spürte er jemanden neben sich und hörte eine Stimme, die in sein Ohr flüsterte: »Worauf warten Sie noch? Steigen Sie ein.«

21. Kapitel

Der Anblick eines bärtigen Mannes hatte Harry nie so gefreut wie in diesem Augenblick. Olaf Jensen sah riesig und ermutigend groß aus, trug einen langen grauen Mantel und einen grauen Hut, und sein ingwerfarbener Bart befand sich ungefähr auf der gleichen Höhe wie Harrys Kopf. »Los«, zischte er und schaute die Straße hinunter. »Bewegen Sie sich doch!«

»Verzeihung. Es ist bloß... Ich wußte nicht...«

»Wir müssen los. Sofort!«

»In Ordnung. Tut mir leid.« Harry kletterte in den Wagen und hatte über den Rückspiegel flüchtigen Augenkontakt mit dem Fahrer. Dessen Blick vermittelte Erleichterung, daß er endlich eingestiegen war. Jensen schlug die Tür hinter ihm zu und setzte sich eine Sekunde später auf den Beifahrersitz. Er murmelte dem Fahrer auf dänisch etwas zu, und sie fuhren an. »Sie sind Olaf Jensen?« fragte Harry nervös.

»Nein«, sagte Jensen, sich nach ihm umdrehend. »Ich bin Søren Kierkegaard! Was ist los mit Ihnen? Torben hat Ihnen den Plan doch erklärt, oder?«

»Nicht... äh... genau.«

»Aber Sie sind um fünf gekommen, genau wie vereinbart.«

»Ja, aber...« Sie wußten es nicht, das war offenkundig. Und ebenso offenkundig war, daß Harry es ihnen würde sagen müssen. Aber würden sie ihm glauben? Jemand hatte Torben Hammelgaard ermordet. Und es bestand durchaus die Möglichkeit, daß seine Freunde argwöhnen würden, dieser Jemand sei Harry. »Sie müssen wissen, ich... ich bin zu der Verabredung gegangen wie vereinbart, aber...«

»Aber was?«

»Ich fand Torben auf der Brücke. Knippelsbro. Er war... tot.«

»Hvad?«

»Torben ist tot! Die haben ihn umgebracht!«

»Wie das?« Jensens Ton verriet Schock, aber keine große Überraschung. Er war bestürzt, aber er glaubte Harry.

»Ich weiß nicht. Man sah ihm nichts an. Keine Kampfspuren, nichts.«

»Das ist nicht möglich! Torben hätte es ihnen nicht so leicht gemacht!«

»Ich kann nur sagen, was ich gesehen habe.«

Halb zur Rückenlehne gedreht ließ Jensen das Kinn auf die Schulter sinken. Sie fuhren jetzt schnell durch leere Wohnstraßen, und immer wieder fiel das Licht von Straßenlaternen auf Jensens Gesicht. Harry glaubte, einen Schimmer von Tränen in seinen Augen zu sehen.

»Als ich wegging, war die Polizei da. Glauben Sie, daß sie ihn identifizieren kann? Ich meine, sollten Sie... oder sonst jemand... sich bei der Polizei melden?«

»*Måske. Måske.* Aber wir müssen sehr vorsichtig sein. Haben Sie Polizei auf der Brücke gesehen?«

»Ja.«

»Haben die Polizisten Sie gesehen?«

»Nein.«

»Sind Sie sicher?«

»Keiner hat mich gesehen.«

»Es sei denn, es war da jemand, den Sie nicht gesehen haben.«

»Nun, ich...«

»Wie Torben. Er hatte sich gut versteckt, aber sie haben ihn geschnappt und umgebracht. Ohne Kampf. Wer sind diese Leute?«

»Ich bin nicht sicher. Torben dachte...«

»Nej.« Jensen machte plötzlich eine Schlagbewegung mit der Hand. »Er hat die Wahrheit gesagt: Wissen tötet. Er sagte mir, ich solle mich raushalten. Ich solle Ihnen helfen, mich

aber raushalten. Ich werde mein Versprechen halten, das reicht. Den Rest...«, er schüttelte den Kopf, »den Rest will ich nicht wissen.«

»Ich muß mit ein paar Freunden von ihm in Amerika Kontakt aufnehmen.«

»Ja, ja. Amerika.« Jensen seufzte. »Sie haben Glück. Torben und ich sind zusammen aufgewachsen. Dann gingen wir verschiedene Wege. Aber ein Freund ist ein Freund. Sie wollen das Universum verstehen wie Torben? Ich kann Ihnen nicht helfen. Sie wollen unauffällig und mit neuer Identität das Land verlassen? Das ist eine andere Geschichte. Solche Sachen mache ich. Ich arrangiere sie, normalerweise für viel Geld. Aber dies hier ist gratis. Sie sind ein Kaninchen unter lauter Füchsen, aber ich denke, wir kriegen Sie durch.«

»Wie?«

»Wir fahren jetzt zuerst zu mir nach Hause. Da erwartet uns ein Mann. Er macht Fotos. Manchmal heftet er sie in Pässe. Also werden Sie jetzt Ihren Namen ändern. Suchen Sie sich einen aus, der Ihnen gefällt. Dann bekommen Sie ein Frühstück, und ich bringe Sie auf den Weg.«

»Auf den Weg wohin?«

»Schweden. Erste Reiseregel: Fahren Sie niemals sofort in die Richtung, die Sie einschlagen wollen.«

Sie erreichten Jensens Haus etwa zwanzig Minuten später. Es machte den Eindruck von wohlhabender vorstädtischer Geräumigkeit, aber es war noch dunkel, und es gab nicht viel Verkehr. Ob sie sich nördlich, westlich oder südlich vom Zentrum befanden, wußte Harry nicht. Sie fuhren geradewegs in eine große Garage, parkten zwischen einem Porsche und einer Art Geländewagen und betraten das Haus durch eine Verbindungstür. Harry erspähte Zeichen häuslicher Normalität – ein Kind, ein Dienstmädchen, eine riesige, mit Kiefernholz getäfelte Küche, eine geräumige, luftige Eingangsdiele –

und wurde dann in einen hell erleuchteten Keller geführt. Dort notierte sich ein zierlicher, kahler Mann mit Schnurrbart, der das gesetzte Gehabe eines kleinen Regierungsbeamten hatte, einige Details aus seinem Paß und schrieb sorgfältig den von Harry gewählten Namen auf: Norman John Page. Er setzte Harry vor eine Leinwand, machte ein paar Fotos und sagte ihm dann, er solle oben warten.

In einer Art Vorraum zur Küche saß der Fahrer, trank Kaffee und aß ein Croissant. Mit einem Nicken verwies er Harry an Jensen, der am Küchenfenster stand, in der einen Hand einen Telefonhörer, in der anderen einen Kaffeebecher. Harry studierte sein Spiegelbild im Fenster, während Jensen telefonierte. Selbst nach den Maßstäben von Automatenfotos für Pässe würde Norman Page für die Einwanderungsbeamten kein hübscher Anblick sein.

»Fertig?« fragte Jensen und legte den Hörer auf. »Gut. Möchten Sie etwas frühstücken?«

»Was ich wirklich möchte, sind ein paar Informationen.«

»Ja, ich denke, dafür ist es Zeit.« Er zündete sich eine Zigarette an, gab Harry ebenfalls Feuer, ging ein paarmal auf und ab, kratzte sich den Bart und sagte dann: »Wir werden Sie nach Helsingør fahren. Das ist ungefähr fünfunddreißig Kilometer nördlich von hier. Von da aus können Sie die Fähre nach Schweden nehmen.« Er schaute auf seine Uhr. »Um kurz nach acht geht eine. Auf der anderen Seite nehmen Sie einen Zug nach Stockholm. Gegen sechzehn Uhr kommen Sie an. Reichlich Zeit, um die Nachtfähre nach Helsinki zu erwischen. Sie geht um achtzehn Uhr ab.«

»Helsinki?«

»Die finnische Hauptstadt.«

»Großer Gott, das weiß ich. Ich meine...«

»Torben wollte, daß Sie Kopenhagen verlassen, daß Sie für ein paar Tage in Bewegung bleiben, wie er sagte, bis seine Freunde in Amerika etwas arrangieren könnten. Also tue ich genau das. Ich bringe Sie auf den Weg, auf einer Route, die keiner errät. Und jetzt hören Sie zu. Die Fähre kommt morgen früh um neun Uhr in Helsinki an. Gehen Sie gleich zum Flughafen. Um elf Uhr zwanzig geht eine Maschine nach New York. Nehmen Sie die. Sie soll um dreizehn Uhr dreißig auf dem JFK-Flughafen landen. Wenn Sie dort ankommen, rufen Sie diese Nummer an.« Jensen reichte ihm eine Schachtel Streichhölzer, auf die mit rotem Filzstift eine siebenstellige Zahl geschrieben war. »Die Person, die sich meldet, wird Ihnen sagen, was als nächstes zu tun ist.«

»Wie heißt diese Person?«

»Das weiß ich nicht, und Sie brauchen es auch nicht zu wissen. Rufen Sie einfach an, wenn Sie ankommen. Die werden am Telefon warten.«

»Ja, aber ...«

»Und das.« Jensen hielt Harry einen dicken Umschlag hin. »Zwanzigtausend Kronen, größtenteils in Hundertkronenscheinen. Für Fähre, Zug und Flugtickets plus unvorhergesehene Unkosten. Aber geben Sie nicht zuviel für Bier und Zigaretten aus. Sie dürfen jetzt keine Schecks oder Kreditkarten benutzen, denn die lassen sich zu leicht zurückverfolgen. Nur Bargeld.«

Er wollte sich gerade für das Geld bedanken, dessen Gegenwert in Pfund Sterling er nicht so schnell ausrechnen konnte, als der Mann aus dem Keller ins Zimmer kam und sich mit einem Räuspern bemerkbar machte.

»Ihr Paß, Mr. Page.«

Harry nahm das dünne, burgunderrote Heft und sah sich das Foto und die persönlichen Daten an. Sein Doppelgänger starrte ihn aus trüben Augen wenig tröstlich an. »Sieht gut aus«, sagte er. »Danke.«

»Sie sollten ihn unterschreiben.«

»O ja, natürlich.«

»Stift?«

»Danke.« Er beugte sich vor, legte den Paß geöffnet auf die Arbeitsfläche und schrieb seinen neuen Namen hin, so flüssig er konnte.

»Mange tak, Herre Boel«, sagte Jensen, was nach einer höflichen Entlassung klang. Herre Boel befolgte den Wink sofort.

»Hören Sie, was das Geld betrifft...«, sagte Harry. »Ich bin sehr dankbar. Wirklich. Gott weiß, wie ich das zurückzahlen soll, aber...«

»Das tue ich für Torben, nicht für Sie. Ich will keine Dankbarkeit. Es wäre für uns beide lästig, wenn Sie versuchen würden, es zurückzuzahlen. Was wir miteinander zu tun haben, endet in Helsingør.«

»In Ordnung, aber trotzdem...«

»Ich habe einen Kontaktmann bei der Polizei angerufen, während Sie im Keller waren. Er hat mir gesagt, daß letzte Nacht in Knippelsbro eine Leiche gefunden wurde. Man hat sie als Torben Hammelgaard identifiziert, ehemaliger außerordentlicher Professor für theoretische Physik am Niels-Bohr-Institut.«

»Die haben nicht lange gebraucht, was?«

»Sie wußten den Namen schon, bevor sie ihn fanden. Ein anonymer Anruf. Waren Sie das?«

»Natürlich nicht!«

»Dann waren es seine Mörder. Die machen uns das Leben schwer. Sie haben Glück, daß wir Sie vor der Polizei gefunden haben. Haben Sie immer solches Glück?«

»Weiß Gott nicht.«

»Warum fragen Sie mich nicht, wie Torben gestorben ist?«

»Weiß die Polizei das?«

»Nein. Es soll eine Autopsie vorgenommen werden. Aber warum haben Sie mich nicht danach gefragt? Die Frage liegt doch auf der Hand.«

Harry zuckte mit den Achseln. »Weil ich mir die Antwort

denken kann. Es hat andere Todesfälle gegeben, und alle sahen aus wie Unfälle oder Selbstmorde und nicht wie das, was sie waren. Da steckt etwas dahinter, was ich nicht verstehe. Torben glaubte es zu verstehen, aber er hat sich geirrt. Er war sicher, daß uns keiner folgen konnte, weder mir noch ihm. Jemand muß es aber doch getan haben.«

»Das Hotel hat keiner beobachtet. Wir sind unbemerkt weggefahren. Ein zweiter Wagen ist uns gefolgt, um das sicherzustellen. Da war nichts, das garantiere ich Ihnen.« Jensen lächelte vorsichtig. »Es ist mein Beruf, wertvolle Fracht zu befördern. Ich weiß, wovon ich rede.«

»Haben Sie Torben beherbergt?«

»Ich habe ihm einen Ort verschafft, wo er bleiben konnte, also habe ich ihn wohl beherbergt. Aber Sie meinen Schutz? Den hat er nie verlangt.« Jensen füllte seine Tasse aus einer Kaffeekanne auf dem Herd und goß auch Harry ein; dann gab er in beide Tassen etwas Brandy. »Sie denken, das hätte nichts genutzt, was? Sie denken, die sind zu schlau für uns. Immer einen Schritt voraus.«

»Bisher waren sie das.«

»Auf Schweden kommt keiner. Keiner wird Ihnen auf die Fähre folgen. Ich mache meine Arbeit gut. Für einen Freund besonders gut.«

»Sie haben sicher recht«, sagte Harry zweifelnd und trank den Kaffee. »Und das mit Torben tut mir leid, wirklich.«

»Ja, ja.« Mit einer Kopfbewegung tat Jensen das Thema ab. »Trinken Sie Ihren Kaffee aus. Dann gehen wir, solange es noch dunkel ist. Zweite Reiseregel: Immer bei Dunkelheit abreisen. So weiß keiner, daß Sie fort sind.« Er schaute sich nach dem schwarzen, leeren Fenster um. »Wenn Sie Glück haben.«

22. Kapitel

»DIE WERDEN am Telefon warten«, hatte Jensen gesagt. Falls sie das taten, mußten sie taub sein, weil sie das Läuten so lange ignorierten.

Harry stand in einer Telefonzelle in der Ankunftshalle des JFK-Flughafens, lauschte mit zunehmender Angst auf das ferne Tuten an seinem Ohr und bemühte sich verzweifelt, nicht daran zu denken, was er tun sollte, wenn sich überhaupt niemand meldete. Er wußte nicht, wen er da anrief. Strenggenommen wußte er nicht einmal, warum er anrief. Erschöpft nach anderthalb Tagen in Zügen, Schiffen und Flugzeugen, dem Wechseln von Zeitzonen, Währungen und so ungefähr allem außer seinen Kleidern, verkatert und ausgelaugt, brauchte er dringend jemanden, der diesen Hörer abnahm. Wer immer er war, wo immer er sich befinden mochte.

Natürlich, sein Flug war verspätet. Vielleicht war das die Erklärung. Eine halbe Stunde Warteschleifen am Himmel, eine weitere halbe Stunde, um sein Gepäck zu holen, das er dann, um einen Zöllner zufriedenzustellen, ausleeren mußte, da dieser offenbar fand, Norman Page habe ein Schmugglergesicht. Dann volle vierzig Minuten in der Warteschlange vor dem Einreiseschalter, sein kaffeefleckiges Formular umklammernd. Alles in allem war seine Ankunft in der Neuen Welt nicht viel besser als die von Oscar Wilde.

Was ihn so auslaugte, war allerdings hinterhältiger als die widrigen Umstände. Was wirklich an seinen Nerven zerrte, war die Unsicherheit, mit der er noch ein Weilchen länger würde leben müssen. Waren sie hinter ihm her? Hatten sie ihn trotz aller Vorsichtsmaßnahmen Jensens verfolgt? Logik und Augenschein sprachen dagegen. Aber etwas, das primitiver war, das ihm die Haare im Nacken sträubte, wann immer er daran dachte, sang sein eigenes düsteres Lied.

»Ja?«

Die Stimme unterbrach seine Gedanken so abrupt, daß Harry für einen Moment völlig fassungslos war und nicht mehr wußte, wie er sich hatte vorstellen wollen.

»Verdammt, wer ist denn da?«

»Ich ... äh ... hier ist Harry Page. Mein Gott, Verzeihung, ich meine Barnett.«

»Könnten Sie sich vielleicht entscheiden?«

»Mein Name ist Harry Barnett. Es ist bloß ... es spielt keine Rolle.«

»Für mich spielt es vielleicht eine Rolle.«

»Ich denke, Sie haben meinen Anruf erwartet?«

»Ja, fast den ganzen Nachmittag. Warum mußten Sie mich auch grade erwischen, als ich auf dem Klo war?«

»Tut mir leid. Verspätung.«

»Dann lasse ich Sie besser nicht länger warten. Aber zuerst habe ich noch eine Frage. Torben hat gesagt, Sie könnten sie mit Sicherheit beantworten. Sie und sonst niemand. Als Sie Torben das erste Mal trafen, vor ein paar Jahren, wer war da bei ihm?«

Harry seufzte. »David Venning und ein Mädchen namens Hanne.«

»Stimmt genau. Scheint so, als wären Sie Barnett, wenn Sie's auch selbst nicht recht wissen.«

»Doch, ich weiß es. Und wer sind Sie?«

»Ein vorsichtiger Mensch, Harry. Hören Sie gut zu. Wo sind Sie jetzt?«

»Am Flughafen.«

»Okay. Wir treffen uns in einer Stunde beim Gebäude der Vereinten Nationen. Kennen Sie das?«

»Eigentlich nicht. Ich ...«

»Sie haben eine Stunde, um hinzufinden. Vier Uhr. Kommen Sie nicht zu spät, ich werde nämlich nicht warten. Stellen Sie sich draußen vor die Flaggen. Sie kommen aus Dänemark, nicht? Also warten Sie unter der dänischen Flagge. Auf diese Weise gibt es keine Irrtümer.«

»Moment noch. Ich ...« Doch noch während Harry protestieren wollte, wurde die Verbindung unterbrochen. Er war noch nie in New York gewesen, vom UNO-Gebäude ganz zu schweigen, und die dänische Flagge hätte er nicht einmal dann erkannt, wenn ein Wikinger darin eingewickelt gewesen wäre. Aber er nahm an, daß sich innerhalb einer Stunde beides würde finden lassen.

Er blickte auf den Telefonhörer in seiner Hand und überlegte, wie schon mehrmals seit der Abreise aus Kopenhagen, ob er versuchen sollte, Iris anzurufen. Er hätte sich gern vergewissert, daß keine Verschlechterung in Davids Zustand eingetreten war. Vielleicht, ja, vielleicht hatte er sich sogar gebessert. Außerdem war er sicher, daß Iris früher oder später erfahren würde, daß Hammelgaard tot war. Dann würde sie annehmen, daß Harrys Versuch, Kontakt mit ihm aufzunehmen, gescheitert war. Was sie dann glauben würde, warum er keinen Kontakt mit ihr aufnahm, konnte er sich nicht einmal vorstellen. Wenn er an die Möglichkeit dachte, daß die dänische Polizei ihn verdächtigen könnte, Hammelgaard ermordet zu haben, und Scotland Yard bitten könnte, ihr bei der Suche nach ihm behilflich zu sein, drehten sich seine Gedanken bei den Konsequenzen hilflos im Kreis. Sollte er nicht nur Iris, sondern auch Mrs. Tandy verständigen?

Natürlich nicht. »Nehmen Sie keinen Kontakt mit Ihren Freunden oder Verwandten auf«, hatte Jensen ihn gewarnt. »Verraten Sie sich nicht. Verhalten Sie sich still, gehen Sie auf Nummer Sicher.« Ein guter Rat, aber schwer zu befolgen. Er würde es trotzdem tun. Er hängte den Hörer wieder auf die Gabel, nahm seine Reisetasche, durchquerte die Ankunftshalle und suchte auf den an der Decke hängenden Schildern das Zeichen für den Taxistand.

23. Kapitel

Der wolkenlose Himmel begann die Farbe und die stille Luft die letzte Wärme zu verlieren, als Harry an der Reihe von Flaggen entlangtrottete, die schlaff an den Masten vor dem Hauptquartier der Vereinten Nationen hingen. Auf dem höher gelegenen Plateau vor dem Gebäude posierten Touristen vor der Skulptur einer Kanone mit verknotetem Rohr, während andere über den East River auf ein riesiges Pepsi-Cola-Schild am anderen Ufer starrten. Doch Harry hatte weder Ästhetik noch Kommerz im Sinn. Der Mann am Tor hatte ihm gesagt, auf welcher Seite die alphabetische Reihenfolge der Flaggen begann, doch die Dänemarks mußte er selbst suchen.

Er hatte keine Zeit mehr, seine Umgebung in Ruhe zu betrachten. Was er brauchte, war ein Hinweis, und er fand ihn in Form des kanadischen Ahornblatts. Das erkannte er. Er meinte, es könne doch nicht so schwer sein, sich von C nach D zu arbeiten, wenn er sich nur erinnert hätte, wie viele Ländernamen mit C begannen. Chile natürlich, und China. Columbien, von wo Mrs. Tandys bevorzugte Kaffeesorte stammte, Cuba, wo Barry Chipchases Behauptung zufolge auf den schönsten Schenkeln der Welt die besten Zigarren der Welt gerollt wurden. Doch Moment, war Cuba Mitglied der UNO? Wenn nicht…

»Das ist die Elfenbeinküste.«

»Was?« Harry hörte auf, in die Luft zu blinzeln, und drehte sich um. Ein kaugummikauendes, breites Gesicht musterte ihn durch das offene Beifahrerfenster eines rostnarbigen alten Cadillacs.

»Sind Sie Harry Barnett?«

»Ja.«

»Steigen Sie ein.« Der Mann stieß die Tür auf und fiel auf

den Fahrersitz zurück. Harry blieb nichts anderes übrig, als zu gehorchen. »Werfen Sie die hinten rein«, sagte der Mann und wies mit dem Kopf auf Harrys Reisetasche. Dann fuhr er mit quietschenden Reifen so rasant an, daß Harry sich beinahe die Schulter ausgekugelt hätte, als er die Tasche über die Rückenlehne nach hinten hob. »Woodrow Hackensack«, verkündete der Mann und hob grüßend eine riesige Pranke vom Steuerrad. »Das mit dem Flaggenrätsel tut mir leid. Ist so was wie 'ne Spezialität von mir. Dänemarks Flagge ist rot mit einem weißen Kreuz. Die von der Elfenbeinküste könnte kaum verschiedener sein.«

»An Dänemark muß ich glatt vorbeigelaufen sein«, sagte Harry und spähte über die Schulter, um nochmals nach den Flaggen zu schauen, aber sie waren schon außer Sicht.

»Nee. An der Elfenbeinküste reden sie Französisch. Sie läuft offiziell unter ihrem französischen Namen, Cote d'Ivoire. Kapiert?«

»Ach so.« Was Harry begriff, war, daß man ihn grundlos gefoppt hatte. Hackensack war ein unordentlicher, dickwanstiger Mann in übergroßen Sportkleidern, gekrönt von einer Baseballmütze, die zu klein für seinen kurzgeschorenen Schädel war. Sein Aussehen machte seinen Sarkasmus irgendwie noch schwerer erträglich. »War diese Pantomime wirklich notwendig?« beschwerte sich Harry.

»Pantomime habe ich nie gemacht. Ich arbeite mehr im Kabarettfach.«

»Wirklich? Als Clown, nehme ich an.«

»Nein. Taschenspielerei, Illusionismus, Entfesselung, das ganze Paket. Und Gedächtnistricks. Zu ein paar davon gehört die sofortige Identifizierung obskurer Nationalflaggen.« Er grinste. »Ich bleibe gern auf dem laufenden.«

»Sie sind Zauberkünstler?«

»Ich war. Bin jetzt seit ein paar Jahren im Ruhestand. Konnte mit dem Tempo nicht mehr mithalten.« Für das

Tempo auf den New Yorker Straßen schien das nicht zu gelten. Unter protestierendem Hupen wechselten sie dauernd die Fahrspur. Doch falls Hackensack das Gehupe hörte, störte es ihn nicht. »Torben sagt, Sie sind Davids alter Herr.«

»Ja, bin ich.« Harry wußte, daß er ihm eigentlich sofort von Hammelgaards Tod erzählen sollte, aber Hackensacks nervenaufreibender Fahrstil schien Grund genug, damit noch zu warten. »Wie haben Sie David kennengelernt?«

»Reiner Zufall. Für mich ein glücklicher Zufall. David hat mich aus einem Loch geholt, in das ich mich selbst vergraben hatte, ziemlich tief, vor ein paar Jahren. Er und Donna waren wirklich freundlich zu mir. Deswegen versuche ich ihnen zu helfen, so gut ich kann. Und deswegen bin ich jetzt Ihr Chauffeur.«

»Wohin bringen Sie mich?«

»Nach Norden.«

»Wohin nach Norden?«

»Albany, ungefähr hundertvierzig Meilen von hier. Da setze ich Sie heute abend in den Zug nach Chicago. Donna wollte das so. Sie hätten den Zug auch in New York nehmen können, aber wir fahren bei Dunkelheit über entlegene Straßen, um jeden abzuschütteln, der Ihnen eventuell folgt.«

»Mir folgt keiner.«

Hackensack schaute einen Moment in den Rückspiegel. »Ich würde sagen, Sie haben recht, aber Donna geht kein Risiko ein.«

»Ist sie in Chicago?«

»Sie wird morgen da sein.«

»Verstecken sie sich da?«

»Könnte sein. Ich weiß es nicht. Ich bin bloß ein Briefkasten, ich gebe Botschaften weiter, genau wie Sie. Übrigens will ich nicht wissen, worin Ihre Botschaft besteht. Behalten Sie sie für sich. Allerdings muß sie verdammt wichtig sein, wenn Sie solche Risiken eingehen.«

»Wieso glauben Sie, daß wir Risiken eingehen?«

»Torben hörte sich am Telefon so zappelig an wie eine Broadway-Debütantin, also nehme ich an, daß es riskant ist.«

»Da ist was, was ich Ihnen sagen muß«, sagte Harry, als sie in den dunklen Schlund einer Unterführung fuhren. Es vergingen mehrere schwarze Sekunden, bis er hinzufügte: »Torben ist tot.« Wieder Schweigen, in Abständen unterbrochen vom doppelten Rumpeln der Räder, wenn sie Nahtstellen im Straßenbelag passierten. »Er wurde vorletzte Nacht umgebracht.«

»Großer Gott«, murmelte Hackensack, nahm eine Hand vom Steuer und bekreuzigte sich. »Ich hätte nie gedacht, daß sie ihn kriegen.«

»Kannten Sie ihn gut?«

»Nein, aber... Wie ist es passiert?«

»Ehrlich gesagt, ich weiß es nicht genau.«

»Also wie bei den anderen!«

»Was wissen Sie darüber?«

»Kaum etwas. Als ich von David hörte, habe ich gedacht, es wäre bloß ein Unfall gewesen. Sie müssen das auch gedacht haben. Sie haben mein Mitgefühl, Harry, wirklich. David ist ein feiner Kerl. Wie wird seine Mutter damit fertig?«

Hackensack wußte ganz offensichtlich nicht, wie zweideutig Harrys Rolle als Vater war. »Sie gibt sich alle Mühe.«

»Das ist sicher schwer.«

»Wann haben Sie erfahren, daß es kein Unfall war?« Sie kamen aus dem Tunnel wieder in das Zwielicht von Manhattan.

»Als Donna vor sechs Wochen zu mir kam und mir von Kersey und dem Franzosen erzählte. Sie hat mich gebeten, als Verbindungsmann zwischen ihr und Torben zu fungieren. Zwischen ihnen allen und der Außenwelt, heißt das. Bei Globescope wußte keiner, daß sie und David sich mit mir angefreundet hatten, deswegen war ich wohl der ideale Kandidat.

Ich bin bloß ein alter, abgewrackter Zauberkünstler, um den sich keiner kümmert. Gibt keine bessere Deckung als meine Art von Bedeutungslosigkeit.«

»Wie haben die beiden Sie kennengelernt?«

»Das ist eine lange Geschichte, Harry. Aber da wir eine lange Fahrt vor uns haben...« Hackensack blickte aufmerksam in den Rückspiegel und nickte dann vor sich hin, offenbar zufrieden. »Ich kann Sie Ihnen ja erzählen. Überrascht mich, daß Sie sie nicht von David gehört haben. Aber vielleicht sagt sie Ihnen bloß was, was Sie schon wissen.«

»Was denn?«

»Daß Sie einen Sohn haben, auf den Sie stolz sein können.«

24. Kapitel

Woodrow Hackensack hielt es anscheinend für nötig, seinen Bericht in seinen frühesten Kindheitstagen beginnen zu lassen. Sie waren schon mehr als eine Stunde unterwegs, bis Hackensack endlich einen Namen erwähnte, den Harry kannte. Inzwischen hatten sie New York weit hinter sich gelassen, die Sonne war untergegangen, und sie fuhren über entlegene Landstraßen, eine Serpentinenstrecke voller Schlaglöcher von Nirgendwo nach Nirgendwo. Hackensacks Geschichte war mittlerweile ebenfalls im Zwischenreich seiner jüngeren, wenn auch noch nicht jüngsten Vergangenheit angelangt: ein Apartment voller Ungeziefer in New Yorks Lower East Side, Fahrten in der U-Bahn mit dem Geist seiner verstorbenen Frau nach Coney Island, in Drogen und Alkohol verschwimmende Tage und Nächte am Rand der Obdachlosigkeit, eine trübe Spirale aus Selbstmitleid und Selbstzerstörung. Und dann, eines Abends in einer Bar in der Bowery, fand er eine weggeworfene Zeitung und las von der neuesten Off-Broadway-Sensation: dem englischen Zauberkünstler Adam Slade.

»Ich weiß nicht mehr, ob es sein Grinsen auf dem Foto oder seine blödsinnigen Behauptungen über höhere Dimensionen waren, was mich wütend machte. Vielleicht war es beides. Vielleicht war es auch seine mangelnde Achtung vor seinen Zaubererkollegen. Alle Illusionisten arbeiten mit Tricks und Illusionen, das sollten sie auch zugeben und sich gegenseitig zugute halten. Vermutlich hat mich das sauer gemacht. Also habe ich mich fein rausgeputzt und bin zu einer seiner Freitagabendshows gegangen, in einem Theater in Greenwich Village, nur um ihn mal selbst zu sehen. Und wissen Sie, was ich gesehen habe? Eine Menge leichtgläubiger Leute und ein paar clevere Tricks.«

»Ich habe Slade kürzlich in London gesehen«, warf Harry ein. »Er war in der Tat beeindruckend.«

»Das war ich zu meiner Zeit als ›Mr. Nemo‹ auch, und ich brauchte dazu diesen hyperdimensionalen Hokuspokus nicht. Slade ist zwar ein Naturtalent, glatt und gewandt, aber das macht es nur schlimmer. Er motzt seine Vorstellung mit diesen höheren Kräften auf und tut so, als sei er besser als wir übrigen, ohne es beweisen zu müssen.«

»Beweist seine Vorstellung es denn nicht?«

Hackensack grunzte verächtlich. »Die Vorstellung beweist gar nichts. Reifen um Tischbeine und ähnlicher Humbug? Allmächtiger, das kann ich im Schlaf.« Er verstummte für einen Moment. »Na ja, vielleicht doch nicht. Aber ich könnte es auch mit genügend Übung. Ich weiß nicht genau, wie er's macht. Aber es gibt einen Trick. Es gibt immer einen. Mit Zeit und Geduld käme ich dahinter. Als mir das ganze Getue zu bunt wurde,bin ich aufgestanden und habe Slade angeschrien. Ich habe geschrien, ich wäre ein wirklicher Zauberkünstler, der nicht versucht, seine Kundschaft zu täuschen. Ich hätte mehr Tricks vergessen, als er je gelernt hätte. Nicht sonderlich originell, aber ich hatte eine Stinkwut auf ihn, weil er so schamlos war und damit auch noch Erfolg hatte. Als mich die Sicherheitsleute rausschafften, folgte mir ein Mann auf die Straße und fragte, ob er mich zu einem Drink einladen könne, damit ich ihm meine Meinung über Slades hyperdimensionale Kräfte sage. Netter Kerl. Jung, gutaussehend, freundlich. Hatte seine Freundin bei sich.«

»David und Donna?«

»Sie haben's erfaßt. Wir gingen in eine Bar, und er fragte mich aus, wie Slade ohne besondere Kräfte diese Sachen machen könne. Und da er laufend neue Drinks bestellte, hatte ich nichts dagegen, ihm meine Meinung zu sagen. Zumindest meine Vermutungen darüber, wie er es machte. David war nicht überzeugt, das habe ich gemerkt. Ich habe ganz deutlich gemerkt, daß er daran glauben wollte. Donna sah das anders. Sie war ganz begierig darauf, daß ich Slade bloßstellte. Ich denke, es machte ihr Sorgen, daß David ihm glaubte. So habe ich mir das jedenfalls später erklärt. Damals war ich bloß froh, daß mir jemand zuhörte. Donna hatte einmal in Seattle eine Vorstellung von mir gesehen. Aber sie hatte mich nicht als Mr. Nemo erkannt. Ich hatte mich zu sehr verändert. Das setzte mir wirklich zu. Das oder die Drinks. Am Ende mußten sie mich in einem Taxi nach Hause bringen. Und ich brabbelte die ganze Zeit etwas über meine Frau und den Tag, an dem sie vom Trapez gestürzt war. Am nächsten Morgen konnte ich mich kaum noch daran erinnern. Ich dachte, ich würde bestimmt keinen von den beiden jemals wiedersehen, aber da hatte ich mich geirrt. Sie kamen am gleichen Nachmittag zu mir. Sie waren übers Wochenende aus Washington gekommen und wollten nicht abreisen, ohne nachzusehen, wie es mir ging. Anscheinend hatte David sich meine Theorien über Slades Vorstellung zu Herzen genommen. Und Donna war gerührt von den alten Plakaten von Mr. Nemo, die in meinem verschimmelten Apartment an den Wänden hingen. Sie wollten mir helfen, mich wieder auf die Füße stellen. Ist das zu glauben? Sie waren wie die Heilsarmee, nur ohne Tamburin.«

»Aber es hat funktioniert?«

»Ja, es hat funktioniert. Neben sich sehen Sie einen gesunden, übergewichtigen Mann, der keinerlei Stimulanzien nimmt. David und Donna zogen ein paar Fäden bei einem Doktor, den sie an einer Klinik draußen auf Long Island kannten. Ich wurde kostenlos aufgenommen und so ziemlich geheilt. Dann halfen sie mir, einen Teilzeitjob zu finden, als Hausmeister in der Vanderbilt Law School. Nicht gerade ein Gehalt wie an der Wall Street, aber ich komme zurecht. Mit dem, was ich allein an Schnaps und Drogen sparte, konnte ich mir ein besseres Apartment leisten, jedenfalls eins, in dem man leben kann. Und den schicken Schlitten, in dem Sie im Moment sitzen. All das haben zwei Leute für mich getan, die mir nicht das mindeste schulden. Einer davon ist Ihr Sohn, der offenbar zu bescheiden war, um Ihnen davon zu erzählen.«

»Wir hatten zwischenzeitlich ein bißchen den Kontakt verloren.«

»Wirklich? Hatten Sie Meinungsverschiedenheiten?«

»Es war eher ein Mangel an Verständnis.«

»Das kommt vor. Ich hoffe, Sie bekommen eine Chance, das richtigzustellen, Harry. Sehen Sie, dieser ganze akademische Ehrgeiz, dieses Karrierestreben, das ist ja nicht der ganze Mensch, nicht? Im Grunde ist David ein guter Kerl.«

»Vertrauenswürdig? Loyal? Zuverlässig?«

»Na klar. Deswegen tue ich ja das hier! Warum zum Teufel sollte ich es sonst machen? Als ich ihn zuletzt traf, war er noch immer hinter diesem hyperdimensionalen Zeug her.«

»Wann war das?«

»Ach, vor ein paar Monaten. Unmittelbar bevor er nach England flog, Anfang September.«

»In New York?«

»Ja. Er erschien in meinem Apartment, als ich am Freitagabend grade zur Arbeit gehen wollte. Er sah gut aus, aber er hörte sich irgendwie merkwürdig an. Fragte, ob er bei mir übernachten könnte. Na ja, das war kein Problem, war das mindeste, was ich tun konnte. Samstag morgen hat er dann gefragt, ob ich ihm einen Gefallen tun und mit ihm nach Norden fahren könne, um jemanden zu treffen. Na, auch das war kein Problem, ich war im Gegenteil froh, ihn fahren zu können. Wir fuhren nach Poughkeepsie, gleich westlich von hier, den Hudson runter.«

»Wen haben Sie getroffen?«

»Jemanden, der im Hudson Valley Psychiatric Center untergebracht war, einen Typen namens Dobermann. Kennen Sie den? Wie der Hund, Carl Dobermann.«

»Wer ist das?«

»Jedenfalls kein Hundezüchter, das steht fest. Ein Spinner. Chronisch verrückt. Lebt seit mehr als dreißig Jahren in dieser Klinik. Auf dem Weg nach Poughkeepsie hat David mir ein bißchen was von ihm erzählt, aber nicht alles. Etwas hat er zurückgehalten, das hab ich ihm angemerkt. Er war zappelig,nervös, schämte sich irgendwie. Jedenfalls scheint Dobermann da in Hudson Valley eingesperrt zu sein, seit er in den fünfziger Jahren an der Columbia University studierte. So lange, daß keiner mehr weiß, weshalb er eigentlich da ist. In letzter Zeit durfte er mehr mit den anderen Insassen zusammensein, auf dem Grundstück spazierengehen und es sogar verlassen, wenn jemand mitging. Ich denke, deshalb fingen die Gerüchte an. Besucher haben berichtet, sie hätten ihn die seltsamsten Sachen tun sehen. Dinge bewegen, ohne sie anzufassen, aus der blanken Luft erscheinen und auf demselben Weg wieder verschwinden, vorhersagen, daß ein Auto einer bestimmten Farbe und Marke auf dem Parkplatz auftaucht, bevor jemand anderes es sehen kann. Ich meine, bizarres Zeug. Ernstlich verrückt.«

»Und was hat David an ihm interessiert?«

»Können Sie sich das nicht vorstellen? Er dachte, Dobermann hätte vielleicht hyperdimensionale Kräfte. Er wäre vielleicht deswegen verrückt geworden, hätte sie aber immer noch. Er wollte ihn testen. Und mich, einen anerkannten Skeptiker, wollte er dabeihaben, um zu bestätigen, was immer passieren würde.«

»Und was ist passiert?«

»Gar nichts. Oh, wir haben Mr. Dobermann getroffen. Er schien wirklich erfreut, uns zu sehen. Aber was das Durch-die-Wand-Gehen betrifft, das können Sie vergessen. Die Spezialeffekte kamen nicht vor.«

»Also war der Besuch umsonst?«

»Nicht ganz. Nach einer Weile ging David mit ihm auf dem Grundstück spazieren. Er hat gemeint, vielleicht würde ich Dobermann nervös machen. Also wartete ich auf dem Parkplatz. Als David zurückkam, schien er irgendwie zufrieden. Er hat nicht viel gesagt, nur, daß Dobermann nicht in einem blauen Rauchwölkchen verschwunden wäre. Sie hätten meist über die Columbia University geredet, sagte er, über Dobermanns Studium dort.«

»War Dobermann Mathematiker?«

»Sie haben's erfaßt. Carl Dobermann arbeitete an seiner Doktorarbeit in Mathematik, als er seinen Zusammenbruch hatte. Er schrieb eine Arbeit über höhere Dimensionen, und David hatte sich ein Exemplar davon beschafft. Das hat er mir jedenfalls auf dem Rückweg nach New York erzählt. Aber ich schätze, es gibt da noch mehr, was er mir nicht erzählt hat. Aber ich hab's nicht rausgefunden. Am selben Abend ist er dann nach England geflogen.«

»Um nie mehr zurückzukommen«, murmelte Harry vor sich hin.

»Von nie weiß ich nichts. Allerdings ...«

»Wie weit ist es von hier zu dem Krankenhaus?«

»Tja, ungefähr fünfzehn Meilen.«
»Bringen Sie mich hin, Woodrow. Bitte.«
Hackensack zog eine Grimasse. »Geht nicht. Ich muß Sie in Albany in einen Zug setzen.«
»Wann fährt er ab?«
»Zwanzig nach zehn.«
»Und wie lange brauchen wir bis Albany?«
»Eine Stunde vielleicht. Oder anderthalb.«
Harry sah auf seine Uhr. »Dann haben wir Zeit.«
»Nicht genug. Außerdem ist das zu riskant.«
»Sie haben selbst gesagt, daß keine Gefahr besteht.«
»Stimmt auch, solange wir keine sinnlosen Umwege machen.«
»Das ist nicht sinnlos. Ich möchte einfach mit Dobermann reden, ihn fragen, was er David gesagt hat.«
»Der macht dicht wie eine Auster. Sie könnten gradesogut mit der Wand reden.«
»Ich will es bloß versuchen.«
»Tut mir leid, Harry, aber das kann ich nicht machen. Donna hat mir gesagt, ich soll vorsichtig sein. Und daran werde ich mich halten.«
»Gut. Ich verstehe.« Harry grinste. »Ich sollte mir besser ein Taxi rufen, was?« Hackensack hob mit einer flehenden Geste die Hände. »Es sei denn, Sie halten das für noch gefährlicher.«
»Tue ich auch.« Hackensack zog ein schmutziges weißes Taschentuch aus der Tasche und schwenkte es kapitulierend. »Sie haben gewonnen, Harry. Wir statten Mr. Dobermann einen Besuch ab.«

25. Kapitel

WAREN IM HUDSON Valley Psychiatric Center sonntags nach sieben Uhr abends Besuche erlaubt? Solche praktischen Fragen gingen Harry dauernd durch den Kopf, als er und Hakkensack in der luftigen Halle der Klinik standen und darauf warteten, daß der Mann hinter dem Schalter seine Aufmerksamkeit von einem Footballspiel im Fernsehen abwandte. Die ausgelegten Hochglanzbroschüren und das Kommen und Gehen von Leuten, die ganz so aussahen, als hätten sie in der Außenwelt etwas zu sagen, machten ihm Mut, genau wie Hackensacks Zuversicht, alle bürokratischen Hindernisse aus dem Weg räumen zu können.

»Wen möchten Sie besuchen?«

»Carl Dobermann. Wir sind Freunde von ihm.«

»Ach, wirklich?«

»Ja. Aber wir sind nicht oft in der Gegend, also wären wir Ihnen sehr verbunden, wenn ...«

»Warten Sie da drüben. Ich werde sehen, was ich tun kann.«

Ein paar Minuten später kam ein kleiner Bursche mit federnden Schuhsohlen, glattgekämmtem Haar und einem wesentlich eleganteren Anzug, als Harry bei der Nachtschicht im Hudson Valley erwartet hätte. Er trug nicht gerade ein Schild mit der Aufschrift PUBLIC RELATIONS auf der Stirn, aber sein strahlendes Lächeln verriet eine gewisse Kennerschaft auf diesem Gebiet. »Würden die Herren vielleicht so freundlich sein, mit mir in mein Büro zu kommen?«

»Kein Problem«, sagte Hackensack. »Aber wir sind nur vorbeigekommen, um einen Freund zu sehen. Wir möchten keine Umstände machen.«

»Ich muß nur ein oder zwei Punkte klären, die mit Besuchen außerhalb der Besuchszeit zu tun haben.«

Hackensack sah sich nach Harry um, gab ihm die Möglichkeit, sich jetzt noch aus der Affäre zu ziehen. Aber Harry war nicht bereit, so leicht aufzugeben. »Ich bin sicher, es wird nicht lange dauern. Gehen wir.«

Es war ein kurzer Weg durch pfirsichfarben gestrichene Korridore ins Büro ihres lächelnden Gastgebers. Er stellte sich unterwegs als Glendon Poucher vom Verwaltungsstab des Krankenhauses vor. Er wirkte energisch, aber entgegenkommend. Für die Annahme, er werde Schwierigkeiten machen, schien es keinen Grund zu geben, so wenig wie für die Annahme, es sei etwas anderes als normale Höflichkeit, daß er die Tür hinter ihnen schloß.

»Wie ich hörte, möchten Sie Carl Dobermann sehen.«

»Ja«, sagte Hackensack. »Aber wissen Sie, das ist keine große Sache. Bloß ein ...«

»Nur so ein Einfall«, sagte Harry.

Poucher runzelte die Stirn. »Sind Sie Freunde von ihm?«

»Richtig«, sagte Hackensack. »Von früher.«

»Wie früh?«

»Wie bitte?«

»Ich frage, weil Carl vor sechsunddreißig Jahren in dieses Krankenhaus eingeliefert wurde. Seit seine Eltern gestorben sind, hat er nur wenig Besuch bekommen, und die einzigen Freunde, die er hatte, waren seine Mitpatienten. Aber Sie sind keine ehemaligen Patienten, oder?«

»Nein, Sir, das sind wir nicht.«

»Aber Sie sind Freunde von ihm?«

»Gewissermaßen.«

»Würden Sie mir vielleicht sagen, wann Sie ihn zuletzt besucht haben?«

»Nun, ich weiß nicht... nicht genau ...«

»Vielleicht am 3. September?«

»O nein, nicht vor so kurzer Zeit.«

»Mit Sicherheit nicht«, warf Harry ein.

»An dem Tag sind zwei Herren gekommen, um Carl zu besuchen«, fuhr Poucher fort. »Wir kennen ihre Namen nicht, und normalerweise würden sie uns auch nicht interessieren. Sie hätten nichts zu bedeuten, mit Ausnahme der Tatsache, daß Carl Dobermann zwei Tage später aus dem Krankenhaus verschwand.«

»Was?«

»Er lief weg. Etwas, was er in den ganzen sechsunddreißig Jahren noch nie versucht hatte. Er kletterte über die Mauer und ist nicht zurückgekommen.«

26. Kapitel

Der Besuch im Hudson Valley Psychiatric Center hatte eine ohnehin schon verwickelte Situation nur noch weiter kompliziert. Carl Dobermanns unbekannter Verbleib und seine nicht zu erratenden Motive gingen mit in eine unlösbare Gleichung ein. Warum hatte David ihn besucht? Worüber hatten sie geredet? Und wohin war Dobermann zwei Tage später, nach sechsunddreißig Jahren friedlicher Unbeweglichkeit, verschwunden?

Seine Flucht hatte die Krankenhausverwaltung eindeutig überrascht, und Glendon Poucher hatte das freimütig zugegeben. »Es ist ungewöhnlich, ja fast noch nie dagewesen, daß ein so langjähriger Patient wie Mr. Dobermann die Flucht ergreift.Sein Verschwinden war eine sorgfältig geplante Aktion, denn er nützte es aus, daß am Labor-Day-Wochenende das Personal verringert war und viele Besucher kamen. Seither haben wir keine Spur von ihm entdeckt. Ich sollte hinzufügen, daß er nicht freiwillig Patient war, also würden wir jede Aufklärung sehr begrüßen, die Sie uns vielleicht geben könnten.« Doch sie konnten nichts aufklären, selbst wenn sie es gewollt hätten. Ihre hastig zusammengestoppelte Geschichte hätte möglicherweise nur dazu beigetragen, Dobermanns

Spuren zu verwischen. Nein, sie waren definitiv nicht die beiden Männer, die ihn am 3. September besucht hatten. Ihre Verbindung zu ihm datierte aus den fünfziger Jahren, wo sie die gleiche Bar der Upper West Side frequentiert hatten. Poucher konnte selbstverständlich gern ihre Namen und Telefonnummern notieren – jedenfalls die falschen, die sie ihm nannten. Selbstverständlich würden sie sich bei ihm melden, wenn sie etwas erfahren sollten.

»Meinen Sie, er hat uns geglaubt?« hatte Harry gefragt, als sie wieder sicher im Auto saßen und zum Haupttor fuhren.

»Vielleicht. Die Wahrheit wird er ja wohl kaum erraten. Wir zwei sehen doch so aus, als könnten wir uns durchaus in Bars herumgetrieben haben seit... wann zum Teufel soll das eigentlich gewesen sein?«

»Irgendwann 1958. Dobermann war während der ganzen sechziger, siebziger und achtziger Jahre hier. Er gab nie zu erkennen, daß er überhaupt weg wollte.«

»Bis zwei Tage nach Davids und meinem Besuch hier. Gott, ich dachte, jeden Augenblick würde irgendein Wärter reinkommen und sagen: ›Ja, das ist einer der Typen, die den verrückten Carl besucht haben.‹«

Aber war Dobermann verrückt? Und falls ja, welche Form hatte sein Wahnsinn? In dem Punkt war Poucher ziemlich reserviert gewesen, als Harry seltsame Gerüchte über seinen flüchtigen Patienten erwähnte. »Ich habe keine Gerüchte gehört. Soviel ich weiß, hat Mr. Dobermanns Dementia seit seiner Aufnahme auf keine Behandlung angesprochen, und in letzter Zeit hat sich sein Zustand ganz bestimmt nicht verändert. Warum er überhaupt eingeliefert wurde, ist natürlich vertraulich. Gegenwärtig sind wir damit beschäftigt, ihn zu finden, nicht damit, seine Diagnose neu zu stellen. Wahnsinn erschreckt viele Leute, meine Herren. Sie wären überrascht, welche ausgefallenen Erklärungen sie sich für die Symptome einfallen lassen.«

In der computerisierten Sicherheit von Pouchers Büro klang das so vernünftig wie bequem. Doch für Harry, der sich gelegentlich zur Seite drehte, um sein Spiegelbild in der nachtdunklen Scheibe des Zugfensters zu betrachten, war Dobermann mehr als ein entwichener Verrückter. Er war eins mit der verschwommenen Gegenwart, die Harry in Kopenhagen neben sich gespürt hatte, der Gestalt auf der Brücke, dem verklingenden Hall von Schritten, die ihm folgten. Er war der Schatten von irgend etwas, das aus der Dunkelheit gegriffen und Hammelgaard überwältigt hatte – und vielleicht nochmals zugreifen würde.

»Würden Sie mir einen Gefallen tun, wenn Sie nach New York zurückkommen, Woodrow?« hatte Harry gefragt, als sie sich auf halbem Weg zwischen Poughkeepsie und Albany befanden.

»Kommt drauf an.«

»Versuchen Sie rauszufinden, was 1958 mit Dobermann passiert ist und warum er in dieses Krankenhaus gesperrt wurde.«

»Wie zum Teufel stellen Sie sich das vor?«

»Ich weiß nicht. Beschwatzen Sie Ihre Kollegen an der Columbia University. Hausmeister bleiben meistens länger in Stellung als Professoren. Sehen Sie sich die lokalen Zeitungen aus diesem Jahr an. Schauen Sie nach, ob an der Universität etwas Ungewöhnliches passiert ist.«

»Studenten, die auf einmal durchdrehen, sind eigentlich nicht ungewöhnlich.«

»Das muß ein anderer Fall gewesen sein. Es muß etwas gewesen sein, was David zu ihm geführt hat.«

»Nein. Ich hab's Ihnen doch gesagt. Das waren die Überreste von Dobermanns Doktorarbeit. Und dazu natürlich die Gerüchte.«

»Ach ja, die Gerüchte. Sie selbst haben sie auch gehört, nicht?«

»Nein.«

»Poucher auch nicht. Das hat er jedenfalls behauptet. Vielleicht hat David sie für Sie erfunden.«

»Worauf wollen Sie raus?«

Auf eine alternative Erklärung für die Häufung von Todesfällen unter ehemaligen Mitarbeitern von Globescope. Aber an diesem Punkt fingen Harrys Ängste an, seine Gedanken zu beherrschen. Begann die Sache am 29. August in Lazenbys Büro? Oder am 3. September im Hudson Valley Psychiatric Center? Falls letzteres zutraf, war die Jagd nach den belastenden Bandaufnahmen ein sinnloser Umweg. Aber nein, das ergab keinen Sinn. Die zukünftige Welt war nicht wichtig für einen Mann, der noch nicht mal eine Vergangenheit hatte. Und doch... Er blickte auf den leeren Sitz neben sich und fröstelte. Hammelgaard hatte gesagt: »Er hatte es fast geschafft. Er stand am Rand einer historischen Entdeckung.« Wo war Dobermann? Weit fort? Oder die ganze Zeit in der Nähe, in allzu großer Nähe?

»Ich werde sehen, was ich über den Typ ausgraben kann«, hatte Hackensack widerwillig zugestimmt. »Werde ein paar diskrete Fragen stellen.«

»Danke.«

»Aber beschweren Sie sich nicht, wenn ich nichts finde. Wir reden über die fünfziger Jahre. Für die meisten Leute sind die heute so fern wie die Eiszeit.«

»Ich kann mich noch gut daran erinnern.«

»Weil Sie nicht wie die meisten Leute sind.«

»Was mache ich, wenn ich nach Chicago komme?«

»Das sage ich Ihnen in Albany.«

»Sagen Sie's mir jetzt.«

»Donna hat gesagt...«

»Sagen Sie's mir einfach, Woodrow. Vergessen Sie nicht, es geht um meinen Hals.«

Aber stimmte das wirklich? Als er später aus dem langsam

aus dem Bahnhof von Albany rollenden Zug blickte und Hackensack neben seinem Cadillac auf dem Parkplatz stehen sah, hatte Harry sich gefragt, ob es wirklich riskanter war, Donna Trangam eine Botschaft zu überbringen, als Fragen über Carl Dobermann zu stellen. Einen Moment lang hatte er sich gewünscht, Hackensack hätte ihm diesen Gefallen verweigert, und dieser Wunsch war nicht weit von einer bösen Vorahnung entfernt. Vielleicht würde er ihn aus Chicago anrufen und ihm sagen, er solle es lassen. Dazu hatte er nach seiner Verabredung mit Donna noch Zeit genug.

»Okay, Harry, wie Sie wollen. Der Zug kommt morgen um dreizehn Uhr in Chicago an. Nehmen Sie ein Taxi zum John Hancock Center. Fahren Sie mit dem Aufzug ins oberste Stockwerk, da oben gibt es ein Restaurant und eine Bar. Gegen Mittag müßte da allerhand los sein. Nehmen Sie einen Drink, setzen Sie sich hin, und bewundern Sie den Blick auf den Michigansee. Donna wird dort mit Ihnen Kontakt aufnehmen.«

»Wie wird sie mich identifizieren?«

»Sie wird mich morgen früh anrufen. Ich werde Sie ihr beschreiben. Aber ich bezweifle, daß das nötig ist.«

»Warum?«

»Weil Sie, wie ich schon sagte, nicht wie die meisten Leute sind.«

Er war nicht wie die meisten Leute. Wie gern wäre Harry es gewesen, als um diese mitternächtliche Stunde in einem ratternden Zug irgendwo zwischen Albany und Chicago seine Zuversicht schwand. Er kämpfte sich aus seinem Sitz und ging in den Raum vor den Abteilen, wo er sein letztes Päckchen Karelia Sertika aufriß und bei offenem Fenster und eisigem Windzug langsam eine Zigarette rauchte. Er nahm Davids Schnappschuß aus seiner Brieftasche und betrachtete im kränklichen gelben Licht das lächelnde Gesicht seines Sohnes. Alles, was er über dieses ferne, fremde Kind erfahren hatte, war in der wissenden Herzlichkeit dieses fotografierten Blicks enthalten. Ein nicht erzählter Witz, ein nicht geteiltes Geheimnis, ein ungelöstes Problem. Sie warteten auf Harry, irgendwo da draußen. Sie winkten ihm. Sie hatten in keinem vorgefertigten Plan Zeit oder Raum. Aber schon waren sie Fixpunkte in seiner Zukunft.

27. Kapitel

Am Ende schlief Harry doch ein, als gerade der Tag anbrach. Er wurde erst wieder richtig wach, als der Schaffner ankündigte, sie würden in Kürze in Chicago ankommen. Mit trockenem Mund, leerem Kopf und stoppeligem Kinn stolperte Harry aus dem Bahnhof, schaffte es, den Taxistand zu finden und sein Ziel zu nennen, und lehnte sich dann zurück, um den strahlend blauen Himmel, die vermummten Fußgänger, die vereisten Regenrinnen und das Sonnenlicht zu betrachten, das von den Wänden der Hochhäuser zurückblitzte.

Das John Hancock Center war ein schwarzer Stahlriese, an dessen ausladendem Fuß Harry abgesetzt wurde. Der Lift brachte ihn in das oberste Geschoß, wo Betrieb und Panorama dem entsprachen, was Hackensack versprochen hatte. Harry zog sich so weit wie möglich von der blendenden Aussicht an einen Tisch in der Nähe der Bar zurück, bestellte sich ein Bier und fing an, die Frauen ohne Begleitung möglichst beiläufig zu mustern, um vielleicht Donna Trangam zu erkennen. Die Kandidatinnen waren nicht zahlreich, aber eine Blondine in grauem Kostüm und pinkfarbener Bluse schaute mit scheinbar bedeutungsvoller Absicht zu ihm herüber, ehe sie eine Zigarette in den Mund steckte und mit ostentativem Mißerfolg ein Feuerzeug betätigte.

»Kann ich Ihnen helfen?« fragte Harry, während er mit dem Glas in der Hand und ein paar Schritten, die er für lässig hielt, an ihren Tisch schlenderte. »Streichhölzer lassen einen nie im Stich.« Er nahm die Schachtel mit Hackensacks Nummer darauf aus der Tasche und schüttelte sie klappernd.

»Danke«, sagte sie und akzeptierte das Feuer. Sie war älter, als Harry zuerst angenommen hatte, erheblich älter als David, und ihre Züge hatten eine Härte, die vielleicht von Angst herrührte. Ihr modisches Kostüm und der auffallende Schmuck entsprachen ganz und gar nicht dem Stereotyp des Blaustrumpfs. Vielleicht, dachte er, trägt sie sie deswegen. »Gut zu wissen, daß es noch einen Mann in Chicago gibt, der sie sich nicht abgewöhnt hat.«

»Tatsächlich bin ich gerade erst angekommen.«

»Ihr Akzent ist bestimmt nicht aus dem Mittelwesten.«

»Haben Sie etwas dagegen, daß ich mich zu Ihnen setze?«

»Ganz und gar nicht. Irgendwie fühle ich mich einsam.«

Als Harry sich setzte, drehte sie sich leicht in seine Richtung, schlug die Beine übereinander und lächelte. »Woher kommen Sie?«

»Aus England. Ich bin Harry, Donna.«

»Erfreut, Sie kennenzulernen, Harry.«

»Haben Sie heute mit Woodrow gesprochen?«

»Wie bitte?«

»Woodrow.«

»Der einzige andere Mann, mit dem ich heute gesprochen habe, ist mein Schmock von einem Ehemann, demnächst Exehemann. Falls Sie ihn als Mann zählen. Ich bin nicht sicher, ob ich's tue.«

Im gleichen Augenblick, in dem Harry erkannte, daß er einen gräßlichen Fehler gemacht hatte, fiel ihm eine Bewegung auf der anderen Seite des Raums an den Fenstern auf. Eine schlanke,dunkelhaarige Frau, die unauffällig in Jeans, Turnschuhen und einem bunten Wollpullover gekleidet war, hob vorsichtig erkennend eine Hand. Sie lächelte nicht. Tatsächlich hatte sie einen etwas verwirrten Gesichtsausdruck, der eine gewisse Gereiztheit annahm, als Harry ihrem Blick begegnete.

»Freut mich zu hören, daß Sie nicht aus Chicago sind, Harry. Ich habe von den Männern dieser Stadt die Nase voll. Für meinen Geschmack zu glatt. Manchmal braucht ein Mädchen etwas Rauhes, an dem es sich den Rücken kratzen kann. Finden Sie nicht?«

Harry fiel der Unterkiefer herunter, als er die Ironie der Situation begriff. Sie war eine gutaussehende Frau, schick aufgemacht und begierig auf Gesellschaft. Seine Gesellschaft, erstaunlicherweise. Und sogar auf mehr als Gesellschaft, wenn er die Zeichen richtig deutete. Und die gekonnt sinnliche Art, wie sie an ihrer Zigarette zog, überzeugte ihn davon, daß er das tat. Es war die Erfüllung einer lebenslangen Phantasie. Vierzig Jahre hatte er darauf gewartet, daß ihn einmal eine glamouröse Nymphomanin mittleren Alters aufreißen würde, doch unglücklicherweise klopfte die Gelegenheit genau in dem Moment an die Tür, in dem er sich am wenigsten leisten konnte, sie zu ergreifen.

»Ich heiße übrigens Carmen wie die Oper. War die Lieblingsoper meiner Mutter. Sie sprach ihre leidenschaftliche Natur an.«

»Die Sie geerbt haben?«

»Ja, in der Tat.« Während sie das sagte, benutzte sie den karmesinrot lackierten Nagel ihres Zeigefingers, um sich hoch oben an ihrem Oberschenkel zu kratzen, wobei sie den Saum ihres Rocks hochzog. »In welcher Branche sind Sie tätig, Harry?«

»In gar keiner.« Er atmete tief und bedauernd ein. »Ich bin soeben aus einem Irrenhaus entlassen worden.«

Sie lächelte nervös. »Sie machen Witze.«

»Wenn's nur so wäre.«

»Das ist... äh... überraschend.« Sie lehnte sich auf ihrem

Stuhl zurück und zog ihren Rocksaum nach unten. »Wie lange... waren Sie da drin?«

»Sechsunddreißig Jahre.« Er sah, wie ihr Kinn herunterfiel. »Oh, da ist meine Tochter. Sie wartet darauf, mich nach Hause zu bringen. Sie werden mich entschuldigen müssen.«

»Aber sicher«, sagte Carmen und nickte benommen.

Harry nahm sein Bier und ging langsam zum Fenster hinüber. Als er Donna Trangams Tisch erreichte, stand sie auf, um sich vorzustellen. Sie war eine zart gebaute Frau von etwa dreißig Jahren mit braunschwarzem Pagenkopf und blassem, friedlichem Gesicht, in dem teakholzdunkle Augen hinter einer kleinen, goldgerahmten Brille glänzten. Vorwurfsvoll zog sie die Stirn kraus und murmelte: »Was zum Teufel haben Sie da gespielt?«

»Einer Gans gesagt, daß ich keine goldenen Eier mag. Kein sehr nettes Spiel, das kann ich Ihnen versichern.«

»Sie sollten doch vorsichtig sein!«

»Statt dessen mußte ich artig sein. Meine Mutter hätte das gebilligt.«

»Verschwinden wir von hier.«

»Ist mir recht.«

»Ich treffe Sie am Aufzug.«

Harry kehrte auf einem Umweg zu seinem ursprünglichen Tisch zurück, um jeder Möglichkeit eines Augenkontakts mit Carmen auszuweichen. Er legte etwas Geld für sein Bier hin, nahm Mantel und Reisetasche und ging zum Lift. Donna wartete in kurzem rotem Mantel und schwarzer Mütze neben der Tür. Da eine ganze Gruppe, die gemeinsam zu Mittag gegessen hatte, mit ihnen aufbrach, konnten sie auf dem Weg nach unten nicht miteinander sprechen, obwohl sie aneinandergedrängt in einer Ecke der Kabine standen. Unter den gegebenen Umständen hielt Harry es für das beste, fest auf die Stockwerksanzeige zu blicken.

Schließlich erreichten sie das Erdgeschoß, wo Donna

Harry durch einen Seitenausgang in den beißend kalten Wind führte.

»Wir haben nicht viel Zeit«, sagte sie. »Auf jeden Fall nicht genug für solche Mätzchen.«

»Das war kein Mätzchen.«

»Ich habe heute morgen mit Woodrow gesprochen. Er hat mir von Torben erzählt und auch von Ihrem Ausflug nach Poughkeepsie. Das war dumm.«

»Finden Sie?«

»Was ich finde, ist, daß ich niemals auf Torbens Nachricht hätte reagieren sollen, wenn Ihr bisheriges Verhalten irgendein Maßstab ist. Vermutlich wurde er Ihretwegen umgebracht.«

»Das denke ich nicht.«

»Denken Sie denn überhaupt? Das ist die Frage.«

»Hören Sie mir zu!« sagte Harry barsch und packte sie an der Schulter, während er wütend an alles dachte, was er bisher wegen dieser Frau und ihrer Freunde ertragen hatte. »Ich habe nicht darum gebeten, Ihre verdammte Brieftaube zu sein. Ich habe nicht darum gebeten, in diese Sache verwickelt zu werden. Da ich es nun einmal bin – und wer immer daran schuld ist, ich war es jedenfalls nicht –, wäre ich Ihnen dankbar, wenn Sie mich nicht wie einen Schüler behandeln würden, der einen miesen Aufsatz abgeliefert hat. Das mit der Frau in der Bar tut mir leid. Es war ein Irrtum. Irrtümer passieren von Zeit zu Zeit. Ihnen auch, nehme ich an. Andernfalls säßen Sie nicht in einer solchen Patsche, oder?«

»Nein.« Das Zusammenzucken, mit dem sie ihre Schwäche zugab, ließ sie plötzlich nicht mehr kühl und logisch, sondern eher erschrocken und allein wirken. »Sie haben natürlich recht. Tut mir leid. Es war ...« Sie verstummte und wandte sich abrupt ab. Einen Augenblick lang dachte Harry, sie werde in Tränen ausbrechen.

»Mir tut es auch leid«, murmelte er. »Ich wollte Sie nicht aus der Fassung bringen.«

»Die Nachricht über Torben war ein schrecklicher Schock. Ich glaube, wir haben das immer noch nicht ganz begriffen. Wir dachten, wir hätten sie überlistet. Wir dachten, wir wären in Sicherheit, solange wir es nötig hätten. Und dann das. Und noch etwas.«

»Was noch?«

»Ihr Lächeln, als Sie zu dieser Frau an den Tisch gingen. Ich kann es Ihnen nicht sagen, aber es war so … so ähnlich.«

»Wie Davids?«

»Ja.«

»Ich bin sein Vater.«

»Das ist auch etwas, was ich schwer begreifen kann.«

»Ich auch.«

Sie sah ihn an und lächelte dann zögernd. »Sie haben mir etwas zu sagen, Harry. Also, warum tun Sie's nicht?«

»Es ist ein bißchen kompliziert.«

»Ich bin Wissenschaftlerin. Ich bin an Komplexität gewöhnt.«

»In Ordnung. Aber können wir nicht irgendwo hingehen, wo es wärmer ist?«

»Sicherer wäre es irgendwo, wo es noch kälter ist. Zwei Blocks nördlich von hier gibt es einen Strand. Bei diesem Wetter werden wir ihn für uns allein haben. Keine Gefahr, daß uns jemand belauscht.«

»Keine Chance, überhaupt gehört zu werden, wenn ich zu sehr friere, um zu reden.«

»Dann gehen Sie so schnell, wie Sie sprechen. Sie sehen so aus, als könnten Sie ein bißchen körperliches Training vertragen.«

28. Kapitel

Es DAUERTE EINE Stunde und brauchte mehrere Meilen ziellosen Spazierengehens am Strand, bis Harry von den Ereignissen und Entdeckungen berichtet hatte, die ihn nach Chicago geführt hatten. Kettenrauchend und von Donnas rücksichtslosen Fragen ermutigt, hatte er jede Tatsache und jede Vermutung mitgeteilt, die er im Kopf hatte. Jetzt saß er verfroren, hungrig und bar aller Geheimnisse neben ihr auf einer niedrigen Mauer, die die Hafenesplanade einfaßte, und starrte leer in die blaue Ferne, während hinter ihnen auf der Schnellstraße der Verkehr röhrte und die Wolkenkratzer im Norden und Süden Wacht hielten wie eine Ansammlung respektvoller Riesen.

»David und Torben haben uns also verraten«, sagte Donna so neutral, als sei sie mit einem wissenschaftlichen Nachweis konfrontiert.

»Scheint so.«

»Wegen ihres dämlichen Traums.« Sie schüttelte den Kopf und schloß kurz die Augen. »Wie traurig. Aber auch vorhersehbar. Ich hätte es erraten sollen.«

»Wieso?«

»Wegen der Rolle, die das Ganze beim Bruch zwischen David und mir gespielt hat. Er wollte unbedingt Beweise, daß er recht und ich unrecht hatte. Ich vermute, daß ihm die Gelegenheit zu gut erschien, um sie zu verpassen.«

»Sie haben sich wegen eines wissenschaftlichen Streits getrennt?«

»Teilweise. Ein fundamentaler beruflicher Meinungsunterschied ist nicht gerade förderlich für eine Partnerschaft. Er wollte nicht nachgeben, wollte nicht einräumen, daß seine Theorien fehlerhaft sein könnten. Er wollte um keinen Preis Kompromisse machen.« Sie ließ den Kopf sinken. »Das hat mich wahnsinnig aufgebracht.«

»Ich glaube nicht, daß er oder Torben es als Verrat ansahen.«

»Nein, aber jeder kann eine Rechtfertigung für sein Handeln finden, wenn er sich nur genug Mühe gibt. Sie dachten, sie wüßten es besser als wir übrigen. Na ja, bei der Beurteilung von Byron Lazenbys Charakter haben sie sich jedenfalls geirrt. Wenn man ihn unter Druck setzt, tut er dasselbe. Wenn man schmutzige Spielchen spielt, bekommt er als erster seine Rache. So ein Mann ist er.« Sie hielt inne. »Einer von der mörderischen Sorte.«

»Was werden Sie jetzt tun?«

»Zu Makepeace und Rawnsley zurückgehen und mit ihnen darüber diskutieren, was sie dazu meinen. Wir werden die Entscheidung gemeinsam treffen.«

»Wo sind sie?«

»Weit fort von hier, in sicherer Entfernung.«

»Aber was meinen Sie selbst zu dem Tonband?«

»Ich meine, wir müßten schon ganz schön verzweifelt sein, um unsere Hoffnungen an die halbe Chance zu knüpfen, es zu kriegen. Und an noch weniger, nämlich daran, darauf genügend Beweise zu finden, um Lazenby zu verklagen.« Sie ließ einen Augenblick verstreichen, ehe sie hinzufügte: »Und ich glaube, wir sind ganz schön verzweifelt.«

»Sie sind sicher, daß Lazenby dahintersteckt?«

»Zweifellos. Vergessen Sie Carl Dobermann. Er ist bloß ein armer Irrer auf der Flucht. Davids Fragen haben vermutlich eine Menge Erinnerungen in ihm aufgewühlt, die er besser vergessen hätte. David hat niemals die Bedürfnisse irgendeines anderen berücksichtigt, wenn sie seinen Kreuzzug hätten stören können. Glauben Sie mir. Was diese Seite seines Charakters angeht, bin ich Expertin.«

»Torben nahm ihn ernst.«

»Ja, und Sie sehen, wohin ihn das gebracht hat.«

»Sie haben seine Leiche nicht gesehen, ich schon. Sie trug

keinerlei Spuren, genausowenig wie David. Wie ist das gemacht worden?«

»Das weiß ich nicht. Aber ich weiß, wie es nicht gemacht wurde! Höhere Dimensionen einer Art, die Menschen manipulieren könnten, gibt es nicht. Sie existieren nicht. Sie können nicht die Hand ausstrecken und sie berühren. Um Himmels willen...« Sie legte den Kopf zurück und seufzte ungeduldig. »Darüber habe ich mit David oft gestritten, und es hat zu nichts geführt. Noch bei unserem allerletzten Gespräch ging es darum.«

»Als er Sie aus dem Skyway angerufen hat?« Sie sah ihn überrascht an. »Es ging aus der Rechnung hervor. Offenbar war es ein langes Gespräch.«

»Lang und ziemlich unzusammenhängend. Er wollte seine neuesten hyperdimensionalen Theorien darlegen, während ich...« Sie stieß einen Seufzer aus, in dem sich Ungeduld mit Reue mischte. »Nichts an seinem Verhalten deutete auf eine selbstmörderische Depression hin. Ganz im Gegenteil, er schien unnatürlich überschwenglich. Erfüllt davon, wie aufregend die Zukunft sein würde, und nicht im geringsten neugierig auf meine Meinung, was nur meine Entschlossenheit steigerte, nicht zuzuhören. Wenn ich gewußt hätte...« Sie schüttelte den Kopf. »Später dachte ich, daß er vielleicht derartig mit seinen Theorien beschäftigt war, daß er die Überdosis aus Versehen nahm.«

»Aber das denken Sie jetzt nicht mehr?«

»Was ich denke, Harry, ist, daß Ihr Sohn einer Illusion nachjagte, während etwas sehr viel Handfesteres und Bedrohlicheres ihm nachjagte.« Sie seufzte wieder. »Wissen Sie, was der Kernpunkt unserer Funde beim Projekt Sibylle war? Hunger, Krankheit, Sterilität, sozialer Zerfall, ökonomischer Kollaps, globale Katastrophe – verallgemeinernd reden die Leute jeden Tag über solche Dinge. Aber bei uns handelte es sich um eine detaillierte Punkt-für-Punkt-Erklärung, warum und wie das alles eintreten wird, wenn wir so weitermachen, wie wir das tun. Lazenby glaubt uns, das ist das Erstaunliche daran. Er glaubt, daß wir recht haben. Aber es ist ihm egal. Er will den heutigen Kunden sagen, was sie über das Morgen hören wollen, und nicht, was sie wissen müssen. Er versucht nicht, unsere Feststellungen über die Zukunft der Welt zu unterdrücken, weil er denkt, daß sie extrem oder allzu alarmierend sind. Er versucht sie zu unterdrücken, weil sie für den Beweis benutzt werden können, daß Globescope eine korrupte Organisation ist. Er sorgt sich um seinen kommerziellen Ruf, und die Ironie dabei ist, daß es uns ziemlich egal wäre, wenn sein Ruf unbeschädigt überlebte, solange wir unsere Voraussagen nur veröffentlichen könnten. Das ist nebensächlich, aber es ist zur Crux der ganzen Sache geworden. Und jetzt geht entweder er unter oder wir.«

»Dann haben Sie keine andere Wahl, als das mit dem Tonband zu versuchen.«

»Stimmt nicht. Wir könnten uns weiter versteckt halten und unseren ursprünglichen Plan weiterverfolgen, das Projekt Sibylle neu zusammenstellen, es dann veröffentlichen und verdammt werden. Die haben keine Ahnung, wo wir stehen. Keiner kann Ihnen von Kopenhagen aus gefolgt sein bei den Vorsichtsmaßnahmen, die wir getroffen haben, und Woodrow ist sicher, daß Ihnen in Albany niemand in den Zug gefolgt ist.«

»Aber sie könnten gesehen haben, wie ich einsteige.«

»Das würde nicht reichen. Sie hätten bei jedem der Dutzend Zwischenstopps aussteigen können. Sie könnten überall von Syracuse bis Sandusky sein. Woher sollten die das wissen?«

»In Ordnung. Aber ich denke trotzdem...«

»Ich werde Ihnen sagen, was ich denke, ja?« Sie drehte den Kopf, um ihn anzusehen, musterte ihn mit weit aufgerissenen Augen. »Ich denke, daß Sie diese Sache schnell hinter sich bringen wollen in der Hoffnung, daß ich mit Ihnen nach England zurückkehre und einen Zauberstab über David schwinge.« Jetzt, da sie es aussprach, wußte er, daß es stimmte. So gering und zerbrechlich die Hoffnung auch war, es war die einzige, an die er sich klammern konnte. Nicht nur, weil David seine letzte Chance auf die einzige Art von Unsterblichkeit war, die das Leben zu bieten hat – ein Anteil an der nächsten Generation –, sondern auch, falls David gesund würde, weil er das teilweise Harry zu verdanken hätte. Der Vater, von dem David sich einmal abgewandt hatte, hätte zu seiner Rettung beigetragen.

»Was ist schlimm daran, wenn man hofft, Donna? Sie sind die einzige, die jemals so geredet hat, als könne er gerettet werden.«

»Nur theoretisch. Es stimmt, daß an der Emory University in Atlanta Forschungsergebnisse nahelegen, daß das Erwachen aus tiefem Koma einmal zu einer praktischen Möglichkeit werden könnte. Sie arbeiten mit Hector Sandoval, einem Pionier der Neurochirurgie, an den notwendigen laserchirurgischen Techniken. Aber bis jetzt haben sie noch nicht mal das Experimentierstadium erreicht. Und selbst wenn wir Sandoval für die Behandlung von David interessieren könnten, wäre er verrückt, bei einem so hohen Mißerfolgsrisiko einzuwilligen. Aus seiner Sicht ist es vermutlich besser, David so lange künstlich am Leben zu erhalten, wie man braucht, bis man dem Ergebnis optimistisch entgegensehen kann.«

»Sie meinen, daß vieles dafür spricht, das zu tun?«

»Ja, und das hätte ich Iris deutlich gesagt, wenn ich die Möglichkeit gehabt hätte.«

»Aber sie denkt daran, ihn sterben zu lassen! Ihr Mann versucht, sie dazu zu überreden, und Davids Arzt unterstützt ihn!«

»Ich weiß. Das zeichnete sich schon ab, als ich drüben war.

Aber was kann ich tun? Lazenby wartet nur darauf, daß einer von uns sich sehen läßt. Es gefällt mir wahrhaftig nicht, im Untergrund zu leben. Ich habe Mutter, Vater und zwei Schwestern in Seattle, die vermutlich glauben, daß ich tot bin. Makepeace hat eine Tochter in Minneapolis, die seit über einem Monat nichts von ihr gehört hat. Es ist für keinen von uns leicht.« Ihr Gesicht hatte sich gerötet, und ihr Kinn zitterte. Sie war plötzlich den Tränen nahe, nahm ihre Brille ab, rieb sich die Augen und sah Harry dann mit erneuerter Selbstbeherrschung an. »Überreden Sie Iris, noch keine Entscheidung zu treffen, Harry. Können Sie das schaffen?«

»Ich denke schon.« Das war übertrieben und auch allzu simpel. Iris hatte versprochen, nichts zu tun, ohne ihn vorher zu Rate zu ziehen. Ein sicherer Weg, sie an ihr Versprechen zu binden, bestand nur darin, daß sie ihn nicht zu Rate ziehen konnte. Auf Anhieb jedenfalls fiel ihm nichts Besseres ein. »Für eine Zeitlang zumindest.«

»Und wie lange müßte diese Zeit sein? Das wollen Sie von mir hören, nicht?« Donna runzelte einen Moment nachdenklich die Stirn und sagte dann: »Ich denke, Sie sollten die anderen kennenlernen, Harry. Das ist die einzige Möglichkeit, es zu regeln.«

»Was tun wir also?«

Sie sah auf ihre Uhr. »Ich habe für den späteren Nachmittag einen Rückflug gebucht. Den muß ich nehmen.«

»Soll ich mit Ihnen kommen?«

»Nein«, sagte sie etwas zu hastig für seinen Geschmack. »Zusammen zu reisen wäre zu kompliziert und riskant.«

»Warum? Sie haben selbst gesagt...«

»Wir machen so weiter, wie wir angefangen haben, in Ordnung?« War Frechheit der Preis, den sie bezahlen mußte, um ihre Verwundbarkeit zu unterdrücken? Oder spielte sie ein tiefgründigeres Spiel, als Harry mitbekam? Er konnte es nicht feststellen. Doch er hatte keine andere Wahl, als zuzustimmen, was er mit einem Nicken tat. Wenn David eine Chance hatte, dann lag sie in ihren Händen. Sie konnte die medizinischen Auseinandersetzungen gewinnen, bei denen Harry nicht einmal mitreden konnte. Sie konnte die besten Koryphäen zuziehen, um seinem Sohn zu helfen, wenn sie nur wollte. »Bleiben Sie heute nacht in Chicago, und fliegen Sie morgen früh.«

»Wohin?«

Sie dachte einige Minuten nach, während ihre großen, dunklen Augen ihn kühl musterten. Dann sagte sie: »Dallas.«

»Da waren Sie die ganze Zeit?«

»Es gibt ein Hotel gleich am Flughafen«, fuhr sie ruhig fort und ignorierte seine Frage, »das Hyatt Regency. Melden Sie sich dort an, wenn Sie ankommen. Wir setzen uns mit Ihnen in Verbindung.«

»Wann?«

»Spätestens bis Mittwoch. Unter welchem Namen reisen Sie?«

»Norman Page.«

»Gut.« Wieder sah sie auf ihre Uhr. »Ich muß gehen.« Aber die Dringlichkeit war aufgesetzt. Harry war sicher, daß sie sich für ihre Begegnung mehr Zeit freigehalten hatte. Sie beeilte sich nicht, um ein Flugzeug zu erwischen, sondern um ihr Gespräch zu beenden, bevor es über das unbedingt Notwendige hinausgehen konnte.

Sie stand auf und ging über einen gefrorenen Grasfleck auf den Übergang über die Schnellstraße zu. Er folgte ihr und bemerkte dabei zum erstenmal, wie rasch und entschlossen ihre Bewegungen waren. Er holte sie ein, als sie den Fußgängerknopf drückte, und sagte: »Ich wollte Sie noch vieles über David fragen.«

»Ich weiß«, antwortete sie und fixierte dabei die Ampel auf der anderen Straßenseite. »Aber ich kann nicht riskieren, mehr zu sagen. Ich habe ihn mal geliebt.«

»Aber jetzt tun Sie das nicht mehr?«

»Er hat es unmöglich gemacht.«

»Tut mir leid. Ich habe kein Recht, mich da einzumischen. Es ist bloß...«

»Sie wollen wissen, welche Art von Sohn Iris Ihnen geboren hat, das verstehe ich. Seltsamerweise bin ich nicht sicher, daß ich Ihnen viel sagen könnte, selbst wenn ich wollte. Er hat immer zuviel von sich selbst verborgen. Sie zum Beispiel. Er hat mir gesagt, sein Vater sei tot, als er schon längst wußte, daß Sie leben. Er hat mir sogar von dem Besuch auf Rhodos mit Torben und der Szene in Lindos erzählt. Ich erinnere mich, daß er einmal beim Abendessen darüber Witze gemacht hat. Er hat nie angedeutet...« Sie schüttelte den Kopf. »Er hat mir die Wahrheit nie anvertraut.«

Bevor Harry antworten konnte, kam der Verkehr zum Stillstand, die Fußgängerampel wechselte auf Grün, und Donna ging rasch über die Straße. Harry mußte laufen, um mitzuhalten. Auf der anderen Seite ging sie weiter, bog in eine ruhigere Straße ein, die zum Stadtzentrum führte. »Vielleicht konnte er es einfach nicht zugeben«, keuchte Harry. »Was Väter betrifft, bin ich ihm wohl einiges schuldig geblieben.«

»Sie paßten nicht zu seiner Vorstellung von sich selbst. Sie waren eine potentielle Peinlichkeit.«

»Ich weiß nicht, für wen das mehr zutreffen könnte.«

»Nicht für Sie.« Sie wandte ihm das Gesicht zu. »Wer immer meinte, Sie sollten von David erfahren, hat ihm einen größeren Gefallen getan als Ihnen. Wer sonst wäre seinetwegen so weit gekommen? Wer außer Ihnen hätte mein Vertrauen gewinnen können?«

»Habe ich es denn gewonnen?«

»Erstaunlicherweise ja.«

»Aber wie?«

»Weil Sie echt sind.«

»Wie meinen Sie das?«

Zum erstenmal seit ihrer Begegnung ließ sie so etwas wie ein Lächeln sehen. »Werden Sie morgen nach Dallas fliegen?«

»Ja.«

»Das habe ich gemeint.« Ohne ein weiteres Wort der Erklärung wandte sie sich ab und eilte zu einer belebteren Durchgangsstraße. Harry sah, wie sie die Hand hob und ein Taxi an den Straßenrand fuhr. Sie stieg ein, beugte sich vor, um mit dem Fahrer zu sprechen, und ließ sich dann in den Sitz zurückfallen. Sie sah nicht in Harrys Richtung, als der Wagen anfuhr, aber er hatte den seltsamen Eindruck – Beleuchtung, Schatten und Entfernung konnten ihn aber auch täuschen –, daß sie weinte, als das Taxi hinter einem Gebäude um die Ecke verschwand.

29. Kapitel

Der Mittwoch morgen in Dallas war grau, still und regnerisch. So hatte Dallas in Kostas Fernseher in der Taverna Silenou niemals ausgesehen, wo Harry neun Jahre lang immer mal wieder die täglichen Seifenopern über die Ölbarone von Texas gesehen hatte. Sie hatten in ihm den bleibenden Eindruck von blauem Himmel, frischem Wind und einer von sexuell inkontinenten, megalomanischen Leuten bewohnten Stadt hinterlassen, die schlecht synchronisiertes Griechisch sprachen. Die Realität, gesehen aus einem Hotelzimmer am Flughafen Dallas–Fort Worth,war im Vergleich dazu beruhigend grau. Jets sanken langsam aus der dicken Wolkendecke oder verschwanden darin, während schmutziger Sprühregen den uninteressanten Horizont verdeckte. Ereignislose Bewegung, ein Ort ohne Lokalkolorit – es war eine Zwischenstation, die irgendwo im Nichts hing und wo Harry sich unnatürlich sicher fühlte.

Er hob die Kaffeetasse an die Lippen, merkte, daß der Kaffee erkaltet war, zog eine Grimasse und griff statt dessen nach einer Zigarette. Dann blätterte er wieder in seiner Ausgabe der *Dallas Morning News*. Falls es irgendwelche weiteren Entwicklungen in der seltsamen Affäre von Globescope Inc. und deren zu Unfällen neigenden früheren Mitarbeitern gegeben hatte, so waren die keiner Erwähnung wert, wo es so viele hausgemachte Morde, Footballspiele und einmalig günstige Immobilienangebote gab, die man den Einwohnern von Dalles andienen konnte. Was vermutlich ganz gut war, wenn er an den verstörenden Ton des Leitartikels dachte, den er am Vortag zufällig in der Abflughalle des O'Hare-Flughafens gesehen hatte. Ein Artikel, dessen Überschrift – GLOBESCOPE-ANTEILE NACH DRITTEM TODESFALL GESUNKEN – ihn veranlaßt hatte, statt des überholten *Sunday Express* die neueste Ausgabe des *Wall Street Journal* zu kaufen.

Harry stand auf, ging zum Bett hinüber und setzte sich auf die zerknitterten Laken. Er beugte sich vor, um die Zeitung aufzuheben, die er gestern nacht achtlos zu Boden hatte fallen lassen, und überflog nochmals den spärlichen Inhalt eines Artikels, den er jetzt schon fast auswendig hersagen konnte.

> Die makabre Häufung von Todesfällen und Beinahe-Todesfällen unter kürzlich freigestellten Mitarbeitern von Globescope Inc., der Firma für sozioökonomische Vorhersagen mit Sitz in Washington, hat sich gestern auf den Preis der Globescope-Anteile an der New Yorker Börse ausgewirkt. Diese verloren $ 2 #c1/2#c und schlossen bei $ 11 #c1/4#c. Auslöser war ein Bericht in der gestrigen Ausgabe von *Berlingske Tidende* über den dänischen Physiker Torben Hammelgaard, bis April dieses Jahres Forscher bei Globescope, der in den frühen Morgenstunden des Samstag tot auf einer Brücke über dem Kopenhagener Hafen aufgefunden worden ist.

Eine Autopsie brachte keine Klarheit über die Ursache von Mr. Hammelgaards Tod; die Ergebnisse einer zweiten Autopsie stehen derzeit noch aus. Die Kopenhagener Polizei ließ wissen, sie würde gern einen Briten mittleren Alters namens Barnett befragen, der anscheinend die letzte Person ist, die Mr. Hammelgaard lebend gesehen hat. Mr. Barnett verschwand am Samstag aus seinem Kopenhagener Hotel.

In Washington sagte ein Sprecher von Globescope, man kenne Mr. Barnett nicht und habe auch keine Verbindung zu ihm. Byron Lazenby, Präsident von Globescope, soll die Zuversicht geäußert haben, der Preis der Anteile werde wieder steigen, sobald die Umstände des Todes von Mr. Hammelgaard aufgeklärt seien.

Harry warf die Zeitung wieder auf den Boden und nahm einen langen, nervenberuhigenden Zug aus seiner Zigarette. Wenn eine zweite Autopsie ergab, daß Hammelgaard ermordet worden war, würde die Kopenhagener Polizei sich nicht mehr mit dem höflichen Wunsch begnügen, ihn zu befragen. Sie würde nach ihm suchen. Gut, daß sich Norman Page und nicht Harry Barnett im Hyatt Regency eingetragen hatte und daß die *Dallas Morning* sich nur um lokale Angelegenheiten kümmerte. Trotzdem...

Harry nahm den Telefonhörer beim ersten Läuten ab und betete, am anderen Ende Donnas Stimme zu hören. Doch sie war es nicht.

»Mr. Page?«

»Ja.«

»Hier ist der Empfang. Ihr Taxi ist eingetroffen.«

»Was für ein Taxi? Ich habe kein...« Dann wurde ihm klar, was die Ankunft des Taxis bedeuten mußte, und er gab sich Mühe, die Überraschung aus seiner Stimme zu bannen. »Ja, natürlich. Danke. Ich komme sofort.«

30. Kapitel

»Sie sind nicht von hier, Sir?« fragte Otis McSweeney von der Yellow Checker Cab Company, als sie durch einen Teil von Dallas kurvten, den die Fernsehkameras nie gezeigt hatten.Unbebaute Grundstücke, von Unkraut überwuchertes Straßenpflaster, abblätternde Bretterverschalungen und rostendes Metall deuteten an, daß die Häuser hier wohl kaum auf den Immobilienseiten der *Dallas Morning News* angeboten wurden.

»Nein. Ich bin von sehr weit her.«

»Fair Park ist um diese Jahreszeit ziemlich ruhig. Sie werden den Cotton Bowl so ziemlich für sich allein haben.«

»Ach ja?«

»Mit Sicherheit.« Otis lachte. Er genoß seinen Scherz, doch da Harry mit der Bitte um eine Erklärung verraten hätte, daß er ihr Fahrziel nicht kannte, grinste er nur und schwieg.

Ein paar Minuten später wandten sie sich nach links. Durch ein imposantes Tor mit Fahnenmasten erreichten sie Fair Park. Eine scheinbar endlose Ansammlung großer, ungepflegter Gebäude und breiter, leerer Straßen wurde im Nieselregen sichtbar. Sie kamen an einem Schild vorbei, das warb: *zweihundertfünfzigtausend Quadratmeter für Kongresse, Rodeos, Konzerte, Eisrevuen ect. zu verpachten.* Dann passierten sie etliche vernagelte Art-déco-Pavillons und steuerten ein fernes Riesenrad an, das verloren über einem verlassenen Festgelände thronte.

Otis bog links in eine Straße ein, die an der hochaufragenden Seite eines Sportstudios vorbeiführte, und hielt an. »Cotton Bowl ganz für Sie allein, Sir«, verkündete er. »Das macht achtzehn Dollar und fünfzig Cents.«

Harry gab Otis eine Zwanzigdollarnote und kletterte hinaus in den milden, dunstig-feuchten Tag. Er sah zu, wie das Taxi wendete, beobachtete, wie es wieder in den Hauptboulevard einbog und dann Richtung Ausfahrt verschwand. Jenseits der Ausfahrt ging eine pulsierende Metropole ihren Geschäften nach, doch auf den zweihundertfünfzigtausend Quadratmetern des Fair Park an einem feuchten Novembermorgen stand die Zeit still. Leerer als jede Prärie erstreckte sich rings um Harry der Raum, ausgehöhlt von der Erinnerung an Menschenmassen im Sommer, dröhnend von der Abwesenheit ihrer Stimmen.

Als das Taxi endlich vom sanften Wispern des Nieselregens übertönt wurde, hörte Harry ein anderes Geräusch, einen Automotor, der heller klang und sich langsam von hinten näherte. Er drehte sich um und sah ein schlammbraunes Wohnmobil vom Festgelände her auf sich zufahren. Es hatte eine verspiegelte Windschutzscheibe, so daß der Fahrer unsichtbar blieb. Harry trat zurück und fragte sich, ob er womöglich in eine raffinierte Falle getappt war. Wenn ja, dann hatte man sie geschickt gestellt. Er war allein und fern jeder Hilfe.

Das Wohnmobil hielt vor ihm, und die Seitentür glitt auf. Zu Harrys ungeheurer Erleichterung schaute Donna vom Rücksitz und winkte ihm, er solle einsteigen. Wortlos gehorchte er, setzte sich neben sie und bemerkte, daß die beiden Leute auf den Vordersitzen ihn über die Schultern anstarrten. Die Fahrerin war eine dünne Frau mit schwarzem, krausem Haar und olivfarbenem Teint, die Jeans und eine mit Vlies gefütterte Lederjacke trug. Sie hatte die Stirn gerunzelt. Der Beifahrer war ein rundlicher kleiner Mann, der über Hemd und Krawatte einen Anorak mit Kapuze trug. Seine Hosen hatten rasiermesserscharfe Bügelfalten, seine Schuhe goldene Schnallen. Schneeweißes Haar fiel ihm schuljungenhaft in die Stirn, aber seine Augen sahen rötlich entzündet aus, und sein Gesicht hatte Kerben wie eingetrockneter Schlamm.

»Makepeace Steiner und Rawnsley Ablett«, stellte Donna die beiden vor, obwohl das nicht mehr nötig war. »Harry Barnett.«

»Hallo, Harry«, sagte Steiner.

»Sie sollten wissen, daß ich das Ganze hier für verrückt halte«, sagte Ablett, »aber ich wurde überstimmt.«

»Wir sind dankbar für Ihr Kommen«, warf Donna ein und legte kurz die Hand auf Harrys Unterarm. »Wir alle.«

»Wir glauben, daß Sie uns helfen können«, sagte Steiner.

»Wie?«

»Ich fahre besser weiter. Sag du's ihm, Donna.« Steiner startete den Wagen und fuhr so langsam weiter, wie sie gekommen waren. »Dann kann er es *uns* sagen.«

»Was sagen?«

»Ob Sie es machen werden«, brummte Ablett.

»Es ist so, Harry«, sagte Donna. »Wir haben es immer wieder besprochen. Früher oder später wird Lazenby uns aufspüren. Was mit Torben passiert ist, beweist das. Die haben sechs Wochen gebraucht, um ihn zu finden. Selbst wenn sie doppelt so lange brauchen, um uns zu finden, werden wir doch noch nicht auf sie vorbereitet sein. Das Tonband könnte eine Rettungsleine sein. Wer kann das bestreiten, ohne es gehört zu haben? Aber wir können nicht einfach in Lazenbys Büro gehen und uns bedienen. Wenn wir einzubrechen versuchen und geschnappt werden, ist das gleichbedeutend mit Selbstmord. Also gibt es keine realistische Möglichkeit für uns, das Band zu beschaffen.«

»Sie meinen ...«

»Sie dagegen haben eine Chance, Harry«, fuhr Donna fort. »Lazenby kennt Sie nicht, Fredericks hat kein Foto von Ihnen in seinen Akten, für Globescope sind Sie fremd. Wenn Sie es schaffen könnten, in Lazenbys Büro zu kommen ...«

»Das ist nicht Ihr Ernst!«

»Doch. Zu zweit haben Sie eine ausgezeichnete Chance,

das Band zu holen. Einer lenkt Lazenby ab, während der andere ...«

»Zu zweit?«

»Sie und Woodrow.«

»Haben Sie Woodrow schon gefragt?«

»Noch nicht. Aber er wird einwilligen, da bin ich ganz sicher.«

»Bei Ihnen sind wir uns nicht sicher«, warf Ablett ein.

»Sie sind verrückt!«

»Das habe ich auch gesagt«, antwortete Ablett ihm barsch.

»Aber wir haben auch gesagt, daß es funktionieren könnte«, sagte Steiner, während sie gemächlich nach rechts abbog und überflüssigerweise um eine Verkehrsinsel kurvte.

»Wie soll das funktionieren? Wie sollen wir auch nur auf das Grundstück kommen?«

»Das wäre zu machen«, sagte Donna leise und in überaus beherrschtem Ton. »Wir geben Sie als Vorsitzenden und Management-Direktor einer Investmentfirma mit Sitz in London aus. Woodrow fungiert als Ihr amerikanischer Partner. Sie schicken Lazenby ein Fax und behaupten, Sie seien für ein paar Tage in Washington und wollten über die Inanspruchnahme der Dienste von Globescope diskutieren. Dabei nennen Sie ein paar große Zahlen. Lazenby lädt Sie ein. Woodrow diskutiert mit ihm, während Sie das Band besorgen. Dann gehen Sie, angeblich um über Lazenbys Angebot nachzudenken, und nehmen das Tonband mit.«

»Können wir überhaupt davon ausgehen, daß er uns empfangen wird?«

»Ich denke schon. Einem Geschäft kann er ungefähr so gut widerstehen wie eine Katze einem Fisch.«

»Aber *was* für einem Geschäft? Er würde doch sicher erwarten, schon mal von unserer Firma gehört zu haben.«

»Das wird auch der Fall sein. Wir wissen, in welche Datenbanken er sich einkauft, um Hintergrundinformationen über

Kunden zu bekommen. Makepeace hat bei den leitenden Technikern dort einen Freund, der bereit wäre, für uns eine falsche Firmendatei anzulegen. Wenn Lazenby sich also nach Ihnen erkundigt, wird er das erfahren, was er erfahren soll: genug, damit er anbeißt.«

»Sie brauchen bloß zu beten, daß er sich nicht eingehender erkundigt«, sagte Ablett, »und genügend über Ihr Geschäft zu lernen, damit er Ihnen nicht sauber die Köpfe abbeißt.«

»Wir werden ihm keine Zeit dazu lassen«, gab Donna zurück. »Außerdem ist das nicht seine Art. Er spielt gern mit verdeckten Karten.«

»Aber was ist, wenn er Woodrow erkennt? Meine Güte, vielleicht hat er mal eine Vorstellung von ihm gesehen.«

»Unwahrscheinlich. Und noch unwahrscheinlicher, daß er Woodrow erkennen würde, selbst *wenn* er Mr. Nemo gesehen hätte.«

»Und was ist mit mir? Mein Name stand in Verbindung mit Torbens Tod in den Zeitungen. Globescope ist gefragt worden, ob sie mich kennen. Es wird nicht lange dauern, bis ein Foto von mir in Umlauf ist.«

»Gutes Argument«, schnaubte Ablett. »Aber es hält nicht stand. Das Ergebnis von Torbens zweiter Obduktion ist heute morgen herausgekommen.« Er hielt inne und musterte Harrys Gesicht, als suche er nach Anzeichen, daß er es schon wußte. »Natürliche Ursachen.«

»*Natürliche Ursachen*?«

»Irgendeine Gehirnblutung anscheinend.«

»Das ist absurd!«

»Vielleicht. Aber Sie sind damit aus dem Schneider. Jetzt wird die dänische Polizei nichts mehr von Ihnen wollen. Also werden keine Fotos von Ihnen aus den Faxgeräten in aller Welt kommen.«

»Trotzdem...«

»Es sei denn, Sie haben andere Gründe zu der Annahme, daß Lazenby Sie erkennen sollte.«

»Was meinen Sie?«

»Er meint, daß er Ihnen nicht vertraut«, sagte Steiner.

»Aber wir vertrauen Ihnen, Harry«, sagte Donna. »Und Rawnsley ist bereit, sich uns anzuschließen.«

»Stimmt«, sagte Ablett. »Im wesentlichen deshalb, weil wir ohnehin am Ende sind, *falls* Sie für Lazenby arbeiten und wenn das Band nur eine Erfindung von Ihnen ist.«

»Ich arbeite für niemanden!«

»Dann beweisen Sie es. Gehen Sie hin und holen Sie das Band.«

»Wir können Sie nicht dazu zwingen«, sagte Donna. »Wir versuchen nicht, Sie zu erpressen.«

»Nein? Für mich sieht es aber genau so aus, ob Ihnen das gefällt oder nicht. Wenn ich nicht kooperativ bin, werden Sie nichts versuchen, um Sandoval für Davids Fall zu interessieren, oder?«

»Ich werde es nicht *können*.«

»Ist Erpressung denn schlimmer als Verrat?« Ablett blickte Harry vorwurfsvoll an. »Vergessen Sie nicht, daß es Ihr Sohn war, der uns gezwungen hat, uns in diesem Höllenloch zu vergraben. Seien Sie also nicht zimperlich in bezug auf die Methoden, mit denen wir uns wieder daraus zu befreien versuchen.«

»Hören Sie nicht auf ihn«, sagte Steiner. »Er ist bloß ein griesgrämiger, eingefleischter Bostoner mit Entzugssymptomen.«

»Texas liegt mir nicht, das stimmt«, erwiderte Ablett. »Aber Verräter auch nicht. Oder ihre Väter.«

»Ihr Mundwerk ist anscheinend genauso groß wie Ihre Meinung von sich selbst«, erwiderte Harry knurrig. »Wenn Sie persönliche Angelegenheiten zu regeln haben, gehe ich gern darauf ein.«

»Das fehlt uns gerade noch«, schaltete Steiner sich ein. »Herrgott, ihr müßtet euch hören!«

Aber Ablett sah Harry weiter unverwandt an. »Machen Sie mit oder halten Sie den Mund!«

»Das ist kein Problem«, sagte Harry, ohne weiter an die Folgen zu denken. »Wenn Woodrow mitmacht, bin ich auch dabei.«

»Hören Sie sich erst die Details an«, sagte Donna und drehte sich so, daß Harry sie ansah und nicht Ablett. »Ich möchte Sie davon überzeugen, daß der Plan funktionieren wird.«

»Das ist nicht notwendig.«

»Um Himmels willen, Harry...«

»Ich mache es, okay? Was müssen Sie sonst noch wissen?«

Steiner bremste scharf und drehte sich nach ihm um. »Wir müssen wissen, ob es Ihnen ernst ist«, sagte sie ruhig und mit Nachdruck.

»Es ist mir ernst«, sagte Harry und erwiderte ihren Blick. Er sah Ablett an. »Okay?« Ablett nickte. Harry schloß den Kreis, indem er Donna ansah und ihrem Blick so lange standhielt, bis seine Absicht unwiderruflich klar war. »Ich meine es ernst.«

31. Kapitel

Es war früh am Freitagabend, und das Drehrestaurant im Obergeschoß des Reunion Tower war zu drei Vierteln mit Einwohnern von Dallas gefüllt, die den Beginn des Wochenendes feierten. Unter ihnen markierten Ketten von Autoscheinwerfern die verschlungenen Schnellstraßen wie eine erleuchtete Landkarte, während sich in Augenhöhe die Wolkenkratzer der Innenstadt mit ihren angestrahlten Umrissen vom tintenblauen texanischen Himmel abhoben.

Normalerweise hätte Harry freitags um diese Zeit an der Bar des Stonemason's Arms in Kensal Green gestanden und ein Glas London Pride in der Hand gehabt. Doch wider Erwarten empfand er bei diesem Gedanken kein Bedauern. Wenn er an den Sarkasmus dachte, mit dem die Kundschaft im Stonemason's seinen neuen Haarschnitt kommentiert hätte, war er sogar in gewisser Hinsicht erleichtert, sich unter lauter Fremden zu befinden. Auch waren die Kellnerinnen im Reunion Tower viel hübscher als Terrys wenig attraktives Sortiment. Und Shiner Bock war ein Bier, das mit jeder Flasche besser schmeckte. Was insofern günstig war, als er seit Mittwoch eine Menge Flaschen getrunken hatte. Ein beständiger leichter Rauschzustand hatte ihn in die Lage versetzt, seinem Vorhaben mit fröhlichem Optimismus entgegenzusehen. Mit solchem Optimismus, daß er keinesfalls hören wollte, die ganze närrische Sache sei abgeblasen worden, als er Makepeace Steiner in dem sich langsam drehenden Gang zwischen den Tischen auf sich zukommen sah.

»Hallo, Harry«, sagte sie und glitt rasch auf den Stuhl ihm gegenüber. »Wie geht's?«

»Hervorragend. Ich habe zweitausend Dollar von Ihrem Geld für drei feine Baumwollhemden, zwei Seidenschlipse, einen Designeranzug, einen Kaschmirmantel, ein Paar Krokodillederschuhe, eine schicke Reisetasche und etwas ausgegeben, das man als Managerköfferchen bezeichnet. Und natürlich für den Haarschnitt.«

»Oha! Sieht ganz nach Harvey Keitel aus.«

»Wenn ich mich recht erinnere, hatten Sie den Salon empfohlen.«

»Stimmt. Machen Sie sich nichts draus, sieht toll aus. Genau das, was Sie brauchen.«

»Und ich brauche es *tatsächlich*, was?«

»Ja.« Sie nickte. »Es ist soweit.« Sie unterbrach sich, um einen Drink zu bestellen, nahm dann eine seiner Zigaretten, zündete sie an und sagte: »Anscheinend rauche ich wieder. Streß, richtig?«

»Bin nicht ich derjenige, der unter Streß stehen sollte?«

»Dazu werden Sie keine Gelegenheit haben. Nächste Woche um diese Zeit ist alles vorbei.« Sie beugte sich vor und sprach leiser. »Donna hat vor ein paar Stunden angerufen. Sie hatte keine Schwierigkeiten, Woodrow zu überreden, daß er uns hilft. Anscheinend betrachtet er das als ideales Ventil, um seine unentdeckten Fähigkeiten als Schauspieler zu demonstrieren. Dieses Wochenende wird er sich bei Bloomingdale's ausstaffieren. Wir haben ihn ebenfalls mit Geld versehen. Am Montag fliegen Sie beide nach Washington und melden sich im Hay-Adams-Hotel an. Sehr feines Hotel gleich gegenüber vom Weißen Haus. Dort sind für eine Woche Zimmer auf die Namen Norman Page und Bill Cornford von der Page-Muirson Investment Company gebucht. Am gleichen Tag wird Lazenby ein Fax bekommen, in dem Sie anfragen, ob Sie beide ihn baldmöglichst treffen können, um über Globescope Vorhersagetechniken für die fernöstlichen und lateinamerikanischen Märkte zu diskutieren, die Sie sich zu erschließen gedenken. Hier ist ein Ausdruck von dem, was er in der Page-Muirson-Datei finden wird, die mein Freund für uns eingerichtet hat«, sie schob ihm einen Stapel Papier über den Tisch, »zusammen mit Auszügen aus neueren Artikeln in Zeitschriften und Investmentmagazinen über die Art von Geschäften, die Sie angeblich betreiben. Futures-Handel, Arbitragen, wechselnde Zinsraten, der ganze Derivatendschungel. Versuchen Sie, sich mit den Ausdrücken vertraut zu machen, damit Sie sich wenigstens anhören, als würden Sie sie verstehen. Am besten halten Sie Ihre Aussagen ganz allgemein. Vermeiden Sie Einzelheiten. Machen Sie sich aber keine zu großen Sorgen, Lazenby wird reden, als verstünde er sehr viel mehr davon, als tatsächlich der Fall ist. Sie können es sich leisten, ein bißchen zu bluffen. Am besten wird es wohl sein, das Reden im wesentlichen Woodrow zu überlassen. Das ist seine Stärke. Konzentrieren Sie sich darauf, das Band in die Hände zu kriegen. Wenn Sie mit dem Tonband in der Tasche das Haus verlassen können, spielt es keine Rolle, ob Lazenby denkt, daß Sie der größte Trottel sind, den er je kennengelernt hat.«

»Na gut.« Harry blätterte skeptisch die Seiten mit den vielen Verlaufskurven und Kreisdiagrammen durch, die ihm ein unangenehmes Gefühl der Unzulänglichkeit vermittelten. »Woher wissen wir, daß Lazenby überhaupt reagieren wird?«

»Weil die Information, die wir getürkt haben, Page-Muirson in seinen Lieblingsfarben malt: reich an Bargeld und weltfremd. Ich habe seine Termindatei angezapft und festgestellt, daß er die ganze Woche in der Stadt ist und nicht allzuviel zu tun hat. Vermutlich wird er schon anbeißen, ehe am Montagmorgen sein Kaffee kalt geworden ist.«

»Was ist mit Donna? Erwartet sie uns im Hay-Adams?«

»Nein. Sie kann es nicht riskieren, sich in Washington blicken zu lassen, und bleibt in Baltimore. Das ist weniger als eine Zugstunde entfernt. Wenn Sie in Washington angekommen sind, wird sie anrufen und Ihnen eine Kontaktnummer geben, bei der Sie sich melden können, wenn Sie das Band haben.« Makepeace lächelte gezwungen und ließ ihren Bourbon mit Eis gegen sein Bierglas klirren. »Auf Ihren Erfolg.«

»Würde Rawnsley mit anstoßen, wenn er hier wäre?«

»Überlassen Sie Rawnsley mir, Harry. Besorgen Sie einfach das Band, falls es da ist.«

»Ich werde mein Bestes tun.«

»Ihr Allerbestes?«

»Klar. Ich werde mir alle Mühe geben.«

»Fein.« Die Gezwungenheit schwand aus ihrem Lächeln, und sie nahm einen undamenhaften Schluck von ihrem Bourbon. »Das hört sich gut an.«

32. Kapitel

Norman Page, Chairman und Management-Direktor von Page-Muirson Ltd., seines Zeichens Finanzberater, traf am frühen Abend des folgenden Montags auf dem Flughafen Dulles ein. Sein Anzug war taubengrau, sein Hemd puderrosa, sein Schlips gestreift, sein Haar elegant geföhnt. Eine vorher bestellte Limousine brachte ihn und sein brandneues Gepäck in Windeseile durch zweiundvierzig Kilometer feuchtgrünes Virginia über die Theodore Roosevelt Memorial Bridge in das geräumige Zentrum Washingtons. Er schaute hinauf zu den bleichen Hügeln des Arlington-Friedhofs, als sie daran vorbeifuhren, hinunter auf die grauen Wasser des Potomac und ringsum auf die von Bäumen umgebenen Regierungsgebäude, die niedrigen Büroblocks und die gepflegte Ordnung der Hauptstadt. Schließlich wurde er vor dem Portal des Hay-Adams-Hotel abgesetzt, genau dem üppig ausgestatteten Etablissement, in dem ein Gentleman seines Schlages selbstverständlich absteigen würde, und in die mit Walnußholz getäfelte Halle geleitet.

Nachdem er sich in ein Register mit Pergamentseiten eingetragen hatte, führte man ihn in eine Suite mit Blick über den Lafayette Square. Das Weiße Haus gegenüber war sehenswert, der Park dazwischen mit den darin kampierenden Obdachlosen weniger. Man erklärte ihm untertänig die Bedienung der vielfältigen elektronischen Geräte sowie die heißen und kalten Geheimnisse des marmorverkleideten Badezimmers. Er gab fünf Dollar Trinkgeld und wurde bis zur Ankunft seines Gepäcks allein gelassen. Die kurze Pause gestattete ihm einen Blick auf die gerahmte Reproduktion des L'Enfant-Planes von 1792 für die Bundeshauptstadt, eine Prüfung des riesigen, eher harten und doch nachgiebigen Bettes sowie ein ehrfürchtiges Blinzeln auf die gedruckte Preisliste an der Innenseite der Tür.

Nachdem sein Gepäck eingetroffen und weitere fünf Dollar Trinkgeld ausgegeben waren, rief er die Rezeption an und fragte, ob sein Kollege Bill Cornford schon eingetroffen sei. Man sagte ihm, er sei noch nicht da. Etwas überrascht machte er sich ans Auspacken und nahm dann in aller Ruhe ein Bad. Als er etwa eine Stunde später aus dem Badezimmer kam, fand er einen Umschlag, den man unter seiner Tür durchgeschoben hatte, mit Namen und Zimmernummer an ihn adressiert. Er enthielt ein Fax von Byron Lazenby, Präsident von Globescope Inc., Zukunftsberater der Konzernelite.

Lieber Norman Page,

ich wäre entzückt, Sie während Ihres Aufenthalts in Washington zu treffen und die Art von Vorhersagepaket zu skizzieren, die meine Organisation einem Unternehmen wie dem Ihrigen anbieten könnte. Vielleicht mögen Sie meine Sekretärin, Ann Mather, anrufen und einen Termin vereinbaren.

Mit besten Grüßen
Byron E. Lazenby

Es war noch nicht siebzehn Uhr, und Harry war versucht, Ann Mather sofort anzurufen. Doch am Ende rief er nur die Rezeption an, um zu erfahren, daß Bill Cornford noch immer nicht eingetroffen war. Kurz darauf läutete das Telefon. »Hallo?«

»Hallo, Harry.« Es war Donna. »Alles in Ordnung?«

»Nicht so ganz. Wollen Sie zuerst die gute oder die schlechte Nachricht?«

»Nun sagen Sie schon!«

»Lazenby hat ein Fax geschickt. Er möchte uns sehen.«

»Fabelhaft!«

»Aber Woodrow ist noch nicht aufgetaucht.«

»Nein? Ach, ich nehme an, darüber muß man sich keine Sorgen machen. Vielleicht braucht er noch ein bißchen Zeit zur Vorbereitung. Er kommt mit dem Metroliner. Wahrscheinlich ist er schon unterwegs.«

»Wenn Sie meinen.«

»Haben Sie einen Termin mit Lazenby vereinbart?«

»Noch nicht. Ich wollte auf Woodrow warten.«

»Okay. Aber wir wollen nicht, daß Lazenby denkt, Sie seien nicht interessiert.«

»Und auch nicht, ich sei übereifrig. Ich rufe morgen früh als erstes seine Sekretärin an und schlage für morgen oder Mittwoch etwas vor.«

»Okay. Halten Sie mich auf dem laufenden. Die Nummer hier ist 410-939-2745. Es ist ein kleines Hotel.«

»Ich hab's notiert.«

»Wir sprechen uns bald. Und, Harry …«

»Ja?«

»Seien Sie vorsichtig, ja? Tun Sie's für mich.«

Aber Harry wollte nicht vorsichtig sein. Was er brauchte, war etwas von der betrunkenen Zuversicht, die ihm Sicherheit gab.Er bestellte eine Flasche Wein, um sein vom Zimmerservice serviertes Abendessen hinunterzuspülen, und nahm sich Makepeaces Unterlagen vor. Dann bediente er sich ausgiebig an der Minibar und widmete sich dem Fernsehapparat. Es wurde zwanzig Uhr, dann einundzwanzig, dann zweiundzwanzig. Von Bill Cornford keine Spur.

Harry fuhr in die Halle hinunter, eine gerötete und zerknitterte Karikatur des glatten, weltläufigen Mannes, der sich vor sieben Stunden eingetragen hatte. Er fragte den Mann am Empfang nach der Ankunft des Metroliners aus New York und hörte, der letzte des Tages komme um dreiundzwanzig

Uhr. Dann ging er hinaus zu einem Taxistand, nahm das nächstbeste und ließ sich zur Union Station fahren.

Eine halbe Stunde später stand Harry verloren unter dem kathedralenähnlichen Dach des Bahnhofs, einen leeren Kaffeebecher aus Plastik in der einen, eine Zigarette in der anderen Hand, während die letzten Insassen des Metroliners von dreiundzwanzig Uhr sich zerstreuten. Woodrow Hackensack war nicht unter ihnen.

Noch war sein Ausbleiben keine Krise. Es gab noch spätere Züge. Gegen zwei Uhr morgens kam einer, der sich New England Express nannte, doch in Harrys Geist hatte sich die Gewißheit verdichtet, kalt und hart und schwer wie Zement, daß Woodrow nicht kommen würde. Weder jetzt noch später, weder in dieser Nacht noch in einer anderen.

Den Grund für seine Vorahnung konnte er nicht erklären. Er hatte etwas damit zu tun, wie er Woodrow zuletzt gesehen hatte, eine einsame Gestalt auf dem Parkplatz des Bahnhofs Albany vor einer Woche. Er hatte etwas mit dem vagen Gefühl von Unheil zu tun, das Harry gespürt hatte, als er ihm aus dem Zugfenster nachsah. Zuerst Torben und jetzt Woodrow.

Harry ging hinüber zu einer verlassenen Reihe von Telefonzellen, sah über die Schulter und rief dann Woodrows New Yorker Nummer an. Es läutete, läutete ausdauernd, doch niemand meldete sich. Woodrow nahm nicht den Hörer ab. Diese Tatsache hallte lauter in seinem Kopf wider als das Klingeln des Telefons. Er würde sich nicht melden. Vielleicht, weil er dazu nicht mehr in der Lage war.

33. Kapitel

»GLOBESCOPE INCORPORATED, Martine am Apparat. Was kann ich für Sie tun?«

»Ann Mather, bitte.«

»Wer ist bitte am Apparat?«

»Norman Page.«

»Ich stelle Sie durch, Mr. Page.«

Ein paar Sekunden synthetisierter Sibelius, dann: »Hier ist Ann Mather, Mr. Page. Mr. Lazenby freut sich sehr darauf, Sie zu treffen. Wann könnten Sie kommen? Vielleicht heute im Laufe des Tages?«

»Heute ist es ein bißchen schwierig.«

»Dann morgen?«

»Ja... äh...«

»Bis Ende der Woche hat Mr. Lazenby noch schrecklich viele Termine.«

»Also gut, morgen.«

»Zehn Uhr dreißig?«

»Ginge es etwas später?«

»Sechzehn Uhr?«

»Ja, das wäre gut, sechzehn Uhr.«

»Ich trage das in seinen Terminkalender ein. Mr. Lazenby ist morgen nachmittag um sechzehn Uhr für Sie und Ihren Kollegen frei, Mr. Page. Danke für Ihren Anruf.«

»Gut. Also, danke...« Harry hielt inne, sobald ihm klarwurde, daß er nur noch mit sich selber sprach. Das hatte er nie als gewinnbringende Übung betrachtet. Außerdem waren Selbstgespräche über Amraks Leitungen ruinös teuer. Er legte den Hörer auf, drängte sich aus der engen Kabine und ging im Rhythmus des Metroliners schwankend zu seinem Platz zurück.

Der Zug befand sich ungefähr auf halbem Weg zwischen

Philadelphia und New York. Es war kurz nach zehn am folgenden Morgen. Harry starrte hinaus auf ein anonymes, bewölktes Stück von New Jerseyer Hinterland, als mache er es persönlich verantwortlich für diese Reise, die er eigentlich nicht hätte unternehmen sollen. Doch er konnte insgeheim darüber rechten, soviel er wollte, er hatte im Grunde keine Wahl. Er mußte herausfinden, was mit Woodrow passiert war. Noch besser wäre es, ihn selbst zu finden, und zwar möglichst vor dem Termin, den er gerade bei Lazenby vereinbart hatte.

Vielleicht hätte er das überhaupt nicht tun sollen. Aber es noch länger aufzuschieben, hätte einen merkwürdigen Eindruck gemacht, und von da bis zum Argwohn war es nicht mehr weit. Vielleicht hätte er auch Donna konsultieren sollen, ehe er Washington verließ. Sie hätte in Baltimore in den Zug steigen und die Gefahren mit ihm teilen können, die ihn womöglich in New York erwarteten. Aber vielleicht hätte sie auch darauf bestanden, *statt* Harry zu fahren. Wahrscheinlich sogar, wenn man bedachte, wie wichtig er für ihre Pläne war. Und so war vielleicht irgendeine altmodische Vorstellung von Galanterie der eigentliche Schlüssel zu seinem Verhalten.

Der Zug verlangsamte kurz die Fahrt, als er durch einen Bahnhof brauste. Harry schaute hinaus und konnte den Namen des Bahnhofs lesen: Princeton Junction. Er war also nicht weit von der Universität entfernt, an der Torben Hammelgaard gearbeitet hatte, und auch nicht vom Institute for Advanced Study, wo Athene Tilson vor vierzig Jahren mit Albert Einstein hochfliegende Theorien ausgetauscht hatte. Und vielleicht auch nicht weit entfernt von einer Antwort, wenn er nur herausfinden könnte, wie die Frage lautete.

Bei der Ankunft in Penn Station schlug Harry sofort in einem Telefonbuch Woodrows Adresse nach. Dann sprang er in ein Taxi. Der Fahrer mußte mehrere Minuten lang einen Stadtplan studieren, ehe er losfuhr, und in dem Gewirr von Wolkenkratzern verlor Harry bald die Orientierung. Sie steuerten vom Bahnhof aus nach Osten, dann Süden, überquerten den Broadway und landeten in einer schmalen Schlucht zwischen hochaufragenden Apartmentblocks. Die Fifth Avenue war das gerade nicht.

Woodrows Wohnung lag in einem fünfstöckigen Gebäude ziemlich weit am Ende der Straße. Sechs Klingelknöpfe mit den entsprechenden Drähten hingen nur dank einiger Streifen regennassen Isolierbandes noch am Türpfosten. Harry läutete bei Woodrow. Nachdem einige Augenblicke lang nichts passiert war, drückte er auf den Klingelknopf daneben. Die Sprechanlage, über die sich anscheinend jemand erbrochen hatte, gab ein Rauschen von sich. Harry erkundigte sich schreiend nach Woodrows Verbleib. Weiteres Rauschen, dann Stille. Doch nach einem weiteren Augenblick wurde schließlich die Tür geöffnet.

Der Flur war schmal und schlecht erleuchtet. Durch irgendein Oberlicht fiel staubig graues Licht auf braunes Linoleum und die unteren Stufen eines scheinbar endlosen Treppenhauses. Harry legte den Kopf in den Nacken, um nach oben zu schauen, und begegnete dem Blick eines Burschen mit mehreren Doppelkinnen in einem schmuddeligen T-Shirt, der ihn vom Treppenabsatz im ersten Stock anstarrte.

»Sind Sie der Typ, der wegen der Harley-Davidson kommt?« fragte der Mann und lehnte sich über das Geländer. »Wissen Sie, die will ich nur ’nem echten Fan verkaufen.«

Harry grinste abwehrend. »Ich bin nicht wegen des Motorrades hier. Ich suche Woodrow Hackensack.«

Der Mann im T-Shirt runzelte die Stirn. »Dann haben wir beide Pech. Er ist nicht da.«

»Wissen Sie, wo ich ihn finden kann?«

»Im Bellevue, haben die Sanitäter gesagt. Aber inzwischen

könnte er auch schon in der Leichenhalle liegen. Als er hier weggebracht wurde, sah er jedenfalls so aus, Tatsache.«

»Was ist denn passiert?«

»Er fiel die Treppe runter. Hat sich ganz schön verletzt. Aber was wollen Sie, wenn ein Mann von seinem Umfang einfach in einen nicht vorhandenen Pool hechtet?« Er kicherte. »Ein Entfesselungskünstler mit 'ner Neigung zu Unfällen! Ist doch mal was, nicht?«

»Sind Sie sicher, daß es ein Unfall war?«

»Was'n sonst, Mann?«

»Haben Sie gesehen, wie es passiert ist?«

»Nein, war nicht da. Als ich wiederkam, sah ich draußen 'nen Krankenwagen, und der alte Woodrow wurde auf 'ner Bahre rausgetragen.«

»Wer hat den Krankenwagen gerufen?«

»Martha Gravett. Die Tür auf der anderen Seite vom Flur, da, wo Sie stehen. Sie kann's Ihnen erzählen. Falls Sie nix dagegen haben, daß Sie sich auch ihre ganze Familiengeschichte anhören müssen.«

Martha Gravett, eine zierliche, aber würdige alte Dame mit einem ebenso zierlichen und würdigen Cairn-Terrier, gab gezielter Auskunft, als der Nachbar vorhergesagt hatte.

»Gestern morgen gegen elf hörte ich einen mächtigen Plumps, und als ich herauskam, lag der arme Mr. Hackensack ganz verdreht am Fuß der Treppe auf dem Boden. Er war bewußtlos, und es sah so aus, als hätte er sich die Beine gebrochen. Ich bin sofort wieder in die Wohnung gelaufen und habe das Krankenhaus angerufen. Dann bin ich bei ihm geblieben, bis der Krankenwagen kam.«

»Hat er irgend etwas gesagt?«

»Er kam ein bißchen zu sich und fing an zu murmeln. Aber man konnte nichts verstehen.«

»War er wirklich allein, als es passierte?«

»Natürlich. Was denken Sie...« Ihr Gesichtsausdruck veränderte sich. »Na, jetzt, wo Sie fragen, meine ich...«

»Was denn?«

»Es ist bloß... Als ich aus meiner Wohnung kam und ihn fand, glaubte ich aus dem Augenwinkel zu sehen, wie die Tür zur Straße zufiel, als sei gerade jemand weggegangen. Aber ich muß mich wohl geirrt haben. Wenn jemand dagewesen wäre, wäre er doch geblieben, um zu helfen, nicht wahr?«

34. Kapitel

Woodrow Hackensack war nicht in der Leichenhalle. Er saß zittrig und durch viele Kissen gestützt in einem Bett des modernen, klimatisierten Flügels des Bellevue-Hospitals, mampfte ein Brötchen und blickte durch das Fenster neben ihm auf den East River. Wäre seine Stirn nicht bandagiert und sein rechtes Bein nicht von der Hüfte bis zum Knöchel eingegipst gewesen, hätte er ausgesehen wie ein Mann, der unter Vorspiegelung falscher Tatsachen in einem Krankenhausbett lag. Wie die Dinge standen, hätte Harry sich über seine Unbeweglichkeit Sorgen machen müssen, doch für den Augenblick war er nur erleichtert, ihn lebend wiederzusehen.

»Schön, Sie zu sehen, Harry. Ich habe vorhin versucht, Sie anzurufen, aber da waren Sie schon weg. Ich nahm an, Sie wären vielleicht auf dem Weg hierher. Tut mir leid, daß ich mich gestern nicht gemeldet habe. Aber gestern war ich wirklich nicht zu viel imstande. Gehirnerschütterung, hat man mir gesagt. Aber jetzt geht's mir gut.«

»Was ist mit dem Bein?«

»Das Schienbein ist gebrochen, und ein paar Bänder im Knie sind gezerrt. Keine große Sache. Ende der Woche bin ich wieder auf und laufe herum.«

»Ich habe morgen nachmittag einen Termin bei Lazenby.«

Hackensack zog eine Grimasse. »Das ist'n bißchen zu früh für mich. Können Sie's nicht aufschieben?«

»Bis wann? In unserem Fax stand, daß wir nur für ein paar Tage in Washington sind. Also geht das wohl nicht, oder?«

»Ich könnte versuchen, den Arzt zu überreden, daß er mich auf Krücken rausläßt. Nur für einen Tag.« Er begegnete Harrys Blick und nickte zerknirscht. »Na, vielleicht auch nicht.«

»Ich werde allein hingehen müssen.«

»Das ist Wahnsinn. Täuschung wirkt durch Ablenkung: das große Geheimnis des Illusionisten. Wenn ich dabei bin und Lazenby ablenke, haben Sie eine Chance. Ohne mich ...«

»Ich sehe nicht, was ich sonst machen sollte.«

»Donna wird nicht zulassen, daß Sie das riskieren.«

»Donna braucht es nicht zu wissen. Haben Sie mit ihr gesprochen?«

»Nein.« Bedeutungsvoll schaute sich Hackensack nach den anderen Patienten im Zimmer um und senkte seine Stimme zu einem Flüstern. »Hier gibt es zu viele Ohren. Die Leute hier leiden bestimmt nicht an Taubheit. Als letzte Rettung habe ich bloß Sie angerufen.«

»Nun, ich bin ja jetzt da.«

»Aber ich werde Donna anrufen, wenn ich muß.« Hackensack war plötzlich ernst. »Tun Sie das nicht, Harry.«

Harry zuckte mit den Schultern. »In Ordnung.«

»Meinen Sie das ernst?«

»Erzählen Sie mir von dem Sturz. Wie ist das passiert?«

»Reine Blödheit. Ich wollte eilig weg, um den Mittagszug zu erwischen. Nahm zwei Stufen auf einmal. Vermutlich bin ich irgendwie danebengetreten. So einfach ist das.«

»Vermutlich?«

»Na ja, das ist alles ziemlich verschwommen. Das Kurzzeitgedächtnis leidet bei Gehirnerschütterung, hat man mir gesagt. Um ehrlich zu sein, ich erinnere mich nicht viel an die

Zeit zwischen dem Verlassen meiner Wohnung und dem Aufwachen hier. Der Rest ist ein bißchen wie die chinesische Flagge – rot mit vielen, vielen Sternen.«

»Martha Gravett meint, es könnte jemand mit Ihnen im Treppenhaus gewesen sein.«

»Tut sie das? Na, Martha denkt, daß ihre tote Schwester aus Jersey jeden Nachmittag zum Tee vorbeikommt. Ich würde dem, was sie sagt, nicht viel Gewicht beimessen.«

»Mir kam sie ganz vernünftig vor.«

»Sie leben ja auch nicht in der Wohnung über ihr. Da war keiner, Harry. Glauben Sie mir.«

»Aber eben haben Sie gesagt, Sie könnten sich nicht erinnern.«

»Wenn mich jemand gestoßen hätte, würde ich mich erinnern, falls es das ist, worauf Sie hinauswollen.«

»Wirklich?«

»Sie meinen, die Leute, die Torben erwischt haben, hätten auch mich erwischt?«

»Vielleicht.«

»Dann müssen sie aber nachgelassen haben. Als tödlicher Unfall war mein Sturz nicht gerade sehr erfolgreich.«

»Vielleicht haben Sie bloß Glück gehabt.«

»Glück nennen Sie das?« Hackensack rollte die Augen. »Ich habe die ganze Woche damit zugebracht, mich in einen gutgekleideten Finanzmann zu verwandeln, bloß um hier zu landen. Und die Hose von meinem Wall-Street-Anzug ist vom Hintern bis zum Knöchel aufgerissen. Und meine Erinnerung ist voller Löcher. Die meisten Leute würden denken, daß ich so viel Pech hatte, wie man an einem durchschnittlichen Tag nur haben kann.«

»Schon gut.« Harry hob beschwichtigend die Hände. »Ich bin auf Ihrer Seite. Wissen Sie wenigstens das noch?«

»Klar. Und ich erinnere mich, daß ich mich bereit erklärt habe, Ihnen einen Gefallen zu tun. Wie könnte ich das vergessen? Zum Teil bin ich ja auch deshalb auf der Treppe ausgerutscht.«

»Wieso das?«

»Ich bin letzte Woche zur Columbia University gegangen und habe mich nach Ihrem und meinem Freund erkundigt, Carl Dobermann. Fehlanzeige. Keiner vom Hauspersonal ist schon so lange da, und von den wissenschaftlichen Mitarbeitern auch nicht, soweit ich das feststellen konnte. Dobermann ist auch nicht gerade der Typ für lokale Legenden. Wie ich Ihnen schon sagte, keiner interessierte sich für die alten Zeiten. Ich habe den Index für 1958 von *Times* und *Post* durchgesehen: Kein Eintrag über Dobermann. Keine Spur von ihm.«

»Was hat das mit Ihrem Treppensturz zu tun?«

»Hach, tut mir leid, ich verliere dauernd den Faden.«

Hackensack schlug sich mit dem Handballen an die bandagierte Stirn. »Ich habe Namen und Adresse von einem Labortechniker, der mehr als vierzig Jahre an der Columbia University war. Er ging vor achtzehn Monaten in Pension: Isaac Rosenbaum. Wohnt jetzt bei seiner Tochter unten in Philadelphia. Das ist der Punkt. Ich wußte, Sie würden hören wollen, was ich herausgefunden habe, also wollte ich in Philadelphia Station machen und den alten Knaben aufsuchen. Deshalb war ich so in Eile, um den Mittagszug noch zu erwischen, damit ich unterwegs haltmachen konnte. Und das« – er klopfte an seinen Gipsverband – »habe ich davon.«

»Soll das heißen, daß alles meine Schuld ist?«

»Na klar! Und Sie können es gutmachen, indem Sie meinen Streßpegel verringern. Der muß ganz unten sein, damit ich schnell gesund werde.«

»Was kann ich dafür tun?«

»Sagen Sie Ihren Termin bei Lazenby ab.«

»Habe ich nicht gesagt, daß ich das tun werde?«

»Doch, haben Sie.« Hackensack grinste. »Aber ich habe Ihnen nicht geglaubt.«

Als Harry eine Stunde später ging, hatte er Hackensack noch immer nicht davon überzeugt, daß er seinen Termin bei Lazenby wirklich absagen wollte. Das war nicht weiter überraschend, da er selbst auch nicht davon überzeugt war. Warum kehrtmachen, wo er schon so weit gekommen war? Warum seinen Nerven die Chance geben, doch noch zu versagen? Vielleicht würden sie noch vierundzwanzig Stunden standhalten, aber sicher nicht so lange, bis Hackensack aus dem Krankenhaus kam. Am Ende spielte es keine Rolle, ob Hackensack wußte, daß er getäuscht wurde. Er konnte nichts dagegen tun, außer sich mit Donna in Verbindung zu setzen. Und selbst dann – auch sie konnte nichts tun.

Harry nahm den Sechzehn-Uhr-Zug zurück nach Washington, bewaffnet mit Isaac Rosenbaums Adresse und der festen Absicht, in Philadelphia Station zu machen, um ihn zu besuchen. Doch seine Müdigkeit erwies sich als stärker als seine Absichten. Er hatte seit seiner ängstlichen Nachtwache gestern in der Union Station wenig geschlafen und noch weniger gegessen. Jetzt, da seine Ängste wenigstens in einem Punkt beseitigt waren, fiel er in den tiefen Schlaf eines Körpers ohne Energiezufuhr. Drei Stunden später weckte ihn der Schaffner in Washington.

Es kam nicht in Frage, jetzt noch nach Philadelphia zurückzufahren. So ärgerlich das auch war, Harry kam zu dem Schluß, daß seine Unterredung mit Mr. Rosenbaum einfach warten mußte. Er schlenderte hinaus in die Washingtoner Nacht und machte sich auf den Weg in sein Hotel.

Auf halbem Weg lockte ihn das Versprechen des Türstehers, es gebe Bass vom Faß, ins Hard Rock Café. Das Bier stellte sich als so hervorragend heraus, daß er sich dabei ertappte, wie er dem Barmann von seiner Erinnerung an die Aufstellung der ersten Jukebox in Swindon und seiner jugendlichen Bewunderung für Elvis Presley erzählte. So war es beinahe zweiundzwanzig Uhr, als er die Halle des Hay-

Adams betrat, unsicher zum Empfang ging und um seinen Schlüssel bat. Nur, um plötzlich und unerwartet wieder sehr nüchtern zu werden.

»Freut mich, daß Ihr Kollege nun doch noch eingetroffen ist, Mr. Page«, sagte der Empfangschef fröhlich.

»Was?«

»Mr. Cornford. Ich war nicht im Dienst, als er heute nachmittag angekommen ist, aber wie ich dem Register entnehme…«

»Cornford?«

»Jawohl, Sir. Wir haben ihm das Zimmer neben Ihrem gegeben.« Er schaute nach dem Schlüsselbrett. »Sieht so aus, als sei er jetzt oben.«

35. Kapitel

Harry zündete sich eine weitere Zigarette an, schaute an der Südfassade des Hay-Adams-Hotels hoch und ging zum x-ten Mal seine Berechnungen durch. Zweifellos waren dies die Fenster seines Zimmers im dritten Stock. Und dies waren ebenso zweifellos die Fenster des Zimmers daneben, bewohnt von wem auch immer, der sich als Bill Cornford ausgab. Goldenes Lampenlicht sickerte durch die dichten Vorhänge, doch keine Hand zog sie zurück, um die Identität des falschen Cornford zu enthüllen. Bei der Frage, ob man nicht strenggenommen von einem falschen Cornford reden mußte, wollte Harry jetzt nicht verweilen. Nervös blickte er über die Schulter und begann eine weitere Runde um den Lafayette Square, wobei er versuchte, sein müdes Gehirn zu irgendeiner Art von logischem Denken zu bewegen.

Was sollte er tun? So schnell wie möglich so weit wie möglich vom Hay-Adams weglaufen? Oder in den dritten Stock gehen, kühn an die Tür neben seiner klopfen und sehen, wer aufmachte? Die Antwort konnte ebenso aufschlußreich wie gefährlich sein. So vieles, was seit der Abreise in England seinen Weg gekreuzt hatte, war unsichtbar und unbeweisbar gewesen, eine Drohung, die nur um so wirkungsvoller war, als sie sich nicht festmachen ließ. Jetzt bestand innerhalb der beruhigend soliden Mauern des Hay-Adams-Hotels die Chance, seinen Feind in die Enge zu treiben, ihm ins Auge zu blicken und zu erkennen, wer und was er war. Er wußte, daß er diese Chance ergreifen mußte.

Zehn Minuten später stieg Harry aus dem Lift des Hotels und ging langsam durch den Korridor im dritten Stock, während er seinen Schlüssel aus der Tasche nahm. An der Tür neben seiner blieb er stehen, hörte innen aber nichts, nicht einmal Schritte. Dann ging er weiter zu seinem Zimmer, steckte den Schlüssel vorsichtig ins Schloß, sperrte auf, trat ein und machte die Tür leise hinter sich zu.

Die Wände waren dick genug, um die meisten Geräusche zu isolieren. Ein Zimmermädchen war bereits dagewesen, um das Licht einzuschalten, die Vorhänge zu schließen und das Bett aufzuschlagen. Er ging geradewegs zum Nachttisch, nahm den Hörer und wählte den Zimmerservice.

»Hier Page, Zimmer 331.«

»Ja bitte, Sir?«

»Könnte ich eine Flasche Champagner und zwei Gläser haben? Jetzt gleich?«

»Selbstverständlich, Sir.«

»Bringen Sie sie bitte in Zimmer 330. Ich werde dort sein.«

»Kommt sofort, Sir.«

Harry legte den Hörer wieder auf und setzte sich auf das Bett. Dann zündete er sich eine Zigarette an und lauschte der Stille, in der sein Herz lauter und schneller schlug als jede Trommel bei einem Begräbnis. Jetzt würde es nicht mehr lange dauern, obwohl es ihm wie eine Ewigkeit vorkam. Fünf oder zehn Minuten, vielleicht fünfzehn. Dann würde er Bescheid wissen.

Schließlich hörte er ein Geräusch: das Öffnen und Schließen des Servicelifts, gefolgt von Schritten auf dem Korridor. Es war der entschlossene Gang eines Kellners. Rasch lief Harry durch den Raum. Als er die Tür erreichte, hörte er das Klopfen an der Nachbartür.

»Zimmerservice«, verkündete eine Stimme.

Harry öffnete seine Tür einen Spalt und spähte hinaus. Der Kellner drehte ihm den Rücken zu und trug mit einer Hand ein Tablett, auf dem eine Flasche Champagner in einem Eiskübel stand, flankiert von zwei Gläsern. Die andere Hand hatte er erhoben, um mit dem Knöchel des Zeigefingers anzuklopfen. »Zimmerservice«, wiederholte er. Ehe er nochmals klopfen konnte, wurde die Tür geöffnet, aber so, daß Harry nicht sehen konnte, von wem. Die Sicherheitskette verhinderte, daß sie sich ganz öffnen ließ. Harry hörte aus dem Zimmer eine gemurmelte Bemerkung. Der Kellner lächelte, zuckte mit den Schultern und zog einen Zettel aus der Tasche. »Dreihundertdreißig«, sagte er. »Mr. Page hat Champagner bestellt. Ich habe die Bestellung selbst entgegengenommen.«

Eine kurze Pause folgte. Die Tür schloß sich, die Kette wurde entfernt, dann ging die Tür weiter auf. Vorsichtig trat Harry hinaus auf den Gang. Der Kellner sah ihn und runzelte die Stirn. Harry eilte zur Nachbartür, drängte sich vor den Kellner, riß die Tür weit auf und sah…

»Sie!« Die Tür traf den Türstopper, prallte zurück und berührte seine Schulter, während er verblüfft starrte.

»Na? Wen haben Sie erwartet?«

»Aber es hieß… Bill Cornford hätte…«

»Der Champagner war wirklich eine nette Idee, Norman.« Donna lächelte ihn verzweifelt an. »Warum kommen Sie nicht endlich herein?«

36. Kapitel

»Was zum Teufel sollte ich denn machen?« fragte Donna, während sie in einem bauschigen Bademantel und passenden Pantoffeln durch das mit dickem Teppich ausgelegte Zimmer ging, die Haare noch feucht und das Gesicht gerötet von der Dusche, unter der sie gerade gestanden hatte, als der Champagner kam. »Sie und Woodrow waren beide verschwunden. Es hätte alles mögliche passiert sein können. Ich konnte nicht einfach in Baltimore sitzen bleiben und darauf warten, daß Sie anrufen.«

»Die Sache hätte mich vielleicht weniger mitgenommen, wenn Sie das getan hätten.«

»Pech. Und wenn Sie mich angerufen hätten, hätten Sie die Nachricht bekommen, die ich für Sie hinterlassen hatte, und wären über Wilhelmina Cornford nicht so überrascht gewesen.«

»Ich wollte Sie nicht beunruhigen.«

»Ihr Schweigen war beunruhigend!«

»Tut mir leid. Ich brauchte einfach Zeit, um mir zu überlegen, was ich tun soll.«

»Schade, daß Sie sie nicht besser genutzt haben. Woodrow hat recht. Wir müssen den Termin aufschieben.«

»Das dürfen wir nicht!«

»Wir haben keine andere Wahl. Wir haben nur diese eine Chance. Die einzige. Sie allein dorthin zu schicken ist nicht die Lösung.«

»Aber noch hat Lazenby keinen Anlaß, Lunte zu riechen.«

»Den hat er auch sonst nicht. Innerhalb einer Woche nicht. Und länger braucht Woodrow ja nicht, oder?«

»Das denkt er. Aber er wird immer noch seinen Gips und Krücken haben. Vielleicht sitzt er im Rollstuhl. Was geschieht, wenn etwas schiefgeht und wir schnell wegmüssen?«

»Herrgott, ich weiß nicht. Warum mußte er überhaupt die Treppe runterfallen?« Sie machte eine verzweifelte Geste mit den Händen und wandte sich dem Fenster zu, dessen Vorhänge geschlossen waren. »Alles läuft schief. Alles fällt auseinander. So sieht's aus.«

Harry hatte dasselbe gedacht. Aber dies war nicht der Moment, es zu sagen. Wenn Donna glaubte, sich wieder zu verstecken, sei jetzt das einzig Vernünftige, dann konnte er es sich nicht leisten, diesen Glauben zu verstärken. Um Davids willen und um seiner selbst willen mußten sie weitermachen, ohne Aufschub. »Trinken Sie ein bißchen Champagner«, sagte er und füllte ihr Glas. »Das wird Ihnen guttun.«

Donna seufzte. »Champagner«, murmelte sie. »Sie sind verrückt, Harry.« Sie kam herüber, nahm ihr Glas und setzte sich neben ihn. »Sie möchten es hinter sich bringen, was?«

»Ja.«

»Aber das werden Sie nicht.«

»Nein?«

»Rufen Sie morgen früh bei Globescope an, und sagen Sie ab.«

»Wollen Sie das wirklich?«

Mit einem halben Lächeln antwortete sie: »Ganz und gar nicht. Der Gedanke, mit dem Weglaufen und Verstecken Schluß zu machen, der Gedanke, daß morgen um diese Zeit alles vorbei sein kann – können Sie sich vorstellen, wie attraktiv der ist? Aber ich darf nicht zulassen, daß Sie es machen. Ich kann Sie dieses Risiko nicht eingehen lassen.«

»Warum nicht?«

»Weil die Chancen sich verändert haben. Sie schulden uns nicht so viel, daß Sie diesen Einsatz riskieren müßten. Eigentlich schulden Sie uns überhaupt nichts.«

»Aber David schuldet Ihnen einiges.«

»Und Sie finden, daß Sie ihm etwas schulden, nicht?«

»Ich schätze, das tue ich wohl. Nachlässigere Väter als mich dürfte es kaum geben.«

»Aber Sie haben ja nicht geahnt, daß Sie Vater sind.«

»Das ist keine Entschuldigung.«

Donna schlürfte ihren Champagner und musterte ihn nachdenklich. »Haben Sie noch andere Kinder?«

Er grinste verlegen. »Nicht, daß ich wüßte.«

»Waren Sie jemals verheiratet?«

»Technisch gesehen bin ich das noch immer. Aber das ist nicht das, was man als Liebesheirat bezeichnen würde.«

»Hat es je eine Liebesheirat gegeben?«

Harry, gezwungen, die emotionale Wüste seiner mittleren Jahre zu betrachten, zuckte mit den Schultern. »Nein.«

»Aber danach suchen Sie, nicht? All das mit den Schulden, den Pflichten und den Verantwortlichkeiten eines Vaters ist bloß Tarnung. Was Sie suchen, ist Liebe, menschliche Wärme, ein Ende der Einsamkeit.«

»Ich bin nicht einsam.« Noch während er die Worte aussprach, wurde ihm ihre Hohlheit bewußt. Donna hatte direkter ins Schwarze getroffen, als nach so kurzer Bekanntschaft zu erwarten gewesen wäre.

»Doch, Sie sind einsam. Ich kenne die Anzeichen.«

»Aus persönlicher Erfahrung?«

»Vielleicht. Aber reden wir nicht von mir.«

»Warum nicht? Sie sind interessanter als ich.«

»Aus meiner Sicht nicht. Ich bin bloß eine sehr direkte, neurotisch-zwanghafte Wissenschaftlerin, kinderlose Feministin und abgefallene Protestantin. Alles Routine. Sie dagegen sind nicht einzuordnen, ein echtes Rätsel. Eine Spur zu sensibel, zu intelligent und zu dickköpfig, um als die ehrgeizlose Unperson durchzugehen, als die Sie sich ausgeben. Vor ein paar Jahren waren Sie ein betrunkener Aushilfskellner in einer griechischen Taverne. Wie kommt es, daß Sie jetzt immerhin versuchen, den weißen Ritter mit dem rostigen

Schwert zu spielen? Was haben Sie in der Zwischenzeit mit Ihrem Leben gemacht?«

»Es hat ein paar Anforderungen an mich gestellt.«

»Denen Sie gewachsen waren?«

»Das würden die meisten Leute allerdings verneinen.«

»Erzählen Sie mir davon!«

»Warum?«

»Weil ich neugierig bin. Weil Sie etwas über David und mich wissen wollen und ich zu einem Handel bereit bin. Weil wir, was immer wir zu tun beschließen, nichts vor morgen früh unternehmen können, und ich will nicht die ganze Nacht damit zubringen, darüber zu streiten.«

»Dann streiten wir eben nicht. Ich gehe einfach zurück in mein Zimmer, ich denke, wir könnten beide ein bißchen Schlaf vertragen.«

»Möchten Sie wirklich lieber gehen?«

»Nein.« Mit diesem einen Wort gestand er einen Wunsch ein, der ihnen beiden gemeinsam war: den nach geteilter Einsamkeit, nach dem Herunterlassen der Abwehrmechanismen. »Ich will nicht gehen. Sie wissen das.«

»Ja, weiß ich das? Ich bin nicht mehr sicher, was ich überhaupt weiß. Alle diese Wochen, weglaufen und sich verstekken ... Herrgott, so lange, daß ich fast ...« Plötzlich wurde sie von einem Schluchzen geschüttelt. Instinktiv streckte Harry die Hand aus, um sie zu trösten, und mit zuckenden Schultern lehnte sie sich an ihn.

»Ist schon gut«, sagte er und legte einen Arm um sie. »Wirklich, alles okay.«

»Tut mir leid.« Sie wich zurück und wischte sich mit dem Ärmel des Bademantels die feuchten Wangen ab. »Das ist so ... so dumm.«

»Nein. Bloß menschlich.«

»Ich mußte mir jeden Schritt überlegen, jedes Risiko abwägen, vor Makepeace und sogar Rawnsley so tun, als hätte ich wirklich die Kontrolle über alles.« Ihre Tränen flossen jetzt ungehemmt.Sie machte keinen Versuch, sie zurückzuhalten oder zu verbergen. »Aber ich habe sie nicht, oder?«

»So viel wie alle anderen.«

»Und wieviel ist das?«

Harry riskierte ein Lächeln. »Fast gar keine.«

Sie lachte unter Tränen. »Sie sind ein solcher Dummkopf. Ein solch lieber, guter Dummkopf. Wenn David das nur gewußt hätte.«

»Vielleicht kann er es noch erfahren.«

»Vielleicht.« Sie wischte sich mit der Hand die Tränen ab und erwiderte sein Lächeln. »Hier, mit Ihnen in diesem Augenblick, glaube ich beinah daran, daß er es kann.«

37. Kapitel

ALS HARRY ERWACHTE und zwischen den Vorhängen das erste Morgengrauen sah, wußte er eine Sekunde lang nicht, wo er war. Kensal Green? Kopenhagen? Dallas? Nein. Plötzlich, als er sich ein wenig bewegte und Donna neben sich schlafen sah, trafen Erkenntnis und Erinnerung zusammen. Er schloß die Augen und seufzte. Gestern hatte es wie ein ganz natürlicher Verlauf ausgesehen, vom Trostspenden zu geteilter Lust. Doch was gestern fast zu schön gewesen war, um wahr zu sein, wirkte jetzt viel zu kompliziert, um noch Trost zu spenden. Eine anklagende Stimme flüsterte ihm ins Ohr: »Du bist alt genug, um ihr Vater zu sein, Harry. Was würde dein Sohn sagen, wenn er das wüßte? Wie würdest du es ihm erklären? Wie würdest du es rechtfertigen?«

Jetzt war plötzlich alles ganz klar. Sie war ihm auf irgendeine merkwürdige Weise anvertraut worden, und er hatte dieses Vertrauen mißbraucht. Sie hatte mehr als zwei Monate quasi im Untergrund gelebt, ihre Zunge gehütet, ihre Ängste unterdrückt, ihre Gefühle verdrängt. Es war verständlich, daß dieser Damm am Ende brach. Er war nur zufällig zur Stelle gewesen, als es geschah, und er war selbst einsam und verängstigt gewesen. Aber dennoch hätte er vernünftig und reif genug sein sollen, um die Konsequenzen vorherzusehen und zu vermeiden. Jetzt waren sie offensichtlich, so offensichtlich wie verstörend.

Es war eine Nacht geistiger und körperlicher Intimität gewesen, eine Begegnung der Seelen und der Körper. Harry hatte Donna mehr über sich selbst erzählt als jemals einem Menschen zuvor, und Donna war ebenso offen gewesen.

Sie war vor dreißig Jahren in Seattle als jüngste von drei Töchtern eines Luftfahrtingenieurs geboren worden und wie so viele von Globescopes Opfern ein akademisches Wunderkind gewesen. Sie war in das Treibhaus der wissenschaftlichen Forschung geraten, als sich dort gerade die Computer breitmachten. Vom Institut für Neurowissenschaften in New York, wo sie sich an den Bemühungen beteiligt hatte, künstliche Intelligenz zu schaffen, war sie als Dozentin nach Berkeley gegangen. Dort hatte sie im Herbst 1990 bei einer Konferenz über die Definition des Bewußtseins David Venning kennengelernt. Ihre sofortige und gegenseitige Sympathie wurde durch Donnas irrige Annahme gedämpft, David liebe seine Ehefrau. Als sie sich zwei Jahre später bei Globescope wieder trafen, lebten David und Hope in Scheidung. Bald wurde deutlich, daß David sich bei Lazenby für Donna eingesetzt hatte, und zwar auch in der Hoffnung, ihre Bekanntschaft zu intensivieren, aus der bald Liebe wurde. Sie waren zusammengezogen, hatten vorgehabt zu heiraten, hatten über Kinder gesprochen. Sie waren glücklich. Und dann, gerade als Davids Scheidung es ermöglichte, ihre Pläne in die Tat umzusetzen, war etwas schiefgelaufen. Eine Unstimmigkeit über eine wissenschaftliche Theorie hatte Donnas Verdacht bestätigt, daß David sein intellektuelles Potential höher einschätzte als ihres, daß er glaubte, Mutterschaft und Haushalt würden sie besiegen, wo er es nicht konnte. Die schwelenden Differenzen mit Lazenby hatten ihre Beziehung noch weiter kompliziert, und sie war zerbrochen. Donna war in ein eigenes Apartment gezogen. Sie verstanden sich nicht mehr, wenn ihnen auch eine Art bewaffneter Waffenstillstand gestattet hatte, weiter zusammenzuarbeiten.

Dann war die Krise bei Globescope ausgebrochen und hatte ihre Differenzen unüberwindbar gemacht. David mußte seinen geheimen Handel mit Lazenby als Mittel betrachtet haben, ein für allemal seinen Standpunkt zu beweisen: daß er intelligenter und raffinierter war als Donna und sie vor sich selbst rettete. Der Bruch ihrer Beziehung und die Gründe dafür gingen mit in seine schicksalhafte Entscheidung ein, sie zusammen mit den anderen zu verraten.

Das war für Harry das Schwerste. Er sollte seinem Sohn helfen und nicht die Frau verführen, die sein Sohn geliebt hatte. Das war schlimmer als Fahnenflucht, es war ein Verstoß gegen seine Pflichten. Wie würde er David das erklären, falls er gesund werden sollte? Wie würde er es so darstellen, daß es nicht nach Schande klang?

Es war ganz allein sein Fehler. Donna würde natürlich etwas anderes sagen. Sie würde freundlich und realistisch sagen, daß das, was zwischen zwei verängstigten, einsamen Menschen geschehen war, keiner Erklärung bedürfe und niemandes Schuld sei. Aber sie würde sich irren.

Harry wußte auf einmal, was er tun mußte. Wenn Donna aufwachte, würde sie ihn zu überreden versuchen, seinen Termin bei Lazenby abzusagen, und sie würde so zärtlich und vernünftig sein, daß ihr das vielleicht sogar gelang. Die Antwort war klar. Er durfte nicht mehr dasein, wenn sie aufwachte. Er durfte nicht mehr in ihre Nähe kommen, bis die Geschichte mit Lazenby geregelt war.

Langsam glitt er aus dem Bett und sprach ein lautloses

Dankgebet für die Qualität der Matratzen im Hay-Adams. Donna bewegte sich ein wenig, wachte aber nicht auf. Er schaute auf sie nieder, wie sie friedlich und erschöpft schlief. Die verrutschte Decke gab einen Arm und die glatte Haut einer Hüfte frei. Harry schüttelte reumütig den Kopf.

Schnell und vorsichtig zog er sich an und behielt sie dabei beständig im Auge. Doch nicht einmal ihre Lider flatterten, sie schlief fest. Als er fertig war, verspürte er einen plötzlichen Impuls, ihre Stirn zu küssen, die klar und kühl und faltenlos unter ihrem zerzausten Pony hervorschaute. Doch er widerstand dem Impuls. Dieser Abschied fand nur zwischen ihm und seinem Gewissen statt.

Er schlich zur Tür, öffnete sie, trat hinaus in den Flur und schloß sie leise hinter sich. Dann hielt er inne für den Fall, daß von innen vielsagende Geräusche ertönten, ein verwirrtes Murmeln: »Harry, wo bist du?« Aber da war nichts. Zufrieden nickend ging er zu seinem eigenen Zimmer und betrat es so verstohlen, wie er Donnas verlassen hatte.

Er duschte und rasierte sich schnell und zog dann die Kleider an, die er für die Herausforderungen dieses Tages reserviert hatte. Innerhalb von zwanzig Minuten war er unterwegs, äußerlich glatt und elegant, innerlich nervös und ängstlich. Auf dem Flur war noch immer alles ruhig. Im stillen wünschte er Donna ein spätes, friedliches Erwachen. Dann machte er sich auf den Weg zum Lift.

Unten saßen Geschäftsleute in dem auf den Park hinausgehenden Restaurant schweigsam beim Frühstück. Doch so hungrig er auch war, so dringend er auch Kaffee nötig hatte, Harry hielt sich nur so lange auf, wie er brauchte, um sich vom Empfangschef den Weg zum Büro von Globescope am Dupont Circle 25 erklären zu lassen. »Mit Aufklärung verbrachte Zeit«, hatte ihm Sergeant Hughes während seines Dienstes bei der Royal Air Force unermüdlich eingeprägt, »ist selten vergeudet.« Harry hatte reichlich

Zeit, die er nutzen konnte, und ging geradewegs zum Dupont Circle.

Dupont Circle lag an der Kreuzung der Massachusetts, Connecticut und New Hampshire Avenues. Der Verkehr auf diesen drei Straßen brandete um einen schmuddeligen Platz mit Bäumen und Bänken zwischen einem Sortiment stilvoller alter Häuser und schlanker, neuer Bürotürme.

Harry beobachtete das Globescope-Gebäude aus einem überfüllten Stehcafé heraus, wo er eine Tasse siedendheißen Espresso trank und eine Marlboro nach der anderen rauchte. Er tat so, als lese er eine *Washington Post*, die jemand auf seinem Hocker zurückgelassen hatte. Sein Platz befand sich am Fenster, wo er ungehindert durch eine Ecke des Parks den Haupteingang von Globescope und das geschlossene Tor zur Tiefgarage sehen konnte. Seit er seine Stellung bezogen hatte, waren zwei oder drei Autos vorgefahren, und die Fahrer hatten gewartet, bis das Tor sich öffnete; etwa zwanzig Mitarbeiter von nicht zu erkennendem Rang waren zu Fuß gekommen und hatten irgendwelche Magnetkarten benutzt, um die Eingangstür zu öffnen. Die Bürofenster bestanden aus verspiegeltem Glas und verhinderten müßige Blicke auf das, was sich dahinter abspielte. Das auf den ersten Blick anonym wirkende Gebäude entpuppte sich bei längerer Betrachtung als Ort diskret gehandhabter Geheimhaltung.

Das war nicht das, was Harry erwartet hatte, und es machte seinen Besuch in Lazenbys Büro an diesem Nachmittag unsicherer denn je. Wie sollte er sich aus der Affäre ziehen? Wie nur? Mit Woodrows Unterstützung wäre der Plan klargewesen. Nun gab es überhaupt keinen Plan mehr, nur die hoffnungsvolle Wette auf Harrys Improvisationsgeschick.

Seine düsteren Gedanken wurden plötzlich von einem Gespräch abgelenkt, das ein Mann und eine Frau auf den beiden benachbarten Hockern führten. Sie waren gekleidet wie leitende Angestellte und saßen über einem morgendlichen Cappuccino und dem neuesten Büroklatsch beieinander. In diesem Fall drehte sich der Klatsch um einen Kollegen, der kürzlich unter mysteriösen Umständen gestorben war, an einer Gehirnblutung, wie es hieß.

»Kaufst du denen das wirklich ab?« fragte die Frau mit kritischem Unterton.

»Könnte wahr sein«, murmelte der Mann und unterbrach sich, um mit den Zähnen ein Zuckertütchen aufzureißen. »Kann ja nicht gesund sein, sein Gehirn immer so anzustrengen, wie er das anscheinend tat.«

»Aber damit sind es vier von sieben. Ich habe Versicherungsmathematik gelernt, Roger, und ich kann dir sagen, das entspricht keiner Sterblichkeitsrate, die ich je gesehen habe.«

»Sieben sind keine repräsentative Stichprobe. Müßtest du doch wissen. Wie auch immer, wir haben nur drei tatsächliche Sterbefälle, also liegen wir noch unter fünfzig Prozent.«

»Drei Todesfälle und ein tiefes Koma, wenn man's genau nimmt. Da ist doch was faul!«

»Aber was?«

Sie zuckte mit den Schultern. »Woher soll ich das wissen?«

»Meinst du, er da könnte uns aufklären?« Roger wies mit der Tasse durch das Fenster auf einen blaßblauen Rolls-Royce, der um den Platz schnurrte und langsam Globescope ansteuerte. Auf dem Rücksitz, ein Handy am Ohr, saß ein kräftig gebauter Mann mit stacheligem Haarschnitt, dessen Augenfarbe genau der des Wagens entsprach. Mit einer Art körperlichem Schock erkannte Harry ihn wieder: Das war der Mann, den er aus Davids Krankenzimmer hatte kommen sehen und irrtümlich für einen Arzt gehalten hatte, bis ihn die Krankenschwester eines Besseren belehrt hatte. Ein Kollege von David, hatte sie gesagt. So hatte er sich damals vorgestellt – weil Kollege so viel einfacher klang als früherer Arbeitgeber. Einfacher und weniger verdächtig.

»Wie schafft er es bloß, so cool zu bleiben?« überlegte die Frau.

»Keine Ahnung. Aber ich würde sein Geheimnis gern kennen.«

Der Rolls hielt vor dem Gebäude von Globescope, der Chauffeur sprang aus dem Wagen und riß für Byron Lazenby, den Präsidenten, die hintere Tür auf. Lazenby stieg aus und trat mit leisem Lächeln auf den Gehsteig. Er hatte sein Telefongespräch im richtigen Moment beendet. Sein faltenloser Anzug war so geschnitten, daß er seiner massigen Gestalt schmeichelte. In einer Hand trug Lazenby einen leichten Aktenkoffer aus Leder. Während der Chauffeur die Tiefgarage ansteuerte, atmete Lazenby tief die feuchte Washingtoner Luft ein und strebte dann der Eingangstür zu, die sich vor ihm öffnete, entweder durch Zauberei oder das Wirken irgendeines aufmerksamen Lakaien im Inneren.

»Weißt du, warum er das immer macht, Roger? Ich meine, warum er draußen aus dem Wagen steigt, statt von der Tiefgarage aus den Lift zu nehmen?«

»Vermutlich verschafft er sich gern einen großen Auftritt.«

»Könnte sein. Aber vielleicht mag er auch die dunklen Ecken da unten nicht.«

»Du meinst, er hat Angst, da könnte ihm jemand auflauern?«

»So ungefähr.«

»Na, dem müßte der Himmel schon besonders gnädig sein«, kicherte Roger. »Byron zu schnappen ist sicher der Inbegriff einer unmöglichen Mission.«

38. Kapitel

Harry verliess das Stehcafé etwas benommen. Sein einziges Ziel war es, den Dupont Circle zu verlassen, ohne wieder in sein Hotel zurückzukehren. Er hatte noch keine genaue Absicht,von einem Plan ganz zu schweigen. Die Wahrscheinlichkeit, daß Lazenby ihn erkennen würde, machte die ganze Page-Muirson-Geschichte unhaltbar. Das Treffen konnte unmöglich so ablaufen, wie sie es geplant hatten. Die schöne Vorstellung, Lazenby zu schlagen und gleichzeitig Donna und David zu retten, lag in Trümmern.

Mehr oder weniger zufällig wählte er die 23rd Street, trottete dann über das Universitätsgelände und an düsteren, weiträumig verteilten Regierungsgebäuden vorbei auf das ferne Lincoln Memorial zu. Der Arbeitstag hatte jetzt richtig begonnen, und der Regierungsapparat lief auf vollen Touren. Bei Globescope schlürfte Byron Lazenby im Augenblick vermutlich eine Tasse frisch gefilterten Kaffee und ließ sein Adlerauge über die Termine des Tages schweifen. Ein Anruf bei diesem einflußreichen Politiker, eine Überprüfung jener Provinz seines Reiches, eine Versammlung hier, eine Verabredung dort. Und um sechzehn Uhr: die Herren Page und Cornford von Page-Muirson Ltd. So oder so, es war unmöglich. Die einzige Frage war, ob Harry absagen oder einfach nicht erscheinen sollte. Eine Verschiebung war vernünftig, doch die Option zuzuschlagen und dann wegzulaufen, war schmerzhaft verlockend.

Er fand sich in der Constitution Avenue wieder, durch brandenden Verkehr vom Grün der Mall getrennt. Ein Blick auf das Washington Monument über den Baumwipfeln gab ihm einen Anhaltspunkt dafür, wo er sich im Verhältnis zum Hay-Adams-Hotel befand. Dann sah er durch die Büsche zu seiner Linken plötzlich ein vertrautes Gesicht, das ihn wohlwollend anblickte. Es war eine Statue von Albert Einstein.

Harry ging hinüber zu der riesigen bronzenen Abbildung des Wissenschaftlers, der mit Sandalen an den Füßen auf einer niedrigen Mauer saß und ein Pergament mit der endgültigen Ausarbeitung seiner berühmtesten Theorie in der linken Hand hielt. Harry setzte sich neben ihn und rauchte eine Zigarette. Er erinnerte sich an Einsteins Foto an der Wand von Dr. Tilsons Arbeitszimmer und an sein eigenes vages und bruchstückhaftes Verständnis der Relativität. Es war irgend etwas mit winzigen Mengen Materie, die große Mengen Energie enthielten. Daher die Atombombe. Und etwas, das mit der Elastizität der Zeit zu tun hatte. Weshalb Uhren in einem Raumschiff in der Umlaufbahn schneller gingen als auf der Erde. Oder war es langsamer? Eine Verlangsamung der Zeit hätte er im Augenblick wirklich gut gebrauchen können. Etwa so, daß es nie sechzehn Uhr werden würde. Aber er nahm an, daß Einstein das nicht einmal hätte bewerkstelligen können, als er noch nicht in Bronze gegossen war.

Plötzlich kam Harry der Status der Zeit als selbständige höhere Dimension in den Sinn. Irgendwie, obwohl er es nicht ganz begriff, war das der Schlüssel zur Relativität, und es hatte dem Menschen eine nie erträumte Macht in die Hand gegeben. Doch die Zeit selbst blieb unsichtbar und unberührbar, genau wie all die anderen absurd zahlreichen höheren Dimensionen, die die Theoretiker heraufbeschworen hatten. Was, wenn jede davon genausoviel Macht freisetzen konnte wie die Zeit? Oder noch mehr? Endlich hatte er das Gefühl, etwas von der Bedeutung höherer Dimensionen zu begreifen und von der unwiderstehlichen Anziehungskraft, die sie auf David ausübten. $E = mc^2 \times n$. Nicht nur die Welt, das ganze Universum stand ihm zur Verfügung. Und David wurde… fast so etwas wie ein Gott.

Doch der Gott schlief, und der Vater war einem Mittel, ihn

aufzuwecken, nicht näher gekommen. Harry überquerte die Constitution Avenue und ging durch die verstreuten gelben Blätter des Spätherbstes weiter zur Mall. Ein Pfad führte ihn hinunter zur Vietnamgedenkmauer, wo sich erst wenige Touristen und trauernde Angehörige versammelt hatten, und dann weiter zu dem Kreis, der das Lincoln Memorial einschloß. Er stieg die Stufen bis ganz oben hinauf, schaute über den Reflecting Pool zum Capitol hinüber, dessen graue Kuppel sich kaum vom Grau des Himmels abhob. Ein kalter Wind wehte, Regen lag in der Luft, die Aussicht war sowohl real als auch im übertragenen Sinn trübe.

Welche Alternativen gab es für ihn? Jede Entscheidung war eine Verzweiflungstat. Er brauchte einen Freund, der ihm in der Krise beistand, einen Verbündeten in einer heiklen Sache, einen *Deus ex machina.* Doch so weit er auch blinzelnd in den Dunst von Washington schaute, er sah keinen. Und nichts in seiner Erfahrung ermutigte ihn zu der Hoffnung, er würde je einen sehen, bis auf die perverse Überlegung, daß die Vorsehung ihn so selten begünstigt hatte, daß ihr Wirken sich, statistisch gesehen, irgendwann einmal glücklich auswirken mußte.

Er hörte Bruchstücke der Erläuterungen aus einem Touristenbus, der nahe beim Fuß des Memorial anhielt. Der größte Teil der wenigen Insassen stieg aus, um die Aussicht mit Videokameras aufzuzeichnen. Ein paar gingen über die Straße und stiegen die Treppen zu ihm hinauf. Er begann wieder abzusteigen, da er keine Lust hatte, Teil einer lärmenden Menschenmenge zu werden.

Als er die breite Plattform am Fuß der zweiten Treppe erreichte, erschien direkt vor ihm ein Paar, das ihm auffiel, ohne daß er sofort den Grund dafür erkannte. Die Frau war in mittleren Jahren, zierlich, hatte lockiges, aschblondes Haar, ein heiteres, lächelndes Gesicht und trug einen roten Regenmantel. Der Mann war etwa in Harrys Alter, eine dickliche Gestalt in Regenmantel und Hut, die an einer Zigarette zog. Er blieb stehen, sobald er Harry sah, und hielt auch die Frau an. Harry stoppte im gleichen Moment und starrte erstaunt in die dunklen, zwinkernden und auf ewig unzuverlässigen Augen des Mannes. Der Mund darunter verzog sich langsam zu einem schelmischen und zugleich ungläubigen Grinsen.

»Harry, alter Junge?« sagte Barry Chipchase. »Bist du das wirklich?«

39. Kapitel

»Na, so was!« zwitscherte die aschblonde Frau und strahlte abwechselnd Harry und Barry an. »Soll das heißen, daß ihr euch kennt?«

»Das kann man wohl sagen«, antwortete Harry und lächelte seinen früheren Freund und Partner mit einem vielsagenden Zusammenziehen der Brauen an.

»Ich dachte, du wärst bisher noch nie in Amerika gewesen, Barry.«

»War ich auch nicht.« Chipchases Lachen hatte einen nervösen Unterton, den nur Harry wahrnahm. »Harry und ich kennen uns schon ewig. Wir waren zusammen bei der Royal Air Force.« Seltsamerweise erwähnte er ihre unselige Zeit als gemeinsame Eigentümer von Barnchase Motors in Swindon nicht. »Länger, als einer von uns gerne zugibt.«

»Und ihr seht euch zum erstenmal seit damals? Das ist ja wirklich ungewöhnlich.«

»Nicht direkt zum erstenmal. Aber ich vergesse sämtliche Manieren.« Mit einer Handbewegung sagte Barry: »Harry Barnett – Gloria Bayliss.«

»Ich freue mich, Sie kennenzulernen, Harry. Was führt Sie nach Washington?«

»Ach, Geschäfte. Und Sie?«

»Ganz das Gegenteil. Das ist der Urlaub meines Lebens, und Barry begleitet mich.« Wieder legte Glorias strahlendes Lächeln ihre Jacketkronen frei. »Von hier reisen wir durch die Carolinas und Georgia nach Florida, dann nach New Orleans und rechtzeitig zu Weihnachten wieder nach Hause.«

»Und wo sind Sie zu Hause?«

»In Easingwold in der Nähe von York. Und Sie?«

»Immer da, wo mein Bett steht.«

»Auch so ein Globetrotter wie Barry? Ihr seid euch tatsächlich ein bißchen ähnlich. Immer das Jucken in den Füßen und ein Funkeln in den Augen. Das sieht man gleich.«

»Wirklich?« Harry gefiel es nicht unbedingt, in irgendeiner Weise mit Barry Chipchase verglichen zu werden.

»Kann ich einen Schnappschuß von dieser seltenen Begegnung machen?« Ohne auf ihre Einwilligung zu warten, schob Gloria die beiden Männer zusammen, ging ein paar Stufen hinunter und begann, durch den Sucher ihrer Kamera die richtige Einstellung zu treffen.

»Was zum Teufel machst du wirklich in Washington, Harry?« fragte Barry, ohne die zu einem Fotolächeln verzogenen Lippen zu bewegen.

»Sagte ich doch. Geschäfte.«

»Erzähl mir nichts. Du weißt nicht mal, was das Wort bedeutet.«

»Nein? Wie wär's dann mit Bankrott, Betrug und Veruntreuung? Meinst du, damit hätte ich auch keine Erfahrung? Dir fällt doch sicher jemand ein, der dafür gesorgt hat, daß ich sie kennenlerne.«

»Nimm den Hut ab, Barry!« rief Gloria. »Die Krempe verdeckt dein Gesicht.«

»Da wir gerade von Geschäften reden, Barry – in welcher Branche bist du denn jetzt?«

»Kümmere dich verdammt noch mal um deinen eigenen Kram, was immer das ist.«

»Time-Sharing-Ferienwohnungen in der Ägäis waren es beim letztenmal, nicht? Hast du Gloria da kennengelernt?«

»Kämm dir die Haare, ja, Barry? Sie sind ganz verstrubbelt!« rief es von unten.

»Ich glaube, wir sollten uns mal unter vier Augen unterhalten.«

»Geht nicht. Gloria hat den ganzen Tag mit Besichtigungen verplant.«

»Weiß sie von Barnchase Motors? Oder deiner durchaus noch quicklebendigen Ehefrau Jackie? Oder mir – und davon, wie ihr mich im Stich gelassen habt?«

»Meine Güte, nun lächelt doch mal! Man könnte meinen, ihr freut euch gar nicht, daß ihr euch nach all diesen Jahren getroffen habt!« rief Gloria.

»Ich habe den Verdacht, daß sie keine Ahnung von dem hat, was wir gnädig als deine verpfuschte Karriere bezeichnen könnten. Möchtest du, daß ich sie aufkläre?«

»Mein Gott, Harry, das ist mehr als zwanzig Jahre her! Ich hätte nie gedacht, daß du der rachsüchtige Typ bist.«

»Wenn man's nötig hat! Also, was hältst du von einem Plauderstündchen?«

»Es gibt nichts, worüber wir plaudern müßten.«

»Das kann ich besser beurteilen.«

»So ist's gut. Bleibt so.« Der Verschluß der Kamera klickte. »Jetzt könnt ihr euch entspannen.«

»Also?«

»Siehst du nicht, wie verdammt peinlich das ist?«

»Doch. Genau deshalb hoffe ich ja, daß du einwilligst.«

»Ach, Scheiße.«

Gloria Bayliss war Witwe und ziemlich vermögend. Im Frühjahr hatte sie einen Witwer ungefähr in ihrem Alter kennengelernt, einen charmanten, taktvollen, lebenslustigen Mann, der sich vor kurzem aus einer englisch-türkischen Immobilienfirma zurückgezogen und zur Ruhe gesetzt hatte. Für jemanden, der ihn länger und besser kannte als die meisten anderen Menschen, hörte sich das ganz und gar nicht nach Barry Chipchase an, doch ein wahrheitsgemäßer Bericht über Barrys Vergangenheit hätte Gloria vermutlich veranlaßt, statt ihres Make-ups ihre Kreditkarten zu überprüfen, und so gab Harry sich nicht unziemlich überrascht.

Wegen des Wetters war die Warteschlange vor dem Washington Monument nicht viel länger als an einer Bushaltestelle. Gloria wollte bis zum oberen Aussichtsraum. Harry zupfte Barry leicht am Ärmel, und dieser drängte sie, sich allein auf den Weg zu machen, während die beiden Männer bei einer Zigarette über alte Zeiten redeten. In seliger Arglosigkeit und mit vertrauensvollem Lächeln ging sie. Die beiden ehemaligen Partner der längst pleite gegangenen Swindoner Werkstatt schlenderten über den windigen Rasen am Fuß des Monuments und taten so, als interessierten sie sich für den Blick auf das Jefferson Memorial im Süden.

»Gloria scheint eine nette Frau zu sein.«

»Sie ist eine nette Frau.«

»Dann wär's doch wirklich schade, sie einem Mitgiftjäger aufsitzen zu lassen, nicht? Und nur deshalb, weil ihr keiner Bescheid sagt.«

»Ich kann nicht glauben, daß du so niederträchtig sein würdest. Für Groll sind wir beide zu alt, Harry. Und wir müssen an unsere alten Tage denken. Das hier ist mein persönlicher Pensionsplan. Du würdest mir das doch nicht versauen wollen, oder?«

»Doch, ich würde.«

»Also gut. Wenn ich irgendwas tun kann... Du weißt schon, ein Kredit oder so, ich meine, ich bin einigermaßen vernünftig...«

»Du kannst tatsächlich was tun.«

»Was?«

»Du könntest es einen Kredit nennen.«

»Wieviel?«

»Oh, ungefähr sechs Stunden.« Harry sah auf seine Uhr. »Ja, ungefähr sechs Stunden von deiner unschätzbar wertvollen Zeit sind das, was ich brauche, Barry. Und ein schauspielerisches Bravourstückchen. Sollte kein Problem sein für einen Witwer, der sich gerade aus einer englisch-türkischen Immobilienfirma zurückgezogen hat.«

40. Kapitel

AM GLEICHEN Nachmittag kurz nach fünfzehn Uhr fünfundvierzig fuhr eine Limousine vor dem Watergate Hotel in der Virginia Avenue vor. Zwei elegant gekleidete Herren mittleren Alters traten durch die Drehtür der Hotelhalle und stiegen in den Wagen. Er fädelte sich in den Verkehr ein, bog an der Ampel nach links in die New Hampshire Avenue ein und fuhr dann stetig in nordöstlicher Richtung zum Washington Circle und weiter zum Dupont Circle.

»Was hast du Gloria erzählt?« erkundigte sich Harry, um die Spannung zu lindern und seine Neugier zu befriedigen. »Sie hat es verdächtig vernünftig aufgenommen, daß sie sich selbst überlassen bleibt.«

»Ich habe ihr gesagt, du wolltest meinen fachmännischen Rat zu einem Luxusbauprojekt in Forestville draußen, in das du vielleicht investieren möchtest.«

»Wo?«

»Forestville, Maryland. Heute morgen habe ich in der Zeitung eine Anzeige dafür gesehen. Der alte Chipchase hält die Augen offen.«

»Wie gut, daß sie nicht mitkommen wollte.«

»Die Freer Gallery war anziehender. Sie weiß, daß ich es hasse, stundenlang zu Fuß an irgendwelchen sogenannten

Kunstwerken vorbeizulatschen. Warum kauft sie sich nicht einfach Postkarten davon? Das sage ich ihr immer.«

»Ein richtiges altes Ehepaar seid ihr, was?«

»Noch nicht. Und wir werden's wahrscheinlich auch nicht, wenn noch mehr Leichen klappernd aus meinem Keller steigen. Nicht, daß jemand dich für eine klapprige Leiche halten könnte. Du hast noch immer eine Vorliebe für Bier, wie ich sehe.«

»Du siehst selbst auch nicht aus wie ein Hungerkünstler, Barry.«

»Das tun Finanziers auch nicht. Und einen Finanzier soll ich doch spielen, oder? Also, verdammt, beschwer dich nicht.«

»Will ich ja gar nicht. Aber vergiß nicht, du mußt nicht nur so aussehen, sondern auch so reden.«

»Kein Problem. Mir macht es nichts aus, Freund Lazenby Sand in die Augen zu streuen.«

»Was stört dich denn dann?«

»Du, Harry, alter Junge. Aufgezäumt wie ein Scheidungsanwalt aus Mayfair mit Designerhaarschnitt, meine Güte! Und dann willst du heimlich irgendwas suchen und mitnehmen, und alles für … für wen eigentlich genau?«

»Es ist am besten, wenn du das nicht weißt.«

»Für den alten Chipchase ist es nie am besten, wenn er was nicht weiß. Ich glaube, du hast den Boden unter den Füßen verloren und womöglich auch den Verstand. Dagegen hätte ich ja nichts, wenn ich nicht das Gefühl hätte, daß du mich mit reinreißt.«

»All das für die Liebe zu einer guten Frau.«

»Mach dich lustig, soviel du willst, Harry. Aber vergiß unseren Deal nicht. Ich rede, du machst das andere. Und wenn du erwischt wirst, werde ich ganz klar sagen, daß ich nicht die leiseste Ahnung habe, worauf du aus bist. Was nicht schwer sein wird, weil es zufällig die reine Wahrheit ist.«

»Ich weiß. Das hast du bereits gesagt.«

»Was immer das für ein Spielchen ist, du bist zu alt dafür. Du hättest dich schon vor Jahren etablieren sollen. Einen richtigen Job annehmen, heiraten, ein paar Kinder kriegen, am Wochenende den Rasen mähen und so ...«

»Ich weiß. Auch das hast du bereits gesagt.«

»Du hättest dich mit dem Zweitbesten zufriedengeben, dich der Realität stellen sollen. Wie ich. Ich tue das nämlich gerade. Ein bißchen spät, aber nicht zu spät arrangiere ich mich mit dem Leben. Warum nicht dieses verdammte Theater hier abblasen? Alles absagen, das Handtuch werfen. Wir könnten irgendwo hinfahren und uns zusammen betrinken. Da würden wir unsere Zeit besser nutzen.«

»Ich weiß. Das hast du bereits gesagt.« Die Limousine erreichte den Dupont Circle und steuerte langsam das Globescope Building an. »Und du hast vermutlich recht.«

»Dann hör doch auf mich.«

»Aber wir ziehen es trotzdem durch.«

»Ich weiß.« Chipchase seufzte. »Das hast du bereits gesagt.«

Am Eingang mußte Harry ihre Namen und den Zweck ihres Besuchs in ein Mikrofon sprechen, ehe sich summend die imposanten Türen des Globescope-Gebäudes öffneten. Die Halle war ebenso imposant, polierter Marmor, eine Empfangsdame und zwei Sicherheitsleute, die nur die Kostüme hätten wechseln müssen, um als Kleopatra samt Leibwächtern durchzugehen.

Sie mußten sich in ein Register eintragen und sich Namensschildchen an die Jackenaufschläge heften. Dann wurden sie in den mittleren von drei Aufzügen geleitet und ins oberste Stockwerk geschickt, wo sie jemand abholen würde. Scheinbar im letzten Moment bat einer der Sicherheitsleute Harry, seine Aktentasche zu öffnen. Der Inhalt – Taschenrechner, Investmentmagazin und Page-Muirson-Papiere, die Makepeace Steiner sorgfältig vorbereitet hatte – erregte keinen Verdacht. Sie durften ihren Weg fortsetzen.

»Was passiert, wenn sie dich beim Rausgehen durchsuchen?« murmelte Chipchase, als der Lift sich in Bewegung setzte.

»Dann durchsuchen sie mich eben.«

»Hahaha. Denen sind wir nicht gewachsen. Das ist dir doch klar, oder?«

»Was ist aus deinem berühmten Selbstvertrauen geworden, Barry?«

»Das hab ich mit dem Mantel abgegeben.«

»Schade.« Der Aufzug stoppte sanft, und der Etagenanzeiger klickte. »Ich fürchte, jetzt ist es zum Umkehren zu spät.« Dann glitten die Türen auseinander.

Eine große, kurvenreiche Frau in mittleren Jahren mit grauem Haar, hohen Wangenknochen und Augen, in denen Harry ein warmes Bad nehmen zu können glaubte, erwartete sie. »Hallo, ich bin Ann Mather. Mr. Page? Mr. Cornford?«

»Ganz recht.«

»Würden Sie mir bitte folgen? Mr. Lazenby wird Sie sofort empfangen.«

Ann Mather zu folgen wäre normalerweise an sich schon eine lohnende Beschäftigung gewesen, aber Harry fühlte sich verpflichtet, sich auf die Umgebung zu konzentrieren. Große, mit hellem Teppichboden ausgelegte Räume, pastellfarbene Bürotüren, einige verglast, so daß man dahinter Seminarräume mit viel Elektronik sah, andere nur mit schlichten Namensschildern versehen. Buzz Irgendwer. Kitty Sowieso. Namen – aber sonst nichts.

Sie erreichten einen Raum, den Ann Mather sich offensichtlich mit einer anderen Sekretärin teilte, und blieben vor einer Doppeltür stehen. Ann ging voran, um sie anzumelden, und führte sie dann in Byron E. Lazenbys Reich eines Präsidenten.

Wie zu erwarten, war es überaus geräumig und bot durch abgeschrägte Fenster einen sehenswerten Blick über den Nordwesten Washingtons. Ein riesiger Schreibtisch und kleinere Tische aus Eichenholz verliehen dem Raum etwas von einer Kapitänskabine aus der Zeit Nelsons. Doch das graue Licht der Metropole, die mit Diagrammen besteckte Weltkarte, die den größten Teil einer Wand einnahm, und vor allem Byron Lazenby selbst machten einen durchaus zeitgenössischen Eindruck.

»Kommen Sie herein!« rief er und kam ihnen entgegen. »Wie schön, daß Sie kommen konnten.« Sein gedämpfter, aber autoritärer Ton, seine unterdrückte, aber spürbare Energie waren genau das, was Harry unbewußt erwartet hatte. Lazenby war gewohnt, seinen Willen durchzusetzen und seine Ziele klar vor sich zu sehen; ein Mann, dessen sicherste Vorhersage immer sein eigener Erfolg sein würde; ein Mann, dem man besser nicht in die Quere kam.

»Norman Page«, stellte Harry sich vor, stählte sich, um Lazenbys Blick standzuhalten und die dargebotene Hand fest zu drücken. Er sah keine Spur von Wiedererkennen. Vielleicht, dachte er, konnte er sich darauf verlassen, daß jemand mit einem ausgeprägten Selbstbewußtsein wenig von anderen wahrnahm. »Und mein Kollege, Bill Cornford.«

»Sehr erfreut«, erklärte Chipchase und trat zwischen Harry und Lazenby, wie sie es verabredet hatten.

»Für meine Ohren klingt Ihre Aussprache mehr als nur ein bißchen britisch, Mr. Cornford. Ich dachte...«

»Ich habe hier in den Staaten schon Geschäfte gemacht, bevor Norman mir die Zusammenarbeit vorschlug. Er bezeichnet mich als seinen amerikanischen Partner, aber wir sind beide gebürtige Briten.«

»Ach so. Und welche Geschäfte waren das?«

»Mobiltelefone.« Harrys Herz tat bei dieser plötzlichen Erfindung einen Satz. Was in aller Welt wußte Barry über

Mobiltelefone? Mehr als er selbst, hoffte Harry inbrünstig. »Ich war ganz am Anfang dabei. Bin wieder ausgestiegen, bevor alle Welt auf den Zug sprang.«

Lazenby lachte ein bißchen zu laut. »Vielleicht brauchen Sie meine Dienste ja gar nicht, wenn Sie einen so unfehlbaren Blick für ein heißes Geschäft haben.«

»Ach, das war größtenteils Glück. Um oben zu bleiben, braucht man auch eine gesunde Dosis Urteilskraft.«

»Und da komme ich ins Spiel, richtig?«

»Ganz genau.«

»Sehr schön. Nun, meine Projektmanagerin Cherie Liebermann wird später zu uns stoßen und Ihnen im einzelnen darlegen, was wir anzubieten haben. Zunächst einmal würde ich Sie gern mit dem Gründungskonzept von Globescope bekannt machen. Sozusagen den Boden bereiten.«

»Klingt ideal«, sagte Harry mit etwas hölzerner Freude.

»Warum setzen Sie sich nicht? Ich lasse Tee bringen. Das müßte Ihnen doch zusagen, nicht?«

»Fein.« Harry wandte sich in die Richtung von Lazenbys ausgestreckter Hand und ging vor Chipchase her, um sich den Sessel neben dem Fenster zu sichern, den »riesigen und üppigen« Sessel, in dem Hammelgaard das Tonband versteckt haben wollte. »Weiche, cremefarbene Ledermöbel«, hatte Makepeace Steiner gesagt. »Viel zu groß und nicht sehr bequem.«

Es waren andere. Groß und teuer, aber nicht dieselben. Klassisch im Stil und mit zartem Stoff in Gold und Grau bezogen – eindeutig nicht die Sessel, die Harry zu sehen erwartet hatte, vor allem sehen mußte. Die anderen waren fort, Gott und Byron Lazenby allein wußten, wohin. Man hatte sie entfernt, zusammen mit allem, was sich möglicherweise darin befunden hatte.

Harry blieb abrupt stehen und starrte auf die lächerliche Realität, die sich ihm darstellte. Vielleicht war er blaß geworden, vielleicht war sein Unterkiefer heruntergefallen. Er war zu bestürzt, um seine eigene Reaktion zu spüren. Sie hätte mit einem Knall oder mit einem Wimmern enden können. Das Schicksal hielt ein säuerliches und höhnisches Lachen für diesen Augenblick bereit, in dem er es am wenigsten brauchen konnte.

»Ist alles in Ordnung?« fragte Lazenby. »Sie sehen gar nicht gut aus.«

41. Kapitel

VIERZIG LANGE Minuten waren vergangen. Harry konnte nur hoffen, halbwegs zusammenhängende Beiträge zur Diskussion geliefert zu haben, denn er erinnerte sich buchstäblich an gar nichts. Er hatte Tee getrunken, ohne ihn zu schmecken, sich Cherie Liebermann vorgestellt, ohne den geringsten Eindruck von ihrem Charakter oder ihrer Erscheinung zu haben, ausgenommen die extreme Leuchtkraft ihres Lippenstifts, und hatte jedem im Raum gesprochenen Wort zugehört, ohne eines davon zu behalten.

Er war so gelähmt, daß er weder denken noch handeln konnte, und hatte sich vorgestellt, daß David und Torben dort saßen und Byron Lazenby ebenso falsch anlächelten wie er und Barry. Er hatte Davids Krankenzimmer so deutlich vor sich gesehen wie die Hochglanzbroschüren auf seinem Schoß, die reglose Gestalt im Bett mit allerlei Kabeln und Monitoren verbunden und die Brücke in Kopenhagen, wo Torben gestorben war. Das Wasser dort schien so laut gegen die Pfosten zu plätschern, daß es das Gespräch neben ihm übertönte.

Lazenby schien ständig zu lächeln oder laut zu lachen, über irgendeinen Scherz von Barry oder einen eigenen Witz. Es war, als wisse er um die Absurdität von Harrys Notlage und genieße es. Hilflos und sich windend wie ein Wurm am Haken, saß Harry da und wartete darauf, daß seine Vorspiegelung falscher Tatsachen ihren Lauf nahm. Unterstützt von Cherie Liebermanns eifrigem Resümee von Globescopes Vorhersagetechniken und verlängert durch Barrys energiegeladene Darstellung des selbstzufriedenen Geldmannes, kamen sie endlich zum Ende, als Lazenby grinsend sagte: »Ich denke, ich kann getrost sagen, meine Herren, daß Globescope Ihnen etliche Schritte Vorsprung vor der Konkurrenz auf Ihrem Gebiet verschaffen kann. Sie müssen selbst entscheiden, ob Sie unsere Dienste nutzen wollen. Sie sind nicht billig, aber ich hoffe, wir haben Sie davon überzeugt, daß sie für die wirklich weitsichtigen Teilnehmer am Spiel von einzigartigem Wert sind.«

Ob er tatsächlich glaubte, was er sagte, spielte für seine beiden Gäste keine Rolle. Es spielte auch keine Rolle, ob seine olympischen Behauptungen über die Zukunft der Welt besser fundiert waren als Cherie Liebermanns zahlenstrotzende ökonomische Projektoren. Page-Muirson würde gleich wieder in der computerisierten Leere verschwinden, aus der es entstanden war, und Harrys halbe Chance, seinen Sohn zu retten, war im Begriff, den gleichen Weg zu nehmen.

»Wir werden uns in aller Kürze bei Ihnen melden«, erklärte Barry, als sie aufstanden, um zu gehen. »Norman und ich müssen nur erst alles durchsprechen.«

»Natürlich«, sagte Lazenby. »Entscheidungen wie diese sollte man nicht übereilen. Zögern Sie nicht, sich mit uns in Verbindung zu setzen, wenn Sie irgendwelche weiteren Informationen brauchen, bevor Sie sich entscheiden.«

»Danke«, murmelte Harry, während er Lazenbys Hand schüttelte. »Das war sehr interessant.«

»Hoffentlich. Cherie, würden Sie unsere Gäste zum Aufzug begleiten?«

»Natürlich. Hier entlang, meine Herren.«

Sie gingen hinaus in das Vorzimmer, und die Doppeltüren schlossen sich hinter ihnen. Ann Mather sagte etwas zu Cherie, das Harry nicht mitbekam. Cherie trat näher zu ihr, um etwas zu erwidern, und gab Chipchase so Gelegenheit, Harry zuzuzwinkern und zu flüstern: »Hast du's?« Als Antwort konnte Harry nur benommen den Kopf schütteln.

»Entschuldigen Sie«, sagte Cherie und kam wieder zu ihnen. Sie lächelte Harry an, dann huschte leise Verwirrung wegen seiner ausdruckslosen Miene über ihr bebrilltes Gesicht. Zum erstenmal schien Harry sie deutlich zu sehen. Sie war eine lebhafte und scharfäugige Person, sehr beherrscht, und hatte ihn wahrscheinlich bereits als beschränkten Niemand abgeschrieben, der abgesehen von dem Honorar, das er vielleicht einbrachte, für sie ohne jede Bedeutung war. Aber seine Bedeutungslosigkeit war auch seine Chance, und noch eine würde er nicht bekommen. Diese Erkenntnis war wie eine kalte Dusche. Er blinzelte und trat zurück.

»Mr. Page?«

»Verzeihung. Ja?«

»Wollen wir gehen?«

»Natürlich.« Sie setzten sich in Bewegung, Harry so langsam, wie er es wagte. »Sehr freundlich von Ihnen, daß Sie uns soviel von Ihrer Zeit gewidmet haben, Miss Liebermann.«

»Es war mir ein Vergnügen.«

»Das Vergnügen war ganz auf unserer Seite, das versichere ich Ihnen. Mr. Lazenby hat ein sehr schönes Büro, nicht?«

»Ziemlich eindrucksvoll, ja.«

»Mir gefielen besonders die Sessel, in denen wir saßen.« Er spürte, wie Chipchases Schritt neben ihm sekundenlang stockte. »Elegant und bequem.«

»Freut mich, daß sie Ihnen gefielen.«

»Sie wirkten ziemlich neu.«

»Ich glaube, das sind sie auch.«

»Und teuer.«

»Qualität hat ihren Preis.«

»Waren die Vorgänger im gleichen Stil?«

»Nein. Cremefarbenes Leder, wenn ich mich recht erinnere. Irgendwie niedriger, moderner. Aber warum ...«

»Er wechselt teure Möbelstücke ziemlich häufig, nicht?«

»Wie bitte?«

»Ich meine, was ist aus den alten Sesseln geworden?«

»Das ist eine seltsame Frage, finde ich, Mr. Page.« Cheries Verwirrung nahm zu. Und der Aufzug war bereits in Sicht.

»Ach, tun Sie mir doch den Gefallen, Miss Liebermann. Bitte.« Er wäre vor ihr niedergekniet, wenn es nötig gewesen wäre. Aber sie durfte auf keinen Fall merken, wie verzweifelt er versuchte, eine Antwort auf seine Frage zu erhalten.

»Da Sie schon fragen, ich glaube, die frühere Garnitur steht jetzt in Luke Brownlows Büro. Luke ist unser Vizepräsident und für Personalfragen zuständig. Aber warum ...«

»Mir geht es um gutes Haushalten. Ich schätze Sparsamkeit ebenso wie Gastfreundschaft. Es beruhigt mich zu hören, daß Globescope nicht dem Wegwerfprinzip huldigt. Das ist wichtig, glauben Sie mir.«

»Ja, sicher.« Sie lächelte zögernd. »Da bin ich ja froh, daß ich richtig geantwortet habe.«

»Ich auch.«

Cherie drückte auf den Aufzugknopf, und der Lift kam fast sofort. Chipchase trat hinein, und Harry folgte ihm. Er wandte sich um, um Barrys Blick auszuweichen. »Nochmals danke, Miss Liebermann. Wir melden uns wieder.« Die Türen des Lifts schlossen sich, und sie fuhren abwärts.

»Hat dieses verdammte Theater bedeutet, was ich glaube, Harry?« knurrte Chipchase.

»Ich fürchte ja.«

»Also deshalb hast du dich benommen wie ein Zombie und mich endlos über die Verfassung des verdammten Wertpapiermarktes in Mexiko schwafeln lassen.«

»Vermutlich hast du's genossen.« Harry streckte die Hand nach dem Kontrollbrett aus und stoppte den Aufzug im vierten Stock, außerdem drückte er den TÜREN GESCHLOSSEN-Knopf. »Und der Spaß ist noch nicht vorbei.«

»Hast du etwa vor, Luke Brownlow einen Besuch abzustatten?«

»Warum nicht?«

»Du bist völlig verrückt.«

»Dann bleib im Lift.« Harry drückte den Knopf für das oberste Stockwerk und trat zurück. »Aber halt ihn für mich an, ja? Vielleicht muß ich hastig weg.«

»Du weißt nicht, wo sein Büro ist.«

»Vizepräsident, hat sie gesagt.« Der Aufzug hielt. Die Türen öffneten sich. Cherie Liebermann war nirgends zu sehen und im Moment auch sonst niemand. »Irgendwo hier oben, meinst zu nicht?«

Chipchase stöhnte. »Ich habe den Namen tatsächlich auf einem der Schildchen gesehen, als wir kamen. Also komm hier lang.«

Ängstlich ging er in einem Tempo voran, das an Rennen grenzte. Ein ernsthafter junger Mann, der aussah, als könne er Superman in seiner Freizeit sein, kam an ihnen vorbei und prüfte mißbilligend einen Computerausdruck. Nach einer weiteren Biegung des Flurs standen sie vor Luke Brownlows Tür.

Harry atmete tief ein, klopfte einmal und trat sofort ein. Er betete, Brownlow möge nicht anwesend und die Luft bloß für den Moment, den er brauchte, rein sein.

Aber sie war nicht rein. Brownlow, ein magerer, kahl werdender Mann in schwarzem Anzug und knallbunter Krawatte, blickte überrascht auf, genau wie seine Gäste, zwei geschniegelte junge Globescoper, die vor seinem Schreibtisch in großen,cremefarbenen Ledersesseln saßen.

Brownlow runzelte die Stirn. »Kann ich Ihnen helfen?«

»Tut mir leid. Falsches Zimmer.« Harry zog sich in den Korridor zurück und schloß die Tür hinter sich. Er eilte davon und schnitt Chipchase eine verzweifelte Grimasse. »In den verdammten Dingern sitzen Leute«, flüsterte er.

»Na ja, dazu sind Sessel ja da.«

»Danke für die hilfreiche Bemerkung.«

»Was nun?«

»Ich weiß nicht. Wir fallen auf, wenn wir hier noch viel länger herumhängen. Aber wenn wir einfach aufgeben und gehen ...«

»Du bekommst keine zweite Chance.«

»Nie!«

»Dann solltest du besser die Ärsche aus diesen Sesseln entfernen, was?«

»Und wie soll ich das machen?«

»Man muß auch mal quer denken können.« Chipchase trat neben Harry und grinste. »Die Antwort liegt direkt hinter dir.«

Harry drehte sich langsam um und erblickte einen leuchtendroten Metallhebel, der aus einem Verteilerkasten an der Wand ragte. Über dem Hebel standen die Worte: Im Brandfall ziehen.

»Wenn ich du wäre, würde ich mich beeilen«, sagte Chipchase. »Du willst doch nicht, daß das verdammte Feuer außer Kontrolle gerät, oder?«

42. Kapitel

Der Managing Director von Page-Muirson Ltd. und sein Seniorpartner standen in der Liftkabine, die Hände dicht an den Kontrollknöpfen für den Fall, daß jemand vom Globescope-Personal die Anweisung vergessen hatte, den Aufzug bei Feuer nicht zu benutzen. Doch wie vorherzusehen, war die Räumungsprozedur gut geübt worden, das bewiesen die hörbar in Richtung Treppe eilenden Schritte. Bald verklangen die Ausrufe wie »Ist das eine Übung oder was?« – »Genau der richtige Moment dafür!« Das oberste Geschoß und zweifellos auch die darunter waren still bis auf das unablässige Heulen der Alarmsirene. Der Managing Director von Page-Muirson Ltd. und sein Seniorpartner blieben allein zurück.

Harry öffnete die Türen des Lifts und trat behutsam hinaus auf den Gang. Er sah verlassen aus. Harry gab Chipchase ein Zeichen, ihm zu folgen, und sie begannen in die Richtung von Brownlows Büro zu traben, das sie ein paar atemlose Augenblicke später erreichten. Es war leer, der Schreibtisch unaufgeräumt. Die niedrigen, üppigen Ledersessel waren eingedrückt, wo eben noch jemand gesessen hatte. Harry ließ seine Aktenmappe fallen, riß die Kissen vom nächststehenden der beiden Sessel und zwängte die Hand in den engen Schlitz zwischen Sitz und Armlehne. In der Armlehne gab es eine Art Höhlung, die jedoch so eng war, daß es sowohl schwierig als auch zeitraubend war, sie abzusuchen. Die plötzliche und lächerliche Angst, seine Hand könne steckenbleiben, trug nicht gerade zu seiner Gründlichkeit bei. Doch seine tastenden Finger fanden nichts als Staub und etwas, das sich nach Kekskrümeln anfühlte.

»Schwierigkeiten«, warnte Chipchase hinter ihm, aber Harry konnte sich nicht damit aufhalten, nach der Art der Schwierigkeiten zu fragen. Als er begann, die Armlehne auf der anderen Seite zu untersuchen, hörte er Chipchase aus dem Zimmer gehen. Dann ertönte auf dem Flur dessen Stimme: »Vielleicht könnten Sie mir helfen, junger Mann.«

»Hören Sie den Alarm denn nicht, Sir?« fragte eine andere Stimme. »Sie müssen sofort das Gebäude verlassen.« Ein Sicherheitsmann, nahm Harry an, ausgeschickt, um nachzusehen, ob alle Büros geräumt waren, oder um festzustellen, wo der Alarm ausgelöst worden war. So oder so, Harrys Aktivitäten würden in jedem Fall äußerst verdächtig aussehen.

»Ich bin nur ein Besucher. Ein Kollege und ich kamen gerade von einem Termin bei Mr. Lazenby, als das passierte.«

»Page und Cornford?«

»Ganz recht. Ich bin Cornford.«

»Ja, Sie stehen auf meiner Liste. Wo ist Page?«

»Das ist es ja. Er war unterwegs, um eine Toilette zu suchen. Da ging der Alarm los. Ich wollte ungern ohne ihn fortgehen. Aber ich bin nicht sicher, wo...«

»Ich werde in der Toilette nachschauen, Sir, nachdem ich Sie sicher zur Feuertreppe begleitet habe.« Die Stimme klang streng. »Würden Sie mir bitte folgen?«

Harry schätzte, daß er zumindest noch ein paar Minuten hatte. Wenn er die Ruhe bewahrte, reichte das. Falls es etwas zu finden gab, würde er es finden. Er ging zum zweiten Sessel, warf die Kissen beiseite und rammte die Hand so heftig in den Schlitz, daß er einen Schmerzensschrei unterdrücken mußte, als seine Knöchel Bekanntschaft mit einer harten Stange des Sitzrahmens machten.

»Verdammt, das ist doch lächerlich«, murmelte er leise. »Ich habe ja schon einiges an Fiaskos miterlebt, aber das hier...«

Ein kleiner, kühler Metallgegenstand etwa von der Größe und Form einer Streichholzschachtel, genau wie Hammelgaard versprochen hatte. Da war er, an derselben Stelle, an der er sich seit Wochen befunden hatte, in Sicherheit und auf ihn wartend. Harrys Fingerspitzen brannten bei seiner Berührung. Alle Angst und Panik fielen von ihm ab. Selbst der Alarm schrillte nicht mehr in seinen Ohren. Eingehüllt in die Stille seiner eigenen Konzentration, packte er den Gegenstand fest mit den Fingerspitzen, zog Hand und Unterarm aus dem Sesselspalt und achtete nicht darauf, daß die Stange seine Fingerknöchel aufriß. Es war bloß eine winzige schwarze Schachtel, aber als er sie hochhielt und hinter der transparenten Plastikscheibe die Miniaturspulen sah, lächelte er breit.

»Scheißding!« Etwas anderes fiel ihm nicht ein, um den Anlaß zu feiern. Doch dann hatte er es wieder eilig. Er schob das Band in seine Tasche, warf die Kissen in die Sessel, nahm seine Aktenmappe, ging hinaus auf den Gang und machte sich auf den Weg zum Lift.

Als er um die erste Ecke bog, prallte er gegen den Sicherheitsmann. »Mr. Page?« fragte dieser streng.

»Äh... ja. Ich suche...«

»Mr. Cornford?«

»Richtig. Wie hat...«

»Einen Moment, bitte, Sir, ja?« Er hob eine Hand zu dem Walkie-talkie, das an seinem Rockaufschlag klemmte, und sprach hinein. »Ich habe den anderen gefunden, Mr. Fredericks. Ja... okay. Ich warte hier auf Sie.«

»Sollten wir nicht gehen?«

»Es gibt kein Feuer, Sir. Es war falscher Alarm.« Wie auf ein Stichwort verstummte die Sirene. »In diesem Stockwerk ausgelöst. Seltsamer Zufall, finden Sie nicht?«

»Inwiefern?«

»Nun, weil ich in diesem Stockwerk auch Sie und Mr. Cornford herumwandern sah, als alle anderen schon fort waren.«

»Ich hatte mich verlaufen. So einfach ist das.«

»Genau wie Mr. Cornford?«

»Ja.«

»In dem Fall haben Sie sicher nichts gegen eine einfache Sicherheitsmaßnahme.«

»Was für eine Sicherheitsmaßnahme?«

»Wir müssen uns vor Diebstahl hüten, Industriespionage, solche Sachen.«

»Was hat das mit mir zu tun?«

»Nichts, nehme ich an, Sir. Wie sich zweifellos herausstellen wird, wenn wir Sie durchsuchen.«

43. Kapitel

Sie waren wieder in Lazenbys Büro. Harry schob gekränkten Stolz als Grund für seine Weigerung vor, sich durchsuchen zu lassen. Barry trug den Ausdruck chorknabenhafter Unschuld, den er für solche Gelegenheiten bereithielt, Cherie Liebermann wirkte so verwirrt über ihr Verhalten wie gereizt, und Lazenby selbst runzelte verständnislos die Stirn, was seinem Gesicht einen häßlichen Ausdruck gab. Ferner waren noch der Sicherheitsmann im Zimmer, der Harry angehalten hatte, sowie Fredericks, dessen Chef, ein knopfäugiger, kleinlicher Tyrann, der offenbar argwöhnte, daß er getäuscht werden sollte.

»Sie müssen das aus unserer Sicht sehen, Norman«, sagte Lazenby. »Unsere Kunden, zu denen Sie hoffentlich auch bald zählen werden, verlassen sich darauf, daß unsere Arbeit absolut vertraulich ist. Dafür sind Sicherheitsmaßnahmen unerläßlich, und sie müssen ohne Ansehen der Person durchgeführt werden.«

»Ich bin gutgläubig hergekommen«, brauste Harry auf. »Ich lege keinen Wert darauf, daß das angezweifelt wird.«

»Das wird es ja auch nicht. Aber die Umstände, unter denen man Sie nach der Räumung im Gebäude angetroffen hat, bedürfen einer Erklärung.«

»Ich habe sie erklärt.«

»Nicht zu unserer Zufriedenheit. Cherie sagte mir, Sie hätten sie über meinen Geschmack in Büromöbeln verhört.«

»Um herauszufinden, ob Ihre Preise – die, wie Sie selbst zugeben, hoch sind – dazu dienen, firmeneigene Extravaganzen zu finanzieren. Und außerdem war das weit weniger ein Verhör als dies hier.«

»Aber warum sind Sie in dieses Stockwerk zurückgekehrt, nachdem sie Sie zum Aufzug begleitet hatte?«

»Um zu überprüfen, was sie mir gesagt hatte. Bill wettete darauf, daß es eine Tarngeschichte war.«

»Eine Sesseltarngeschichte«, warf Chipchase mit gequältem Grinsen ein, aber niemand lachte.

»Sobald ich die Sessel, die sie beschrieben hatte, in Luke Brownlows Büro sah, war ich zufrieden.«

»Aber Sie sind trotzdem noch nicht gegangen!«

»Zufällig habe ich leichte Prostataprobleme. Zählt die Benutzung Ihrer Toiletten zu den verdächtigen Verhaltensweisen?«

»Wenn Mr. Page nicht einwilligt, sich durchsuchen zu lassen«, sagte Fredericks ungerührt von Harrys Erklärung, »dann empfehle ich, daß wir die Polizei rufen und bitten, ihn und Mr. Cornford zu einer Befragung mitzunehmen. Ich sehe keinen anderen Weg, die Angelegenheit zu regeln. Der Alarm wurde manuell mit einem Hebel ausgelöst, der sich auf halbem Weg zwischen Mr. Brownlows Büro und dem Aufzug befindet. Und genau da hielten sich die Herren zum fraglichen Zeitpunkt auf.«

»Jeder Angestellte hätte das tun können«, protestierte Harry.

»Warum sollte das jemand tun?« erwiderte Lazenby.

»Ein Streich? Eine Mutprobe? Vielleicht haben sie sich einfach gelangweilt und wollten eine Pause.«

»Ich beschäftige keine Leute, die sich solche Scherze erlauben, Norman. Und die, die ich beschäftige, langweilen sich nie.«

»Das muß ich Ihnen glauben – genau, wie Sie mir glauben müssen, daß ich den Alarm nicht ausgelöst habe. Warum in aller Welt sollte ich das tun?«

»Ich weiß nicht.« Lazenby sah Fredericks an. »Was sagt Luke?«

»Daß nichts weggenommen oder durcheinandergebracht wurde, soweit er das sagen kann.«

»Merkwürdig.« Lazenby sah wieder Harry an; seine Augen verengten sich, und er runzelte die Stirn. »Noch etwas: Warum habe ich das Gefühl, daß wir uns schon einmal begegnet sind, Norman? Warum?«

»Soviel ich weiß, sind wir uns bisher nie begegnet.«

»Norman hat so ein Gesicht«, warf Chipchase ein. »Er erinnert Leute häufig an ihren Lieblingsonkel.«

»Ich habe keinen Onkel«, erwiderte Lazenby barsch.

»Nein? Na ja, Sie werden auch bald nicht mehr viele Kunden haben, wenn Sie sie so behandeln. Ich bin sicher, daß ich für uns beide spreche, wenn ich sage, daß wir bereit sind, dies als unglückliches Mißverständnis zu vergessen – falls es nicht weitergeht. Wenn es aber weitergeht ...«

»Ja? Was dann, Bill?«

Barry sah Lazenby gleichmütig an. »Klagen wir wegen Belästigung, Freiheitsberaubung und tätlicher Beleidigung, was immer unser Anwalt rät. Er ist wie Sie, Byron, teuer und tüchtig. Gibt ungefähr so leicht auf wie ein israelischer Nazijäger.«

»Und dann sind da noch die Zeitungsleute«, steuerte Harry bei, der sich für Barrys Thema zu erwärmen begann. »Ein alter Schulkamerad von mir schreibt für die *Financial Times*. Er wäre sicher glücklich, unsere seltsamen Erfahrungen hier zu schildern. Zusammen mit all den zweifellos unbegründeten Spekulationen über die plötzlichen Todesfälle unter Ihren früheren Mitarbeitern könnte das den Wert Ihrer Anteile erheblich drücken.«

Lazenby verzog mürrisch das Gesicht. »Sie haben nicht erwähnt, daß Sie davon wissen.«

»Weil ich es für uns unwichtig hielt.«

»Ist es auch. Die Situation dagegen, die wir hier haben, ist...«

»Herrgott noch mal!« Mit einer Energie, die Chipchase sichtlich überraschte, knallte Harry seine Aktentasche auf Lazenbys Schreibtisch und riß sie auf. »Ist da irgendwas drin, womit ich nicht gekommen bin?« Dann entleerte er auch seine Anzugtaschen auf dem Schreibtisch: Brieftasche, Paß, Zigaretten, Streichhölzer, Schreibstift, Kamm, Kalender, Taschentuch, Schlüsselbund, etwas Kleingeld. »Oder hier?« Als nächstes zog er sogar das Futter der Taschen heraus. »Oder hier?« Er starrte Lazenby an, dann Fredericks, dann wieder Lazenby. »Nun?«

Lazenby warf ihm einen langen, düsteren Blick zu und wog seinen Ärger und seine Verblüffung gegen die Möglichkeit ab, daß diese beiden redegewandten Engländer eine ernstliche Bedrohung darstellen könnten, die er beim derzeitigen Tiefstand seines öffentlichen Rufs logischerweise abwenden mußte. Am Ende siegte die Logik. »Wie Sie sagen, meine Herren. Ein unglückliches Mißverständnis. Belassen wir es dabei, einverstanden?«

»Aber Sir...«, protestierte Fredericks.

»Belassen wir es dabei!« Lazenby wandte sich an Cherie Liebermann. »Führen Sie die Herren hinaus, Cherie, ja?« Er gestattete sich ein müdes Lächeln. »Noch einmal.«

»Ich bin froh, daß die Sache gütlich geregelt ist«, sagte Harry und klaubte seine Habseligkeiten vom Schreibtisch. »Wirklich.« Er schenkte Lazenby ein versöhnliches Lächeln und beglückwünschte sich insgeheim. Er hielt dabei eine Schachtel Marlboro in der Hand, und durch den dünnen Karton spürte er etwas, das schwerer, härter und eckiger war als die paar verbliebenen Zigaretten.

44. Kapitel

»HARRY, ALTER JUNGE, sag mir bloß mal, warum ich anscheinend mein ganzes verdammtes Leben damit zubringe, mich vermeintlich endgültig von dir zu verabschieden?« Chipchases Worte enthielten eine Spur Zuneigung, als sie sich eine halbe Stunde nach ihrem hastigen Aufbruch von Globescope in der Bahnhofshalle der Union Station trennten. Ringsum wimmelte es von heimkehrenden Pendlern, die sie in eine beruhigende Anonymität tauchten. Fast instinktiv waren sie die Rolltreppe hinunter zur U-Bahn am Dupont Circle geeilt, die das praktischste und schnellste Verkehrsmittel war, um die Gegend zu verlassen. Fünf Haltestellen weiter auf der Red Line, durch eine Säule vor der anbrandenden Menschenflut geschützt, hielten sie inne, um wieder zu Atem zu kommen und ihre Nerven zu beruhigen. »Und noch was. Was war das über die Globescope-Mitarbeiter, die angeblich sterben wie die Fliegen? Das hattest du überhaupt nicht erwähnt.«

»Ich wollte dich nicht beunruhigen«, erwiderte Harry mit einem Lächeln.

»Du meinst, du wolltest mich nicht wissen lassen, wie verdammt riskant diese Wahnsinnseskapade war?«

»Na ja, das vermutlich auch.«

»Was ist auf dem Band, Harry?«

»Ich weiß nicht.«

»Lügner!«

»Hör mal, Barry, für dich ist es besser, wenn du's nicht weißt, glaub mir. Geh zurück in dein Hotel, führ Gloria zum Essen aus und mach weiter mit eurem Urlaub. Mehr brauchst du nicht zu tun. Eigentlich dachte ich, genau das ist alles, was du jetzt noch willst.«

»Na ja...« Chipchase seufzte. »Ein spannendes Leben ist

das gerade nicht. Easingwold ist keine verdammte Minute lang aufregend, das kannst du mir glauben.«

»Was ist los? Bist du am Ende doch nicht sicher, daß du seßhaft werden willst?«

»Na, immerhin, was wir da gemacht haben, das war schon was. Wie in alten Zeiten. Weißt du noch, wie wir bei der RAF in Stafford das private Unternehmertum hochgehalten haben? Du und ich, die alte Firma. Wir hätten uns nie trennen sollen.«

»Deine Entscheidung, soweit ich mich erinnere.«

»Nein, nein. Es war eine Mischung aus ungünstigen Umständen und Jackies bösartigem kleinen Verstand. Du weißt, wie überzeugend sie sein kann. Im Grunde hab ich das alles nicht gewollt.«

Harry konnte sich nicht beherrschen. Er lachte so plötzlich und dröhnend, daß er sich vorbeugen mußte und ihm Tränen in die Augen stiegen.

»Was ist los, verdammt?«

»Nichts, Barry, gar nichts.« Er richtete sich auf und gab sich Mühe, wieder ernst zu werden. Daß es ihm gelang, war fast ein Wunder angesichts des Ausdrucks ehrlicher Zerknirschung, den Chipchase angenommen hatte. »Laß uns gehen und ein Taxi suchen. Bevor ich anfange, mich an alles zu erinnern, was ich dir eigentlich übelnehmen sollte.«

»Wohin fahren wir?«

»Du für deinen Teil fährst ins Watergate-Hotel. Auf dem Weg dahin fahren wir am besten an einem Hi-Fi-Laden in der Stadt vorbei, wo ich aussteigen werde. Und mach dir keine Sorgen, das ist vermutlich das letzte Mal, daß du dich von mir verabschiedest. Es sei denn, du lädst mich zu deiner Hochzeit ein.« Chipchases Augen weiteten sich entsetzt. »Bloß ein Scherz, Barry!«

Aus allerdings anderen Gründen tat es auch Harry leid, daß sich ihre Wege trennten. Als er an der Ecke G Street und 13th aus dem Taxi stieg, tat er das mit dem unbehaglichen Bewußtsein, daß er auf den glückbringenden Zauber von Chipchases unerschütterlichem Selbstbewußtsein verzichten mußte. Ohne dessen besserwisserischen Sarkasmus sah die unmittelbare Zukunft wesentlich feindlicher und unsicherer aus. Harry würde sich ihr allein stellen müssen. Einsamkeit war ihm nicht fremd, aber er wußte auch, wie es ist, wenn man Freunde hat.

Capital Sound & Vision wurde der Empfehlung des Taxifahrers als Fundgrube für alle audiotechnologischen Geräte gerecht. Ein einsatzfreudiger junger Verkäufer identifizierte die Art von Kopfhörern, die Harry brauchen würde, und versicherte ihm, mit neunzehn Dollar und fünfundneunzig Cent seien sie ein Schnäppchen. »Das ist das Allerneueste, Sir. Da gibt es noch keine Konkurrenz.« Mit der gleichen Begeisterung erklärte er, wie man den Recorder bediente, und Harry verließ das Geschäft mit einer vernünftigen Vorstellung davon, auf welche Knöpfe er drücken mußte.

An einem Cafétisch in der umgebauten Halle des Old Post Office in der Pennsylvania Avenue, umgeben von schnatternden Einkaufsbummlern und Büroangestellten, spulte Harry das Band bis fast an den Anfang zurück, setzte die Kopfhörer auf, drückte den Abspielknopf und wartete darauf, zum erstenmal die Stimme seines Sohnes zu hören.

Doch als erstes hörte er Lazenbys Stimme mit all ihrer Klebrigkeit, so deutlich und echt, als säße er mit ihm am Tisch. Es gab kein irritierendes oder verfälschendes Rauschen, nur eine unheimliche Schärfe, die über normales Hören hinausging.

»... hat keinen Zweck. Nun? Ich warte. Und ich warte nicht mehr viel länger. Ich habe einen vollen Terminkalender,

wie Sie beide ja wohl wissen. Warum kommen wir nicht zur Sache? Sibylle ist tot und begraben, und sie wird auf keinen Fall exhumiert. Warum können Sie und Ihre Freunde sich nicht einfach damit abfinden?«

»*Das tun wir*«, sagte Hammelgaard.

»*Aber die anderen nicht.*« Das war David. Körperlos, aber irgendwie sofort als Stimme der stillen Gestalt in dem Krankenhausbett erkennbar, sprach er endlich. Aber er sprach nicht zu Harry. »*Wir sind gekommen, um Sie zu warnen, Byron. Die anderen haben die Absicht, Sibylle auszugraben, und Sie nach ihrer Pfeife tanzen zu lassen.*« Das war es also. Der aufgezeichnete Moment unmittelbar bevorstehenden Verrats.

»*Den Teufel werden sie tun.*«

»*Sie können sie nicht daran hindern. Natürlich wird es eine Weile dauern, das Material neu zusammenzustellen. Aber es ist zu machen.*«

»*Nicht, wenn sie ihre derzeitigen Jobs behalten wollen. Ich habe eine Menge Freunde in der akademischen Welt. Ich kann ihnen das Leben verdammt schwer machen.*«

»*Nicht schwer genug, Byron. Das sind engagierte Leute, die die Sache ernstlich durchziehen wollen.*«

»*Warum erzählen Sie mir das, David?*« Lazenbys Ton wurde plötzlich weicher. »*Was ist dabei für Sie drin?*«

»*Wir könnten ihre Anstrengungen sabotieren, ihre Funde bestreiten. Leugnen, daß Sie versucht haben, ihnen den Mund zu verbieten.*«

»*Und warum sollten Sie das tun?*«

»*Um Ihnen aus einem Loch zu helfen.*«

»*Einem sehr tiefen Loch*«, *warf Hammelgaard ein.* »*Die Anschuldigung, Vorhersagen zu verändern, ist ziemlich schwerwiegend für jemanden in Ihrem Geschäft. Wenn sie greift, könnte sie …*«

»*Mich ruinieren?*«

»Vielleicht.«

»Sie brauchen also unsere Hilfe, Byron«, sagte David. *»Oder?«*

»Sieht so aus.«

»Und als Gegenleistung…»

»Ach, Sie wollen also auf die Gegenleistung hinaus!«

»Natürlich. Was wir vorschlagen, ist eine geschäftliche Transaktion. Und im Geschäftsleben muß alles bezahlt werden.«

»Allerdings.«

»Die einzige Schwierigkeit ist, sich auf einen Preis zu einigen.«

»Was stellen Sie sich vor?«

»Startgeld für ein Lieblingsprojekt von uns. Ich habe Ihnen schon davon erzählt. HYDRA.«

»Warum habe ich wohl gewußt, daß Sie damit kommen würden?«

»Weil ich Sie schon mehrmals gebeten habe, bei der Finanzierung zu helfen. Sie haben nie einen Vorteil darin gesehen, sich zu beteiligen. Erst jetzt…«

»Haben Sie den Vorteil geliefert.«

»Stimmt.«

»Also, ich muß Ihre Unverschämtheit bewundern, David. Wirklich. Wieviel hoffen Sie aus mir herauszupressen?«

»Bedeutend weniger, als Ihr kommerzielles Überleben rechtfertigen würde.«

»Nur darüber reden wir nämlich«, sagte Hammelgaard. *»Nicht so sehr über die Zukunft des Planeten, sondern über Ihre.«*

»Blödsinn. Ihre Freunde können nichts beweisen. Ich habe jede Spur von Projekt Sibylle löschen lassen. Was Globescope betrifft, hat sie nie existiert, und damit ist Ihre Drohung genauso hohl wie das politische Statement des Präsidenten.«

Aber David ließ sich nicht einschüchtern. *»Jeder von denen* *ist auf seinem Gebiet ein angesehener Fachmann, Byron. Man wird ihnen glauben, mit oder ohne Beweis. Die Gerüchteküche wird sich an die Arbeit machen. Das Ganze wird sich herumsprechen, und Ihre Kundenliste wird anfangen zu schrumpfen.«*

Hammelgaard fiel ein: *»Und dann werden die Kunden, die Sibylle überhaupt erst ermöglicht haben, merken, daß sie an der Nase herumgeführt wurden. Und wenn das passiert…«*

»Das haben Sie sich sehr schlau ausgedacht, Gentlemen«, sagte Lazenby. Er machte eine Pause und fügte dann hinzu: *»Ist Ihnen klar, daß das, was Sie hier tun, Erpressung ist?«*

»Dann zeigen Sie uns doch bei der Polizei an«, antwortete David. *»Sehen Sie, wie weit Sie damit kommen.«*

»Jedenfalls könnten Sie beide dafür im Gefängnis landen.«

»Unwahrscheinlich.«

»Und selbst wenn«, argumentierte Hammelgaard, *»würde das Ihr Problem nicht lösen. Sie hätten immer noch die anderen am Hals.«*

»Ich schlage vor, daß Sie sich daher mit uns beiden einigen«, sagte David. *»Wir sind sehr viel vernünftiger.«*

Es folgten mehrere Sekunden Stille, und Harry konnte sich gut vorstellen, daß beredte Blicke gewechselt wurden. Dann sagte Lazenby: *»Wieviel wollen Sie?«*

»Drei Millionen Dollar.«

»Großer Gott! Sie haben ein…«

»Und Ihre Hilfe bei der Suche nach Sponsoren.«

»Sie sind verrückt!«

»Nein, durchaus bei Verstand, nüchtern und vollkommen ernsthaft. Sie können es sich leisten.«

»Ich kann mir viele Dinge leisten. Das bedeutet noch nicht, daß ich sie kaufe.«

»Betrachten Sie das hier als lebensnotwendige Investition.«

»Woher soll ich wissen, daß Sie beide nicht bloß angeben?«

»Ganz einfach: Warten Sie, bis die anderen soweit sind, ihre

Behauptungen in der wissenschaftlichen Fachpresse zu veröffentlichen. Wir sagen Ihnen vorher Bescheid. Dann zahlen Sie – und wir liefern.«

»Und wann wird das voraussichtlich sein?«

»Anfang nächsten Jahres. Bis dahin brauchen wir bloß ein bißchen Startkapital. Nennen wir es eine Anzahlung. Was sagen Sie zu zehn Prozent?«

Eine weitere längere Pause folgte. Dann antwortete Lazenby: *»Anscheinend lassen Sie mir keine große Wahl.«*

Harry schaltete das Gerät aus, nahm die Kopfhörer ab und lehnte sich auf seinem Stuhl zurück. Er hatte genug gehört. Er war da, wenn man danach suchte, der Keim von Lazenbys Absichten. In den Lücken zwischen seinen Worten, in denen sich ihre wahre Bedeutung einhüllte. Er war bedroht worden,und er hatte sich dafür entschieden, die Bedrohung zu neutralisieren.

Harry schob den Recorder in die Tasche, ging zum nächsten Telefon, rief im Hay-Adams-Hotel an und verlangte Miss Cornford. Halb rechnete er damit, daß Donna abgereist war. Es wäre eine vernünftige Vorsichtsmaßnahme gewesen. Aber nein, sie war da.

»Ich bin's, Donna.«

»Gott sei Dank.«

Dann verwandelte ihre Erleichterung sich in Wut. »Hast du eine Ahnung, was ich für einen Tag hinter mir habe? Was zum Teufel hast du dir gedacht, als du …«

»Dazu ist keine Zeit. Ich habe das Band. Und ich habe es mir angehört. Ich denke, es wird reichen.«

»Wie hast du …«

»Hör jetzt bloß zu! Je weniger gesagt wird, desto besser. Hast du wie geplant ein Auto gemietet?«

Er spürte, wie schwer es ihr fiel, ihre Antwort auf das unmittelbar Notwendige zu beschränken. »Ja.«

»Wie schnell kannst du los und mich abholen?«

»In zehn Minuten.«

»In Ordnung. Zehn Minuten. Ecke Constitution und Twelfth, Ostseite. Ich warte dort.« Und damit legte er auf, ehe sie noch ein weiteres Wort sagen konnte.

45. Kapitel

Bewegung gab Sicherheit und schuf zwischen ihnen eine Distanz, die keiner von beiden unbedingt durchbrechen wollte. Donna fuhr langsam östlich bis zum Supreme Court, dann westlich zur Südseite der Mall. Dabei hörte sie das Band ab. Sie hörte es sich zwei- oder dreimal an, während Harry sie vom Beifahrersitz aus beobachtete und versuchte, ihre Reaktion an ihrem Gesicht abzulesen. Kummer über den greifbaren Beweis für den Verrat ihres früheren Liebhabers? Erleichterung über das Ende ihres Lebens im Untergrund, das es versprach? Dankbarkeit, weil Harry das Band beschafft hatte? All das hätte sie empfinden können, aber ihr Ausdruck verriet nichts.

Endlich, auf einem dunklen und verlassenen Straßenabschnitt in der Nähe des Jefferson Memorial, fuhr sie an den Straßenrand, stoppte das Band, nahm die Kopfhörer ab und sagte, ohne Harry anzusehen: »Das wird Lazenby vernichten. Ich bezweifle, daß es im juristischen Sinn ein Beweis ist, aber es reicht.«

»Du scheinst nicht sehr erfreut.«

»Ich empfinde auch keine Freude. Ich habe David immerhin geliebt, und Torben war ein guter Freund. Wenn das hier vorbei ist, wird ihr Ruf nicht mehr sehr viel besser sein als der von Lazenby.«

»Das ist nicht zu ändern.«

»Wir reden von deinem Sohn, Harry! Ist es dir egal, was die Leute über ihn denken?«

»Wichtiger ist mir, was er von mir denkt.«

»Du sprichst schon wieder hartnäckig in der Gegenwartsform, als könnte ich für dich ein Wunder vollbringen!«

»Gestern nacht schienst du zu glauben, du könntest es.«

»Ich habe mich schon gefragt, ob du die gestrige Nacht erwähnen würdest oder einfach so tun, als hätte es sie nicht gegeben. Mich zu verlassen war eine Art Leugnen, nicht?«

»Donna, ich…«

»Sag nicht, daß es dir leid tut. Sag das bitte nicht!«

»Ich bin gegangen, ohne dich aufzuwecken, damit du keine Chance hattest, mich an meinem Besuch bei Lazenby zu hindern. Aus keinem anderen Grund!«

»Du hattest Schuldgefühle, Harry. So sieht es aus! Und das macht auch mir Schuldgefühle, die mir nicht gefallen. Für jemanden, der alt genug ist, mein Vater zu sein, gehst du nicht sehr reif mit deinen Emotionen um.« Sie seufzte. »Aber du vollbringst Wunder, wie es scheint, selbst wenn du das, was du dir wünschst, nicht erreichen kannst. Wie hast du das Band bekommen?«

»Das war nicht schwer.« Allerdings nicht so leicht, wie er es klingen ließ. Er hatte sich bereits entschieden, daß Donna nichts von Barrys Beteiligung an der Sache zu wissen oder sich darüber zu sorgen brauchte. »Ich habe Lazenby gesagt, daß mein Partner krank ist. Bei unserem Gespräch ging er für ein paar Minuten aus dem Zimmer, da habe ich das Band geholt. Es war da, wo Torben gesagt hatte. Kein Problem.«

»Kein Problem? Komm schon, Lazenby würde niemals einen Fremden allein in seinem Büro lassen. So einfach kann es nicht gewesen sein.«

»Vielleicht verliert er seinen Biß. Das Band beweist das doch.«

»Ja.« Sie klopfte mit der Kassette auf das Steuerrad. »Rettung im letzten Moment. Und du gibst mir einfach das Band. Kinderleicht.«

»Es hat funktioniert. Manchmal klappt es eben.«

»Und jetzt wirst du sagen, daß wir schnell machen müssen, daß es Zeitvergeudung ist, hier rumzusitzen.«

»Na ja, wir waren uns einig…«

»Sag mir nicht, worüber wir uns einig waren. Ich erinnere mich selbst. Und du hast recht, so ungefähr in allem. Ich hätte heute morgen versucht, es dir auszureden. Zufällig liegt mir an dir. Deswegen bin ich noch nicht mit dem Band in der Tasche in die Nacht entschwunden. Weil ich denke, daß du versuchst, mich loszuwerden. Und der Grund muß sein, daß du glaubst, Lazenby würde dich verfolgen. Also willst du mich aus dem Weg haben.«

»Natürlich. Aber nur zur Sicherheit. Lazenby ahnt nichts.«

»Ich kenne dich nicht gut genug, um zu wissen, wann du lügst.«

»Ich lüge nicht. Nimm das Band und geh! Ich melde uns morgen beide im Hotel ab. Dann nehme ich den Zug nach New York, besuche Woodrow, damit er beruhigt ist, und fliege zurück nach England. Ich werde Iris sagen, daß du dich mit Hector Sandoval in Verbindung setzt, damit er sich Davids Fall ansieht. Ist das fair?«

»O ja, das ist fair. Und ich werde es tun, sobald Lazenby soviel schlechte Publicity hat, daß es nicht mehr sinnvoll ist, uns zu verfolgen.«

»Wie lange kann das dauern?«

»Ein paar Wochen, vermute ich, vielleicht weniger. Die Zeitungen werden sich um unsere Story reißen. Aber du kannst mit mir nach Dallas zurückfahren und Iris von da aus anrufen. Wäre es nicht sinnvoll zusammenzubleiben, wo wir schon so weit gekommen sind?«

»Das hatten wir nicht vor. Unser Plan hat bisher so gut funktioniert, laß ihn uns jetzt nicht aufgeben.«

»Es geht nicht um den Plan, Harry. Da ist etwas, das du verschweigst.«

»Da ist nichts.«

»Was ist es?«

»Du solltest dich auf den Weg machen, Donna.« Er sah sie an, die Schatten, die ihren Mund und ihre Augen verschleierten, und wappnete sich, sie so lange zu belügen, wie es nötig war. Er fürchtete Lazenby nicht, nicht so sehr jedenfalls, wie er die widerstreitenden Emotionen fürchtete, in die er und Donna geraten würden, wenn sie zusammenblieben. Es war am besten, jetzt zu gehen, für sie und für David, auch wenn es schwer war. »Und ich sollte mich auch auf den Weg machen.«

»Ich habe dir noch gar nicht gedankt, oder?«

»Mach guten Gebrauch von dem Band, und akzeptiere von Sandoval kein Nein als Antwort. Das ist der einzige Dank, den ich brauche.« Er öffnete seine Tür und wollte aussteigen, um einem Abschied zuvorzukommen. Wenn sie sich küßten, würde es ihm schwerfallen zu gehen.

»Harry...« Ihre Hand berührte seinen Ärmel. Er zögerte und wandte sich nach ihr um. Sie hatte sich zu ihm gebeugt, und das gelbe Licht einer Straßenlaterne hüllte sie ein. Sie war verwirrt und müde, ängstlich und auch hoffnungsvoll. Sie wußte nicht, was sie tun sollte. Sie vertraute ihm, aber sie glaubte ihm nicht. Sie brauchte Zeit, aber sie hatten keine Zeit. »Kümmer dich jetzt um dich. Nicht um mich, nicht um David, um keinen. Nur um dich.«

»Keine Sorge. Ich war immer ein egoistischer Typ.«

»Ich melde mich, sobald ich kann.«

»Ich verlaß mich drauf.«

»Mußt du wirklich...« Sie starrte ihn an, bat ihn im stillen, die Entscheidung für sie zu treffen.

»Es ist okay so, Donna. Fahr jetzt.« Er trat auf den Gehsteig und schloß die Tür, stand im tintendunklen Schatten der Straßenbäume und wartete darauf, daß sie wegfuhr. Ein paar Augenblicke vergingen, dann sprang der Motor an, und der

Wagen fuhr los. Erst als er sicher war, daß sie nicht stoppen würde, wünschte er sich, sie täte es, plötzlich und intensiv.

46. Kapitel

HARRY SCHLIEF schlecht, wechselte zwischen kurzen Momenten unruhiger Träume und langen, wachen Grübeleien über den Erfolg seines Besuchs bei Globescope. Daß der Erfolg so total gewesen war – und in seinem Kopf inzwischen so einfach –, war in gewisser Weise das beunruhigendste Merkmal. Wie konnte es so leicht gewesen sein?

Er stand lange vor der Morgendämmerung auf, badete, rasierte sich, nahm ein Frühstück aus schwarzem Kaffee und Marlboro-Zigaretten zu sich, packte seine Tasche und bereitete sich darauf vor, sich und seine abwesende Nachbarin aus dem Hotel abzumelden. Für die Reiseroute, die er Donna gegeben hatte, war es unnötig, so früh aufzubrechen, doch er hatte seine wahren Absichten stark verfälscht. Wenn Donna sie gekannt hätte, hätte sie sich geweigert, ohne ihn abzureisen. Und das, was er vorhatte, konnte er am besten allein.

Als erstes wollte er Davids Haus in Georgetown aufsuchen. Er hatte Hammelgaard versprochen, dort alle Aufzeichnungen über Davids neueste hyperdimensionale Forschungen zu suchen. Für eine solche Aufgabe war er kaum der ideale Kandidat, und der Zeitpunkt war auch nicht ideal. Donna, die viel besser als er gewußt hätte, wonach man suchen mußte, hätte die Sache als tollkühn bezeichnet, so lange man noch so viel zu gewinnen oder zu verlieren hatte. Aber ein Versprechen war ein Versprechen, vor allem, wenn man es einem Toten gegeben hatte, und Harry wollte Washington verlassen, um voraussichtlich nie mehr zurückzukehren. Er konnte den Gedanken nicht ertragen, abzureisen, ohne das Haus seines Sohnes gesehen zu haben. Es stand seit mehr als zwei Monaten leer. Daß Lazenby es beobachten ließ, war unwahrscheinlich. Dieses Risiko war also eher gering.

Außerdem, sagte sich Harry, wenn es dort irgend etwas von Wert gab, sollte man es entfernen und in Sicherheit bringen.Dr. Tilson würde wissen, was damit zu tun war. Eines Tages würde David ihm vielleicht für seine Mühe dankbar sein. Diese halbe Hoffnung auf die Dankbarkeit seines Sohnes war vielleicht der auslösende Faktor – und einer, den er Donna am wenigsten gestehen konnte. Sie hätte nicht gesagt, er sei töricht, aber sie hätte es gedacht.

Es würde schließlich auch nicht lange dauern. Er konnte binnen einer Stunde dort und wieder weg sein, und immer noch rechtzeitig für den Zehn-Uhr-Metroliner nach New York die Union Station erreichen. So hätte er ein paar Stunden in Philadelphia, um Isaac Rosenbaum aufzuspüren, bevor er weiterfuhr, um Hackensack zu treffen. Carl Dobermann blieb eine unerledigte Angelegenheit in Davids jüngerer Vergangenheit, die Harry nicht ignorieren konnte.

Donna würde inzwischen auf irgendeinem Flughafen im Mittelwesten sitzen und auf den ersten Flug nach Dallas warten, das Band sicher in ihrer Tasche verstaut. Er fragte sich, ob sie auch so intensiv an ihn dachte, wie er an sie. Doch seine gewohnheitsmäßige Selbsterniedrigung verbot ihm, daran zu glauben. Vermutlich war sie jetzt schon froh, ihn nicht mehr sehen zu müssen, dankbar, daß er nicht versucht hatte, eine Intimität fortzusetzen, die sie nie hätte zulassen dürfen. Alt genug, um ihr Vater zu sein, wie sie mit verletzender Genauigkeit festgestellt hatte, aber emotional unreif. Kein sehr positives Zeugnis. Aber er nahm an, daß er sich damit zufriedengeben mußte.

Maple Place war eine Sackgasse am nordöstlichen Rand von Georgetown und vom Dupont Circle aus zu Fuß zu erreichen – eine Tatsache, die Harry zu einiger Eile antrieb. Das

Taxi setzte ihn an der Kreuzung Q Street ab, kurz vor der Brücke über den Rock Creek. Er stellte sich vor, daß David sie auf seinem Weg zu Globescope jeden Morgen überquert hatte, früher vielleicht zusammen mit Donna, in jüngerer Zeit sicherlich allein.

Die Häuser sahen nach Wohlstand aus, teure Autos parkten unter sorgfältig beschnittenen Bäumen. Ein Mann in elegantem Mantel führte einen King-Charles-Spaniel spazieren, bevor er sich auf den Weg zu seiner zweifellos prestigeträchtigen Arbeitsstätte begab. Die Bürgersteige waren so sauber, daß Harry sich verpflichtet fühlte, seine Zigarette ordentlich auszudrücken und mit dem Fuß in den Rinnstein zu befördern. Man hatte ihm gesagt, daß Globescope großzügige Gehälter bezahlte. Hier sah er den Beweis dafür.

Maple Place 18 war ein weißgekalktes Ziegelhaus wie seine Nachbarn, mit beeindruckenden Schiebefenstern und einer flaschengrün lackierten Vordertür. Harry ging zu der Tür hinauf, nahm die Schlüssel aus der Tasche und sah sie durch: Die beiden Schlösser an der Tür paßten dazu; es gab aber noch einen weiteren, kleineren Schlüssel. Harry überlegte kurz, wofür der sein mochte, während er die Tür aufsperrte und ins Haus trat. Eine Alarmglocke begann unheilverkündend zu schrillen. An der Wand befand sich ein Kasten mit blinkenden Lichtern auf einem Schaltbrett neben einem kleinen Schlüsselloch. Harry zog den Schlüssel aus der Haustür, ließ versehentlich den ganzen Schlüsselbund fallen und schaffte es erst nach mehreren ohrenbetäubenden Signaltönen, mit dem dritten Schlüssel den Alarm abzuschalten.

Er schaute hinaus auf die Straße und sah zu seiner Erleichterung keine Anzeichen für nachbarliche Besorgnis. Mit übertriebener Vorsicht schloß er die Tür und ging dann durch die Diele. Vor ihm befand sich eine Treppe, eine offene Tür führte in die Küche am anderen Ende der Diele, und links von ihm gab es noch eine geschlossene Tür. Er öffnete sie und betrat ein großes Wohn- und Eßzimmer, das auf die Straße hinausging.

Vor dem Kamin standen ein Sofa und ein Sessel, rechts an der Wand gab es unter einer Durchreiche einen Eßtisch mit vier Stühlen, ein kleinerer Klapptisch stand am Fenster. Fernseher, Video und Stereoanlage nahmen den Raum hinter der Tür ein. Genügend Bücher und Zeitschriften, um mehrere Regale zu füllen, waren ordentlich zu beiden Seiten des Kamins gestapelt. Der Raum wirkte ein wenig so, als sei jemand gerade eingezogen, habe aber noch nicht alles ausgepackt.

Es gab weder Bilder noch andere Dekorationsgegenstände, es sei denn, man betrachtete ein in einer Ecke aufgestelltes Ruderblatt als solchen. Nach der Inschrift darauf hatte David in Cambridge als Ruderer einige Erfolge erzielt, eine Tatsache, die Iris nicht erwähnt hatte. Für den Bruchteil einer Sekunde gestattete sich Harry, sich mit Iris an irgendeinem windigen Flußufer in Cambridge stehen und ihren Sohn anfeuern zu sehen. Dann schob er den Gedanken beiseite und schüttelte den Kopf wie ein Pferd, das eine hartnäckige Fliege verscheuchen will. Abwesend streckte er die Hand aus und berührte den Heizkörper neben der Tür.

Er war warm. Nicht heiß, aber warm. Das erinnerte ihn daran, daß es im Haus nicht so feuchtkalt war, wie man es nach langem Leerstehen hätte erwarten können. Dann bemerkte er die Post auf dem Tisch am Fenster. Briefe und Prospekte von zwei Monaten, die eigentlich hinter dem Briefkastenschlitz in der Eingangshalle hätten liegen müssen, waren dort ordentlich gestapelt und erwarteten Davids Rückkehr. Aber gestapelt von wem? Einem Freund? Einem Nachbarn? Wo waren sie? Wie oft kamen sie vorbei?

Harry hastete weiter. Er schaute in die Küche, eine karge Junggesellenküche mit Wasserkessel, Geschirrschrank und Herd, und ging dann die Treppe hinauf. Es gab zwei Schlafzimmer und ein Bad; das hintere Schlafzimmer diente als

Arbeitszimmer. Dort waren weitere Bücher und Magazine gestapelt, allerdings weniger ordentlich als im Wohnraum. Farbkopien von Computergraphiken – Seepferdchen, die in verwirrenden Spiralmustern umherschwirrten – waren an die Wände geheftet. Computer, Telefon, Faxgerät und weitere elektronische Geräte nahmen einen großen Tisch an einem Ende des Zimmers ein. Ein Schreibtisch von bescheidenen Ausmaßen stand vor dem Fenster, das auf einen kleinen Garten und ein Stück Gehölz hinausging, das zu einem Bach hin abfiel.

Harry setzte sich an den Schreibtisch. Die Platte war leer bis auf eine verstellbare Lampe und einen Souvenirbecher von Charles und Di, gefüllt mit Stiften. Sie sah aus, als sei sie vor einer längeren Abwesenheit aufgeräumt worden. Er fuhr mit den Fingern über das Holz – keine Spur von Staub. Dann öffnete er die Schublade unter der Platte. Sie enthielt eine Hängekartei mit dicken Manilaheftern, deren Schildchen mit Filzstift beschriftet waren. Die ersten paar waren ziemlich harmlos. *Steuern. Haus. Hypothek. Auto. Versicherung.* Der dickste war mit *Scheidung* beschriftet. Mit respektvoller Zurückhaltung widerstand Harry der Versuchung, ihn sich anzusehen. Die Mappe mit der Aufschrift *Globescope* zog er heraus und sah sie durch. Sie enthielt nichtssagende Formbriefe über Davids Einstellungsbedingungen, die meisten davon von Luke Brownlow unterschrieben. Doch das letzte Blatt im Ordner, drei kurze Zeilen, mit denen David zum 12. April entlassen wurde, war in Lazenbys krakeliger Schrift unterzeichnet. Auch den nächsten Ordner, *HYDRA*, blätterte Harry neugierig durch, doch er enthielt nur Briefe aus fünf Jahren an die verschiedensten Personen und Organisationen mit der Bitte um Unterstützung für die Gründung von HYDRA. Die Antworten waren samt und sonders entmutigend.

Die letzten Hängeordner waren leer. Unbenutzt vermutlich, obwohl ein Knick in der Pappe bei einem von ihnen diesem Schluß ein wenig widersprach. Harry blieb einige Minuten sitzen und überlegte, wieso es so wenig Arbeitsmaterial gab. Wo waren die Computerdisketten, die dicken Notizblöcke, von denen er annahm, daß ein theoretischer Mathematiker sie ganz natürlich um sich haben würde? Da waren natürlich die Notizbücher gewesen, aber hatte es sonst nichts gegeben?

Er stand auf und ging zu den gestapelten Büchern und Magazinen hinüber, um deren Titel zu betrachten. Die meisten waren so undurchdringlich fachspezifisch, wie er angenommen hatte. Teilchenphysik und Quantentheorie, Superstrings und Twistor Space, Topologie und Kosmologie: unverständliche höhere Mathematik, vor der Harry instinktiv zurückschreckte. Dazu ein paar medizinische Texte über Diabetes, ein paar Science-fiction-Romane, mehrere davon von Isaac Asimov, ein paar Ausgaben von *Scientific American* und ähnlichen Journalen. Es war das, was man erwartet hätte, aber nicht das, wonach er suchte. Vielleicht gab es einfach nichts zu finden. Vielleicht waren die Notizbücher alles, was existiert hatte.

Er ging ins Schlafzimmer. Eine Überdecke war über das Bett gebreitet, darunter sah man die Umrisse von Kissen und gefalteten Decken: ein weiterer Beweis dafür, daß David für eine ganze Weile hatte verreisen wollen. Es gab einen Kleiderschrank und Nachttisch, aber sonst keine Möbel. Ein großes Aquarell, das vermutlich die kalifornische Küste darstellte, dominierte die Wand gegenüber dem Fenster. Er schaute hinaus auf die Straße und vergewisserte sich, daß der Alarm wirklich niemanden aufgeschreckt hatte. Der Mann, den er vorhin mit seinem Hund gesehen hatte, hängte gerade sein Jackett in einen BMW und bereitete sich zur Abfahrt vor, der Postbote machte seine Runde. Sonst rührte sich nichts.

Harry öffnete die Nachttischschublade. Sie enthielt Papiertücher, eine Taschenuhr, die um 11.42 Uhr stehengeblieben war, ein schmales Taschenbuch mit einem Theaterstück von Tom Stoppard, von dem Harry gehört zu haben glaubte... und ein Spiralheft mit einem Bleistiftstummel daneben. Er nahm es heraus und blätterte es durch, doch alle Seiten waren leer. Wenn David es dort aufbewahrte, um nächtliche mathematische Einfälle festzuhalten, dann war er offenbar eher eine Lerche als eine Nachteule.

Da bemerkte Harry Papierreste in der Drahtspirale – offenbar war eine Seite herausgerissen worden, vielleicht auch mehrere. Dem Aufdruck auf dem Umschlag zufolge enthielt das Heft siebzig Seiten. Rasch zählte Harry sie durch: Es waren vierundsechzig. Sechs Blätter fehlten. Das bedeutete natürlich nichts, David konnte sie selbst entfernt haben. Aber trotzdem...

Harry ging hinüber zum Kleiderschrank und öffnete ihn. Anzüge, Jacken, Hosen, Jeans, Hemden, Pullover, Krawatten. Dennoch vermittelten sie Harry einen stärkeren Eindruck von seiner seltsamen Beziehung zu David als alles andere, was er gesehen hatte. Der Besitzer der Kleidungsstücke war das, was er für Harry immer gewesen war: ein Abwesender, ein amputiertes Leben.

Harry schaute hinunter auf die Stiefel und Schuhe auf dem Boden des Schranks und bemerkte eine Hutschachtel, die hochkant hinten im Schrank stand. Also enthielt sie mit ziemlicher Sicherheit keinen Hut. Er zog sie heraus, löste die Schnur darum und nahm den Deckel ab.

In ihr fand er ein Durcheinander von Papieren: Alte Kontoauszüge und Quittungsabschnitte waren vermischt mit Landkarten, Reisebroschüren, Zeitungsausschnitten und Fototüten. Die Tüten enthielten nur Negative. Harry hielt einen Streifen ans Licht und identifizierte die unverkennbare Figur von Hope Brancaster, die sich in einem winzigen Badeanzug an einem Strand rekelte. Ein Abzug, besser noch eine

Vergrößerung, wäre sicher sehenswert gewesen. Er legte den Streifen beiseite und sah den Rest durch.

Dann stieß er auf etwas, das er erkannte: einen Touristenführer von Lindos. Ein Bild des mittelalterlichen Kastells auf dem Hügel über den weißen Häusern der Stadt, eingerahmt von der vertrauten tiefblauen Ägäis und dem ebenso blauen Himmel, befand sich auf dem Umschlag. Wenn er die Szene lange genug betrachtete, konnte er vermutlich sogar die Villa ton Narvarkhon identifizieren, in der er neun verlorene Jahre zugebracht hatte. Er nahm den Führer aus der Schachtel und betrachtete ihn. David hatte ihn für siebenhundertfünfzig Drachmen in Papaiannous Geschenkladen erstanden, der Name des alten Gauners stand auf dem Etikett. Er hätte rechtens nicht mehr als fünfhundert dafür verlangen dürfen. Harry blätterte müßig die Seiten durch. Dabei fiel ein Foto heraus, ein Schnappschuß, der wohl als Lesezeichen gedient hatte. Er landete mit der Bildseite nach oben auf dem Fußboden, und Harry starrte ihn an.

Es war ein Bild von David, der an einem Tisch unter einem der Feigenbäume draußen vor der Taverne Silenou saß. Er trug ein gelbes Hemd mit offenem Kragen und grinste ungezwungen. Vor ihm stand ein Glas Bier, daneben lag mit ziemlicher Sicherheit derselbe Reiseführer, den Harry jetzt in der Hand hatte, offengehalten durch einen Teller mit einer halb aufgegessenen Portion von Kostas etwas zweifelhafter Pizza. Doch Harrys Aufmerksamkeit verweilte nicht beim Vordergrund. Er betrachtete das schattige Innere der Bar und konzentrierte sich auf die Gestalt eines Mannes, der an einem Türpfosten lehnte, niemand anderer als Harry selbst, ein paar betrunkene Minuten vor seiner unheilvollen Begegnung mit Torbens Freundin. Harry, wie er vor sechs Jahren gewesen war, dem Tiefpunkt seiner mittleren Jahre nahe. Harry, wie sein Sohn ihn seither in Erinnerung hatte.

»Darf ich fragen, was Sie eigentlich hier machen?«

Harry fuhr überrascht auf und erblickte eine Frau von siebzig oder mehr Jahren, die ihn von der Tür her vorwurfsvoll ansah. Sie war klein, lebhaft, hatte scharfe Züge, taubengraues Haar, wache blaue Augen und ein leichtes Parkinsonsches Zittern. Sie trug ausgeleierte Segelkleidung, doch ihre Stimme und ihre Haltung verrieten, daß sie sich in Ballkleid und Perlen ebenso zu Hause gefühlt hätte.

»Wie sind Sie hier hereingekommen?« Sie sprach mit der ohrenbetäubenden Lautstärke der Schwerhörigen. »Würden Sie mir das bitte erklären, junger Mann?«

»Verzeihung.« Harry mußte bei dieser Anrede unwillkürlich lächeln. Er rappelte sich auf und dachte sich rasch eine Lüge oder zumindest die Wiederholung einer Lüge aus. »Ich bin... äh... Harry Venning, Davids Onkel.«

»Sein Onkel?«

»Ja, ganz recht. Und wer sind Sie?«

»Nona Stapleton, Davids Nachbarin. Hat er nicht von mir gesprochen?«

»Nein, ich glaube nicht.«

»Wirklich nicht? Ich hätte angenommen, daß er mich erwähnt hat.«

»Na ja, um ehrlich zu sein, ich habe ihn in den letzten paar Jahren nicht oft gesehen. Seit seiner Erkrankung habe ich natürlich versucht, das wiedergutzumachen, Iris nach Kräften beizustehen...«

»Ich habe Davids Mutter geschrieben, mein Mitgefühl ausgedrückt und erklärt, daß ich gern weiter ein Auge auf das Haus haben will, bis er wieder gesund ist oder entschieden hat, was damit geschehen soll. Sie sind also ihr Schwager?«

»So ungefähr. Ich bin geschäftlich hier, also habe ich mich erboten, nach dem Rechten zu sehen. Sie hat mir die Schlüssel gegeben.«

»Ohne meinen Brief zu erwähnen?«

»Sie steht in letzter Zeit ziemlich unter Streß, wie Sie sich vorstellen können.«

»Das kann ich allerdings. Wie geht es David?«

»Oh, unverändert. Weder besser noch schlechter.«

»Ich fühle mit ihr. So ein netter Junge. Trotzdem denke ich, Sie hätten sich erkundigen können, bevor Sie… Nun ja, ich muß sagen, ich habe an das Schlimmste gedacht, als ich die Tür unverschlossen und den Alarm abgestellt fand. Dann hörte ich hier oben Geräusche. Ich wollte schon in mein Haus zurückgehen und die Polizei rufen, ich weiß selbst nicht genau, warum ich es nicht getan habe. Vermutlich…« Sie schüttelte den Kopf und wandte den Blick ab, um eine gewisse Rührung zu verbergen. »Vermutlich habe ich gehofft, es wäre David.«

Harry versuchte ein tröstendes Lächeln. »Ist er Ihnen ein guter Nachbar?«

»Eher ein Freund, denke ich. Seit mein Mann gestorben und Donna weggegangen ist… Von ihr haben Sie doch wohl gehört?«

»Ja. Es tut mir leid, daß ich einfach so eingedrungen bin«, fuhr er fort, eifrig bedacht, das Thema zu wechseln. »Es ist gedankenlos von mir.«

»Schon gut, Sie konnten ja nicht wissen, daß ich beinah einen Herzschlag bekommen hätte.« Sie nickte in Richtung des Schuhkartons. »Suchen Sie etwas?«

»Diesen Schnappschuß habe ich gesucht. Es ist einer, den Iris besonders gern hat.« Er schob das Foto in die Tasche. »Und ein paar von seinen Arbeitsunterlagen. Für einen seiner Kollegen.«

»Wirklich? Sind Sie sicher, daß David das recht wäre?« Dann machte sie eine beschwichtigende Handbewegung. »Na ja, das geht mich natürlich nichts an. Sie müssen tun, was Sie für richtig halten.«

»Vielleicht können Sie mir helfen. Ich kann die Sachen offenbar nicht finden.«

»Mein Gott, darüber weiß ich nichts. Ist nicht alles im Arbeitszimmer?«

»Nicht das, was ich suche.«

»Dann muß er es nach England mitgenommen haben.«

»Anscheinend nicht.«

»Es muß irgendwo sein.«

»Ja, das dachte ich auch. Es hat doch sonst niemand seine Papiere durchgesehen, oder?«

»Hier, meinen Sie? Absolut nicht. Seit Davids Abreise hat niemand außer mir das Haus betreten.« Sie runzelte die Stirn. »Es sei denn, jemand hätte einen Schlüssel gehabt, natürlich. Wenn ich nicht gekommen wäre, hätte ich nicht gemerkt, daß Sie hier waren.« Sie runzelte stärker die Stirn, als ihr Blick die Hutschachtel traf. »Das heißt, es hängt davon ab, wie gut Sie hinter sich aufräumen werden.«

»Es ist also möglich, daß jemand hier war?«

»Das schon. Aber wir hier in Maple Place achten darauf, wer kommt und geht. Das müssen wir bei all den Verrückten, die hier herumlaufen, vor allem in letzter Zeit.«

»Wieso in letzter Zeit?«

»Ach, letzten Monat war so ein gräßlicher alter Landstreicher hier und wollte einfach nicht weggehen. Viele Leute waren um ihre Kinder besorgt. Die Polizei muß ihn ein Dutzend Male abgeholt haben, aber er kam immer wieder zurück, als ob er auf etwas warten würde. Obwohl wir das nie herausfinden werden. Jetzt nicht mehr.«

»Warum nicht?«

»Die Polizei hat ihn letztes Wochenende aus dem Rock Creek gezogen. Er muß reingefallen und ertrunken sein, vielleicht von einer der Brücken. Betrunken, denke ich mir, oder im Drogenrausch. Sonst kann man bei der Wassertiefe nicht ertrinken. Die *Post* schrieb heute morgen, man hätte ihn als entflohenen Insassen einer Irrenanstalt oben im Norden identifiziert. Deswegen denke ich…«

»Wurde in dem Artikel sein Name genannt?«

»Wahrscheinlich. Ich kann mich nicht genau erinnern.«

»Hieß er Dobermann?«

Sie sah ihn scharf an. »Ja, tatsächlich. Jetzt, wo Sie es sagen, glaube ich schon, daß er so hieß.«

»Carl Dobermann aus dem Hudson Valley Psychiatric Center in der Nähe von Poughkeepsie?«

»Ja, genau! Haben Sie den Bericht auch gelesen?«

»Nein.« Er schüttelte den Kopf. »Ich habe den Bericht nicht gelesen.«

»Woher wissen Sie es dann? Kannten Sie ihn?«

»Ich bin ihm nie im Leben begegnet.«

»Das verstehe ich nicht.«

»Ich auch nicht. Aber ich denke, Sie haben recht. Er hat auf etwas gewartet. Oder auf jemanden. Und wie es aussieht, hat er zu lange gewartet.«

47. Kapitel

Der Leichnam, der am Sonntag südlich der Q-Street-Brücke aus dem Rock Creek geborgen wurde, ist jetzt als Carl Victor Dobermann identifiziert worden, neunundfünfzig Jahre alt, langjähriger Patient, der seit dem 5. September aus dem Hudson Valley Psychiatric Center, Poughkeepsie, NY, verschwunden war. Soweit bekannt ist, hatte er keine Beziehungen zur Gegend von Washington. Die Polizei geht davon aus, daß sein Tod durch Ertrinken ein Unfall war. Man nimmt an, daß Mr. Dobermann möglicherweise der Landstreicher war, über den sich in den letzten Wochen Anwohner von Maple Place, Georgetown, beschwert haben. Sie versichern, sie hätten nicht gesehen…

Woodrow Hackensack warf die Zeitung zur Seite und schaute Harry fragend an. »Der verrückte Carl ist also zu seinem Schöpfer zurückgekehrt. Von dem werden Sie jetzt keine Antworten mehr kriegen, was?«

Harry zuckte mit den Schultern. »Vielleicht brauche ich keine mehr. Er suchte David, das ist klar. Und er war so gestört, daß man sich den Grund gar nicht vorstellen kann. Das liegt ebenfalls auf der Hand. Was brauchen wir sonst noch zu wissen?«

»Da haben Sie aber 'ne schöne Kehrtwendung gemacht. Noch vor ein paar Tagen wollten Sie jeden Stein umdrehen, auf den Dobermann je getreten ist.«

»Das hat jetzt wohl nicht mehr viel Sinn, oder?«

»Was ist mit Rosenbaum? Er könnte Ihnen vielleicht noch was sagen.«

»Den werde ich mir schenken. Ich glaube, Donna hatte recht. Dobermann ist bloß ein kleiner Fisch.«

»Fische können nicht ertrinken, Harry. Haben sie Ihnen das in der Schule nicht beigebracht?«

»Bestimmt nicht. Es war eine humanistische Schule.« Harry senkte die Stimme. »Die Sache ist die, Woodrow. Donna hat das Band und eine gute Chance, Lazenby zu erledigen. Sie hat versprochen, ihr Bestes zu tun, um diesen berühmten Neurochirurgen dazu zu bringen, daß er Davids Fall übernimmt, sobald sie sich wieder frei bewegen kann. Je früher ich also nach England zurückkehre und Iris davon überzeuge, daß es wirklich noch Hoffnung gibt, desto besser.«

»Vielleicht werden Sie dann am Ende David selbst fragen können, warum er sich für Dobermann interessiert hat.«

»Genau.«

»Das mit Lazenby haben Sie besser gemacht, als ich Ihnen zugetraut hätte, wissen Sie.« Hackensack nickte ihm mit verwirrter Anerkennung zu. »Aalglatt! Nicht in einer Million

Jahren hätte ich Ihnen das zugetraut. Gehörte wirklich Mut dazu, das allein durchzuziehen.«

»Eher der Mut der Verzweiflung. Und eine Menge Glück.«

»Wie Sie meinen. Aber ...«

»Sagen Sie mir lieber, wie es Ihnen geht. Wann können Sie hier raus?«

»Och, nach dem Wochenende, meinen die. Die Treppen zu Hause werden natürlich ein Problem. Aber die gute alte Martha hat sich erboten, für mich einzukaufen. Da habe ich ununterbrochen Unterhaltung, das kann ich Ihnen versichern. Aber machen Sie sich keine Sorgen. Ich habe jede Menge Zeit, in den Zeitungen nach den ersten Anzeichen für Lazenbys wohlverdienten Absturz zu suchen.«

»Die werden nicht lange auf sich warten lassen, da bin ich sicher. Sie brauchen bloß dazusitzen und aufzupassen.«

»Hört sich einfach an.«

»Ist es auch, glauben Sie mir. Ich habe so ein Gefühl, daß von jetzt an alles glatt laufen wird.«

»Ach ja? Ich habe eher das Gefühl, daß Sie was vor mir verbergen. Aber da Sie mir den Grund sicher nicht verraten werden, kann ich Ihnen nur die Hand schütteln und Ihnen *bon voyage* wünschen. Guten Flug, Harry. Schätze, Sie verdienen ihn.«

Harry war mit Hackensack einer Meinung. Glück oder wenigstens Seelenfrieden schien eine faire Belohnung für all das, was er in den letzten Wochen durchgemacht hatte. Doch leider fand er keinen Seelenfrieden. Auf der langen U-Bahn-Fahrt zum JFK-Flughafen gab er sich die größte Mühe, diesen Zustand zu erreichen. Aber etwas, das stärker war als Vernunft, hielt ihn zurück. Es hatte mit dem zu tun, wovon Hackensack zu Recht geglaubt hatte, er verberge es vor ihm.

Harry hatte durchaus nicht das Interesse an Dobermann verloren, nachdem der nun tot war, ganz im Gegenteil. Die

Umstände seines Todes gemahnten auf zu unheimliche Weise an die Launen des Schicksals, die vier von den sieben Teilnehmern am Projekt Sibylle getroffen hatten, um sie zu ignorieren. Harry hatte Maple Place mit der festen Absicht verlassen, die Reise nach New York in Philadelphia zu unterbrechen und Isaac Rosenbaum aufzuspüren.

Auf der Brücke in der Q Street, von wo er auf das Stück Rock Creek hinunterschaute, in dem Dobermann ertrunken war, stellte er allerdings fest, daß er den Zettel mit Rosenbaums Adresse nicht mehr hatte. Noch vor zwei Tagen war er in seiner Tasche gewesen, im Umschlag seines Kalenders. Jetzt war er weg. Am gestrigen Nachmittag hatte er in Lazenbys Büro alle Taschen ausgeleert. Möglicherweise hatte er den Zettel verloren. Er konnte sich nur schwer vorstellen, wo es sonst passiert sein sollte.

Harry hätte sich Rosenbaums Adresse immer noch auf anderem Weg beschaffen können, aus dem Telefonbuch oder bei der Columbia University. Der Verlust war kein unüberwindliches Hindernis, wohl aber der Ort, wo er vermutlich erfolgt war. Es gab keinen logischen Grund zur Besorgnis. Ein Stück Papier, auf das eine Adresse in Philadelphia gekritzelt war, würde Lazenby nichts bedeuten. Vermutlich hatte er es nicht einmal bemerkt. Aber »vermutlich« reichte eben nicht. Vielleicht hatte er es aus Harrys Kalender fallen sehen, vielleicht hatte er es behalten. Falls ja, würde er sich daran erinnern, wenn der Skandal ausbrach und Norman Pages brennendes Interesse an seinen Polstermöbeln endlich einen Sinn ergab. Dann wäre der Zettel die einzige Spur, der er folgen konnte, eine Spur, die versanden mußte, solange Rosenbaum nichts vom Besuch eines neugierigen Fremden zu berichten hatte. Was immer er von Dobermanns weit zurückliegendem Ausflippen noch wußte oder nicht wußte, mußte eine offene Frage bleiben. »Ein guter Pokerspieler weiß, wann er aussteigen muß«, hatte Chipchase Harry mehr als einmal gesagt.

Jetzt, dachte Harry, ist die Zeit gekommen, mit einer vierzigjährigen Gewohnheit zu brechen und ein einziges Mal dem Rat seines Freundes zu folgen.

48. Kapitel

HÖHER ALS AUF einer transatlantischen Flugroute bei zollfreiem Schnaps schwebten Harrys Bedenken in den Äther davon, während die Heimreise im Schnellrücklauf der Zeitzonen verging. Während erfahrene Reisende um ihn herum sich der bizarren Hilfsmittel bedienten, die man braucht, um während des Flugs zu schlafen, schwebte Harry in ein verschwommenes Traumland, in dem er, David und Iris ein harmonisches Familienleben teilten und mit dem Riley 4/44, den er einmal besessen hatte, lange Ausflüge aufs Land und träge Picknicks auf blumenbestandenen Wiesen in Wiltshire machten.

Doch Träume enden ebenso wie Reisen. Aber sogar der bedrückende Betrieb im Heathrow Airport in der Morgendämmerung konnte Harrys Stimmung nicht trüben. Er fühlte sich seltsam wach und klar, als hätten Jet-lag und Kater sich gegenseitig aufgehoben. Er ratterte mit der Piccadilly Line nach London hinein und mit der Bakerloo wieder hinaus, und dabei hatte er genug Zeit, um seinen Tag zu planen. Er hatte gute Neuigkeiten für Iris und noch bessere für seine Meinung von sich selbst.

Für Mrs. Tandy hatte er zwei Überraschungen. Die eine war ein Liter Baley's Irish Cream, ihr Lieblingsgetränk, die andere seine gepflegte, gutgekleidete Erscheinung. Was ihr besser gefiel, war nicht auszumachen. Wie auch immer, seine Belohnung war ein üppiges Frühstück. »Ich bin extra ausgegangen, um diese Würste zu kaufen, als Sie gestern abend anriefen«, verkündete sie. »Ich weiß allerdings nicht, warum ich

Ihre ungesunden Vorlieben fördere, wo Sie doch nicht mal eine Postkarte geschrieben haben, daß Sie noch unter den Lebenden weilen.«

»Tut mir leid, Mrs. Tandy, das war die Macht der Umstände.«

»Müssen profitable Umstände gewesen sein, nach dem Material zu urteilen. Kaschmir, nicht?«

»Glaube ich nicht. Wahrscheinlich eine Imitation aus Taiwan. Sie wären überrascht, wie billig er war.«

»Aus Taiwan? Kann ich mir kaum vorstellen.«

»Die Würstchen sind toll«, antwortete Harry ausweichend mit vollem Mund.

»Gut. Wenn Sie fertig sind, hoffe ich übrigens, daß Sie Mrs. Hewitt anrufen. Die arme Frau kann es gar nicht erwarten, von Ihnen zu hören.«

»Mrs. Hewitt?« Einen Augenblick war Harry verwirrt. »Ach, Iris.«

»Ja. Sie hat mehrmals angerufen.«

»Keine Sorge, ich will sie später treffen.«

»Soll ich daraus schließen, daß Sie sie nicht anrufen werden?«

»So könnte man es wohl sagen. Sie wird das, was ich ihr zu berichten habe, persönlich hören wollen. Und wenn sie es gehört hat, wird sie der Meinung sein, daß sich das Warten gelohnt hat, schätze ich.« Er verrührte das Gelbe seines Spiegeleis mit einem Stückchen Wurst und grinste Mrs. Tandy über den Tisch hinweg an. »Glauben Sie mir.«

Harry schlief ein paar Stunden, nahm dann ein Bad und ein zweites Frühstück und machte sich schließlich auf den Weg ins Krankenhaus. Er wollte etwa eine halbe Stunde vor Iris' üblichem Besuch um vierzehn Uhr dort sein und seine hochfliegenden Hoffnungen auf Sandovals Fachkenntnisse zuerst mit dem Patienten allein teilen. Es war knapp drei Wochen her, seit er sich vor der Fahrt nach Kopenhagen von David verabschiedet hatte, doch es kam ihm viel länger vor. »Ich werde tun, was ich kann«, hatte er beim Abschied versprochen, und er hatte Wort gehalten. Ungewohnter Stolz regte sich in seiner Brust. Noch immer bestanden ernsthafte Schwierigkeiten, doch es war nicht länger unvorstellbar, daß sie überwindbar sein könnten. Dank des Vaters, den er nie gekannt hatte, besaß David vielleicht doch noch eine Zukunft.

Harry nahm die U-Bahn zum Piccadilly Circus und suchte dann in Soho Theophilus' Laden in der Nähe der Charing Cross Road auf. Theophilus tat zuerst so, als erkenne er ihn nicht, und erkundigte sich dann, ob er eine Erbschaft gemacht habe. Falls ja, würde er dann in Zukunft kubanische Zigarren rauchen? Denn für den Fall...

Harry kaufte zweihundert Karelia Sertika und steckte sich die erste gleich an, während er durch Bloomsbury zum Queen Square schlenderte. Der Nachmittag war kalt und grau. London zeigte sich von seiner unangenehmsten spätherbstlichen Seite, Abgase verpesteten die feuchte, bittere Luft. Aber Harry ließ sich nicht entmutigen. Er machte für ein paar Bier in der Museum Tavern in der Great Russell Street Station, setzte seinen Weg dann fort und erreichte das Krankenhaus pünktlich um kurz nach halb zwei.

Dort nahm er den Lift in den dritten Stock und ging den bekannten Weg zu Zimmer E318. Beim Schwesternzimmer blieb er nicht stehen, sondern lächelte nur und sagte im Vorbeigehen »Hallo« zu der Schwester, die dort saß und Formulare ausfüllte. »Mr. Barnett?« hörte er sie im Vorbeigehen überrascht sagen.

»Ja. Lange nicht gesehen, was?«

»Aber...« Er erreichte die Tür des Krankenzimmers und öffnete sie. »Mr. Barnett!«

Das Zimmer war leer. David war nicht dort. Niemand war

dort. Das Bett abgezogen, die Regale waren leer. Benommen starrte Harry auf die Nummer an der Tür, um sich zu vergewissern, daß er nicht den falschen Gang genommen hatte. Aber er hatte sich nicht geirrt, dies war Zimmer E318. Doch das Namensschild war fort, David war fort.

»Mr. Barnett?« Die Krankenschwester hatte ihn eingeholt. Sie sprach leise, ihre Hand zupfte sanft an seinem Ellbogen.

»Wo ist er?«

»Sie meinen David?« Das mußte schon seine verwirrte, bestürzte Miene verraten. »Haben Sie nicht, ich meine...«

»Wo ist er?«

»Wissen Sie es nicht?«

»Was geht hier vor?«

»Sicher hat Mrs. Hewitt... Ich meine, wir nahmen an, sie hätte... Wissen Sie es wirklich nicht?«

»Was denn?«

Sie starrte ihn einen Moment ungläubig an und sagte dann errötend: »Mrs. Hewitt hat entschieden, natürlich auf Anraten von Mr. Baxendale, daß es wirklich keinen Sinn mehr hatte, sein Leben künstlich zu verlängern.

»Sie haben ihn abgeschaltet?«

»Er wurde vom Beatmungsgerät genommen. Anfang der Woche.«

»Ist er tot?«

»Ja.«

»Wann? Wann haben sie das getan?«

»Dienstag.«

»Aber das ist erst drei Tage her!« Er lehnte sich an den Türpfosten in seinem Rücken und schloß die Augen, in denen Tränen aufstiegen. »Nur drei verdammte Tage!«

49. Kapitel

SIE FANDEN IHN in einem Sessel im Ruheraum und gaben ihm eine Tasse Tee. Man schickte nach Schwester Rachel, damit sie ein ruhiges Gespräch mit ihm führte. Man sagte ihm verlegene Trostworte, doch nichts von all dem schien Harry zu erreichen. Der Schock stürzte ihn in eine Trauer, die schmerzhafter war als alles, was er für jemanden zu empfinden glaubte, den er strenggenommen nie kennengelernt hatte. Dann erfüllte ihn ein noch schwärzerer Gedanke. Er hatte sein Wort gehalten, aber Iris hatte ihres gebrochen. »Ich werde nichts unternehmen, bis ich von dir gehört habe«, hatte sie ihm versichert. Und doch hatte sie sich überwunden, das Leben ihres Sohnes zu beenden, ohne etwas von Harry gehört zu haben. Das würde sie erst jetzt. Als Stationsschwester Rachel eintraf, um ihr Mitgefühl zu offerieren, war Harry schon auf dem Weg nach draußen.

»Mr. Barnett?«

»Tut mir leid, keine Zeit.«

»Warten Sie einen Moment. Setzen wir uns und ...«

»Das Warten ist vorbei, Rachel. Haben sie es Ihnen nicht gesagt? Seit drei Tagen.«

Er nahm das erstbeste Taxi, das er draußen sah, und wollte nach Chorleywood gebracht werden. Der Fahrer lehnte ab, zitierte irgendeine Vorschrift und schlug die Bahnstation Marylebone vor. »Von da aus können Sie einen Zug nach Chorleywood nehmen.« Harry machte sich nicht die Mühe, Einwände zu erheben.

In Marylebone mußte er zwanzig Minuten warten. Er verbrachte sie in der Victoria and Albert Bar und trank Scotch in einem Tempo, das der Barmann eindeutig beunruhigend fand. Er erinnerte sich, daß er dort vor drei Jahren Zohra getroffen hatte, in einem anderen Leben, in einer Welt, von der er nicht gewußt hatte, daß er sie mit David teilte, und vergessen hatte, daß er sie mit Iris teilte. »Ich werde nichts unternehmen, ohne dich vorher zu Rate zu ziehen.« Diesen Vertrauensbruch konnte sie nicht mit einem Achselzucken abtun, und er konnte es auch nicht. Dies war schlimmer als alle anderen Enttäuschungen seines Lebens zusammen. Dies war die Auslöschung dessen, was alles andere vielleicht der Mühe wert gemacht hätte.

Der Zug von vierzehn Uhr siebenundfünfzig schlich verspätet aus den Vororten in den Flickenteppich der Landschaft. Das fahle Licht wich, der Tag verblaßte, und die Kälte einer vorzeitigen Dämmerung kroch in Harrys Seele. Kurz nach fünfzehn Uhr dreißig erreichte der Zug Chorleywood, einen wohlhabenden Pendlerort, der in der unheimlichen Stille eines werktäglichen Nachmittags lag. Taxis gab es nicht. Er erkundigte sich in einem Fischgeschäft gegenüber dem Bahnhof nach dem Weg und ging dann mit schnellen, harten Schritten durch exklusive Wohnstraßen hügelaufwärts.

Chalfont Lane war noch ein Stückchen exklusiver. Riesige, von Bäumen beschattete Villen lagen auf großen Grundstücken entlang einer breiten Allee. Etwa auf halber Höhe fand er das gesuchte Giebelhaus, durch dessen Fenster bereits warmes Lampenlicht strömte und über dessen makellosen Rasen der Duft von Holzrauch zog. Er marschierte schnurstracks zu der in einer tiefen Nische gelegenen Haustür und zog an der Glocke.

Die Frau, die an die Tür kam, war plumper und rothaariger als Iris, aber unverkennbar ihre Schwester. Sie hatte den gleichen Kleidergeschmack, das gleiche vorsichtige Benehmen. In ihrem Blick, vergrößert durch die violett gerahmten Gläser ihrer Brille, lag ein erschrockener Hinweis darauf, daß sie wußte, wer er war, ohne daß eine Vorstellung nötig war.

»Mrs. Tremaine?«

»Ja.«

»Ich möchte zu Iris.«

»Oh, es tut mir leid, aber…«

»Ich bin Harry. Ich nehme an, sie hat Ihnen von mir erzählt.« Das war offensichtlich, nicht zuletzt wegen des Blicks, den Blanche Tremaine über ihre Schulter warf, und ihres verwirrten Errötens. »Ist sie hier?«

»Nein. Nein, sie ist nicht hier.«

»Ich werde nicht gehen, ohne sie gesehen zu haben.«

»Aber das können Sie nicht. Tut mir leid, aber das ist ganz unmöglich.« Sie trat zurück und wollte die Tür schließen, doch Harry stellte sich in den Weg. »Bitte, um Gottes willen! Wenn Sie nicht sofort gehen, rufe ich die Polizei!«

»Fein, tun Sie das. Ich weiß, wie ungern sie sich in Familienstreitigkeiten verwickeln läßt.«

»Das ist kein Familienstreit.«

»Nein? Was glauben Sie, wird die Polizei auch dieser Meinung sein, wenn ich erzähle, daß man meinen Sohn diese Woche hat sterben lassen und daß Iris die Mutter ist, die ihm das angetan hat?«

»Das ist unerhört!«

»Allerdings! Und ich bin derjenige, der empört ist.«

Blanches entschlossene Miene veränderte sich. Einen Augenblick lang sah es so aus, als teile sie seine Empörung über das, was geschehen war. Vielleicht war seine Meinung nicht die einzige, die Iris nicht eingeholt hatte.

»Er war Ihr Neffe, Blanche, Ihr Neffe und mein Sohn. Wollen Sie ernstlich behaupten, daß es nichts zu besprechen gäbe?«

»Dazu ist es zu spät.«

»Wo ist sie?«

Blanche schloß einen Moment die Augen und trat dann in die Diele zurück. »Sie kommen besser herein.«

Er folgte ihr in kurzer Entfernung in einen mit Velourstapete ausgekleideten Wohnraum, in dem ein Feuer brannte und das Licht zahlreicher Tischlampen schmeichelhaft auf üppig gemusterte Teppiche und tiefe Polstersofas fiel, in eine Atmosphäre wohlhabender Achtbarkeit: die Welt seines Sohnes, die er selbst nur als durchreisender Fremder betreten hatte.

Blanche ging hinüber zum Kamin, blieb dort stehen und starrte auf die brennenden Scheite, um seinem Blick auszuweichen. Doch ihr nervöses Hantieren mit den Nippsachen auf dem Kaminsims strafte ihr abwehrendes Verhalten Lügen. Sie war nicht so sicher, daß ihre Schwester richtig gehandelt hatte, wie sie vorgab. Zweifel und stellvertretende Schuldgefühle nagten an ihr. »Davids Zustand war ganz hoffnungslos. Das ist Ihnen doch klar, nicht wahr?«

»Nein. Durchaus nicht.«

»Die Ärzte waren sich einig. Da war nichts zu machen.«

»Jetzt ist nichts mehr zu machen. Das allein ist klar.«

»Es war natürlich Iris' Entscheidung. Es mußte sein. Wir anderen konnten nur raten.«

»Bis auf diejenigen von uns, die man keine Ratschläge geben ließ.«

»Soweit ich gehört habe, waren Sie verschwunden.«

»Sie meinen, das haben Sie sich alle gewünscht!«

»Ihre Beziehungen zu meiner Schwester gehen mich nichts an, Mr. Barnett.«

»Sie hatte versprochen, nichts zu unternehmen, bis sie wieder von mir gehört hätte. Hat sie Ihnen das erzählt?«

Blanche sah ihn mit einer Überraschung an, die fast an Schock grenzte. »Nein, nein. Das kann nicht stimmen. Ken hat gesagt, Sie wollten mit der Sache nichts zu tun haben.«

»Ach, das hat Ken gesagt, ja? Guter alter Ken. Na, das paßt zu ihm, nicht? Weil vor allem er die ganze Zeit nichts mehr mit David zu tun haben wollte. Ich nehme an, daß teure lebenserhaltende Geräte für einen Stiefsohn ihm nicht als gutes Geschäft erschienen, nicht wahr?«

»Geld war nie ein Thema.«

»Sind Sie da sicher, Blanche? Ganz sicher?«

Sie errötete und schürzte die Lippen. »Das ist sinnlos. David ist …«

»Tot? Ja, ich weiß. Aber was ich nicht weiß, ist, warum!«

»Ich sagte es Ihnen doch. Man konnte nichts mehr für ihn tun.«

»Wo ist Iris?«

Blanche seufzte. »Sie ist nach Wilmslow zurückgefahren, um die Beerdigung vorzubereiten.«

»Geben Sie mir ihre Adresse!«

»Das kann ich nicht.«

»Ich bekomme sie auf jeden Fall heraus, also können Sie sie mir ebensogut sagen.«

»Das hilft doch keinem, Mr. Barnett. Sicher verstehen Sie …« Allmählich begriff sie. Harry würde stur bleiben. »Ich denke, ich sollte vielleicht besser Iris anrufen und bitten, mit Ihnen zu reden.«

»Ja. Ich finde, das sollten Sie.«

Sie ging zu einem Sekretär in der Ecke, nahm den Telefonhörer und wählte. Harry sah, wie sie auf Antwort wartete, und wartete mit ihr. »Iris? … Ja … Hör mal, es tut mir leid, aber … Harry Barnett ist hier … Ja, er ist jetzt bei mir. Er will dich sprechen … Ja, natürlich, aber … Ja, ich denke, das solltest du wohl. Warte.«

Ausdruckslos reichte sie ihm den Hörer.

»Iris?«

»Harry, ich …«

»Warum hast du das getan?«

»Ich hatte keine Wahl.«

»Du hattest versprochen zu warten! Du hättest dein Versprechen halten können!«

»Es war sinnlos.«

»Versprechen sind niemals sinnlos.«

»Du verstehst das nicht.«

»Nein. Aber ich möchte es verstehen. Ich werde dich oder diesen Bastard, mit dem du verheiratet bist, nicht in Ruhe lassen. Hast du mich verstanden?«

»Ja.« Sie klang ergeben und müde, als habe sie dieses Gespräch vorausgesehen. »Komm nicht her, Harry. Bitte. Du und Ken... ich könnte irgendwelche unerfreulichen Auftritte nicht ertragen.«

»Das wirst du aber müssen.«

»Bitte, Harry. Was ist damit zu gewinnen?«

»So wenig, wie damit zu verlieren ist.«

»Um Himmels willen...«

»Er war unser Sohn, Iris. Unser Sohn. Nicht bloß deiner.«

»Du hast ihn nie gekannt.«

»Dafür hast du gesorgt. Du und Ken.«

Ein längeres Schweigen folgte. Dann sagte Iris: »Vielleicht könnten wir uns treffen. Nächste Woche. Ich könnte kommen, nach...«

»Nein. Wir werden uns sofort treffen. Ob es dir paßt oder nicht.«

»Ich kann hier nicht weg. Nicht, wie die Dinge liegen.«

»Dann komme ich zu dir.«

»Nein. Ken würde... Also gut, wir werden uns treffen, wenn es sein muß, morgen früh in Manchester.« Er konnte beinahe hören, wie sie sich Lügen ausdachte, die sie Ken erzählen würde, die Strategien, mit denen sie die beiden Männer voneinander getrennt halten würde. »Am Albert Square um zehn Uhr auf den Bänken vor dem Rathaus. Kannst du das schaffen?«

»Zeit und Ort spielen keine Rolle. Ich werde da sein. Und du am besten auch.«

»Ich werde kommen.«

»Das solltest du auch. Sonst komme ich zu dir, Iris. Das ist ein Versprechen, Iris. Und ich halte meine Versprechen.«

50. Kapitel

SAMSTAGMORGEN IN Manchester. Die Einkaufsbummler waren trotz kaltem Wind und drohendem Regen in Massen unterwegs. Bis Weihnachten war es noch mehr als einen Monat hin, doch schon jetzt hörte man aus den Läden mit den lamettageschmückten Schaufenstern Weihnachtslieder klingen. Harry ging von dem billigen Hotel, in dem er die Nacht verbracht hatte, zum Albert Square zu seiner Verabredung mit Iris.

Nach der Uhr am Rathaus war es noch nicht einmal Viertel vor zehn, als er ankam. Auf dem Platz bewegten sich viele Menschen, aber sie hielten sich nicht auf, sondern jagten nach Geschenken und versuchten, Käuferschlangen auszuweichen. Die gotische Pracht des Rathauses und das Albert Memorial davor interessierten Harry nicht. Um sich auf die Bänke rings um den Platz zu setzen, war es zu kalt, selbst wenn die Leute sich die Zeit dazu hätten nehmen können. Zeit war das einzige, was Harry im Übermaß besaß. Er fand die eisige Luft merkwürdig tröstlich, setzte sich in die Nähe einer Statue von Gladstone, zündete sich eine Zigarette an und richtete sich darauf ein zu warten.

Doch er brauchte nicht lange zu warten. Iris kam zu früh. Sie kam aus der Richtung, in die er nicht schaute, und setzte sich zögernd an das andere Ende der Bank. Sie trug einen grauen Mantel und einen schwarzen, pelzbesetzten Hut, Schuhe und Strümpfe waren ebenfalls schwarz. Warum Harry diese Anzeichen von Trauer so schmerzend fand, hätte er nicht zu sagen vermocht, nur, daß es ihm pervers vorkam, sie wegen etwas trauern zu sehen, das sie selbst herbeigeführt hatte.

»Hallo, Harry.« Sie sah blaß und mitgenommen aus, schlanker als bei ihrer letzten Begegnung. Ihr Kummer war echt, das wußte er, aber er nahm ihn ihr trotzdem übel. Und sein Groll hielt ihn von jedem Versuch ab, ihre Handlungsweise zu verstehen.

»Ich weiß nicht, was ich dir sagen soll, Iris. Verstehst du das? Nach dem, was du getan hast, weiß ich einfach nicht, was ich sagen soll.«

»Es war nicht leicht, Harry. Tatsächlich war es das Schwerste, was ich je getan habe.« Sie stellte eine volle Tragetasche wie eine Barriere zwischen ihnen auf die Bank. »Aber es war das Beste, wirklich. Das mußt du verstehen.«

»Warum? Warum muß ich das?«

»Weil er jetzt seinen Frieden hat. Den hätte er, mit Schläuchen an dieser Maschine hängend, nie gefunden. Sie hielten nicht ihn am Leben, sie hielten meine Hoffnungen am Leben. Ich mußte ihn sterben lassen. So einfach ist das.«

»O nein! Es ist alles andere als einfach!« Er wandte sich zur Seite und sah sie zum erstenmal direkt an. »Warum hast du nicht gewartet?«

»Weil ich keine Ahnung hatte, wie lange ich würde warten müssen. Die Zeitungen schrieben, daß Hammelgaard tot ist und daß die dänische Polizei einen Engländer namens Barnett sucht. Kannst du dir vorstellen, wie Ken darauf reagiert hat? Ich konnte ihm deine Version der Geschichte nicht erzählen, weil ich sie nicht kannte. Du fragst, warum ich nicht gewartet habe? Ehrlich gesagt, Harry, ich dachte, dein Schweigen würde bedeuten, daß ich ewig warten müßte, bis ich wieder von dir hören würde. Ken meinte …«

»Ja? Was hat Ken gemeint?«

»Daß du in Kopenhagen in ernstliche Schwierigkeiten geraten und abgetaucht bist.«

»Nicht weit daneben! Aber damit bist du nicht vom Haken. Ich bin wieder da, wie ich gesagt hatte. Wie du hättest wissen müssen. Und die dänische Polizei hat Hammelgaards Tod auf natürliche Ursachen zurückgeführt, und zwar lange bevor du David – wie nennt man das? – hast sterben lassen. Also, das verfängt nicht, oder? Versuch's mit was anderem, Iris. Versuch's mit der Wahrheit.«

»Also gut.« Sie legte den Kopf zurück, als schmerze er, und stieß einen langen Seufzer aus. »David hätte sich nie mehr erholt. Ich mußte ihn gehen lassen. Zu dieser Entscheidung zu kommen und daran festzuhalten, hat mir mehr abverlangt, als ich an Kraft besaß. Nachdem ich aber einmal so weit gekommen war, war Warten nicht mehr möglich. Ich hätte das Ganze nicht noch mal durchstehen können. Die Kraft hätte ich nicht gehabt. Tut mir leid, daß ich mein Wort brechen mußte. Ich versuche nicht zu leugnen, daß ich das getan habe. Ich versuche bloß zu erklären, warum ich geglaubt habe, ich müßte es tun.«

»Um Davids willen?«

»Ja. Er leidet jetzt nicht mehr.« Sie blickte ihn direkt an. »Du hättest es vorgezogen, wenn ich sein Leiden auf unbestimmte Zeit verlängert hätte, nicht? Damit du weiter dem Traum einer Wunderheilung nachjagen konntest, weil das für dich der Traum von etwas war, was du nie hattest: einen Sohn. Daraus mache ich dir keinen Vorwurf. Aber ich konnte dir oder mir das nicht länger erlauben. Ich mußte ein Ende machen. Und ja, wenn ich wirklich ehrlich bin: Ich hatte Angst, du könntest zurückkommen und es mir ausreden, wenn ich die Entscheidung aufgeschoben hätte.«

»Was wäre, wenn ich dir sagen würde, daß ich in den letzten paar Wochen der Möglichkeit, diesen Traum zu verwirklichen, etwas näher gekommen war?«

»Ich würde dir nicht glauben. Ich hatte die besten verfügbaren Berater. Ich habe eine zweite Meinung eingeholt, eine dritte und eine vierte. Sie haben alle dasselbe gesagt.«

»Ich habe Donna gefunden.«

»Und was hat sie gesagt?«

Das war der Augenblick, auf den er gewartet hatte, der Augenblick, in dem er ihre Ausflüchte mit der Enthüllung zerschmetterte, wieviel er erreicht hatte – und sie hatte den Preis weggeworfen, bevor er ihn gewinnen konnte. Doch als er sie jetzt in dem kalten, grauen Licht sah, die Anzeichen von Alter und Schwäche erkannte, zögerte er. Was würde dieses Wissen ihr antun? Welche Erinnerungen an ihren Sohn würde sie nach seinen Eröffnungen noch hegen können? Welchen Sinn hatte es, sich an ihr zu rächen?

»Also, was hat sie gesagt?«

Er neigte den Kopf und öffnete mit einer hilflosen, resignierenden Geste die Hand. Die Rache würde so oder so über sie kommen, was immer er sagte oder tat. Wenn die Wahrheit über Globescope einmal heraus war, würde Davids Ruf etwas sein, in das eine Mutter sich nicht mehr tröstend einhüllen konnte. Und auch das hatte Harry bewirkt. Plötzlich empfand er mehr Mitleid als Zorn, Mitleid mit Iris und David und sich selbst.

»Danke, daß du's versucht hast, Harry. Es ist nicht deine Schuld, daß du mit leeren Händen zurückgekommen bist.«

»Wenn du bloß wüßtest«, murmelte er, aber da sie nicht reagierte, wußte er nicht, ob sie ihn gehört hatte. Sicher hätte sie die Bedeutung seiner Worte auch nicht verstanden.

»Wenn du David noch sehen möchtest, vor der Beerdigung, könnte ich ...«

»Hätte Ken nichts dagegen?«

»Er braucht es nicht zu wissen. Ich könnte dich von hier aus direkt zur Kapelle bringen.«

»Aber dann würdest du von deiner Einkaufsexpedition zu spät nach Hause kommen. Sähe das nicht verdächtig aus?«

»Wenn du es schon wissen willst, Ken ist heute morgen nicht zu Hause. Er hatte in der Fabrik etwas zu tun, ein paar Sachen zu regeln, damit er Montag frei hat.«

»Für die Beisetzung?«

»Ja.«

»Wo soll sie stattfinden?«

»St. Bartholomew's, in Wilmslow. Danach das Krematorium in Manchester. Aber Harry ...«

»Ich bin dabei *Persona non grata*. Ist es das? Ein heimlicher Besuch in der Kapelle, während Ken sich um die Exportförderung kümmert, ist gerade noch akzeptabel. Aber daß ich dem Pfarrer die Hand schüttle, während du ihm erklärst, wer und was ich bin, ist nicht akzeptabel. Habe ich das richtig verstanden, Iris, ja?«

»Sei nicht wütend. Bitte! Du weißt, du hast nie wirklich ...«

»Ihn gekannt? Oder auch nur kennengelernt, richtig?«

»Das hast du ja auch nicht, oder?«

»Schau dir das an.« Er reichte ihr das Foto, das er in Davids Haus in Maple Place gefunden hatte und auf dem er im Hintergrund zu sehen war. »Das war in seinem Haus in Washington.«

»Du warst in Washington?«

»Ich war an vielen Orten. Aber du willst nicht wissen, wo oder warum.«

»Dieses Foto ... Wann wurde es aufgenommen?«

»Im August 88, auf Rhodos. Er hat mich schließlich doch gesucht, siehst du.«

»Aber das hast du nie erwähnt.«

»Ich habe es nicht gewußt. Er hat mich gesucht, aber was er fand, hat ihm nicht gefallen.« Das Foto zitterte in Iris' Händen. Sanft nahm Harry es ihr ab. »Du hast doch nichts dagegen, wenn ich es behalte, oder?«

»Nein.« Verwirrt sah sie ihn an. »Natürlich nicht.«

»Es ist alles, was ich von ihm habe. Du hast Erinnerungen aus einem ganzen Leben. Ich habe nur soviel, wie du mir läßt.«

»Das ist nicht fair.«

»Finde ich auch. Aber das Leben ist nicht fair, nicht? Und der Tod auch nicht. Du hättest warten sollen. Das hättest du wirklich.«

Tränen standen in ihren Augen. Ein einziger Blick auf ein Foto von ihrem Sohn, wie er einmal gewesen war – seltsamerweise mit dem Vater im Hintergrund, für den er sich angeblich überhaupt nicht interessierte –, hatte ihre Selbstbeherrschung erschüttert. Die Erkenntnis, daß sie David weniger gut gekannt hatte, als sie glaubte, machte ihre Trauer noch bitterer. Sie nahm ein Taschentuch heraus und tupfte sich die Tränen ab. »Tut mir leid«, sagte sie. »Zu dumm. Das passiert mir im Augenblick dauernd.« Sie atmete tief ein. Ihre Stimme klang wieder beherrscht. »Also, möchtest du ihn sehen?«

»Nein.« Zutreffender wäre gewesen, daß er es nicht ertragen würde, ihn zu sehen. David würde aussehen, wie er im Krankenhaus ausgesehen hatte, heiter und gelassen. Und das würde Harry nur daran erinnern, wie nahe er seiner Rettung gewesen war. Außerdem, wenn er Iris jetzt zu Davids Sarg begleitete, wo immer der stand, würde er damit zeigen, daß er seinen Ausschluß von der Beerdigung irgendwie akzeptierte. Ihr den bittersten Teil der Wahrheit zu ersparen, war eine Sache; zur Beschwichtigung ihres Gewissens beizutragen, eine ganz andere. »Du hast mich aus seinem Leben herausgehalten, dann halt mich besser auch aus seinem Tod heraus.«

»Es tut mir leid, Harry.«

»Ich weiß, mir auch. Und es wird uns beiden noch viel mehr leid tun.« Er stand auf und schloß seinen Mantel. »Wenn du gewartet hättest, hätte ich alles Menschenmögliche für dich getan. Für dich und David.«

»Du hättest nichts tun können.«

»Jetzt kann ich nichts mehr tun. Soviel steht fest.«

Sie sah zu ihm auf. »Leb wohl, Harry.«

Er erwiderte ruhig ihren Blick, zwang Verurteilung und

Verzeihung zu einer grollenden Ausdruckslosigkeit zusammen. Es gab nichts zu sagen. Der Abschied war nur ein Abwenden, das Schließen einer Tür. Die Zeit, die verborgene Dimension, holte sie ein. Was sie geteilt hatten, war vorbei. Was er zu tun im Begriff war, war nur die stillschweigende Anerkennung des Selbstverständlichen.

Er hob seine Hand, als wolle er winken, und ließ sie dann wieder fallen. Er verließ sie mit einem einzigen Blick – nicht tröstend, nicht ergeben, nicht versöhnt. Dann drehte er sich um und ging. Er blickte nicht zurück, und sie rief ihn nicht.

51. Kapitel

Der Zug nach London hatte kaum das Ende des Bahnsteigs verlassen, als Harry schon am Buffet stand und einen Scotch bestellte. Er stand an dem schmalen Fenster und sah, wie die grauen Straßen und Häuserfronten von Manchester an ihm vorbeizogen. Bewegte sich die Stadt, oder bewegte er sich? Er dachte über dieses hübsche Stück Relativität nach, während er den ersten Schluck Whisky trank. Nichts wurde dadurch klarer. Deshalb trank er ja schließlich, er hatte kein Bedürfnis nach Klarheit. Noch etwas mehr davon, und er würde bereuen, daß er Iris so leicht hatte davonkommen lassen.

»Guten Morgen, Ladys und Gentlemen«, plärrte eine Stimme aus einem Lautsprecher irgendwo über ihm.

»Hier spricht Ihr Zugführer. Willkommen an Bord des West Coast Intercity nach London-Euston. Dieser Zug hält in Stockport, Macclesfield, Stoke-on-Trent, Watford Junction und London-Euston.«

Warum, überlegte Harry, während er den Plastikbecher wieder an die Lippen hob, hatte er Iris nicht leiden lassen für das, was sie getan hatte? Weil er immer zu weich gewesen war, auf seine Art zu sehr Gentleman. Vielleicht faul und ohne

Ehrgeiz, aber niemals grausam oder rachsüchtig. Irgendwie ritterlich vielleicht, wenn diese Ritterlichkeit auch oft ignoriert oder mißverstanden worden war. Was das betraf, waren ihre Grenzen ja auch niemals erprobt worden. Hätte er ihr in all diesen Jahren auch beigestanden, wenn sie Claude gesagt hätte, daß sie von einem anderen Mann schwanger war, und er sie verstoßen hätte? Hätte er an ihrer und Davids Seite sein Bestes getan? Es war leicht, das zu bejahen und ihr vorzuwerfen, daß sie ihm keine Gelegenheit dazu gegeben hatte. Immerhin hatte sie ihm wenigstens den Zweifel gelassen, und Zweifel war immer ein zweischneidiges Schwert.

Doch der Zorn blieb. Er schien sogar zu wachsen, als der Whisky Harrys Trauer unterhöhlte. Er hatte sich solche Mühe gegeben, er hatte so viel erreicht, und doch hatte er versagt. Vielleicht wäre es besser gewesen, es überhaupt nicht zu versuchen. Viel besser, dachte er, leerte den Becher und ließ ihn nachfüllen, als ob dieser sterile, rasende Zorn alles sei, was bei seinen Bemühungen herausgekommen war.

Der Kellner am Buffet sah Harry mit hochgezogenen Augenbrauen an, bediente ihn aber höflich. Harry ging zum Fenster zurück und schaute wieder hinaus. Nichts an diesem farblosen Ausschnitt der Welt konnte ihn trösten. Es gab kein Pflaster für seine Wunden, keine Zielscheibe für seine Wut. Nur die vorbeiziehenden Vorstädte mit Spielplätzen und Einkaufszentren, Gewerbegebieten und Erholungsflächen, Einbahnstraßen und Überführungen. Es war alles...

HEWITT ENGINEERING. Seine Augen konzentrierten sich plötzlich auf den Namen, der in großen Lettern an einer Fabrikmauer stand. Da war er, mitten in einem Industriegelände neben den Gleisen. Hewitt Engineering – wo der gute alte Ken sogar jetzt seine Gewinne und Verluste prüfte und die Zeit einarbeitete, die er am Montag bei der Beerdigung seines Stiefsohns verlieren würde, einer Beerdigung, die herbeizuführen er sich so beflissen bemüht hatte. Ja, natürlich,

Ken Hewitt hatte eine Ingenieurfirma in Stockport. Iris hatte das ihm gegenüber erwähnt.

In diesem Augenblick bremste der Zug langsam ab. Sie befanden sich auf einer Eisenbahnbrücke, die über eine Schnellstraße und ein Stück des Mersey führte. Die Fabrik blieb zurück. »Der Zug läuft in wenigen Minuten in Stockport ein«, verkündete der Zugführer. »Nächster Halt Stockport.«

Harry leerte den Becher, drehte sich um und stellte ihn hart auf die Theke.

»Meinen Sie nicht, daß Sie genug haben, Sir?« fragte der Kellner sanft.

»Doch«, antwortete Harry. »Ganz entschieden.«

52. Kapitel

HEWITT ENGINEERING nahm ein dreieckiges Grundstück zwischen der M63 und der Eisenbahnstrecke ein. Im Hintergrund rostete auf unkrautübersätem Ödland ein totes Gleis vor sich hin. Der Parkplatz war fast voll, was auf eine gesunde Auftragslage schließen ließ; Ken Hewitt war nicht der Mann, der ohne guten Grund am Samstag Überstunden bezahlte. Ein Gabelstapler war an der Laderampe aktiv, es schien recht geschäftig zuzugehen. Zweifellos hatte der gute alte Ken nicht nur ein hartes Herz, sondern auch einen schlauen Kopf. Und er war da, Harry erkannte den dunkelgrünen Jaguar auf einem reservierten Parkplatz beim Eingang.

Harry stieß die Haupttür auf und betrat einen Empfangsraum, der mit Topfpflanzen und den gerahmten Zertifikaten technischer Tüchtigkeit dekoriert war. Hewitt Engineering hatte offenbar einen Queen's Award für technologische Leistungen erhalten. Wenn Ken seine Karten richtig ausspielte, würde er irgendwann sicher für einen Orden des British Empire oder etwas noch Preisträchtigeres gut sein. Kein

Wunder, daß er von seiner Frau nicht in die schmuddeligen Affären von Globescope hineingezogen werden wollte. Nicht, wenn ihm ein Platz auf der Neujahrs-Ehrenliste winkte.

Die Empfangssekretärin gehörte offenbar zu den Angestellten, die samstags nicht arbeiteten. Samstags gab es keine Vertreter abzuwimmeln, nahm Harry an. Damit war für ihn der Weg frei. Er ging eine Treppe hinauf, die so aussah, als führe sie ins Reich des Chefs.

Oben gab es einen langen, geraden Korridor, der an einer Reihe von Türen rechts und Fenstern links vorbeiführte, die den Blick auf das Wellblechdach der Werkhalle freigaben. Am hinteren Ende des Ganges stand eine Tür offen. Sie führte in ein Büro, das groß genug war, um dem Chef zu gehören. Der tauchte genau in diesem Moment aus einer der Zwischentüren auf und rief einem Angestellten über die Schulter zu: »Sorgen Sie dafür, daß sie es auch bestimmt tun. Ein Vielleicht reicht nicht.« In seinen Nadelstreifenhosen, mit blauem Hemd und straffen roten Hosenträgern und in seinem Heimatrevier wirkte er noch arroganter und dominierender, als er in Tweed und Kammgarn in der Servicestation Mitre Bridge ausgesehen hatte. Harry rief sich einen Augenblick lang all seine ausgezeichneten Gründe ins Gedächtnis, den Mann zu hassen. Dann trafen sich ihre Blicke.

»Barnett!«

»Morgen, Ken.«

»Was machen Sie hier?«

Harry blieb am oberen Treppenabsatz stehen. Sie starrten sich über die halbe Länge des Korridors hinweg an. »Ich wollte Ihnen guten Tag sagen. Dachte, ich könnte Manchester nicht verlassen, ohne bei Ihnen vorbeizuschauen.«

»Haben Sie Iris gesehen?«

»Allerdings. Wir waren verabredet. Hat sie Ihnen das nicht erzählt? Sie muß es vergessen haben. Na ja, ich nehme an, sie hat in letzter Zeit viel um die Ohren. Eine Beerdigung vorzubereiten und all das. Sie mußte ja sogar einen Todesfall herbeiführen. Oder war das Ihre Idee?«

»Ich habe Ihnen schon gesagt, daß Sie meine Frau in Ruhe lassen sollen.« Hewitt kam langsam auf ihn zu. »Sich Ihr dummes Zeug anzuhören, ist wirklich das letzte, was sie im Moment braucht.«

»Na, sie hat es sich aber angehört. Wissen Sie, warum? Weil es der Moment dafür ist. Weil unser Sohn tot ist. Wie Sie es haben wollten. Tot, aber noch nicht begraben.«

»Verschwinden Sie.«

»Mit Vergnügen. Sobald Sie ein paar Fragen beantwortet haben.«

»Ihre Fragen verdienen keine Antwort.«

»Sie haben sie ja noch gar nicht gehört.«

»Das brauche ich auch nicht.« Hewitt stand jetzt dicht vor Harry und funkelte ihn mit einem Blick an, den seine Angestellten zweifellos einschüchternd fanden. Er senkte die Stimme, vielleicht, damit keiner von ihnen hörte, was er zu sagen hatte. »Sie sind ein rückgratloses Arschloch, Barnett. Sie hatten eine Beziehung zu meiner Frau, eine dumme und bedauerliche Beziehung, die jetzt beendet ist. Mehr brauche ich nicht zu wissen. Von Ihresgleichen lasse ich mich nicht ausfragen.«

»Warum waren Sie so scharf darauf aus, daß David umgebracht wird?«

»Nur aus Rücksicht auf Iris rufe ich jetzt nicht die Polizei und lasse Sie festnehmen. Sie sind betrunken, Sie sind beleidigend, und dies ist Privatbesitz. Ich sage Ihnen, daß Sie gehen sollen. Sofort.«

»Wegen der Kosten seiner Behandlung? Weil er unser Sohn war und nicht Ihrer? Weil er der Sohn war, den Sie nie haben konnten?« Der letzte Satz kam impulsiv; Harry hatte nicht vorgehabt, etwas Derartiges zu sagen. Doch der Gesichtsausdruck des anderen verriet, daß er ins Schwarze getroffen hatte. »Wer von uns ist wirklich das rückgratlose Arschloch, Ken, he? Ich, oder...«

Hewitt kündigte den Schlag durch plötzliches Zähneknirschen und Augenaufreißen an. Harry sah ihn kommen und freute sich im gleichen Moment, ihn provoziert zu haben. Erbärmlich spät setzten seine Reflexe ein, er wich aus, und der Schlag ging ins Leere – Hewitt war offenbar in noch schlechterer Form als Harry. Er wurde vor Aufregung rot und verlor das Gleichgewicht, mußte sich am Geländer auffangen. Als er sich umwandte, schlug Harry ihm mit der Faust auf den Nasenrücken. Er hörte etwas krachen und fragte sich, ob das ein Knochen war oder das Geländer. Hewitt ächzte und fiel rückwärts, sank auf die oberste Treppenstufe wie ein Zeppelin, dem die Luft ausgeht. Blut begann aus seiner Nase zu strömen. Er hustete, stöhnte und hob eine Hand an sein Gesicht. Seine Augen rollten, ehe er den Blick auf Harry konzentrierte. Seine Arroganz war gänzlich verschwunden.

»Was zum Teufel ist hier los?« Aus einer Tür auf dem Korridor kam jemand und bewegte sich zögernd auf sie zu. Es war ein großer, schwerfälliger Mann von etwa vierzig Jahren, der aussah wie jemand, der einem Chef zu Hilfe eilen soll, den er mehr fürchtet als respektiert.

»Rufen Sie die Polizei, John!« brüllte Hewitt durch ein blutbeflecktes Taschentuch. Seine Stimme hörte sich an, als sei er schwer erkältet. »Ich glaube, dieser Bastard hat mir die Nase gebrochen.«

»Tatsächlich«, sagte Harry und grinste dümmlich, »glaube ich, daß *dieser* Bastard da mir den Daumen gebrochen hat.« Der Daumen pochte schmerzhaft. Er bewegte ihn probeweise und zuckte zusammen. »Aber ich glaube, das war's wert.«

»Stehen Sie nicht da und glotzen!« rief Hewitt, als John

sich noch immer nicht recht bewegte. »Verdammt, rufen Sie an.«

»Und ein gebrochener Daumen ist zweifellos besser als eine gebrochene Nase, nicht?« Harry war versucht, Hewitt in den Bauch zu treten, doch im gleichen Augenblick war ihm die Sinnlosigkeit klar. Er schüttelte abschätzig den Kopf und begann, die Treppe hinunterzugehen.

»Glauben Sie bloß nicht, daß Sie damit davonkommen«, brüllte Hewitt ihm nach.

Harry blieb auf halber Treppe lange genug stehen, um sich umzudrehen, Hewitt anzugrinsen und verächtlich zwei Finger zu heben. Dann ging er auf die Tür zu.

Die Welt draußen war unverändert kalt und grau. In einer Kapelle in Wilmslow lag der Leichnam seines Sohnes noch immer in seinem Sarg. Daran würde nichts etwas ändern. Überhaupt nichts. Harry hatte sich besser gefühlt, als er Hewitt schlug, doch er wußte, daß dieses Gefühl nicht anhalten würde. Als er über den Parkplatz ging, sah er einen halben Ziegelstein am Fuß der niedrigen Begrenzungsmauer, aus der er gefallen war. Er nahm ihn in die linke Hand, da die rechte sich jetzt gegen jede Bewegung wehrte, und drehte sich nach dem Bürogebäude um. In einem der oberen Fenster sah er John, der ins Telefon sprach und ängstlich zu ihm hinunterschaute. Harry traf seinen Blick und lächelte, dann zielte er und schleuderte den Stein gegen die Windschutzscheibe von Hewitts Jaguar. Er traf genau in die Mitte. Das Geräusch von zersplitterndem Glas übertönte manches andere, das in Harrys Herz und Kopf zerbrach. Aber nur für eine Sekunde. Für den Bruchteil einer Sekunde.

53. Kapitel

ZEHN TAGE SPÄTER um die Mittagszeit saß Harry auf den Stufen der Friedhofskapelle, ungefähr in der kalten, grünen Mitte des Friedhofs von Kensal Green. Mit der linken Hand hielt er eine Zigarette, denn die rechte, eingegipst bis auf die obersten Fingerglieder und die Daumenspitze, lag auf seinem Knie. Der Daumen war in einer Stellung fixiert, als wolle er Anhalter spielen. Doch hier gab es keine Autos anzuhalten. Harry hätte auch kein Ziel nennen können. Das dem Ende zugehende Jahr und das langsame, lautlose Zerfallen der Gräber und Särge ringsum entsprachen genau seiner Stimmung.

Der Tod, das begriff er nach dem seines eigenen Sohnes, war kein bloßes Erlöschen, sondern ein Ausradieren. Die zerbrochenen Säulen standen noch, die hohlen Helme gaben noch immer ein Echo, doch die Tausende von Namen – wie die Menschen,die sie einst bezeichnet hatten – verschwanden früher oder später unter dem Leichentuch völligen Vergessens. Die Denkmäler überdauerten die Erinnerung. Sie allein blieben in diesem versteinerten Wald von den Zeremonien der Sterblichkeit.

Er trat auf einer tieferen Stufe die Zigarette mit dem Absatz aus und machte sich daran, sich eine neue anzuzünden, was wegen des gebrochenen Daumens etwas kompliziert war. Dabei dachte er an den Tag, an dem er froh das Feuerzeug würde wegwerfen und zu den ehrlichen alten Streichhölzern zurückkehren können.

Weit entfernt auf der mittleren Allee von der Kapelle zum Osttor des Friedhofs tauchte eine Gestalt auf. Er nahm an, daß jemand den Friedhof besichtigte, denn es gab immer viel mehr Neugierige als Trauernde, wenn auch an kalten Tagen wie diesem beide selten waren. Merkwürdigerweise schien die Gestalt sich nicht für die Grabmäler zu interessieren. Er oder sie kam mit gleichmäßigen Schritten auf Harry zu, schaute weder nach rechts noch links und wurde irgendwo in der Nähe von John St. Johns griechischem Monument als Frau erkennbar. Eine zierliche, schlanke Frau in Jeans und dunkler Jacke mit Kapuze, die irgendeinen Beutel über der Schulter trug. Als sie an George Birkbecks Mausoleum vorbei war, wußte Harry, wer sie war.

»Hallo, Harry«, sagte Donna, als sie den Fuß der Treppe erreichte. »Schön, dich zu sehen.« Sie schenkte ihm ein schwaches Lächeln, das wegen seiner Unsicherheit irgendwie rührend war. »Darf ich mich zu dir setzen?«

»Du bist herzlich eingeladen.«

»Deine Vermieterin hat mir gesagt, wo du zu finden bist.« Sie stieg zu ihm hoch und setzte sich neben ihn. »Sie hat gesagt, daß du in letzter Zeit ziemlich oft hier bist.«

»Na ja, weißt du, hier hat keiner was gegen griechischen Tabak. Kann man heutzutage nicht von vielen Orten sagen.«

»Mach keine Witze jetzt.« Sie drückte durch den Mantelärmel seinen Arm. »Ich weiß, wie dir zumute sein muß.«

»Aber darum geht es doch, Donna. Ich fühle mich wie ein Witz. Oder wie das untere Ende von einem Witz. Ich laufe hier herum und versuche, die komische Seite des Ganzen zu sehen. Aber gelacht wird hier anscheinend nicht. Jede Menge weinende Engel und kein einziger, der grinst.«

»Ich bin gekommen, so schnell ich konnte.«

»Aber erst, als es sicher war, hoffe ich.«

»Hast du denn in den Zeitungen nichts darüber gelesen?«

»Mrs. Tandy sagte, da gäbe es was. Aber ich konnte mich einfach nicht damit befassen. Was haben sie gemacht? Die Geschichte in ein Riesentheater verwandelt – mit Lazenby als Bösewicht des Stücks und David als ehrlosem Kleindarsteller?«

»So ungefähr. Die Washington Post hat es ganz groß aufgemacht. Nicht alle Medien haben mitgemacht. Globescope ist geschlossen, und Lazenby ist abgetaucht. Welche Ironie, wenn man bedenkt, daß wir gerade wieder aufgetaucht sind.«

»Bist du sicher, daß er nichts gegen euch unternehmen wird?«

»Dann müßte er verrückt sein. Ich meine, Newsweek macht ihn verbal fertig, Filmstars belagern sein Haus, die Kunden von Globescope verklagen ihn, und seine leitenden Angestellten versuchen wahrscheinlich, irgendwelche Bücher an den Mann zu bringen, um das Geld hereinzuholen, das sie von ihm nicht mehr kriegen. Aber das alles ist viel weniger qualvoll, als er es verdient hätte. Juristisch ist ihm nicht beizukommen. Keiner der Todesfälle fällt in die Zuständigkeit der amerikanischen Rechtsprechung, und ich bezweifle, ob die britischen, französischen, kanadischen und dänischen Behörden Unterlagen für eine Anklage haben, von einem Auslieferungsbegehren ganz zu schweigen. Wenn Lazenby stillhält und sich nicht die Hände schmutzig macht, ist er nicht zu belangen. Und dasselbe …«

»Dasselbe gilt für euch.«

»Genau.«

»Ich bin froh, daß ich wenigstens das erreicht habe, Donna. Wirklich.«

»Ohne dich wären wir da nicht rausgekommen, Harry. Das weißt du!«

»Na ja, ihr wärt auch gar nicht erst reingeraten, nicht?«

»Du kannst nicht die Verantwortung für Davids Handeln übernehmen. Er stand für sich selbst ein.«

»Aber was für ein Mann wäre er geworden, wenn ich ihn als meinen Sohn großgezogen hätte? Das ist die eigentliche Frage. Und wie lautet die Antwort? Daran muß ich immer denken. Wäre er auch dann mit dreiunddreißig tot und entehrt? Ich glaube nicht. Jedenfalls möchte ich das nicht glauben.«

»Du hast wohl recht. Mit dir als Vater wäre er besser gewesen.«

»Nett von dir, das zu sagen.«

»Ich glaube zufällig daran. David hatte schon so früh so viele Begabungen, daß er blind war für seine eigene Fehlbarkeit.«

»Na ja, da hätte ich ihn sicher eines Besseren belehren können.« Harry hielt seine eingegipste Hand hoch. »Ich war nie in irgend etwas besonders gut, nicht?«

»Das ist Blödsinn. Du hast mich gerettet, Harry, und Makepeace und Rawnsley auch. Wir verdanken dir unser Leben. Und was David betrifft, mein Gott, es tut mir leid, daß sie ihn haben sterben lassen, wenn ich auch nicht glaube, daß Sandoval viel hätte für ihn tun können. Übrigens, Iris schien gar nichts von ihm zu wissen. Wieso hast du ihn ihr gegenüber nicht erwähnt?«

»Das schien nicht mehr viel Sinn zu haben.«

»Also hast du sie geschont, trotz ihres gebrochenen Versprechens! Siehst du, was ich meine? Kein so schlechtes Beispiel. Ich habe ihr zu erklären versucht, wie dankbar wir dir alle sind, aber ich bin sicher, daß sie nicht viel davon begriffen hat. Die Berichte in den Zeitungen haben sie schwer getroffen. Als Nachrufe waren sie gräßlich. Das und dazu Ken Hewitt als Ehemann – ihre Zukunft muß ziemlich öde aussehen. Aber soweit ich weiß, hat sie die Klage gegen dich wegen tätlichen Angriffs zurückgezogen, also hat sie offenbar erkannt, daß man dir nicht die Schuld an dem geben kann, was passiert ist.«

»Wirklich? Ich hatte angenommen, Ken hätte sie zurückgezogen aus Angst davor, was ich vor Gericht sagen könnte. Aber du hast wahrscheinlich recht. Iris ist keine bösartige Frau. In mancher Hinsicht wünschte ich, sie wäre es. Dann würde sie mir weniger leid tun.«

»Von dir selbst ganz zu schweigen?«

»Ach, Selbstmitleid. Das ist deine Diagnose, nicht?«

»Sag du's mir. David ist tot. Das ist eine Tatsache. Er ist tot, aber nicht, weil du nicht versucht hättest, etwas für ihn zu tun. Auch das ist eine Tatsache. Es gibt vieles, was man bedauern kann, aber nichts, wofür man sich schämen müßte. Du scheinst nicht zu erkennen, was du für ein außerordentlicher Mensch bist. Ich bin nicht nur mit dir ins Bett gegangen, weil du zufällig da warst, weißt du.«

Mit einem halben Lächeln fuhr Harry ihr mit den Fingerspitzen der rechten Hand über die Wange und erinnerte sich dabei an die unerträgliche Weichheit ihres Körpers. Wenn nur alles so einfach gewesen wäre wie das, was in jener Nacht geschehen war. Wenn nur der Geist seines toten Sohnes und ihres ehemaligen Liebhabers nicht zwischen ihnen stünde und außerdem ein Altersunterschied, den er gar nicht ausrechnen mochte. Aber so zu tun, als könne man solche Dinge beiseite schieben, war der erste Schritt zu noch größerer Trostlosigkeit, als er schon empfand. Einer ersten Illusion war er vergebens nachgejagt. Er war zu klug, um das nochmals mit einer zweiten zu tun.

»Was wirst du jetzt machen, Harry?«

»Ach, dies und das. Den Alltagskram, du weißt schon. Weiterleben.«

»Nennst du das Weiterleben, wenn du hier in dieser vermodernden Totenstadt herumsitzt?«

»Wahrscheinlich. Na ja, diese Leute hier sind genauso real wie irgendwer in der City, nicht? Oder sie waren es. Und da die Zeit nur eine Dimension wie jede andere ist, bedeutet das, daß sie's noch immer sind, nicht? Die Zeit ist das einzige, was uns trennt. Vielleicht, wenn ich lange genug hier sitze, tut sie es nicht mehr.«

»Mir gefällt nicht, wie sich das anhört. Ich würde dir gern helfen.«

»Das kannst du.« Er drehte sich auf der Stufe um und sah sie an. »Geh nach Hause, Donna. Mach mit deinem Leben weiter, fang an, es wieder zu genießen. Schließ einen Buchvertrag über eine Million Dollar: ›Globescope, die ganze Geschichte‹. Müßte ein Bestseller werden. Könnte sogar die Zukunft verändern. Die kann man nämlich leichter verändern als die Vergangenheit.«

»Aber was ist mit der Vergangenheit?«

»Vergiß sie. Sie ist vorbei.«

»Du sprichst nicht wie der Harry, den ich in Chicago kennengelernt habe.«

»Nein, weil ich nicht mehr der Harry bin, den du in Chicago kennengelernt hast. Oder der Harry, der noch vor sechs Wochen fröhlich sein Leben verplemperte, ohne zu wissen, daß er einen Sohn hatte, der im Krankenhaus im Koma lag.«

»Und wer ist Harry jetzt?«

»Ein Mann mit offenen Augen, der in den Spiegel schaut und dem das, was er da sieht, nicht sonderlich gefällt.«

»Also, ich sehe dir über die Schulter, und ich finde den Anblick so übel nicht.«

Harry brachte ein zerknirschtes Grinsen zustande. »Danke.«

»Wenn all das vorbei ist, warum fliegst du nicht nach Kalifornien und bleibst eine Weile da?«

»Das ist eine Einladung, die du vielleicht noch bereuen wirst.«

»Glaube ich nicht. Wie lautet die Antwort?«

»Die Antwort lautet: vielleicht. Wenn es soweit ist, findest du es vielleicht keine so gute Idee mehr.« Er beugte sich hinüber und küßte sie zart auf die Wange. »Warten wir's ab.«

Harry ging mit Donna zum Bahnhof von Kensal Green und wartete mit ihr auf dem Bahnsteig auf den Zug nach Süden. Sie war unterwegs nach Heathrow, um nach Kopenhagen zu fliegen. Margrethe Hammelgaard hatte das Recht auf eine Erklärung. Vielleicht am meisten von Harry, aber er war froh, diese Dinge Donna zu überlassen. Er hatte sich nicht einmal mit Athene Tilson in Verbindung gesetzt, wie er versprochen hatte. Er brachte auch nicht die Energie auf, sich zu überlegen, was sie sich dabei denken würde. Dasselbe galt für alle anderen Betroffenen des Globescope-Skandals. Seine Rolle bei dessen Aufdeckung hatte ihn ausgelaugt und richtungslos zurückgelassen; ihm war kaum etwas bewußt, außer daß Davids Tod einen Hohn aus seinen großen Prätentionen gemacht hatte. Er wußte, daß er sich selbst bemitleidete, aber er wußte auch, daß das besser war, als das Mitleid anderer zu akzeptieren. Als er Donna zum Abschied küßte und zusah, wie die Türen sich hinter ihr schlossen und der Zug aus dem Bahnhof rollte, war er sicher, daß er ihre Einladung niemals annehmen würde. Wenn er jetzt in den Spiegel sah, würde ihm niemand über die Schulter schauen. Das entsprach zwar nicht seinen Wünschen, aber er hatte sich so entschieden.

Langsam verließ er den Bahnhof und blieb am Eingang stehen. Die Foxglove Road lag rechts, der Friedhof geradeaus, das Stonemason's Arms links. Nachdem er sich umständlich eine neue Zigarette angezündet hatte, wandte er sich nach links und beschleunigte seine Schritte.

54. Kapitel

Der Dezember war schon immer Harrys schwarzer Monat gewesen. Ohne Job, der ihn ablenkte, ohne Verantwortung und ohne Zukunft, die es wert war, sich darauf zu freuen, versank Harry ohne große Gegenwehr in Mutlosigkeit und gelegentlicher Verzweiflung. Die Jagd der Medien auf Byron Lazenby nahm er kaum wahr. Er erhaschte einen kurzen Blick auf ein Foto von Lazenby auf der Titelseite von *Time*, auf dem er ziemlich gequält aussah. Die Schlagzeile dazu lautete: *Eine Vorhersage, um dafür zu sterben: Globescopes selbstzerstörerische Botschaft für die Jahrtausendwende.* Weil Mrs. Tandy es ihm erzählte, wußte er auch, daß die Sonntagsblätter sich genußvoll auf die Affäre stürzten und sogar Iris in Wilmslow belagerten. Aber sie sagte nicht viel, vor allem absolut nichts über den leiblichen Vater ihres verstorbenen Sohns. Also war Harry vor den Nachrichtenjägern sicher, aber nicht vor der Hoffnungslosigkeit.

Die war ihm immer noch auf den Fersen, als Weihnachten mit seiner von gutem Willen befrachteten Unvermeidlichkeit kam. Mrs. Tandy reiste wie gewohnt für zehn Tage zu ihrer Nichte nach Leamington. Harry verbrachte die Feiertage normalerweise bei seiner Mutter in Swindon und konnte sich keine akzeptable Ausrede ausdenken, um dieses Jahr eine Ausnahme zu machen. Ihm wäre es lieber gewesen, das Fest in mißgelaunter Einsamkeit in Kensal Green zu verleben, aber das seiner Mutter zu erklären, war einfach undenkbar. Also reiste er Heiligabend gehorsam in die Falmouth Street 37 in Swindon, in das Haus, in dem er geboren war und manchmal zu sterben fürchtete.

Ob seine Mutter irgendeine Verschlechterung seines Aussehens oder Gemütszustandes wahrnahm, war nicht festzustellen. Der Gips an seiner rechten Hand war kürzlich abgenommen worden, und so brauchte Harry keinen gebrochenen Daumen zu erklären. Er gab sich so jovial, wie er konnte, und zog sich so oft wie möglich in das Glue Pot Inn zurück, aber nicht häufiger, als seine Mutter es gewohnt war. Globescope und der Name David John Venning bedeuteten ihr nichts, und Harry war entschlossen, es dabei auch zu belassen. Harrys Mutter wußte schon lange, daß sie einen Taugenichts zum Sohn hatte. Da brauchte man ihr nicht auch noch einen toten Enkel zuzumuten.

Drei Tage nach Weihnachten saß Harry an der Bar des Glue Pot und versuchte, den Pegel milder Berauschtheit zu erreichen, den er für notwendig hielt, um einen Nachmittag lang die unverdünnte Gesellschaft seiner Mutter zu ertragen, als so ungefähr der letzte Mensch, den er je dort zu sehen erwartet hatte, durch die Tür kam.

»Zohra! Das ist...«

»Eine Überraschung?«

»Ja. Aber eine angenehme, wirklich!« Es stimmte. Zohra, die er eher als eine Freundin betrachtete denn als die Ehefrau, als die das Gesetz sie auswies, sah nicht nur gut, sondern geradezu strahlend aus. Sie hatte ihre Frisur geändert, ihre Brille gegen Kontaktlinsen vertauscht und sich eine vorteilhaftere Garderobe zugelegt, seit sie nach Newcastle gezogen war. Der pflaumenfarbige Mantel mit dem passenden Tudorhut, den sie anhatte, waren für diese Umgebung übertrieben elegant. Doch was auffiel, war die Selbstsicherheit, mit der sie sie trug. Sie war nicht mehr die unsichere junge Frau, die Harry vor der Abschiebung bewahrt hatte. Sie hatte nicht nur einen britischen Paß gewonnen, sondern auch den Glauben an sich selbst, und das sah man. »Was führt dich nach Swindon?«

»Du, Harry. Möchtest du mit mir Tee trinken gehen? Wir haben etwas zu besprechen.«

Sie nahmen den Tee an einem prasselnden Feuer in der gemütlichen Atmosphäre des Castle and Ball Hotel in Marlborough. Der schicke kleine Wagen, in dem Zohra sie hinfuhr, war eine weitere Überraschung für Harry. Das Leben behandelte sie eindeutig besser als ihn, aber Neid war nie seine Sache gewesen. Er freute sich für sie, und er freute sich doppelt, daß er ihr einst geholfen hatte. Das war der Beweis, daß zumindest einige Dinge, die er tat, sich zum Guten auswirkten, und den hatte er sehr nötig.

»Deine Mutter hat mich nie gemocht, nicht?« sagte Zohra, während sie Harrys Tasse füllte. »Sie hat mich ziemlich finster angesehen, als du ihr gesagt hast, daß wir für den Nachmittag ausgehen würden.«

»Sie hat nie verstanden, warum ich dich geheiratet habe, das ist alles. Ich hab's natürlich zu erklären versucht, aber eine Ehe aus anderen Gründen, als um ein Leben lang zusammenzubleiben und Kinder großzuziehen, ist eine Vorstellung, die ihr völlig fremd ist.«

»In gewissem Sinn bin ich ihrer Meinung.«

»Na ja, ich auch, aber ...«

»Tatsächlich ist es das, worüber ich mit dir reden möchte. Ich habe jemanden kennengelernt. Einen neuen Junior in der Praxis. Er, nun, er möchte mich heiraten. Und ich möchte ihn heiraten.« Sie lächelte Harry nervös an, als suche sie seine Zustimmung. »Du und ich leben jetzt mehr als drei Jahre getrennt. Es sollte relativ schnell gehen, die ... nötigen Schritte zu unternehmen.«

»Scheidung, meinst du?«

»Ja. Ich würde mich natürlich um alles kümmern, auch dafür sorgen, daß du weder Ärger noch Kosten hast. Es ist bloß eine Formalität.«

Zohra hatte natürlich recht. Es war nur eine Formalität. Er hatte sie gerettet, und das war jetzt nicht mehr nötig. Aber er konnte nicht anders, er wünschte sich, es wäre nur nicht gerade jetzt passiert, wo er nichts weniger brauchte als einen weiteren Beweis für seine Entbehrlichkeit.

»Ich werde nie vergessen, was du für mich getan hast, Harry. Ich habe Neil alles darüber erzählt. Du wirst ihn mögen, wirklich. Und wir bleiben in Verbindung, nicht? Es wird sich nichts ändern.«

»Nein, das denke ich auch.«

»Also wirst du mir helfen, die Sache schnell durchzuziehen?«

»Aber ja, keine Sorge, Zohra, ich werde dir keinerlei Schwierigkeiten machen.«

Nach Zohras Besuch fand Harry es schwierig, nicht mehr als nur ein weiteres Jahr seines Lebens zu Ende gehen zu sehen. Die Ereignisse hatten ihn gedrängt, nicht nur vorwärts, sondern auch rückwärts zu schauen, und der Weg schien in beiden Richtungen leer. Am Silvesterabend ging er hinaus zu dem Haus in Holyrood Close, das er damals im Sommer 1960 im Auftrag von Claude Venning angestrichen hatte. Es sah bemerkenswert unverändert aus, nur war der Garten mehr zugewachsen, und die hölzernen Türen und Fenster waren durch Doppelfenster und Türen aus Kunststoff ersetzt worden. Man brauchte sie nicht mehr anzustreichen. Das hatte sich erledigt.

Harry begrüßte das neue Jahr mit verzweifeltem Schwung im Glue Pot und war den Tag über zu verkatert, um viel zu sprechen. Von Konzentration auf die Aufgaben, die ihn zu Hause in London erwarteten, konnte erst recht nicht die Rede sein. Zuerst würde er sich einen neuen Job suchen müssen. Wie Harry aus Erfahrung wußte, gab es nichts, das einen Menschen so über sich selbst hinauswachsen ließ wie ökonomische Notwendigkeit. Er versicherte seiner Mutter, darum würde er sich zuallererst kümmern. Sie schaute skeptisch drein, servierte ihm aber am nächsten Morgen ein Abschiedsfrühstück, das einen Gleisarbeiter für eine Woche ernährt hätte.

»Du siehst schon so blaß aus, seit du gekommen bist, Harold. Hast du irgendwas?«

»Das Alter, Mutter. Das ist alles.«

»Du solltest besser auf dich achtgeben.«

»Wozu?« hätte Harry am liebsten gefragt. Doch er brachte ein beruhigendes Lächeln zustande. »Das werde ich auch. Von jetzt an.«

Der Mann, der Harry im Zug nach London gegenübersaß, verbrachte die ganze Fahrt hinter seiner Zeitung. Harry ertappte sich dabei, daß er die Artikel auf der jeweils ihm zugewandten Seite studierte. Zu seinem Entsetzen erblickte er gleich hinter Didcot in einer Schlagzeile das Wort *Globescope* und konnte sich nicht enthalten, den Artikel zu lesen. Es war eine Spekulation darüber, ob man die düsteren Vorhersagen von Projekt Sibylle für das Jahr 2050 ernst nehmen sollte. Die Experten waren darüber offenbar geteilter Meinung. Byron Lazenby war anscheinend nicht der einzige, der es für richtig hielt, den Leuten nur das zu sagen, was sie hören wollten, was die Sinnlosigkeit von Davids Tod nur noch einmal bestätigte. Der einzige Trost für Harry bestand in dem Gedanken, daß er 2050 nicht mehr leben würde, um herauszufinden, ob David, Donna und die übrigen sich geirrt hatten oder nicht. Die Zeit würde es erweisen. Aber nicht für ihn.

Die Banken hatten geschlossen; es war der letzte Feiertag in der langen Abfolge von Weihnachten und Neujahr. Das Stonemason's war deshalb den ganzen Tag geöffnet. Auf dem Heimweg machte Harry dort Station und blieb länger, als er vorgehabt hatte. Es spielte keine große Rolle. Mrs. Tandy wollte erst am Mittwoch aus Leamington zurückkommen. Er konnte nach Hause gehen, so spät er wollte – und in beliebigem Zustand.

Tatsächlich war es schon nach sechzehn Uhr an diesem kalten und bereits frostigen Nachmittag, als er in der Foxglove Road 78 den Schlüssel ins Schloß schob. Er trat in den Flur, stellte seine Tasche ab, schloß die Tür und nahm sich vor, nicht mehr bis in den Nachmittag im Stonemason's zu bleiben, wenn er dort eigentlich nur zu Mittag essen wollte. Das war nicht die richtige Art, sich endlich am Riemen zu reißen. Er würde den Januar nicht so fortsetzen, wie er ihn begonnen hatte. Soviel stand jedenfalls fest.

Die Tür flog auf, als er darauf zuging, und eine Gestalt stürmte in den Flur, drängte ihn rückwärts an die Wand und nagelte ihn dort fest, eine Hand an seinem Hemdkragen, ein Knie zwischen seinen Beinen. Was er zuerst erkannte – die Waffe, die aus solcher Nähe auf ihn gerichtet war, daß er den Lauf unscharf sah, oder das schwitzende, verzerrte Gesicht von Byron Lazenby dahinter –, war schwer zu sagen. Aber auf einmal war er stocknüchtern – und sehr, sehr erschrocken.

»Hallo, Norman«, krächzte Lazenby außer Atem. »Oder lieber Harry?«

»Ich… Hören Sie, um Gottes…«

»Spielt jetzt auch keine Rolle mehr. Ich habe eine wichtigere Frage an Sie. Eine richtige Preisfrage.« Lazenby grinste und spannte den Revolver. »Fällt Ihnen ein einziger Grund ein, ein einziger verdammter Grund, warum ich Ihnen nicht den verdammten Kopf wegblasen sollte?«

55. Kapitel

UNGESCHICKT WIE zwei ineinander verhakte Krebse waren sie in Mrs. Tandys Wohnzimmer gepoltert und hatten dabei eines ihrer indischen Messingtabletts von der Wand geschlagen. Es war mit lautem Zimbelhall zu Boden gefallen, und für den Bruchteil einer Sekunde hatte Harry den merkwürdig heiteren Eindruck gehabt, Lazenby hätte geschossen. Der Tod, so schien es, war wie eine Fahrt mit der U-Bahn: lärmend, aber schmerzlos.

Doch der Tod war noch immer nicht mehr als eine Bedrohung, die von dem kalten, harten Druck unter seinem Kinn ausging. Diese Bedrohung war real und erschreckend direkt. Lazenby hatte ihn gegen das Sofa gedrängt, seinen Kragen fester gepackt und die Frage wiederholt, auf die Harry anscheinend keine Antwort hervorbringen konnte.

»Was sagen Sie, Harry? Ich bin versucht, sehr stark versucht, abzudrücken. Wollen Sie mich nicht überreden, das zu lassen?«

»Hören Sie, können wir nicht miteinander reden? Ich meine...«

»Aber wir reden doch. Und Sie sind nicht sehr überzeugend.«

»Schon gut. Schon gut.« Harry schluckte und spürte den Lauf der Waffe wie einen Kloß in der Kehle. »Seien wir vernünftig. Ich hörte, daß man Ihnen gesetzlich nichts anhaben kann. Warum wollen Sie daran etwas ändern? Warum wollen Sie zum gesuchten Mörder werden?«

»Warum?« Lazenby grinste. »Wegen der Befriedigung, Sie Scheißkerl. Wissen Sie nicht, was Sie mir angetan haben? Ich wünschte fast, ich würde tatsächlich angeklagt, statt daß mich die Piranhas sämtlicher Zeitungen, Zeitschriften und Fernsehmagazine der westlichen Welt bei lebendigem Leib auffressen. Mein Geschäft ist bankrott, mein Ruf ist ruiniert, mein ganzes Leben ist zerstört. Ich bin der öffentliche Buhmann Nummer eins, zwei, drei und so weiter. Ich habe nicht mal die Chance, mich vor Gericht reinzuwaschen, und all das verdanke ich Ihnen, Harry! Also fragen Sie mich nicht, warum. Sagen Sie mir, warum *nicht*.«

»Weil Sie selbst daran schuld sind. Sie haben vier Leute umgebracht und sind damit davongekommen. Hiermit würden Sie nicht davonkommen.«

»Erzählen Sie mir keinen solchen Unsinn. Alle anderen glauben, daß ich schuldig bin. Natürlich! Aber Sie wissen, daß ich's nicht bin.«

»Sie versuchen doch wohl nicht...«

»Zum Teufel damit! Ich werde Ihnen sagen, warum Ihr Gehirn nicht schon drüben an der Wand klebt: Weil ich die Wahrheit wissen will, Harry. Ich will die gottverdammte Wahrheit wissen. Warum haben Sie mir das angetan? Sagen Sie's mir. Erzählen Sie mir die ganze Geschichte, und vielleicht – wenn Sie mich genügend rühren – lasse ich Sie am Leben.«

»Ich weiß nicht, wovon Sie reden.« Lazenby hatte die Wahrheit verlangt, und Harry hatte gesagt, was er wußte, aber es war nicht das, was Lazenby hören wollte. Seine kalten blauen Augen bohrten sich in Harrys, und die Botschaft war klar zu erkennen. Er meinte es ernst. Es gab keinen Ausweg, für keinen von ihnen. »Ehrlich, ich weiß es nicht. Ich habe das Band gestohlen, damit Sie nicht noch jemanden umbringen. Um bekannt zu machen, was Sie taten. David Venning war mein Sohn.«

»Das habe ich alles von Ablett gehört. Ich will es nicht noch mal hören. Wir wissen beide, daß Sie dahinter ein anderes Spiel spielen. Aber ich pfeife es ab. Das Spiel ist vorbei.«

»Ablett? Ich verstehe nicht.«

»Wenn Sie erwarten, daß ein Schleimer wie er den Mund hält, dann sind Sie ein Idiot, und zufällig glaube ich nicht, daß Sie das sind. Er hat mir die Lüge erzählt, die Sie denen in Dallas über Hammelgaards letzte Botschaft verkauft haben. Auch, daß Sie Vennings Vater wären. Er hat mir alles erzählt. Ich brauchte ihm nicht mal eine Waffe an den Kopf zu halten, um ihn dazu zu bringen.«

»Das war keine Lüge!«

»Hören Sie mir zu, Harry, hören Sie gut zu. Die Welt glaubt, daß ich vier Morde in Auftrag gegeben habe, und ich kann die Welt nicht davon überzeugen, daß sie sich irrt. Aber ich weiß es, weil ich es nicht getan habe. Ich bin unschuldig. Sie und ich wissen das sehr gut.«

»Nein. Ich nicht. Das ist...«

»Ihre letzte Chance. Das ist es! Ich mache es Ihnen leicht. Ich erzähle Ihnen mal, was ich schon herausbekommen habe. Es hat etwas mit Slade zu tun, richtig? Etwas mit höheren Dimensionen. Hammelgaard und Venning erforschten sie. Slade gab damit an, daß er sie bei seiner Vorstellung benutzt. Das ist die Verbindung, das muß sie sein. Nichts anderes paßt. Und ich habe meine Recherchen gemacht. Sie waren in Kopenhagen, als Hammelgaard starb, und Slade war der letzte Mensch, der mit Venning gesprochen hat, bevor er in ein tödliches Koma fiel. Das steht fest. Und Slade war in Paris, als Mermillod starb. Und Sie – also, wo waren Sie, als Kersey seinen letzten Atemzug tat? Vielleicht in Montreal? Dazu braucht man nicht viel Phantasie. Ich weiß, daß Slade zu der Zeit hier in London auf der Bühne stand. Also müssen Sie es gewesen sein, stimmt's?«

»Ich war noch nie in meinem Leben in Montreal!«

»Spielen Sie doch kein Theater, Harry. Ich bin Ihr Publikum, und ich kann Ihnen viel Schlimmeres antun, als Sie mit faulem Obst zu bewerfen.«

»Das ist kein Theater. Es ist die …« Irgendwo im Haus ertönte ein Geräusch. Ein Plumps, gefolgt von einem Schlittern. Harry wußte sofort, woher es kam. Neptun, der während seiner und Mrs. Tandys Abwesenheit von Mrs. Edwards aus Nummer 75 gefüttert worden war, war durch die Katzentür hereingekommen und suchte nach den Köstlichkeiten, die Mrs. Edwards für ihn hingestellt hatte. Aber Lazenby wußte nichts von solchen Haustiertrivialitäten. Seine Augen verengten sich argwöhnisch.

»Was zum Teufel war das?« flüsterte er.

»Ich weiß nicht. Keine Ahnung!«

Die Küchentür quietschte. Es klang, als habe Neptun ihre Anwesenheit entdeckt und komme nachsehen.

»Da draußen ist jemand«, murmelte Lazenby. Er wandte sich halb der Tür zu. Der Lauf der Waffe rutschte von Harrys Hals. Das war seine Chance, und er wußte, daß er sie ergreifen mußte. Er warf sich zur Seite, holte mit dem rechten Arm aus und stieß Lazenby mit Wucht seinen Ellbogen gegen das Kinn. Lazenby ächzte und fiel gegen das Sofa und dann wie betäubt zu Boden. In der Hoffnung, er sei es, zumindest für die paar Sekunden, die er brauchte, um zu entkommen, stürzte Harry auf die Tür zu.

Auf halbem Weg dorthin stolperte er. Dem Quieken hinter und unter sich entnahm er, daß Neptun die Ursache dafür war, der dumme, übergewichtige Kater. Harry hörte ihn davonlaufen, während er sich auf alle viere aufrappelte. Dann dröhnten seine Ohren von einer Explosion. In der Wand gähnte ein Loch, wo vorher der Lichtschalter gewesen war. Gips rieselte ringsum herunter, Ziegelstaub und Kordit stachen ihm in Augen und Nase.

»Stehen Sie ganz langsam auf«, befahl Lazenby.

Harry stand so langsam auf, wie seine zitternden Muskeln es zuließen, und starrte auf das Gewirr freiliegender Kabel in der Wand, wo die Kugel eingeschlagen hatte. Er stellte sich das blutige Chaos vor, das sie aus seinen Knochen gemacht hätte.

»Drehen Sie sich um.«

Harry gehorchte. Hohläugig, unrasiert und in einem so schmutzigen und zerknitterten Anzug, als habe er darin geschlafen, glich Lazenby gar nicht mehr dem glatten Geschäftsmann, den Harry in Washington getroffen hatte. Eine schreckliche Erkenntnis drang durch Harrys Angst: Lazenby sagte die Wahrheit. Er war betrogen worden, und er hatte jeden Grund zu der Annahme, daß Harry zu denen gehörte, die ihn betrogen hatten.

»Ich schätze, da haben Sie sich eines der neun Leben der Katze geborgt, Harry. Aber ein zweites Mal werden Sie kein Glück haben, glauben Sie mir. So einfach läuft das nicht. Lassen Sie mich Ihnen etwas erklären. Ob ich Sie umbringe oder nicht, ist nur eine Entscheidung am Rande. Es könnte so oder so ausgehen. Je nachdem, wie stark mein Kinn schmerzt, wenn die Betäubung weicht, beispielsweise. Oder ob mir Ihre Wortwahl gefällt. Verstehen Sie, was ich meine? Sie balancieren auf einem Drahtseil, mein Freund, und zwar über dem tiefsten Abgrund, den es gibt. Ich rate Ihnen, nichts zu versuchen, was Sie aus dem Gleichgewicht bringen könnte.«

»Byron, Gott ist mein Zeuge: Ich bin Davids Vater. Hammelgaard hat mich wirklich gebeten, seinen Freunden eine Nachricht über das Band zu bringen. Ich habe das Band gestohlen, um weitere Morde zu verhindern, für die ich Sie verantwortlich glaubte. Ich fand, man müsse Sie stoppen. Ich dachte, Sie stünden hinter all dem.«

»Und was denken Sie jetzt?«

»Ich weiß nicht, was ich denken soll. Wenn Sie es nicht waren, wer dann? Und warum?«

»Sie und Slade waren es, wie ich Ihnen sagte. Und was den Grund angeht, den sagen Sie jetzt mir.« Lazenby trat näher, hob die Waffe und drückte den Lauf an Harrys Stirn. Eine Sekunde lang war Harry sicher, er werde ohne ein weiteres Wort abdrücken. Er fragte sich, ob sein Herz vor lauter Angst stehenbleiben würde, ehe die Kugel in sein Gehirn drang. Dann sagte Lazenby: »Kommen Sie, Harry. Worum geht es eigentlich?«

»Es geht um das Projekt Sibylle und Davids Versuch, Sie zu erpressen. Es geht um die Schritte, die Sie unternahmen, um zu verhindern, daß ihr Bericht ans Tageslicht kommt. Worum sonst sollte es gehen?«

»Das reicht nicht.«

»Mehr weiß ich nicht.«

»Das kann nicht alles sein.«

»Ist es aber.«

»Jetzt ist nicht der Moment, mich hinzuhalten. Sie bluffen mit schlechten Karten.«

»Ich bluffe nicht.«

»Leben Sie wohl, Harry.«

»Warten Sie. Um Himmels willen ...«

»Ich werde die Wahrheit dann eben aus Slade herausquetschen, das ist Ihnen doch klar? Ich werde es so oder so herausfinden. Sie sterben für nichts.«

»Aber ich habe Ihnen alles gesagt, was ich weiß.«

»Das ist Ihre letzte Chance. Ihre allerletzte.«

Die Waffe schien sich in Harrys Schädel zu bohren, während Lazenby ihm in die Augen starrte. Seine letzte Chance war keine Chance. Er konnte nichts sagen oder tun. Instinktiv schloß er die Augen und atmete ein letztes Mal tief ein. Er hörte ein Klicken. Das war, nahm er an, das Vorspiel zum Vergessen. Dann…

»Okay. Sie haben gewonnen.«

Harry atmete aus und öffnete die Augen. Lazenby sah ihn forschend an, als hätten die Ereignisse ihn überrascht und verwirrt. Langsam nahm er die Waffe herunter und neigte den Kopf.

»Sie dachten, ich würde Sie umbringen, richtig?«

»Ja.«

»Wollte ich auch. Aber Sie machen mir Sorgen. Ich dachte, Sie würden mir alles erzählen, was ich wissen will.«

»Aber ich weiß doch nicht mehr!«

»Das macht mir ja Sorgen. Die Möglichkeit, daß Sie ehrlich sind, daß Sie vielleicht selbst nur für jemand anderen den Dummkopf abgeben.«

»Das muß so sein!«

»Slade?«

»Ich weiß nicht.«

»Ich auch nicht. Aber ich schätze, wir sollten es herausfinden. Zeit, daß wir dem Zauberer einen Besuch abstatten.«

»Wir?«

»Ganz recht, Harry. Sie und ich, und zwar jetzt sofort. Ich habe ein Auto draußen, brauche einen Fahrer, und Sie haben sich gerade freiwillig dafür gemeldet.« Er nahm einen Autoschlüssel aus der Tasche und warf ihn Harry zu, der ihn mit knapper Not auffing. »Gehen wir.«

56. Kapitel

Harry war das Fahren nicht mehr gewöhnt. Aber auch die einbrechende Nacht in den Londoner Straßen und ein Beifahrer, der eine geladene Waffe an Harrys Taille preßte, hätten ausgereicht, um seine Fahrkünste zu beeinträchtigen. Der einzige magere günstige Umstand war, daß sie Richtung Zentrum fuhren, während alle anderen in entgegengesetzter Richtung unterwegs zu sein schienen. Lazenby sagte ihm, er solle nach Mayfair fahren. Halb blind wegen der beschlagenen Windschutzscheibe fuhr er dahin, bis Lazenby sich seiner erbarmte und das Gebläse einschaltete.

»Muß ich Ihnen wirklich Slades Adresse sagen?« fragte Lazenby, als sie durch die Bayswater Road fuhren. »Vielleicht kennen Sie sie ja. Vielleicht besuchen Sie ihn häufig!«

»Ich habe Slade bloß einmal getroffen, in einem Restaurant in Soho. Ich habe keine Ahnung, wo er wohnt.«

»Das sagen Sie.«

»Sie können mir glauben!«

»Okay, also Waverley Mews, in der Nähe des Berkeley Square. Fahren Sie die Park Lane hinunter, und biegen Sie beim Dorchester links ab. Ich denke, das kennen Sie.«

»Ja, das kenne ich.« Harrys Gedanken wanderten zurück zu seinem Treffen mit Hope Brancaster im Dorchester vor weniger als drei Monaten, das ihm schon Jahre zurückzuliegen schien. Zurückschauen war ein bitteres Geschäft, aber Vorausschauen war vielleicht noch schlimmer. »Kann ich Ihnen eine Frage stellen?«

»Fragen können Sie.«

»Wenn Sie wirklich unschuldig sind ...«

»An diesem Verbrechen bin ich so unschuldig wie ein neugeborenes Baby.«

»Also gut. Was hatten Sie mit David und Torben vor? Wollten Sie ihnen genug bezahlen, um HYDRA zu gründen? Wollten Sie zulassen, daß die beiden Sie erpreßten?«

»Absolut nicht. Mich erpressen zu lassen, ist nicht mein Stil. Mord übrigens auch nicht. Zuviel Durcheinander. Ich bevorzuge Umwege.«

»Was soll das heißen?«

»Das bedeutet, daß ich schon jemanden hatte, um das zu tun, wozu Venning und Hammelgaard sich erboten – aber billiger. Es bedeutet, daß ich bereits früher für den Fall vorgesorgt hatte, mit dem sie mir drohten. Gerard Mermillod war seit April mein Spion in ihrem Lager.«

»Was?«

»Wußten Sie das wirklich nicht? Dauernd überraschen Sie mich, Harry. Das verbessert Ihre Chancen, lebend aus der Sache herauszukommen. Ja, Mermillod war mein Maulwurf. Ich dachte mir, es bestünde ein gewisses Risiko, daß die anderen sich zusammentun und versuchen würden, ihre Funde zu veröffentlichen, nachdem ich sie entlassen hatte. Mermillod war meine Versicherung dagegen. Er sollte mich rechtzeitig warnen und dagegen stimmen, falls es dazu kam. Er hatte mir bereits gesagt, was sie planten, bevor Venning und Hammelgaard zu mir kamen. Ihnen gegenüber stellte ich mich dumm. Wie sich dann zeigte, habe ich mir dank des verdammten Tonbands damit allerdings nur selbst geschadet.«

»Mermillod war die ganze Zeit der eigentliche Verräter?«

»Ja. Ich habe ihn heimlich und – wie ich sagen muß – großzügig bezahlt. Er hatte teure Vorlieben. Ich mag solche Leute. Sie sind leicht zu korrumpieren.«

»Aber in dem Fall...«

»Ich hatte absolut kein Interesse daran, ihn tot zu sehen, genausowenig wie ich die Absicht hatte, Venning und Hammelgaard drei Millionen Dollar zu zahlen. Statt dessen wollte ich ihren Versuch eines Privatgeschäfts benutzen, um sie in den Augen der anderen zu diskreditieren. Und ich wollte sie nach außen hin als Spinner hinstellen, indem ich ihre hyperdimensionale Forschung von ein paar Angehörigen des wissenschaftlichen Establishments in der Luft zerreißen ließ. Darauf setzte ich Mermillod an. Er hatte Kontakte in der ganzen akademischen Welt und einen Blankoscheck von mir für Fälle, in denen ein bißchen Ermutigung nötig war. So sollten zwei von den sieben jede Glaubwürdigkeit verlieren, und ein weiterer von ihnen war glücklich zu sagen, was immer ich von ihm hören wollte. Damit hatte ich sämtliche Möglichkeiten abgedeckt. Es war überhaupt nicht nötig, irgend jemanden umbringen zu lassen.«

»Was haben Sie gedacht, als Sie von Davids Erkrankung erfuhren?«

»Dasselbe, was ich gedacht habe, als ich erfuhr, daß Mermillod tot ist: Daß die Dinge nicht nach Plan liefen. Aber was konnte ich tun? Nachdem Kersey starb, machten die anderen sich rar. Ich kam nach London, um sie zu finden, aber die Spur endete an Davids Krankenbett – wo wir das Vergnügen hatten, zum erstenmal zusammenzutreffen. Ich hatte keine Möglichkeit, Hammelgaard und Co. aufzuspüren oder vorauszusehen, was sie tun würden. Ich mußte es aussitzen. Ich war sicher, daß die Medien ihre Verschwörungstheorie nicht glaubhaft machen konnten, weil ich wußte, daß es keine Verschwörung gab, zumindest nicht von der Art, an die sie glauben wollten. Was zum Teufel da wirklich lief, wenn es nicht eine unglaubliche Serie von Unfällen war, wußte ich so wenig wie alle anderen. Bis das Band auftauchte und einen Erdrutsch von unwiderlegbaren Beschuldigungen auslöste. Ich brauchte nicht lange, um zu erkennen, daß Globescope erledigt war. Aber wer hat das bewirkt? Ich lebe seit mehr als einem Monat aus dem Koffer, um es herauszufinden.«

»Was immer Rawnsley Ablett gesagt haben mag, ich kann Ihnen versichern, daß ich die Hand nicht im Spiel hatte.«

»Aber was sind Ihre Versicherungen wert, Harry? Ich weiß genau, daß Sie Ablett, Steiner und Trangam etwas verschwiegen haben. Der Typ, der für Sie den Cornford spielen sollte, als Sie sich als Page ausgaben, hat sich das Bein gebrochen, nicht? Und Sie haben denen erzählt, Sie hätten es allein durchgezogen. Aber das haben Sie nicht. Also, wer war Cornford?«

Sie waren jetzt in Marble Arch, und Harry wechselte unsicher die Fahrspur, als er sich in den Verkehrsstrom nach Süden einreihte. Innerlich war er mit dem Problem beschäftigt, wie er Lazenbys Frage beantworten sollte, da die Wahrheit womöglich weniger plausibel klang als alle möglichen Lügen, als er plötzlich heftig bremsen mußte, um nicht auf einen Bus aufzufahren. Bei dem abrupten Halt würgte er den Motor ab.

»Herrgott, passen Sie doch auf!« Lazenby funkelte ihn an; die blutroten Rücklichter des Busses beleuchteten sein Gesicht. »Sie kommen hier nicht raus, indem Sie einen Unfall inszenieren, falls Sie das denken sollten.«

Der Bus fuhr weiter, ein Taxi hinter ihnen hupte. Harry startete und fuhr zittrig an. Alle seine Muskeln standen unter Spannung, er schaffte es nicht, glatt zu beschleunigen und geräuschlos die Gänge zu wechseln. Doch in der Park Lane wurde es einfacher. Er fuhr nach Süden und beobachtete den Verkehr vor sich.

»Wer war Cornford, Harry?«

»Ein Landsmann, den ich in einer Bar in Washington traf und für die Rolle bezahlte. Ich habe ihm nie gesagt, warum ich das Band wollte oder was drauf war.«

»Sie hätten Schauspieler werden sollen, wissen Sie das? Ich weiß einfach nicht, ob Sie so dumm sind, wie Sie sich stellen. Das kann eigentlich nur ein Profi. Aber vielleicht sind Sie ja einer. Ich frage mich bloß, in welchem Fach.«

»In keinem.«

»Was läuft da zwischen Ihnen und Slade?«

»Gar nichts. Überhaupt nichts.«

»Es spielt keine Rolle. Ich werd's bald genug herausfinden. Wir sind fast da.«

»Was ist, wenn er nicht zu Hause ist? Sie wissen doch gar nicht...«

»Beten Sie, daß er zu Hause ist, Harry. Beten Sie, daß er nicht in Urlaub gefahren ist. Ich will Antworten, und ich will sie jetzt. Wenn ich sie nicht bekomme, wird jemand darunter zu leiden haben. Raten Sie mal, wer das sein wird!«

57. Kapitel

Waverley Mews wirkte ruhiger und leerer, als man es von einer Straße so nah an der Park Lane eigentlich erwartet hätte. Die Luft war kalt und still, die Häuser wirkten diskret und wohlhabend. Die Vorhänge an den Fenstern der Häuser waren zugezogen, die Garagentore geschlossen.

Doch vor Nummer siebzehn, wo Adam Slade wohnte, gab es ein hoffnungsvolles Zeichen in Form eines schwarzen Porsche mit dem Kennzeichen »AS 100« vor der Tür. Die Vorderräder, deren Reifen so dick wie hoch waren, zeigten zur Straße, bereit zu einem raschen Start.

Lazenby stieg aus und ging mit Harry, die Pistole in dessen Rücken drückend, an dem Porsche vorbei zur Haustür. Dort klingelte er und nickte in Richtung Sprechanlage. »Sie sorgen dafür, daß man uns aufmacht«, flüsterte er, offenbar noch immer in der Illusion, Harry sei dazu in der Lage.

Einige Sekunden vergingen. Lazenby wollte gerade erneut klingeln, als die Sprechanlage knackte. »Ja?« Es war Slade, der sich anhörte, als sei er in Eile. Vielleicht wäre er schon mit einer Abgaswolke verschwunden gewesen, wenn sie ein paar Minuten später gekommen wären. Falls es so war, hatte er kein Glück. Dafür hatte Harry Glück.

»Könnte ich Sie kurz sprechen, Mr. Slade?«

»Wer ist denn da?«

»Harry Barnett. Erinnern Sie sich? David Vennings Vater. Wir haben uns vor einiger Zeit kennengelernt.«

»Barnett? Ach ja, ich erinnere mich. Verschwinden Sie!«

»Es ist wichtig, daß ich mit Ihnen rede.«

»Mir nicht.« Die Sprechanlage verstummte.

»Sorgen Sie dafür, daß wir reinkommen«, befahl Lazenby knapp.

»Wie denn?«

»Das ist mir egal. Tun Sie's einfach.«

Harry klingelte, wartete eine Sekunde, klingelte wieder.

»Sind Sie noch immer da, Barnett?« Slade klang jetzt nicht nur ungeduldig, sondern wütend. »Verschwinden Sie von meiner Tür, ja? Das wird allmählich langweilig.«

»Es könnte auch teuer werden, wenn Sie nicht aufmachen. Sonst zerkratze ich nämlich den Lack Ihres Porsche.«

»Was?«

»Nur ein kurzer Plausch, Mr. Slade. Mehr will ich nicht. Ist viel billiger als eine neue Lackierung.« Doch bei der letzten Bemerkung war die Leitung schon tot. Slade war bereits unterwegs.

Ein paar Sekunden später wurde die Tür von einer barfüßigen Gestalt in einem Bademantel mit Drachenmuster aufgerissen. Die linke Gesichtshälfte war rosig und frisch rasiert, die rechte noch mit Schaum bedeckt. Die Augen des Mannes wanderten von Harry zu Lazenby und wieder zurück und konzentrierten sich dann langsam auf die Waffe in Lazenbys Hand.

»Was zum Teufel ist...«

»Ganz recht«, unterbrach Lazenby. »Es ist wirklich eine Waffe. Sie ist geladen, und ich werde nicht zögern, sie zu benutzen. Warum gehen wir nicht alle hinein?«

Slade sperrte den Mund auf und trat zurück in die Diele. Lazenby gab Harry ein Zeichen, ihm zu folgen. Er trat als letzter ein und schloß hinter ihnen die Tür.

Sie fanden sich in einem engen Gang wieder, der zur Küche führte. Eine offene Tür links ging zum Wohnzimmer. Lazenby nickte in diese Richtung, und Slade trat rückwärts ein. Harry folgte ihm. Der Raum war rechteckig, die Fensterläden geschlossen. Die Möbel waren streng und modern, Glastische, Sofas mit Chromfüßen, mattschwarze Stereoanlage und in einer Ecke ein fast deckenhoher, glänzend grüner Kaktus. An zwei gegenüberliegenden Wänden waren Spiegel befestigt, die einander endlos reflektierten. Unzählige immer kleinere Slades stolperten in Sicht, als Harry hineinschaute.

»Sie«, sagte Slade, sah Lazenby stirnrunzelnd an und strich sich mit der Hand über das Kinn. Den Rasierschaum hatte er offenbar vergessen. »Habe ich nicht ... Scheiße, Sie sind Byron Lazenby, nicht?«

»Richtig, Adam. Was ist los? Dachten Sie, ich würde nicht so schnell dahinterkommen?«

»Er denkt, daß Sie die Morde arrangiert haben und ihm die Schuld in die Schuhe schieben«, warf Harry ein. »Tatsächlich glaubt er, wir beide hätten sie arrangiert.«

»Wir?«

»Harry leugnet das«, sagte Lazenby. »Und ich bin fast geneigt, ihm zu glauben. Warum klären Sie das nicht auf? Stecken Sie zusammen drin? Oder sind Sie es allein?«

»Ich weiß nicht, wovon Sie reden!«

»Die Morde, Adam. Venning, Mermillod, Kersey und Hammelgaard. Ihr Werk? Mord durch Magie, ja?«

»Sind Sie verrückt? Ich habe nie ...«

»Sparen Sie sich das! Ich meine es ernst.« Lazenby trat dicht an Slade heran und preßte ihm die Waffe in die Lenden. Reflexhaft krümmte sich Slade, richtete sich dann langsam wieder auf und atmete hektisch durch die zusammengebissenen Zähne. »Warum haben Sie das getan?« Eine Sekunde lang war Harry versucht wegzulaufen. Er war der Tür näher als die anderen. Aber etwas Stärkeres als die Erinnerung an das, was bei derselben Gelegenheit in der Foxglove Road passiert war, hielt ihn zurück, etwas, das an reine Neugier grenzte. »Kommen Sie, ich will die Wahrheit wissen. Und mein Verlangen nach der Wahrheit ist nur ein kleines bißchen größer als das Verlangen, Ihnen die Eier wegzuschießen.«

»Ich habe niemanden ermordet. Ich weiß nichts über diese Todesfälle!«

»Sie waren die letzte Person, die mit Venning sprach, bevor er im Koma liegend aufgefunden wurde.«

»Er hat mich zum Abendessen eingeladen, mein Gott! Was soll das Theater? Einer mußte doch der letzte Mensch sein, der mit ihm gesprochen hat.«

»Aber derselbe Mensch war neun Tage später in Paris, als Mermillod in der Metro umkam.«

»Ich hatte Dreharbeiten für das französische Fernsehen.«

»Aber waren Sie im Studio, als Mermillod unter den Zug kam? Oder wurde er gestoßen – von Ihnen?«

»Natürlich nicht! Ich kannte ihn überhaupt nicht. Warum sollte ich einen Mann umbringen wollen, den ich überhaupt nicht kannte?«

»Warum sollte Venning mit Ihnen zu Abend essen wollen?«

»Wir hatten beide Interesse an der hyperdimensionalen Wissenschaft. Es machte ihm Spaß, mit mir darüber zu diskutieren.«

»Also stecken höhere Dimensionen dahinter? Etwas, das Vennings Forschungen und Ihre Nummern verbindet? War es Ihnen das wert, mir vier Morde anzuhängen?«

»Nein. Nein, nein! Sie sind bloß …« Slade sah Harry verzweifelt an, bat um Hilfe, wenn schon nicht durch Taten, dann durch Worte. Er war ein professioneller Bühnenkünstler, ein Illusionist par excellence. Doch sein Entsetzen war nicht gespielt. Wenn es ein Geheimnis auszuspucken gab, hätte er das jetzt getan. Doch ihm fiel nichts ein, was er sagen konnte. Harry kannte das Gefühl nur zu gut.

»Bloß was, Adam?«

»Bloß ein Kniff. Ein Trick, ein Anreißer für das Publikum. Man muß etwas haben, das einen von den anderen unterscheidet, die Kartentricks vorführen und Löffel verbiegen. Höhere Dimensionen sind meine Neuheit, können Sie sagen. Ich habe keinerlei hyperdimensionale Kräfte. Die hat keiner. Das ist bloß Hokuspokus.«

»Hokuspokus? Warum sollte ein brillanter Mathematiker sich dann dafür interessieren?«

»Weil er dachte, meine Kräfte wären real. Scheiße, ich wollte, daß er das denkt. Wissenschaftliche Anerkennung hätte mir eine ungeheure Publicity verschafft. Ich habe versucht, ihn zu düpieren.«

»Wie Sie mich zu düpieren versuchen.«

»Nein, das ist die Wahrheit.«

»Aber Sie sind von Haus aus ein Schwindler. Die Wahrheit ist das letzte, was sie aussprechen können.«

»Sagen Sie doch was, Barnett!« Slade schaute Harry flehend an. »Allmächtiger, helfen Sie mir doch, diesen Mann zu überzeugen! Ich habe Ihren Sohn nicht ermordet. Ich habe niemanden ermordet.« In diesem Moment glaubte ihm Harry. Slade war bloß ein publicityhungriger Illusionist, der eine neuartige wissenschaftliche Behauptung benutzte, um Werbung für eine Magie zu machen. Ein Zauberkünstler mit überdimensionalem Ego, aber kein Mörder.

»Ich glaube ihm, Byron. Ich meine, Sie sollten das auch.«

»Warum?«

»Weil er gerade zugegeben hat, daß seine Bühnenshow ein Schwindel ist. Seine höheren Kräfte sind bloß heiße Luft. Wenn sie das nicht wären, dann wäre er Ihnen jetzt nicht ausgeliefert.«

»Einer von euch muß es sein, wenn ihr's nicht beide seid.«

»Es ist keiner von uns. Wir haben nicht mal versucht, uns gegenseitig zu beschuldigen, oder? Wir haben Sie nicht angelogen.«

»Aber jemand hat es getan!«

»Nicht wir!«

»Wer dann?« Lazenby zog die Pistole von Slade zurück und trat zurück, um sie beide anzusehen. »Wer?«

»Vielleicht keiner. Vielleicht waren es wirklich bloß tödliche Unfälle.«

»Das ist Quatsch.«

»Aber dies hier ist kein Quatsch«, warf Slade ein, dessen Stimme jetzt ein wenig ruhiger klang. »Sie sind ruiniert, aber Sie sind nicht am Ende. Wenn Sie uns umbringen, sind Sie am Ende. Wenn es da draußen wirklich jemand gibt, der Ihren Sturz bewerkstelligt hat, dann ist er derjenige, der zuletzt lacht, nicht? Und Sie haben das zugelassen.«

»Sie sind ein freier Mann«, sagte Harry. »Sie haben noch immer die Chance, Ihren Feind festzunageln. Sie haben noch immer die Chance, Ihr Leben wieder aufzubauen.«

»Warum wollen Sie es wegwerfen?« echote Slade.

»Warum nicht?« Lazenby starrte sie nacheinander an. Er hielt die Waffe noch immer fest in der rechten Hand, doch seine Linke krümmte und streckte sich, als suche er ein Objekt zum Zupacken. Langsam schlossen die Finger sich und preßten sich zur Faust zusammen. Er hob sie an den Mund und rieb sich mit dem Rücken des Daumens die Lippen. Dabei dachte er schnell und heftig nach, wog ihr Leben gegen seinen Wunsch ab, sich an demjenigen zu rächen, der ihn ruiniert hatte. »Das Band hat mich erledigt. Und Sie haben das Band gestohlen, Harry. Das habe ich nicht vergessen.«

»Was immer Barnett getan hat«, sagte Slade, »ich war daran nicht beteiligt.«

»Halten Sie den Mund.«

»Ich versuche nur zu sagen, daß ...«

»Halten Sie den Mund!« Lazenbys Arm fuhr hoch. Er richtete die Waffe auf Slade und schien einen Augenblick gegen einen geradezu zwanghaften Drang zu kämpfen, ihn zu erschießen. Dann verlor sein Ausdruck etwas von seiner Intensität, der Griff um die Waffe lockerte sich, er ließ sie sinken. »Sie sind es nicht wert. Das Ganze ist wirklich ein Witz. Am Ende jage ich einem rückgratlosen Mistkerl nach ...« Er sah Harry an. »Und einem, der sich fast so zum Narren gemacht hat wie ich. Herrgott! Ich war so sicher, daß Sie es sein mußten. Es gab niemanden sonst. Aber jetzt gibt es doch einen, nicht? Und ich habe keine Ahnung, wer es ist.«

»Byron«, begann Harry, »warum versuchen wir nicht ...«

»Halten Sie den Mund, Harry. Sagen Sie kein Wort. Sie auch nicht, Slade. Sparen Sie sich Ihren Atem. Schon gut, ich werde Ihnen nichts tun, wenn Sie mich nicht provozieren. Ich rate Ihnen, absolut nichts zu tun und zu sagen, weder jetzt noch später. Ich gehe, und ich erwarte nicht, von einem von Ihnen noch einmal etwas zu sehen oder zu hören. Wenn Sie zur Polizei gehen, werden Sie das bereuen, das verspreche ich Ihnen. Dann habe ich wirklich nichts mehr zu verlieren. Für den Augenblick steht noch genug auf dem Spiel, was Ihre Hälse rettet. Seien Sie dankbar. Ich bin das weiß Gott nicht.« Er ging an Harry vorbei zur Tür und in die Diele. Dort blieb er stehen und drehte sich nach ihnen um. »Wenn ich jemals die Spur finde und sie zu einem von Ihnen führt, dann werden Sie sich wünschen, ich hätte Sie heute abend fertiggemacht. Wenn Sie lügen, finde ich das heraus und jage Sie. Dafür setze ich mein Leben ein. Sie haben mein Wort.« Damit drehte er sich um und ging.

Sie hörten die Haustür hinter ihm zufallen und ein paar Sekunden später das Geräusch seines anfahrenden Wagens. Langsam entspannten sich Harrys Muskeln. Die Spannung wich, es war vorbei. Er würde am Leben bleiben. Doch selbst dafür mußte er einen Preis bezahlen: Genau wie Lazenby würde er die Wahrheit an diesem Abend nicht erfahren. Und auch an keinem anderen, wie es schien.

58. Kapitel

Seit Lazenby fort war, waren zehn Minuten verstrichen, neuneinhalb, seit Slade aus dem Raum gepoltert war, vier oder fünf, seit das Geräusch von Erbrechen und Husten nicht mehr in den Wohnraum drang. Harry empfand nicht die gleiche Übelkeit wie der Magier, nur ein dumpfes Gefühl der Niederlage. Es würde keine Antwort geben, die Schuld würde nicht geortet, niemandem zugewiesen werden. Ein Teil der Wahrheit blieb außer Reichweite.

Er nahm sich gerade einen Scotch von den Regalen des Barschranks, als Slade wieder hereinkam und ein türkisfarbenes Hemd in die schwarzen Hosen eines Abendanzugs stopfte. Der Rasierschaum war von seinem Kinn verschwunden, aber die Haut darunter war noch immer unrasiert und verlieh seinem Gesicht auf einer Seite einen dunklen Schatten. Auch die Grimasse der Angst war verschwunden, doch Slades Hände zitterten noch sichtbar. Seine Panik verebbte, doch er hatte seine alte Arroganz noch nicht zurückgewonnen.

»Sind Sie noch da, Barnett? Ich dachte, Sie wären inzwischen weggekrochen.«

»Ich brauchte einen Drink. Sie haben doch nichts dagegen, oder?« Harry achtete darauf, daß es nicht so klang, als bitte er wirklich um Erlaubnis.

»Sieht so aus, als würde mir das auch nichts nützen. Gießen Sie mir auch einen ein. Einen großen mit etwas Eis.«

»Außerdem wußte ich nicht, ob Sie wollen, daß ich warte, während Sie die Polizei rufen.« Er reichte Slade ein Glas.

»Sind Sie verrückt? Sie haben doch gehört, was er gesagt hat.«

»Haben Sie ihm geglaubt?«

»Allerdings. Abgesehen davon... es gäbe so etwas wie schlechte Publicity. In den Globescope-Skandal verwickelt zu werden, ist nicht gerade die Art von Werbung, die ich brauche.«

»Weil Sie gezwungen sein könnten, Ihr Geständnis zu wiederholen, daß Ihre hyperdimensionalen Kräfte reine Augenwischerei sind?«

»Kommt nicht in Frage. Sollten Sie daran denken, öffentlich zu machen, was ich unter extremem Druck gesagt oder nicht gesagt habe, dann kann ich Sie nur warnen. Ich werde alles leugnen und Sie verklagen, bis Ihnen kein Penny mehr bleibt.«

»Das wird Ihnen nicht viel einbringen.«

»Ich mußte ihm schließlich irgend etwas dieser Art sagen. Ich wollte ihn daran hindern, mich zu erschießen, mein Gott.«

»Genau deshalb haben Sie ihm die Wahrheit gesagt!«

»Geben Sie's auf, Barnett.« Der Whisky begann, Slades Selbstvertrauen wiederherzustellen. »Was mich betrifft, ist heute abend hier nichts passiert. Außer, daß Sie mich uneingeladen besucht haben. Und der Besuch ist soeben zu Ende. Trinken Sie aus, und gehen Sie. Klar?«

»Worüber haben Sie und David im Skyway Hotel gesprochen?«

»Geben Sie nie auf? Es ist vorbei. Lassen Sie's gut sein.«

»Sie haben recht. Es ist vorbei. Also können Sie es mir genausogut sagen. Schließlich habe ich mein Bestes getan, damit Lazenby Sie nicht umbringt.«

»Ha!« Slade betrachtete sich selbst im Spiegel und rieb sich die unrasierte Kinnhälfte. »Scheiße, ich sehe furchtbar aus. Und jetzt werde ich zu spät in die Oper kommen. Ich muß mich fertig rasieren, und das kann ich erst, wenn meine Hände nicht mehr zittern.« Er wandte sich nach Harry um. »Warum lassen Sie mich nicht in Ruhe?«

»Warum sagen Sie mir nicht, was Sie mit meinem Sohn besprochen haben?«

»Was meinen Sie wohl?« Slade knallte sein Glas auf den Kaminsims unter dem Spiegel und starrte Harry an. »Die verdammten höheren Dimensionen. Er glaubte an die Möglichkeit, daß sie zugänglich sind. Er glaubte fest, ich würde das Geheimnis schon kennen, aber ich konnte ihn nie dazu bringen, mir öffentlich sein Vertrauen zu erklären. In dieser Nacht war es genauso, nur daß er zu denken schien, er sei der Antwort viel näher als vorher. Er schien anzunehmen, er hätte es fast geschafft.«

»Er war nicht depressiv? Nicht selbstmordgefährdet?«

»Keineswegs! Er war genau am anderen Ende der Skala. Froh, aufgeregt, eifrig. Als wüßte er etwas, was ich nicht wüßte.« Slade hielt inne, um sein Glas zu leeren. »Ich habe noch nie jemanden so gesehen. Es war, als könne er einem direkt in den Kopf gucken. Als könne er hineingreifen, wenn er wollte. Da war dieses … Machtgefühl. Und etwas wirklich Eigenartiges.«

»Was?«

»Ich bekam dauernd diese Schocks, verstehen Sie? Wie statische Elektrizität. Von den Möbeln, dem Besteck, von David, als ich ihm die Hand gab. Als wenn ich aufgeladen wäre. Oder er.«

»Hat er Ihnen seine Theorie jemals erklärt?«

»Nicht in Begriffen, die ich verstehen konnte. Er hat an diesem Abend viel über höhere Mathematik geredet. Und er redete so schnell, so flüssig. Es war, als schaute ich einem anderen Zauberer bei einem Trick zu, den ich nicht kannte. Man glaubt nicht, was man sieht, aber man durchschaut auch nicht, wie es gemacht wird. Solange ich mit ihm zusammen war, glaubte ich zu verstehen. Ich hatte mich für meine Bühnenvorstellungen mit der hyperdimensionalen Theorie vertraut machen müssen, also war nicht alles neu für mich. Ich habe sogar eine Zusammenfassung dessen niedergeschrieben, was er gesagt hat, noch auf dem Parkplatz, bevor ich wegfuhr. Ich dachte, ich könnte es benutzen, um meiner Vorstellung ein bißchen zusätzlichen Glanz zu verleihen.« Er grunzte. »Vergebliche Hoffnung.«

»Was war das Problem?«

»Als ich es morgens las, war es alles Kauderwelsch.«

»Haben Sie es noch?«

»Meine Notizen? Ja, vermutlich. Irgendwo.«

»Könnte ich sie sehen?«

»Sie? Wozu denn das?«

»Aus Neugier.«

Slade schnaubte verächtlich. »Das wäre, als würde man einem Orang-Utan *Die Entstehung der Arten* als Bettlektüre geben.«

»Trotzdem!«

Slade ging hinüber an den Barschrank, um sein Glas nochmals zu füllen, und sagte: »Werde ich Sie los, wenn ich Ihnen eine Seite voller Unsinn aushändige, Barnett?«

Harry zuckte mit den Schultern. »Ja.«

»Dann können Sie sie mitnehmen.« Er kicherte bitter. »Ich will sie nicht zurückhaben.«

In einer ruhigen Ecke des ersten Pubs, den er auf seinem Rückweg von Waverley Mews fand, nahm Harry etliche beruhigende Schlucke Bier, zündete sich eine Karelia Sertika an und faltete die Seite auseinander, die Slade aus seinem Notizblock gerissen und ihm für Harrys Seelenfrieden etwas zu bereitwillig überlassen hatte. Während er die Seite betrachtete, die mit Slades kleiner, ordentlicher Handschrift bedeckt war, wurde ihm ein Grund für diese Bereitwilligkeit klar: Der Inhalt war unverständlich. Beharrlich las Harry die Worte immer wieder, ohne mehr als eine leise Andeutung ihres Sinns zu begreifen.

Menschlicher Geist der komplexeste/raffinierteste bisher entdeckte Mechanismus. Menschliches Bewußtsein umfaßt Quantenmechanik/klassische Physik. Einheitliche Evolution von Teilchen auf Quantenebene postuliert simultane Existenz identischer Objekte in Form von durch komplexe Zahlen gewichteter Koexistenz von Alternativen. Reale Zahlen Quadrate der Reste komplexzahliger Gewichtungen fungieren als relative Wahrscheinlichkeiten. Zustandsvektorreduktion fungiert als dimensionale Kompression. Alternativen gelten für von Menschen nicht zu beobachtende Dimensionen. Sprung zur klassischen Ebene illusorisch, da alle Alternativen gleich real, orthogonal überlagert und durch makroskopische Beobachtung von Quantenverkettung auf eins reduziert.

Fraktalgeometrie scheinbar chaotischer natürlicher Phänomene enthüllt Systeme, die auf multidimensionale Attraktoren reagieren. Solche Systeme ∴ existieren voll nur in multidimensionalem Phasenraum, erlebt vom Menschen als 4dimensionale Querschnitte eines mentalen Phasenraums. 4 bewußte Dimensionen ∴ gespiegelt vom Minimum von 6 subbewußten, durch welche topologisch gefaltete physische Präsenz von 4dimensional nicht zu beobachtender Realität, sind theoretisch zugänglich. Bewußtsein und Verdichtung ∴ eng verbunden. Weitere Verfeinerung hyperdimensionaler komplexer Mathematik wird Menschheit ermöglichen, gefaltete Materie als Energie freizusetzen.

Mit diesen Worten hatte Slade aufgehört und war weggefahren, während in Heathrow die Jets in den Himmel stiegen und hinter der geschlossenen Tür eines Hotelzimmers die Unendlichkeit David Venning in ihren samtigen Griff zog. Wo David jetzt war, waren alle Geheimnisse bekannt, aber keines ließ sich mitteilen. Alle waren gleichermaßen real und gleichermaßen unbeobachtet.

Lange saß Harry da, trank Bier und rauchte Zigaretten, während er die Seite voller unverständlicher Worte betrachtete. Was bedeuteten sie? Auf was – im Namen Gottes oder irgendeines universalen organisierenden Prinzips, das die Physiker an seine Stelle gesetzt hatten – liefen sie hinaus? Er betrachtete den Rauch, die Dunkelheit, die dämmrigen Lichter ringsum. Er betrachtete sein Gesicht in der Fensterscheibe und die Gestalten, die sich hinter ihm an der Bar bewegten. Er schaute und schaute, aber er sah nicht.

Er verließ den Pub weit vor der Sperrstunde und ging langsam durch die schwarze Londoner Nacht nach Kensal Green zurück. Mehrmals hatte er das Gefühl, etwas oder jemand sei direkt hinter oder vor ihm, liege auf der Lauer oder folge ihm, nicht weiter als durch die Dicke eines Vorhangs von ihm getrennt, kaum ein Flüstern entfernt. Es war, als gebe es in der unsichtbaren Mauer seiner Welt einen auf einer Seite durchsichtigen Spiegel, durch den er zu sehen war, aber selbst nicht sehen konnte, nicht einmal sein eigenes Spiegelbild.

Das war natürlich eine Illusion. Diesmal wie bei den anderen Anlässen. Eine Illusion, heraufbeschworen von seinen eigenen Ängsten. In letzter Analyse konnte er sich nicht zu glauben gestatten, es könne etwas anderes sein. Die Realität, wie öde auch immer, war ein Querschnitt der Welt, dem er vertrauen konnte. Und er würde sie nicht verlassen.

59. Kapitel

Am nächsten Morgen wachte Harry früh auf, von einer Reihe turbulenter Träume mehr erschöpft als durch den Schlaf erfrischt. Er war dankbar, eine praktische Aufgabe zu haben, der er sich widmen konnte, ließ das Frühstück ausfallen und machte sich sofort daran, Mrs. Tandys Wohnzimmer aufzuräumen. Er wischte die Brocken von Ziegelsteinchen,

Kunststoff und Gips auf, fuhr mit dem Staubsauger über den Teppich und spähte auf der vergeblichen Suche nach der Kugel in den Krater in der Wand. Dann überlegte er, wie der Schaden zu reparieren war, bevor Mrs. Tandy morgen nachmittag aus Leamington zurückkehrte. Er war weder Elektriker noch Maurer, aber er nahm an, daß er die Dienste beider noch an diesem Tag benötigen würde, wenn er nicht erklären wollte, warum er einen bewaffneten Verrückten ins Haus gelassen hatte.

Als er auf dem Weg in die Küche in den Flur trat, fiel gerade die Post, ein einzelner Brief, durch den Briefkastenschlitz. Harry nahm an, sie sei wie üblich für Mrs. Tandy, und nahm den Brief von der Türmatte, nur um festzustellen, daß er für ihn war: ein von Hand adressierter Luftpostbrief, abgestempelt in New York am 23. Dezember.

Er riß ihn auf, erkannte Woodrow Hackensacks krakelige Unterschrift und begann zu lesen:

Hallo Harry,

dachte, Sie würden gern erfahren, daß ich auf dem Weg der Besserung bin und Unmengen Mitgefühl ernte, wenn ich Fremden erzähle, mein steifes Bein sei ein Überbleibsel besonderer Tapferkeit in Vietnam. Wird ein tolles Weihnachtsfest.

Donna hat mir von David erzählt, also nehme ich an, Ihres wird nicht so toll sein. Was kann ich sagen? Es ist hart. David war mir ein guter Freund. Tut mir wirklich leid, daß er gestorben ist. Wenn ich irgendwas tun kann ... na, das brauche ich wohl nicht zu sagen. Sie wissen, wo ich bin.

Der andere Grund, warum ich schreibe, ist, daß ich mich diese Woche beweglich genug fühle, um mit dem Zug nach Philadelphia zu fahren. Ich habe Isaac Rosenbaum gefunden und ihn nach unserem verstorbenen verrückten

Freund Carl Dobermann gefragt. Rosenbaum ist ein winziger alter Bursche mit einem Gesicht wie ein Affe und einem Gedächtnis, das nur noch wenig chronologisch einordnen kann. Wir mußten eine Unmenge Erinnerungen durchsieben, bevor wir etwas fanden.

Kurz und gut, Rosenbaum erinnert sich tatsächlich an Dobermann als den versponnenen Studenten, der im Herbst 58 plötzlich verrückt wurde. Na ja, vielleicht nicht ganz so plötzlich, denn die Gerüchte, von denen David gesagt hatte, sie kursierten in Hudson Valley – die Sachen mit dem Verschwinden und dem Zweiten Gesicht –, umgaben Dobermann damals schon. Was beweist, daß David sie nicht erfunden hat. Statische Elektrizität war noch so eine Sache. Dobermann war anscheinend schlimmer aufgeladen als ein Rollkragenpullover aus Nylon. Rosenbaum behauptet, andere Studenten hätten von ihm richtige elektrische Schläge bekommen. Sieht so aus, als sei das in mehr als einer Hinsicht ein heller Funke.

Wie auch immer, Dobermann wurde jedenfalls immer seltsamer und drehte dann eines Tages völlig durch. Schlug ein paar Labors kurz und klein und mußte in einer Zwangsjacke in die Irrenanstalt gebracht werden. Die Männer in den weißen Kitteln hatten richtig Mühe mit ihm. Rosenbaum mußte das Chaos hinterher aufräumen. Er meinte, die Labors hätten ausgesehen, als wenn eine Panzerdivision durchgefahren wäre. Unser Carl war ein Ein-Mann-Abbruchunternehmen. Nachdem er weg war, wurde die Parole ausgegeben, möglichst wenig über ihn zu reden. Nicht offiziell, aber inoffiziell. Dobermann wurde sozusagen zu einem Off-limits-Thema.

Das ist es mehr oder weniger, abgesehen von einem rätselhaften Detail. Rosenbaum sagte, die Mathematikdozentin, die Dobermanns Doktorarbeit betreute, wäre gleich nach Carl weggegangen, unauffällig und plötzlich. Als er den

Namen nannte, wurde mir klar, daß das die Verbindung zu David sein könnte, nach der Sie gesucht hatten. Mir fiel ein, daß David denselben Namen erwähnte, als er darüber sprach, wie er überhaupt zur höheren Mathematik gekommen war. Muß nichts bedeuten, aber ich dachte, Sie würden es gern wissen. Sie heißt Athene Tilson. Haben Sie je von ihr gehört?

Steht Ihnen natürlich frei, das alles zu vergessen, wenn Sie das Interesse an der Sache verloren haben. Ich könnte das verstehen. Aber ich dachte, ich wäre Ihnen was schuldig, also wollte ich es wenigstens versuchen.

Was Lazenby betrifft, na ja, den haben wir schön drangekriegt, nicht?

Mit besten Grüßen

Woodrow

Den letzten Absatz von Hackensacks Brief las Harry erst, als er inmitten der wimmelnden Menge der Pendler auf dem Bahnsteig für die nach Süden abgehenden Züge in Kensal Green stand und auf die nächste Bahn der Bakerloo-Linie wartete. »Das Interesse am Thema verloren?« murmelte er vor sich hin und lächelte grimmig. »Keine Gefahr, Woodrow.«

Der Zustand von Mrs. Tandys Wohnzimmer war jetzt nicht mehr wichtig. Er wußte nicht, was diese letzte Enthüllung bedeutete. Aber er wußte, daß er es herausfinden mußte. Noch an diesem Tag.

60. Kapitel

LANGSAM HELLTE sich ein eisiger Wintermorgen auf, während der Zug durch das schneefleckige Essex fuhr. Harry befaßte sich mit dem Gewirr seiner eigenen Gedanken. Er las nochmals Hackensacks Brief und Slades Notizen. Dabei versuchte er, sich an möglichst vieles von seiner letzten Reise in diese Gegend zu erinnern. Er dachte an Athene Tilsons Worte – »Wenn Sie höhere Dimensionen wirklich verstehen wollen, gibt es Schlechteres als meinen eigenen Raubzug auf dieses Gebiet« – und die Widmung in dem Buch, das sie ihm gegeben hatte. *Für Harry*, hatte sie geschrieben. *Mögen Sie ebensoviel finden wie suchen.* Die Wortwahl war ihm von Anfang an seltsam erschienen. Und jetzt bekam diese Seltsamkeit eine unheilvolle Bedeutung.

Der Zug erreichte Ipswich um neun Uhr. Es war der gleiche, mit dem Harry im Oktober gefahren war, und so wußte er, daß er bis zum Bus nach Southwold noch reichlich Zeit hatte. Trotzdem hastete er über die Fußgängerbrücke und den Bahnsteig zum Ausgang. Sein Gefühl, keine Zeit verlieren zu dürfen, entstand eher aus einer Geisteshaltung als aus einer Notwendigkeit.

Als er an den Fenstern des Imbißraums zu seiner Linken vorbeikam, ließ ihn ein merkwürdig vertrauter Anblick innehalten. Eine plumpe Gestalt in zeltartigem Regenmantel saß an einem der Fenstertische und starrte zu ihm hinaus, wie er zu ihr hineinstarrte. Ihr Gesicht war bleich wie der Mond, das Haar hell wie eine Flamme, wo ein goldener Sonnenstrahl darauf fiel. In ihren Augen stand eine Verblüffung, die fast an Furcht grenzte.

Er stieß die Tür auf und trat ein. Die Luft war ein warmer Schwall aus Kaffeeduft und Zigarettenqualm. An einem Ende des Raums war ein Gleisarbeiter eifrig mit einem Spielautomaten beschäftigt. Am anderen Ende, hinter zahlreichen leeren Tischen, saß Athene Tilsons Haushälterin neben einer riesigen, schmuddeligen rosa Reisetasche und einem Cellokasten, der mehr bunte Aufkleber trug als der Schrankkoffer eines Weltreisenden.

»Mace, nicht wahr?« fragte Harry, als er an ihren Tisch trat. »Erinnern Sie sich an mich?«

»Ja, ich erinnere mich«, murmelte sie.

»Waren Sie über Weihnachten verreist?«

»Wie kommen Sie darauf?«

»Na, die Tasche und weil Sie hier sind.«

»Ich war nicht verreist, ich reise ab.«

»Aha. Ferien?«

»Ich gehe endgültig.«

»Was? Warum denn das?«

»Fragen Sie Athene. Es war ihre Entscheidung.«

»Wie bitte?«

»Sie hat mich rausgeworfen.«

»Sie scherzen!«

»Sehe ich so aus?« Ihre Verlorenheit war fast greifbar, von den winzigen, behandschuhten Händen, die sich um die Teetasse schlossen, bis zu der bitteren, erschrockenen Qual in ihren Augen. Sie scherzte ganz bestimmt nicht. »Athene läßt eine Menge Dinge hinter sich, wenn sie einmal das Beste aus ihnen herausgeholt hat. Ich nehme an, ich hätte nicht überrascht sein sollen, daß ich die nächste auf der Liste war.«

»Sie hat Sie rausgeschmissen?«

»Wenn Sie so wollen. Aber da ich eigentlich nie eine richtige Angestellte war… vertrieben käme der Sache näher.«

»Das verstehe ich nicht.«

»Wer hat Athene jemals verstanden? Ich jedenfalls nicht. Nicht mal nach dreizehn Jahren.«

»Sie haben dreizehn Jahre für sie gearbei… Verzeihung, bei ihr gelebt?«

»Ja. Manche Leute haben einfach Pech, nicht?«

»Das ist allerdings eine lange Zeit. Ich bin gerade unterwegs zu Dr. Tilson. Haben Sie…«

»Gehen Sie nicht hin.« Ihr Gesicht wurde plötzlich rot. Sie

hob die Hand und umklammerte seinen Unterarm. »Bitte nicht!«

»Warum nicht?«

»Versprechen Sie mir einfach, daß Sie nicht gehen.«

»Das kann ich nicht.«

»Sie müssen!«

»Nicht ohne eine Erklärung.«

»›Auf Bahnsteig zwei läuft der planmäßige Neun-Uhr-zwölf-Zug nach London Liverpool Street ein‹«, unterbrach sie der Bahnhofslautsprecher. Mace blickte mit einem Ruck auf und sah dann auf ihre riesige Armbanduhr. »›Dieser Zug hält in Manningtree, Colchester und London Liverpool Street!‹«

»Ihr Zug?«

»Ja.«

»Wohin fahren Sie?«

»Ich weiß nicht genau.«

»Sie wissen es nicht?«

»Ich meine, es spielt keine Rolle.«

»Aber das geht doch nicht!«

»Keine Rolle im Vergleich zu ...« Sie ließ seinen Arm los, und ihre Hand fiel auf den Tisch zurück. »Hören Sie auf meinen Rat. Gehen Sie nicht nach Southwold.«

»Warum nicht?«

Sie sah ihn mit großen, flehenden Augen an. »Stimmt es, daß David Ihr Sohn war?«

»Ja.«

Sie nickte. »Es gibt eine gewisse Ähnlichkeit, das sieht man.«

»Kannten Sie ihn gut?«

»Ich habe ihn geliebt.«

»Was?«

»Ich liebte David. Verehrte ihn aus der Ferne. In Cambridge und seither. Unerwiderte Leidenschaft ist nicht sonderlich poetisch. Eigentlich eher zerstörerisch.«

»Sie waren mit David in Cambridge?«

»Ja.« Ihre Augen bekamen einen träumerischen Blick. »Athene war meine Tutorin und Davids Fachbereichsleiterin. Man könnte sagen, daß sie uns zusammenbrachte. Und auseinanderhielt.«

»Ich hatte davon keine Ahnung.«

»Warum sollten Sie auch?« Der Zug nach London ratterte in den Bahnhof, doch Mace machte keine Anstalten aufzustehen. »Warum sollte irgend jemand eine Ahnung davon haben?«

»Erzählen Sie mir davon.« Harry setzte sich neben sie. »Ich würde es gern verstehen.«

»Ich werde meinen Zug verpassen.«

»Es gibt noch andere.«

»Das haben übrigens meine Freunde über David gesagt. Es gibt viele Fische im Meer, eine Menge Kieselsteine am Strand. Nimm dich zusammen, komm auf eine Party und such dir einen Jungen. Verstehen Sie? Die üblichen Platitüden. Nicht gerade hilfreich.«

»Warum hat es nicht geklappt?«

»Nicht wegen meines Gewichts, wenn Sie das meinen.«

»Ich habe nie...«

»Damals war ich schlank. Sogar schön, wie manche fanden, direkt präraffaelitisch.« Sie runzelte die Stirn und bedeckte sie mit einer Hand. »Tut mir leid. Ich war immer überempfindlich. Vor allem, seit... Nun ja, Tatsache ist, daß David sich einfach nicht für mich interessierte. Ursprünglich studierte ich Musik, nicht Mathematik. Er fand, daß jeder, der den Kontrapunkt der Mathematik vorzug, entweder pervers oder dumm sein mußte oder beides. Wenn ich zurückblicke, denke ich, eigentlich hätte es mir klar sein müssen, daß es hoffnungslos war. Wir hatten einfach nicht genug Gemeinsamkeiten.« Sie brachte ein schwaches Lächeln zustande. »Aber mit neunzehn war ich eben nicht sehr besonnen.«

»Wer ist das schon?«

»David zum Beispiel. Besonnen, zielstrebig, erschreckend reif und dazu unwiderstehlich attraktiv.«

»War da jemand anderer?«

»O ja, da war jemand anderer, nur wußte ich das damals nicht. Ich dachte, er wäre ungebunden. Deswegen war die Abfuhr ziemlich schwer hinzunehmen. So schwer, daß...« Sie seufzte und schüttelte den Kopf. »Ich bewies ihm, daß er mich zu Recht für dumm gehalten hatte.«

»Wie das?«

»Ich gab das ernsthafte Studium auf, folgte ihm überallhin, bombardierte ihn mit Liebesgedichten. Oh, und ich fing an, Ladendiebstähle zu begehen, hauptsächlich Bücher und Kleider. Der Psychiater sagte, ich wolle Aufmerksamkeit erregen. Die Aufmerksamkeit der Polizei erregte ich jedenfalls und die der Universitätsbehörden. Als sie mit mir fertig waren, war nicht mehr viel übrig.« Abwesend strich sie über den Hals des Cellokastens. »Nicht mal eine halbwegs anständige Cellistin.«

»Sie müssen eine schwere Zeit durchgemacht haben.«

Sie nickte. »Um so schwerer, als ich selbst daran schuld war.«

»Wie kam es, daß Sie schließlich mit Dr. Tilson lebten?«

»Sie hatte Avocet House gerade für ihren späteren Ruhestand gekauft und brauchte jemanden, der sich während der Woche darum kümmerte, wenn sie in Cambridge war. Ich war auf Bewährung und hatte keine große Wahl. Entweder mußte ich Athenes Angebot annehmen oder zu meinen Eltern zurückgehen. Da gab es nichts zu überlegen, glauben Sie mir. Wenn ich zu denen gegangen wäre, säße ich heute vermutlich in einer Anstalt.«

»Fahren Sie jetzt zu ihnen?«

»Für ein paar Tage. Und dann... ich weiß nicht.«

»Aber warum sind Sie die ganze Zeit in Southwold geblieben? Die Bewährung kann doch keine dreizehn Jahre gedauert haben.«

»Es gefiel mir da, und ich mag Athene. Sie hat so etwas Friedliches. Das kann ziemlich ansteckend sein. Ich wollte mich vor der Welt verstecken, und sie wollte sich aus der Welt zurückziehen. Es war für uns beide ein vernünftiges Arrangement. Ich war ihr natürlich auch dankbar, weil sie mich vom Haken der Polizei geholt hatte. Ich nehme an, ich merkte nicht, daß ich im Grunde nur einen Haken gegen einen anderen austauschte.«

»Wie meinen Sie das?«

»Nun ja, bei Athene zu wohnen bedeutete, daß ich David noch immer von Zeit zu Zeit sehen konnte. Er kam nicht häufig zu Besuch, aber er blieb mit Athene in Verbindung. So hatte ich immer die Chance, die Hoffnung, doch noch seine Aufmerksamkeit fesseln zu können. Ich hatte die Illusion, wenn Athene stürbe, würde er sich meiner erbarmen und mich irgendwohin mitnehmen. Jämmerlich, nicht?«

»Das finde ich nicht.« Harry lächelte sie fast väterlich an. »Wir alle haben Illusionen.«

»Ja? Na, meine ist jetzt jedenfalls zu Ende. David ist tot, und ich werde Athene nicht versorgen, bis sie senil ist. Die Tür zu meiner gemütlichen Strandzuflucht vor der Realität ist mir soeben vor der Nase zugeschlagen worden.«

»Warum? Worin bestand das Problem?«

»Ich muß wohl zu viele Fragen gestellt haben.«

»Worüber?«

»Hauptsächlich über ihre letzten Reisen.«

»Reisen? Ich dachte, sie sei invalide. Ans Haus gefesselt, nahm ich an.«

»Weit gefehlt.« Mace kicherte unfroh. »Arthritis und Emphysem kommen und gehen anscheinend, wie es ihr paßt. Sie gehören zu Athenes Tarnung. Sie sagt, niemanden würden die Leute so wenig verdächtigen wie eine tatterige alte Frau. So sehr *ignorieren*. Und das wollte sie. Ignoriert werden, vergessen, vernachlässigt, übersehen, unterschätzt.« Sie hielt inne. »Vielleicht tödlich unterschätzt.«

»Was meinen Sie damit?«

»Ich meine, daß sie nicht zu Hause war, als David erkrankte. Sie sagte, sie wäre bei einem College-Dinner in Cambridge. Aber ich habe das nachgeprüft. Sie war nicht dort. Im September war sie viel unterwegs, und jedesmal hat sie über ihr Ziel gelogen. Ungefähr eine Woche nach Ihrem Besuch im Oktober fuhr sie wieder weg.«

»Für wie lange?«

»Vierzehn Tage oder so.«

»Wohin?«

»Diesmal machte sie sich nicht einmal die Mühe, mich anzulügen. Sie sagte es einfach nicht.« Mace stieß einen langen Seufzer aus. »Damals war mir das ziemlich egal. Sie kam an dem Tag zurück, an dem ich im Krankenhaus anrief – von irgendeinem Instinkt getrieben, denke ich – und erfuhr, daß David tot war. Nur ein paar Stunden später kam Athene zur Tür herein. So ruhig, majestätisch, geisterhaft wie nur je. Ein bißchen wie der Tod persönlich, kalt, distanziert, über allem stehend. Wie ein Besucher von eincm anderen Planeten. Sie hatte immer diese unirdische Art. Ich denke, das hat David zu ihr hingezogen.Nicht so sehr die Mathematik, eher ihr Magnetismus.« Maces Augen flackerten und begegneten Harrys Blick. »Sie war die andere im Leben Ihres Sohnes. Immer und ewig. Oh, machen Sie sich keine Sorgen, ich spiele nicht auf irgendeine bizarre sexuelle Beziehung an. Es war ihr Geist, dem er nicht widerstehen konnte. Einmal habe ich ihn gefragt, warum er sie immer weiter besuchte. Ich hatte eine schwache Hoffnung, er würde sagen, es sei meinetwegen. Aber statt dessen antwortete er mit äußerster Ehrlichkeit: ›Weil Athene wahrhaft bedeutend ist. Eine Mathematikerin, die ihrer Zeit mehrere Generationen voraus ist. Die brillanteste, originellste und innovativste numerische Denkerin seit Cardano.‹«

»Seit wem?«

»Gerolamo Cardano, ein italienischer Mathematiker aus dem sechzehnten Jahrhundert. Ich habe nachgeschlagen. Er war der Entdecker der Wahrscheinlichkeitstheorie und der komplexen Zahlen, was immer das sein mag.«

»Ich habe nie von ihm gehört.«

»Die meisten Leute haben auch nie von Athene Tilson gehört. ›Sie weiß mehr, als sie mir zu erkennen gibt‹, sagte David. ›Aber eines Tages, wenn ich selbst weit genug gekommen bin, werde ich sie überreden, ihre Geheimnisse preiszugeben.‹«

»Aber ich dachte, sie sagte, David hätte sie mit seiner Arbeit hinter sich gelassen.«

»So, wie er es ausdrückte, versuchte er sie immer noch einzuholen.«

»Oder hatte sie vielleicht eingeholt.« Wie Harrys Gedanken die Verbindungen zwischen den Tatsachen einzuholen begannen, die er vorher in keinen Zusammenhang hatte bringen können. »Am Ende.«

»Wie meinen Sie das?«

»Wirkte ihre Beziehung irgendwie anders bei seinem letzten Besuch Anfang September?«

»Ich weiß nicht, ich war nicht da. Athene hatte mich an dem Tag nach Cambridge geschickt, um ein paar Bücher abzuholen, die sie bestellt hatte. Ich erfuhr erst von Davids Besuch, als ich zurückkam. Sie sagte, er wäre unerwartet aufgetaucht, aber das stimmt auch nicht. Sie hatten erst am Abend vorher telefoniert. Aus irgendeinem Grund wollte sie mich aus dem Weg haben. So wie jetzt, nehme ich an. Außer, daß es damals nur für einen Tag war. Jetzt ist es für immer.«

»Hat David jemanden namens Dobermann erwähnt?«

»Wie war der Name?« Mace runzelte die Stirn, als versuche sie herauszufinden, was ihr daran bekannt vorkam.

»Carl Dobermann.«

»Nein. Nie. Aber es ist komisch, daß Sie den Namen kennen. Während Athene fort war, irgendwann Anfang November, rief ein Mann an und fragte nach ihr. Ferngespräch. Er sagte, er wäre Carl Dobermann.«

»War er irgendwie seltsam? Vielleicht gestört?«

»Vielleicht, jedenfalls merkwürdig. Aber wir haben nur ein paar Worte gesprochen. Er wollte mit Athene reden, nicht mit mir.«

»Hat er eine Nachricht hinterlassen?«

»Ja, gewissermaßen. Er hat gesagt, ich solle ihr ausrichten, er habe sich erinnert.«

»An was erinnert?«

»Das hat er nicht gesagt. Das war die ganze Nachricht: Er hätte sich erinnert.«

»Haben Sie sie weitergegeben?«

»Nein, habe ich nicht. Ich hatte es natürlich vor, aber ich habe es dann vergessen. Vielleicht habe ich auch geglaubt, er hätte sich verwählt.«

»Aber er hat ausdrücklich nach Athene verlangt?«

»Ja, das hat er.«

»Dann kann er sich nicht verwählt haben, nicht?«

»Nein, vermutlich nicht.«

»Wie heißen Sie mit Vornamen, Mace?«

»Phyllida. Warum?«

»Das ist ein hübscher Name.«

Sie errötete. »Keiner benutzt ihn jemals.«

»Das ist schade.«

»Schade, aber keine Tragödie. Hört sich an, als könnte er meine Grabinschrift werden.«

»Warum wollen Sie nicht, daß ich nach Southwold gehe, Phyllida?«

»Aus denselben Gründen, aus denen ein Teil von mir froh war, dort wegzugehen. In letzter Zeit hat Athene...« Mace senkte den Blick. Ihre Stimme war nur noch ein Flüstern. »Sie erschreckt mich. Früher war sie tröstlich. Jetzt... ich weiß nicht. Etwas hat sich verändert.«

»Ich muß hin.«

»Warum?«

»Wegen David, nehme ich an.«

»Aber Sie haben ihn nie gekannt.«

»Deswegen muß ich ja gehen.«

»Tun Sie es nicht. Bitte.«

»Ich muß!«

»Ich flehe Sie an!« Sie legte ihre behandschuhte Hand auf seine. »Gehen Sie nicht.«

»Was kann es schon schaden, eine kleine alte Dame zu besuchen, die am Meer lebt?«

»Mehr, als wir beide uns vorstellen können.« Ihr Griff wurde fester. »Dieser Instinkt, den ich hatte! An dem Tag im Krankenhaus anzurufen, an dem David starb. Das war dasselbe Gefühl, das ich jetzt habe, über Sie und Athene.«

»Was für ein Gefühl?«

»Daß, wenn Sie sie besuchen...« Langsam und traurig schüttelte Mace den Kopf. »Daß Sie nicht zurückkommen.«

61. Kapitel

BIS ER MACE in den nächsten Zug nach London gesetzt hatte, hatte Harry den Bus nach Southwold verpaßt. Doch solche kleinen Unannehmlichkeiten störten ihn nicht mehr. Dank einer Taxifahrt für sechsunddreißig Pfund erreichte er Southwold, während der Bus noch immer durch Saxmundham rumpeln mußte.

Der Morgen wirkte kälter und erstaunlich viel heller, als er in Ipswich gewesen war. Die Wintersonne funkelte und glitzerte auf dem Meer, während Harry aus dem geschäftigen Marktflecken zum grünen Rand des Städtchens ging, wo Avocet House im Schutz seiner Hecken und in einiger Entfernung von den Nachbarn auf einem kleinen Hügel lag.

Er ging schnurstracks zur Tür und zog an der Glocke, hörte, wie deren Klang in der Halle sich mit dem Halbstundenschlag einer Uhr vermischte, und wartete auf Schritte oder eine Stimme. Doch es erfolgte keine Reaktion, auch nicht, als er nochmals läutete. Verblüfft stand er vor der Haustür, rieb sich die Hände warm und wurde sich zu seiner eigenen Verwirrung bewußt, daß er sicher gewesen war, Athene zu Hause zu finden – wegen eines unbewußten Argwohns, sie habe von seinem Kommen gewußt und Mace weggeschickt, damit niemand Zeuge ihrer Begegnung wurde.

Da er weder warten noch untätig auf den Türstufen stehen wollte, ging er zur Rückseite des Hauses, vorbei an einer windzerzausten Hecke und durch den Garten, der vor dem Wintergarten lag, in dem sie ihn letztes Mal empfangen hatte. Ihr Korbsessel war leer, und keine Krücken lehnten am Tisch daneben. Er spähte durch das Fenster, drückte auf die Türklinke. Dic Tür war verschlossen. Der Schlüssel steckte innen, die Ritzen in der Tür oben und unten deuteten darauf hin, daß eventuelle Riegel nicht zugeschoben waren. Er bückte sich, um unter dem Wetterbrett durchzuschauen, und entdeckte einen fast zwei Finger breiten Spalt. Zusammen mit dem Bündel alter Zeitungen, die auf dem Deckel der Mülltonne neben der Garage lagen, stellte er buchstäblich eine Einladung dar. Harry ging hinüber, zog eine der Zeitungen aus dem Bündel und schaute dabei durch das Garagenfenster. In der Dämmerung erblickte er die voluminöse Form eines alten Humber. Wo immer Athene hingegangen war, es war vermutlich nicht weit. Harry hatte allerdings nicht vor, noch länger vor dem Haus auf sie zu warten.

Er ging zurück zum Wintergarten, faltete die obersten Seiten der Zeitung flach zusammen, schob sie unter der Tür durch und steckte dann die Spitze seines Kugelschreibers in das Schlüsselloch, bis der Schlüssel gehorsam auf die Zeitung fiel. Er lächelte über den einfachen Trick und erinnerte sich, wie skeptisch er gewesen war, wenn er ihn in zweitklassigen Hollywoodfilmen zu oft gesehen hatte, als daß er glaubwürdig gewesen wäre. Dann schwand sein Lächeln, als ihm aufging, daß Sorglosigkeit auch Absicht sein konnte. Und Athene Tilson war ihm nicht sorglos erschienen. Als er die Zeitung und damit auch den Schlüssel vorsichtig zu sich heranzog, sah er das gefaltete *Wall Street Journal* genauer an. Es handelte sich um die Ausgabe von Dienstag, dem 8. November, dieselbe, die er in Chicago wegen des Aufmachers über den Preisverfall von Globescope-Anteilen nach Hammelgaards plötzlichem und unerklärlichem Tod in Kopenhagen gekauft hatte. Harry nahm den Schlüssel und faltete die Zeitung auseinander.

Wo der Artikel gestanden hatte, fand sich nur ein sauber ausgeschnittenes, rechteckiges Loch.

Daß Athene die Zeitung besaß, war verdächtig genug, doch das sorgfältige Ausschneiden des Globescope-Artikels steigerte Harrys Verdacht zu verwirrtem Unglauben. Er öffnete die Tür und eilte durch den Wintergarten in den Wohnraum, wo er nur innehielt, um der Stille des leeren Hauses zu lauschen. Sie war nicht da. Aber sie war so präsent, daß die Wände, die Möbel und selbst die Luft mit ihrer Gegenwart getränkt schienen. Sie war nicht da, und dennoch fühlte Harry sich nicht gänzlich allein.

Instinktiv ging er durch die Halle zum Arbeitszimmer. Es war so, wie er es in Erinnerung hatte: der Schreibtisch mit den Papieren, die Regale mit Büchern beladen. Das Foto von den Leuchten des Princeton Institute hing noch immer über dem

Kaminsims. Aber die Wandtafel war diesmal leer. Harry starrte sie etwas verwundert an. Wo waren die Gleichungen, die Formeln, die hingekritzelten griechischen Buchstaben? Wo war die angefangene Arbeit? Augenscheinlich ausgewischt. Aber warum? Warum hatte sie ausgewischt werden müssen?

Er ging um den Schreibtisch herum und blätterte ziellos in den gestapelten Papieren. Auch hier war alles leer. Das hatte etwas Geplantes an sich. Selbst die Notizkladde enthielt nur leere Seiten, und der Schreibtischkalender, unübersehbar plaziert, war der vom vergangenen Jahr. Irgendwie hatte Harry angenommen, eine so methodische Denkerin wie Athene Tilson würde ihn pünktlich am 1. Januar durch einen neuen ersetzen. Daß sie es nicht getan hatte, empfand er als rätselhaftes, aber sicheres Vorzeichen.

Er öffnete den Kalender und blätterte zu dem Datum, das sie ihm für Hammelgaards Besuch genannt hatte: 20. September. *Davids Freund*, hatte sie gekritzelt, *15.30*. Er blätterte zu seinem eigenen Besuch; das Datum wußte er nicht mehr genau. Dann lag die Seite vor ihm. Aber sie sah nicht so aus, wie er erwartet hatte. Unter dem Datum des 25. Oktober stand: *Davids Vater 11.45*.

Daß er Davids Vater war, hatte er ihr erst bei seiner Ankunft gesagt, nicht vorher, und sie konnte es kaum erraten haben. Der Eintrag war entweder nach seinem Besuch erfolgt, was völlig sinnlos erschien, oder sie hatte es die ganze Zeit gewußt. Sie hatte gewußt, was nach Iris' fester Überzeugung niemand wissen konnte. Sie hatte es gewußt, bevor Harry selbst es erfahren hatte.

Er zog an der Schreibtischschublade. Jetzt war er nicht mehr nur ungeduldig, sondern wütend. Die Schublade war solide gebaut und verschlossen, doch Schlösser konnten ihn nun nicht mehr aufhalten. Er ging durch die Halle in die Küche, wo er eine Tranchiergabel und ein altes Hackmesser fand, die aussahen, als könnten sie den Job erledigen.

Als er wieder zurückging, beschlich ihn ein seltsames Gefühl. Es war, als gehe er durch Spinnweben, als hätte etwas seinen Kopf gestreift. Er trat an einen mannshohen Spiegel, der neben einem Barometer am Telefontisch hing, und betrachtete sich. Als er die Hand hob, um sich die Stirn zu reiben, richteten sich seine Haare von allein auf. Das Telefon klingelte leise, nur ein einziges Mal, und verstummte dann wieder.

Er ging weiter, blieb dann erneut stehen. Die Tür zum Arbeitszimmer war angelehnt, obwohl er sicher war, sie weit offen gelassen zu haben. Es gab keine offenen Fenster, durch die Zugluft entstanden sein könnte, und außer ihm war niemand im Haus. Oder?

Zögernd drückte er die Tür auf, betrat den Raum und schaute zum Schreibtisch. Athene Tilson saß dahinter und lächelte ihm erwartungsvoll zu. »Hallo Harry«, sagte sie milde. »Suchen Sie etwas?« Dabei zog sie die Schreibtischschublade auf, nahm ein halbes Dutzend identischer, blau eingebundener Notizbücher heraus, die von einem Gummiband zusammengehalten wurden, und ließ das Bündel vor sich auf die Schreibunterlage fallen.

»Sie wissen, was das ist, nicht wahr, Harry? Sie fragten danach, als Sie letztes Mal herkamen. Das sind Davids Notizbücher. Alle. Sie warten nur auf Sie.«

62. Kapitel

Auf den ersten Blick sah Athene Tilson genauso aus wie vor zehn Wochen. Grauhaarig, schmal bis zur Magerheit, gekleidet in Wollpullover, Polobluse und Cordhosen, hätte sie leicht als gebrechliche alte Frau gelten können, die dem Fortschreiten der Jahre ihren unschönen Tribut zu zollen hatte.

Doch der zweite Blick erzählte eine andere Geschichte. Verschwunden waren die hängenden Schultern, die gebückte Haltung, die arthritische Steifheit, verschwunden auch der Eindruck von Schwäche und Behinderung. Sie war eine verwandelte Frau, oder vielleicht auch eine, die jetzt als das erschien, was sie immer gewesen war. Das hatte nichts mit Kosmetik zu tun, jede Künstlichkeit war aufgegeben worden. Diese Gewißheit teilte sich Harry durch ihre aufrechte Haltung, ihren intensiven Blick, die einschüchternde Gelassenheit ihrer Präsenz mit. Er fühlte sich wie ein Eindringling, der mit einer Hohenpriesterin konfrontiert ist. Was sie wußte, konnte er kaum zu verstehen hoffen, und was er verstand, wußte sie bereits.

»Setzen Sie sich, Harry«, sagte sie ruhig und wies auf einen Stuhl. »Lassen Sie uns reden.«

Harry gehorchte benommen, ließ die Tranchiergabel und das Hackmesser neben sich auf den Teppich fallen. »Ich habe Sie nicht hereinkommen gehört«, murmelte er.

»Sie haben gute Arbeit geleistet«, sagte sie. »Wirklich, außerordentlich gut. Davids Zähigkeit muß ein ererbter Zug gewesen sein, meinen Sie nicht?«

»Woher soll ich das wissen?« erwiderte Harry abschätzig. »Ich habe ihn nie kennengelernt.«

»Das bedaure ich mehr, als ich sagen kann. Er hat mich um Rat gefragt, nachdem er Sie auf Rhodos aufgespürt hatte. Er fragte nach meiner Meinung darüber, was er nun tun sollte. Ich empfahl ihm, Sie zu vergessen, Sie aus seinem Leben auszuschließen. Das war ein Irrtum. Ich habe Ihnen angetan, was so viele andere mir angetan haben, ich habe sie unterschätzt. Ich habe die Oberfläche für die Substanz gehalten. Das tut mir sehr leid. Es war unverzeihlich, vielleicht unverzeihlicher als andere, drastischere Maßnahmen, die ich inzwischen ergriffen habe.«

»Was für Maßnahmen?«

»Das brauche ich Ihnen nicht zu sagen, Harry. Sie kennen sie bereits.«

»Erzählen Sie mir von Dobermann.«

»Also das führt Sie her. Sie haben die Verbindung gefunden, nicht? Nach all meinen Bemühungen, Sie daran zu hindern.«

»Ich will die Wahrheit wissen.«

»Wirklich? Sind Sie sich da sicher?«

»Was war mit Ihnen und Dobermann und David?«

»Was da war? Es war ein Traum. Für die beiden ein Traum und für mich ein Alptraum.«

»Sie sprechen in Rätseln.«

»Es ist ein Rätsel, aber es ist kein Spiel.«

»Dobermann hat hier angerufen, während Sie im November verreist waren. Mace hat eine Nachricht aufgenommen.«

»Das hat sie mir nie gesagt.«

»Aber sie hat es mir gesagt.«

»Wie lautete die Nachricht?«

»Er hat gesagt, er hätte sich erinnert. Nach mehr als dreißig Jahren hätte er sich erinnert.«

»Mein Fehler«, sagte Athene leise. »Allein meiner.«

»An was hatte er sich erinnert?«

»An etwas, das er besser für immer vergessen hätte.«

»Was?«

»Die Antwort auf das Rätsel.«

»Sagen Sie es mir!«

»Also gut.« Sie streckte einen Arm aus und fuhr mit der Hand über den Einband des obersten Notizbuches. »Aber es ist schwer zu erklären. Es gibt keine Worte, um die Struktur der Welt zu beschreiben, wie sie für meinen Verstand sichtbar geworden ist. Mit zunehmendem Alter sind Reichweite und Schärfe meiner Wahrnehmung gewachsen. Früher war alles überwältigend und verwirrend. Jetzt ist die Klarheit unglaublich. Die Fähigkeit ist latent auch in Ihnen vorhanden,

Harry, und im Geist jedes Einkaufsbummlers, der durch die Straßen von Southwold geht. Wenn sie auf einmal manifest würde, wären Sie wie ein Blinder, der plötzlich die Sehfähigkeit eines Teleskops hätte. Es gibt einen Unterschied der Maßstäbe, eine Phasenverschiebung, die Sie sich buchstäblich nicht vorstellen können.«

»Sie sprechen von höheren Dimensionen.«

»Ja.«

»Hokuspokus, wie Adam Slade gesagt hat.«

»Alles ist Hokuspokus – im Geist eines Scharlatans. Wenn Sie wollen, halten Sie mich auch für einen. Das ist vermutlich sicherer. Glauben Sie ruhig, daß das, was ich Ihnen gleich erzählen werde, die Phantasie einer alten Frau ist. Aber es ist nicht so. Ich weiß, daß es nicht so ist.«

»Überzeugen Sie mich.«

»Das kann ich nicht. Sie sind kein Mathematiker. Sie verstehen nicht, Sie werden nie verstehen. Gut. Ich freue mich für Sie.« Sie lächelte. »Was haben Sie sich bei meinem Buch gedacht?«

»Nichts. Es ging weit über meinen Horizont.«

»Genau. Aber das Buch ist der Anfang. Zahlen sind der Schlüssel. Deren Natur und Verhalten – ihr Besitz einer Realitätsebene, die Mathematiker zu benutzen und zu respektieren lernen, ohne sie jemals ganz zu begreifen – sind Schatten, die Formen von außerhalb auf die vierdimensionale Welt werfen. Wir sehen die Schatten, aber nicht ihre Formen. Doch es kann keinen Schatten geben ohne eine Form. In diesem Buch fing ich an, mir den Weg zu ihnen zu ertasten, wie Sie sich in einem dunklen Zimmer vielleicht den Weg zur Tür ertasten, langsam und mühevoll. Seither ist mein Wissen exponentiell gewachsen. Ich kann jetzt darin lesen wie im Schreibblock eines Kindes, obwohl es Geheimnisse enthält, die kein Mathematiker des zwanzigsten Jahrhunderts zu verstehen hoffen kann.« Sie hielt inne. Als sie weitersprach, klang in ihrer

Stimme ein Hauch von Schuldgefühlen mit. »Kein lebender, sollte ich sagen.«

»Sie meinen David?«

»Und vielleicht auch noch einen anderen: Srinivasa Ramanujan, das Genie aus Madras. Sein Werk über Modularfunktionen legt nahe, daß er, wenn er *Die implizite Topologie komplexer Zahlen* noch hätte lesen können, dessen Bedeutung wohl verstanden hätte. Aber Ramanujan starb zwei Jahre vor meiner Geburt im Alter von nur dreiunddreißig Jahren.«

»Im gleichen Alter wie David.«

»Ja.« Wieder strich sie mit der Hand über die Notizbücher. »Dreiunddreißig. Eine magische Zahl nennen die Mathematiker das. Eine, die in Berechnungen auftaucht, wenn man sie am wenigsten erwartet, aus Gründen, die man sich nicht vorstellen kann.«

»Aber Sie können das?«

Ihr Hand glitt von den Büchern. Sie lehnte sich auf ihrem Stuhl zurück. »Mein Buch hat die Aufmerksamkeit herausragender Leute erregt, trotz seiner Esoterik oder vielleicht gerade deswegen. Ich wurde hauptsächlich wegen Gödels Interesse an dem Buch nach Princeton eingeladen, und das wiederum machte Einstein neugierig. Dort machte ich zwei wichtige Entdeckungen. Erstens, daß es möglich sein könnte, den Geist so zu trainieren, daß er die numerologischen Grundlagen höherer Dimensionen so sicher, natürlich und instinktiv begreift, daß man den mentalen Sprung zu ihrer direkten Erfahrung tun könnte.«

»Das ist verrückt.«

»Denken Sie das ruhig, wenn es Ihnen hilft, nachts zu schlafen. Ich beschreibe Ihnen nur einen Weg, den ich bereits gegangen bin. Die Existenz höherer Dimensionen ist mathematisch viele Male verifiziert worden. Die Theorie der Verdichtung ist eine *Post hoc*-Rationalisierung. Sie geht am Thema vorbei. Fragen Sie Miss Trangam, einen wie großen Teil des Gehirns wir wirklich verstehen. Wenn sie ehrlich antwortet, wird sie sagen:kaum etwas. Was wir Bewußtsein nennen, ist ein partielles Bewußtsein. Der Rest ist da oben verschlossen«, sie tippte sich an die Stirn, »und wartet darauf, daß wir den Schlüssel umdrehen.«

»Was Sie getan haben?«

»In gewissem Sinn. Aber ein Schlüssel kann nicht nur auf-, sondern auch zuschließen. Das war meine zweite Entdeckung.«

»Was meinen Sie?«

»Ich meine, daß das, was möglich ist, nicht unbedingt wünschenswert ist. Stellen Sie sich vor, Sie würden nur zwei räumliche Dimensionen kennen: Länge und Breite. Dann stellen Sie sich vor, ich nehme einen Hula-Hoop-Reifen, streife ihn Ihnen über den Kopf und lasse ihn zu Ihren Füßen auf den Boden fallen. Dann sind Sie mein Gefangener. Sie können nicht entkommen.«

»Warum nicht? Ich brauche nur darüber zu steigen.«

»Aber gerade das können Sie ja nicht. Höhe, und damit die Idee, den Fuß zu heben, überhaupt einen Schritt zu tun, geht über Ihr Begriffsvermögen. Sie glauben nicht, daß die Höhe existiert. Der Reifen ist für Sie eine unüberwindliche Barriere. Sie sind durch die Begrenzungen Ihrer eigenen Sinne gefangen.«

»Sie spielen bloß mit Worten.«

»Ich *spiele* keineswegs. Wenn dieser Raum weder Türen noch Fenster hätte, würden Sie doch sagen, daß wir ihn niemals verlassen könnten, nicht?«

»Ich nehme es an, aber...«

»Ich könnte so einfach hinaustreten, wie Sie über den Hula-Hoop-Reifen steigen würden.« Einen Augenblick lang fiel Harry keine Erwiderung ein. Athene lächelte ihn an, weniger überlegen als vielmehr beschützend. »Verstehen Sie nicht, Harry? Die Macht, die diejenigen erlangen, die ein Bewußtsein für höhere Dimensionen gewinnen, ist eine Macht *über* diejenigen, die das nicht haben. Sie gefangenzusetzen, zu manipulieren, auszuspionieren, zu verletzen und letztlich umzubringen – ohne die leiseste Angst, entdeckt zu werden. Wer würde es erfahren, wer könnte es jemals herausfinden, wenn ich Ihr Herz zusammenpressen würde, bis es zu schlagen aufhört?«

»Das ist nicht möglich.«

»Warum nicht? Wenn Haut und Knochen kein größeres Hindernis sind als ein Reifen um Ihre Füße?«

»Aber sie sind ein größeres Hindernis. Was Sie sagen, ist Wahnsinn.«

»Der Versuch kann im Wahnsinn enden, gewiß. Bei dem armen Carl war es so. Der Intellekt ist ein zerbrechliches Ding. Er kann nicht zuviel Druck aushalten.«

»Wollen Sie damit sagen, daß ein Versuch, sich höherer Dimensionen bewußt zu werden, Dobermann verrückt gemacht hat?«

»Ich sage, daß in *Die implizite Topologie komplexer Zahlen* Hinweise zu finden sind, Hinweise, die eine Spur bilden, denen im Laufe der Jahre zwei meiner Studenten zu folgen versucht haben. Ich kann die Hinweise nicht auslöschen. Das kann nur die Zeit. Wenn ich tot und vergessen bin und das letzte Exemplar meines Buches auf dem staubigen Regal irgendeiner obskuren Bibliothek vermodert ist, dann wird die Menschheit vor dem Geheimnis sicher sein.«

»Die Menschheit?«

»Sie ist es wert, vor ihrem eigenen Wahnsinn geschützt zu werden, meinen Sie nicht?«

»Ich meine, das hängt davon ab, wer diesen Schutz besorgt und warum.«

»Ich tue es, Harry. Und was das Warum angeht, so habe ich dafür in den fünfziger Jahren in Princeton genügend Grund gefunden. Zuerst war da Oppenheimer, bereit, nein, begierig zu gestehen, wie es sich anfühlte, seinen Mitmenschen ungeheure Zerstörungskräfte in die Hand gegeben zu haben. Erinnern Sie sich, was er damals sagte. ›Ich bin der Tod geworden, der Zerstörer von Welten.‹ Er meinte es ernst. Er kenne die Sünde, sagte er mir. Er hat das Böse zum Leben erweckt, aus einem einzigen Uraniumatom. Wenn wir vor hundert Jahren hier gesessen hätten und ich Ihnen gesagt hätte, daß ein Stückchen Materie, nicht größer als eine Grapefruit, halb Suffolk zerstören könne, dann hätten Sie gesagt, das wäre – wie drückten Sie sich aus? – Wahnsinn. Aber dieser Wahnsinn wurde zum Kernstück der Verteidigungsstrategie dieses Landes. Und ›wahnsinnig‹ war das Akronym, das zu seiner Beschreibung benutzt wurde.

Dann war da Einstein, der den Atomzertrümmerern fünfzig Jahre vorher den Weg geebnet hatte mit der schauerlichen Einfachheit der Gleichung, derentwegen man sich universal an ihn erinnerte: Energie ist gleich Masse mal dem Quadrat der Lichtgeschwindigkeit. Damit legte er die Lunte, die Oppenheimer anzündete. Doch auch er schreckte vor den Konsequenzen zurück.

Ich kam regelmäßig nachmittags in Einsteins Büro, vorgeblich, weil er meinen Beitrag zu seiner Arbeit über die vereinheitlichte Feldtheorie schätzte. In Wirklichkeit wollte er ein Publikum für seine Zweifel an der Wünschbarkeit wissenschaftlichen Fortschritts. Er war klug genug, um zu spüren, daß man mich warnen mußte. Hiroshima und Nagasaki hatten zu seiner Zufriedenheit bewiesen, daß die Folgen wissenschaftlicher Forschung immer unberechenbar und nie so positiv sind, wie der Wissenschaftler voraussagt. Seine Biographen interpretieren die nicht schlüssige Natur seiner Arbeit über die vereinheitlichte Feldtheorie als Beweis für das Nachlassen seines Geistes im Alter, aber ich habe den Verdacht, daß er absichtlich langsamer voranschritt und daß er vielleicht aus demselben Grund Löcher in die Quantentheorie gebohrt hat. Er fürchtete einen wachsenden Graben zwischen dem Wissen und der moralischen Reife der Menschheit, und er sah Unheil voraus, wenn dieser Graben nicht verkleinert würde.

Ich zweifle nicht daran, daß Einstein recht hatte. Einige Entdeckungen vermeidet man am besten oder schiebt sie hinaus oder versteckt sie. Carls Zerfall bewies das, und eine noch zwingendere Illustration wünsche ich mir nicht. Ich habe seit *Die implizite Topologie komplexer Zahlen* nichts mehr über das Thema höherer Dimensionen veröffentlicht. Ich habe nur gelehrt, was auch andere lehren können. Das war nicht leicht. Oft habe ich mich nach Anerkennung und Belohnung für das gesehnt, was ich erreicht hatte, obwohl diese Sehnsüchte wie die meisten anderen mit dem Alter geringer geworden sind. Wenn ich ein Mann wäre, hätte ich vielleicht nicht standgehalten, aber Frauen haben eine umfassendere Sicht. Ich habe meine Zunge und mein Gehirn im Zaum gehalten, und meine Belohnung ist Freiheit von der Schuld, die Einstein und Oppenheimer und ihre Physikerkollegen belastete, die im Schatten des Atompilzes lebten.

Sie werden es merkwürdig finden, wenn ich behaupte, keine Schuldgefühle bei dem zu haben, was ich Ihnen jetzt erzählen werde. Aber es ist wahr. Ich habe mein Gewissen erforscht und bin da mit mir im reinen. Was ich getan habe, mußte getan werden. Das Verbrechen hätte gerade darin bestanden, nichts zu tun, meine Tage hier ruhig verstreichen und die nächste Generation mit den Konsequenzen ringen zu lassen. Das war verlockend, glauben Sie mir. Ich wollte es nicht, aber es mußte sein.«

»Was mußte sein?«

»Mord, wenn man es streng juristisch definiert. Ich habe drei Männer ermordet. Und Ihr Sohn war einer davon.«

»Das geben Sie zu?«

»Hätte es irgendeinen Sinn, es zu leugnen?«

»Aber warum?«

»Ich habe Ihnen gesagt, warum. Wie Carl sah David die wahre Bedeutung meiner Arbeit, aber viel klarer. Sein Intellekt war der Aufgabe gewachsen und durchdringend genug, um zu sehen, was ich versteckt hatte. Ich kann seinen Fortschritt in diesen Notizbüchern verfolgen, in denen er der Sache im Laufe von mehr als zehn Jahren immer näher kam. Die falschen Abzweigungen und die falschen Hoffnungen, aber auch die langsamen Fortschritte, die brillanten Intuitionen und das Aufblitzen von purem Genie, bis er in den letzten Notizbüchern nur noch wenige Schritte hinter mir war.

Als er vorigen September herkam, wollte er seine Entdeckungen öffentlich mitteilen und seine Pläne für HYDRA bekanntgeben. Ich versuchte, ihm Vorsicht zu predigen, aber er wollte nicht hören. Er sah sich bereits als Begründer einer neuen wissenschaftlichen Generation der hyperdimensional Bewußten. Er war schrecklich überzeugend. Ich konnte sehen, daß er es fertigbringen würde. Das Finanzierungsversprechen, das er Lazenby abgerungen hatte, und die Originalität seiner neuesten Arbeiten hätten die Tür geöffnet. Innerhalb einer Lebensspanne hätte die Menschheit mit der Schöpfung einer machtvollen Elite hyperdimensional trainierter Mathematiker fertig werden müssen.«

»Ich dachte, Sie hätten gesagt, die Fähigkeit sei in uns allen latent vorhanden.«

»So ist es. Aber sie ist nur den mathematisch Begabten zugänglich, zumindest am Anfang, einem Anfang, der sicherlich mehrere Generationen dauern würde. Und während dieser Zeit wären diejenigen, denen dieses Training vorenthalten wird oder die intellektuell nicht fähig sind, davon zu profitieren, unweigerlich auf eine Stellung reduziert, die kaum mehr wäre als Sklaverei. David sah das alles natürlich nicht. Er sah nur universalen Wohlstand und allgemeinen Fortschritt der Spezies voraus. Meine Ängste wurden mit dem

Selbstvertrauen und der Kurzsichtigkeit der Jugend abgetan. Ich hatte keine Alternative. Um die Zukunft zu schützen, mußte ich handeln, kurz, ich mußte ihn aufhalten, und dazu gab es nur einen Weg.«

»Sie haben ihn getötet? Wegen der Auswirkung, die seine Arbeit vielleicht auf die Zukunft gehabt hätte?«

»Mit Sicherheit gehabt hätte! Er hat nicht gelitten, Harry, dafür habe ich gesorgt. Er schlief. Vielleicht träumte er von der besseren Welt, von der er annahm, daß seine Entdeckungen sie einleiten würden, ein Traum, aus dem er niemals erwachte. Ein so großzügiges Schicksal kann sich jeder von uns nur erhoffen.«

»Zwei Monate an lebenserhaltenden Schläuchen nennen Sie großzügig?«

»Das war ein tragisches Mißgeschick. Es war niemals meine Absicht, daß sein Leben einen so sinnlosen Epilog hat. Ich habe ein BITTE NICHT STÖREN-Schild an seiner Tür hinterlassen, das offenbar entfernt wurde. Wer weiß, warum oder von wem? Wenn es dort geblieben wäre ... Aber wir alle, mich eingeschlossen, sind Spielzeuge des Zufalls und unserer eigenen Fehlurteile.«

»Ach, Sie sind also nicht unfehlbar?«

»Ganz und gar nicht. Wenn ich mich je dafür gehalten hätte, dann hätte Hammelgaards Besuch eine Woche später mich davon kuriert. Er suchte die Notizbücher, konnte sich ihr Verschwinden aus Davids Hotelzimmer nicht erklären. Während wir sprachen, wurde deutlich, daß er zuviel über Davids Arbeit wußte, um das alles auf sich beruhen zu lassen. Er hätte damit weitergemacht. Langsamer, gewiß, und vermutlich weniger kohärent, aber er hatte schon genügend erfaßt, um am Ende zum Ziel zu kommen und andere zu überreden, ihm dabei zu helfen. Als er ging, war ich widerstrebend zu dem Schluß gekommen, daß man ihn aufhalten mußte.« Sie hielt inne, als sie die Bestürzung auf Harrys Gesicht sah.

»Ich mußte beenden, was ich angefangen hatte. Verstehen Sie das nicht? Ich tauschte zwei Leben gegen die Verhinderung einer katastrophalen Zukunft.«

»Zwei? Vor einem Augenblick haben Sie drei Morde gestanden.«

»Ja. Weil ein plötzlicher Tod unter mysteriösen Umständen, wie Davids einer sein sollte, niemanden besonders neugierig machte, während zwei – wenn beide Opfer höhere Dimensionen erforschten – das Risiko bargen, ungesunden Argwohn zu wecken. Ich mußte eine falsche Spur legen. Mermillod hatte mich ein paar Wochen vorher besucht und versucht, Informationen zu kaufen, mit denen er Davids Namen anschwärzen konnte. Er hatte sogar die Frechheit besessen, mir eine Art Pfründe bei IHES anzubieten, falls ich meinen Namen für eine Kampagne hergeben würde, die Davids hyperdimensionale Theorien lächerlich machen sollte. Er war ein unangenehmer Mensch und offenbar von Lazenby auf die Sache angesetzt worden. Seine Bestechungsversuche ließen mich kalt, aber sie brachten mich auf eine Idee. Drei Todesfälle würden verdächtig aussehen, und wenn alle drei Opfer frühere Mitarbeiter von Globescope wären, würde der Verdacht in diese Richtung gelenkt. Mermillod hatte mich wütend gemacht, und Lazenby indirekt auch. Ich beschloß, sie zu benutzen, um mein Problem zu lösen, redete mir ein, Mermillod habe sich das selbst eingehandelt. Und das glaube ich noch immer.«

»Und Kersey? Hat er es sich auch ›selbst eingehandelt‹?«

»Überhaupt nicht. Aber ich habe Kersey nicht umgebracht. Sein Tod war wirklich ein Unfall, und dazu zu einem außerordentlich ungünstigen Zeitpunkt, denn er überzeugte die anderen am Projekt Sibylle beteiligten Personen davon, daß es eine Verschwörung gegen sie gab. Sie versteckten sich, und auf einmal war Hammelgaard außerhalb meiner Reichweite. Ich zweifelte nicht daran, daß er sich in Kopenhagen versteckte, aber wenn ich mich selbst auf die Suche nach ihm machte, bestand die Gefahr, die Theorie der Globescope-Verschwörung genau in dem Moment zu unterminieren, in dem sie an Schwung gewann. Wie konnte ich in einer fremden Stadt nach ihm suchen, ohne daß mein Name dort bekannt, mein Gesicht erkannt, mein Interesse an ihm erinnert und berichtet würde? Nein, nein. Ich konnte nur heimlich reisen und verdeckt zuschlagen. Ich brauchte jemand anderen, der ihn aufspürte. Und ich wählte Sie.«

Harry öffnete den Mund, um zu sprechen, fand aber keine Worte, um den Konflikt auszudrücken, den er zwischen Zweifel und Verstehen empfand. Sie hatte ihn anfangs gefragt, ob er sicher sei, daß er die Wahrheit wissen wollte. Jetzt wäre seine Antwort vielleicht anders ausgefallen.

»Ich war diejenige, die am 17. Oktober bei der Servicestation Mitre Bridge anrief und Ihnen die Nachricht hinterließ. Ich rechnete richtig damit, daß Sie, wenn Sie erst einmal wußten, daß David Ihr Sohn war, keine Ruhe mehr geben würden, bis Sie Hammelgaard gefunden hatten. Sie sind der Typ, der niemals aufgibt, verstehen Sie? Der Typ, der so wenig zu verlieren hat, daß er Berge versetzt, wenn jemand ihm etwas anbietet, woran er sein Herz hängen kann. Ich hatte in den Zeitungen über Sie gelesen, als Sie in das Verschwinden dieses Mädchens auf Rhodos verwickelt waren, und ich hatte mitbekommen, wie die Geschichte ausging. Ich hatte Sie als die Art Mann in Erinnerung, die ein Nein als Antwort nicht akzeptiert. Letzten Oktober wurde mir klar, daß ich einen solchen Mann brauchte.

Ein paar Tage später schickte ich Ihnen den Zeitungsausschnitt, um sicherzustellen, daß Sie der Spur hier nachgehen würden. Am Ende hätten Sie das auf jeden Fall getan, aber die Zeit drängte allmählich. Ich wußte, Sie würden meinem Rat folgen und in Kopenhagen nach Hammelgaard suchen. Das war sicher. Als Sie es taten, ging ich mit Ihnen.

Zweifellos dachten Sie, Sie reisten allein, aber das war nicht der Fall. Ich war bei Ihnen, bei jedem Schritt. Außer, als ich auf der Knippelsbro-Brücke auf Hammelgaard wartete und Sie noch nicht gekommen waren.«

»Das kann nicht wahr sein!«

»Es ist aber wahr. Er hat mich nicht gesehen. Er wußte nicht, was passieren würde, noch Sekundenbruchteile vorher wußte er es nicht. Er hatte keine Schmerzen und keine Vorahnung. Ich glaube, Sie haben mich auf der Brücke erspäht, nicht wahr, gespürt, wie nahe ich war?«

»Nein«, behauptete Harry gegen besseres Wissen, »ich habe nichts gespürt.«

»Wie Sie wollen. Jedenfalls war das der Gipfelpunkt. Mit Hammelgaards Tod war das Geheimnis in Sicherheit. Alles, was Sie in Amerika erreichten, war nur noch Dekoration, fürchte ich. Oder hätte es sein sollen. Leider war es nicht so einfach. Davids Kontakt mit Carl und Carls anschließende Flucht aus dem Hudson Valley waren schockierende Entdeckungen für mich. David hatte mich eindeutig mehr beargwöhnt, als ich angenommen hatte. Und was Carl betrifft, die Verbindung zu mir, die man über ihn herstellen konnte, war eine echte Gefahr. Ich wußte, wenn Sie davon erfahren würden, würden Sie anfangen, die Wahrheit Stück für Stück zusammenzusetzen. Ich tat, was ich konnte, um Sie irrezuführen. Hackensacks Unfall, Ihr Verlust von Rosenbaums Adresse, jede Ablenkung, die mir einfiel. Aber ich wußte insgeheim die ganze Zeit, daß all das nur einen Aufschub bringen würde. Am Ende mußten Sie wieder auf mich zurückkommen.«

»Gehörte zu diesem ›Aufschub‹ auch die Ermordung von Dobermann?«

»Nein. Ich weiß nicht genau, wie er zu Tode kam. Ich wußte nicht, daß er das Haus in Maple Place beobachtete. Er muß mich gesehen haben, als ich hinging, um die restlichen

Notizbücher und Papiere zu holen. Welche Wirkung das auf ihn hatte, kann ich nur erraten, und um ehrlich zu sein, ich möchte es lieber nicht.«

»Ach, das möchten Sie lieber nicht?« Harry wußte, daß sein Zorn teilweise künstlich war, eine Maske für seine Unfähigkeit, was Athene gesagt hatte, zu akzeptieren oder zu leugnen. Aber er wußte auch, daß er ihn aufrechterhalten mußte. Zorn war seine letzte Abwehr. »Ich dachte, Sie hätten behauptet, Sie dienten der Zukunft, nicht Ihren eigenen Empfindlichkeiten.«

»Und ich dachte, Sie hätten behauptet, Sie wollten die Wahrheit wissen. Haben Sie Ihre Meinung geändert?«

»Ich habe nicht die Wahrheit gehört. Wenn Sie alles glauben, was Sie mir erzählt haben, dann müssen Sie verrückt sein.«

»Aber Sie wissen, daß ich nicht verrückt bin!«

»Ich weiß nichts dergleichen.«

»Warum, glauben Sie, habe ich Sie in das Geheimnis eingeweiht?«

»Sagen Sie es mir!«

»Weil David Ihr Sohn war. Gerade Sie sollten die Wahrheit über ihn wissen. Über sein Leben und seinen Tod. Diese Wahrheit liegt jetzt zwischen uns, wortwörtlich und metaphorisch. Hier in seinen Notizbüchern und in dem Wissen, das ich mit Ihnen geteilt habe und mit sonst keinem lebenden Menschen.«

»Daß Sie im Besitz der Notizbücher sind, beweist gar nichts. Sie brauchen keinen Zugang zu höheren Dimensionen, um eine Diebin zu werden. Und wenn ihr Inhalt so welterschütternd ist, wie Sie behaupten, dann hätten Sie sie längst vernichtet.«

»Sicher, das hätte ich tun sollen. Aber ich habe auch meine Schwächen. Die Notizbücher sind ein einzigartiger Beweis von Davids Werk, seine Fahrkarte zur Unsterblichkeit. Wenn sie verbrannt werden, verbrennt auch die Erinnerung an ihn und an einen Teil von mir.«

»Was wollen Sie damit sagen? Daß Sie von mir erwarten, ich würde widerstandslos gehen und den Mund halten, während Sie hier sitzen und die Entdeckung meines Sohnes in einer verschlossenen Schublade verschimmeln lassen?«

»Kaum. Selbst wenn Sie dazu bereit wären, würde die Zeitbombe noch ticken und darauf warten zu explodieren, wenn ich sterbe und die Schublade geöffnet wird.«

»Wie soll es dann also weitergehen?«

»Ich muß dem ein Ende machen. Das verstehen Sie, nicht wahr? Obwohl Sie es lieber nicht verstünden.« Mit einem tröstenden Lächeln sah sie ihn an. »Sie sollten jetzt gehen, Harry. Wirklich!«

»Ohne die Notizbücher?« Langsam stand Harry auf. Er schaute an Athene vorbei durch das Fenster, wo das Tor zur Straße, die Mauer daneben, die Dächer auf der anderen Seite und der ferne Umriß eines Wasserturms vor dem blaßblauen Himmel von Suffolk ihm versicherten, daß die vertraute physikalische Welt noch immer existierte, ihren vierdimensionalen Regeln gehorchte und die Kräfte und Wahrnehmungen, von denen diese alte Frau sprach, als Wahnsinn abtat. So oder so, Wahnsinn war die Antwort. Seine, wenn er ihr glaubte, ihre, wenn er ihr nicht glaubte. »Dazu bin ich nicht bereit.«

Er streckte die Hand aus und berührte die Notizbücher. Seine Fingerspitzen prickelten, seine Kopfhaut zog sich zusammen. Nervöse Spannung, sagte er sich, sonst nichts. Er hakte den Zeigefinger unter das Gummiband und zog das Päckchen zu sich.

»Werden Sie mich aufhalten?«

»Wollen Sie das denn?«

»Ich möchte den Beweis, daß Sie es können.«

»Ich kann Sie nicht mit den Notizbüchern von hier fortgehen lassen.«

»Dann sollten Sie besser etwas dagegen tun. Jetzt gleich.«

»Glauben Sie nicht, daß ich das könnte, wenn ich wollte?«

»Ich glaube gar nichts mehr.« Er hob das Bündel hoch und trat vom Schreibtisch zurück. »Nichts, was meine eigenen Sinne mir nicht beweisen.«

»Die sind so trügerisch wie alle anderen Beweise.«

»Aber etwas anderes habe ich nicht.« Er drehte sich um, ging zur Tür, blieb dort stehen und schaute sich über die Schulter nach ihr um. »Also?«

»Also was?«

»Ich habe vor, mit diesen Notizbüchern fortzugehen, wissen Sie!«

»Oh, ich weiß. Glauben Sie mir, ich weiß es.«

Ihre Augen hielten für einen Moment seine fest, ließen nicht den geringsten Zweifel daran, daß sie ihren Willen bekommen würde. Aber sie bewegte sich nicht, rührte sich nicht auf ihrem Stuhl. Erleichterung breitete sich in Harry aus. Ihre Zuversicht war die Zuversicht der Wahnsinnigen. Es mußte so sein, denn anscheinend wollte sie nichts tun, um ihn aufzuhalten. Sie glaubte, sie brauche nichts zu tun.

»Leben Sie wohl, Harry.«

»Ich bringe diese Bücher zur Polizei«, sagte er und hielt triumphierend das Bündel hoch, als seine Befürchtungen schwanden. »Ich werde dafür sorgen, daß man nach Spuren Ihrer Anwesenheit in Davids Zimmer im Skyway sucht. Ein Fingerabdruck, ein Haar, eine Faser – irgend etwas wird es geben.«

»Vermutlich haben Sie recht.«

»Und dann wird man Sie holen.«

»Zweifellos.«

»Und Sie werden sich für das verantworten müssen, was Sie ihm angetan haben.«

»Da bin ich sicher.«

»Verstehen Sie?«

»Vollkommen.«

Sie sah ihn mit einem seltsamen, mitfühlenden und seelenvollen Blick an, der ihn tiefer berührte, als er zugeben wollte. Sie schien ihn sogar noch zum Gehen zu drängen, als sie ihn zurückrief. Noch immer rührte sie sich nicht.

»Leben Sie wohl, Harry.«

»Gehen Sie zum Teufel!« Er riß sich von ihrem Blick los und stürmte durch die Tür. Er nahm wahr, wie der Stoff seiner Kleidung knisterte, wie seine Haut prickelte. Doch noch während diese Empfindungen sein Bewußtsein erreichten, errichtete seine Vernunft ihre Abwehrmechanismen. Achte nicht darauf, sagte sie. Geh einfach, solange du noch kannst.

Ein statischer Funke sprang aus seinen Fingern, als er nach der Klinke der Haustür griff und sie aufriß. Dann war er draußen, schritt durch die klare Kälte auf das Tor zu, vertraute seinem eigenen Urteil, wagte aber nicht, sich umzuschauen. Als er den Bürgersteig jenseits des Tors erreichte, wurde ihm bewußt, daß er tatsächlich geglaubt hatte, sie sei imstande, ihn aufzuhalten. Aber so war es nicht. Athene Tilson hatte die ganze Zeit geblufft, er hatte sie dazu herausgefordert.

63. Kapitel

Das Leben hatte Harry oft verblüfft, aber nie mehr als jetzt. Er saß in einer Nische im hinteren Teil des Lord Nelson, als sich an der Bar langsam der frühe Mittagsbetrieb bemerkbar machte, und starrte auf sein halb ausgetrunkenes Glas Adnam's Broadside und die sechs von einem Gummiband zusammengehaltenen Notizbücher, die vor ihm auf dem Tisch lagen. Dann zündete er sich eine Zigarette an, sah zu, wie der erste Rauch zur Sammlung antiker Sodasiphons des Pub-Besitzers hochstieg und konzentrierte sich auf eine Frage, deren Antwort er nur zu gern gekannt hätte. War Athene Tilson eine Lügnerin oder eine Verrückte – oder genau das, was sie zu sein behauptete?

Wahnsinn wäre ihm am liebsten gewesen. Alter, Einsamkeit und Vernachlässigung hätten sie so begierig auf Ruhm und Anerkennung machen können, daß sie sich ein bizarres Geständnis ausgedacht hatte, das zu den unleugbar bizarren Fakten paßte. Es war nicht sicher, ob sie die Notizbücher überhaupt gestohlen hatte. Harry hatte nichts als ihr Wort, daß David die Notizbücher nicht zur sicheren Aufbewahrung bei ihr gelassen hatte, was er sehr wohl hätte tun können, wenn er an Selbstmord dachte. Falls das so war, dann enthielten sie wohl kaum irgendwelche erstaunlichen hyperdimensionalen Entdeckungen. Nicht, daß Harry das hätte feststellen können, doch andere konnten es. Und das wußte Athene sehr genau. Trotzdem hatte sie ihn damit fortgehen lassen. Wahrscheinlich aus dem einfachen Grund, daß sie keine Möglichkeit hatte, ihn aufzuhalten.

Diese offenkundige Ohnmacht, die der mitreißenden Vitalität ihrer Worte widersprach, hatte Harry in seiner Drohung, zur Polizei zu gehen, schwanken gemacht. Womit würde er denn hingehen? Die unfertigen mathematischen Kritzeleien seines Sohnes aus den vergangenen Jahren würden die Polizei kaum veranlassen, mit Handschellen nach Avocet House zu eilen.

Doch was, wenn diese Kritzeleien nicht unfertig waren? Was, wenn David wirklich in einer Reihe mit Euklid, Newton und Einstein stand? Was, wenn die Notizbücher, die Harry vor sich hatte, bewiesen, daß sein Sohn ein bahnbrechender mathematischer Denker war? Am Ende lief alles auf eins hinaus: Was enthielten sie, Gold oder Staub? Etwas oder nichts? Harry fuhr mit den Fingern über die stoffgebundenen Rücken. Alles andere hing davon ab.

Er würde sie zu Donna bringen. Ja, das war die Antwort. Donna konnte beurteilen, ob sie nur Schatten oder Substanz enthielten. Sie würde wissen, ob sie wirklich bedeutend waren. Er zog das Gummiband ab und nahm das oberste Notizbuch zur Hand, da er annahm, es werde das jüngste sein, das, in dem David entweder eine Apotheose oder die ausweglo-seste aller Sackgassen erreicht hatte. Er hob sein Bier auf die ambivalente Erinnerung an den Jungen und öffnete das Heft.

Eine leere Seite, dann noch eine, und wieder eine. Und noch eine. Sie waren alle leer, wie Harry mit wachsender Angst sah, als er das Heft durchblätterte. Jede einzelne Seite war leer. Es gab kein Wort, keine Zahl, keine Gleichung, keinen Hinweis, überhaupt nichts. Er nahm das nächste Heft vom Stapel, blätterte darin – es war genauso. Noch während er es zur Seite warf und das dritte aufnahm, kam ihm die Erkenntnis. Hier gab es nichts, hatte es nie etwas gegeben. Das waren nicht die Notizbücher. Athene hatte ihn überlistet.

Mit leeren Händen eilte Harry auf die Straße hinaus und wandte sich dem Meer zu. Die Esplanade und die Straße, die sie mit South Green verband, waren der schnellste Weg zurück zum Avocet House. Im Laufen fragte er sich, warum Athene ihn getäuscht hatte. Welchen Sinn hatte das, wo ihr doch klar sein mußte, daß er den Betrug entdecken würde, bevor er Southwold verließ? Was hoffte sie zu gewinnen – außer so wenig Zeit, daß sie ihr nichts nutzte?

Er erreichte die Grünanlage; seine Lungen schmerzten, sein Herz raste. Als er innehielt, um zu Atem zu kommen, trieb ein beißender Geruch auf ihn zu. Etwas brannte. Dann hörte er ein fernes Prasseln wie von brennendem Holz. Er rannte weiter, sah die Spiegelung von Flammen in einer Fensterscheibe auf der anderen Straßenseite, als er sich Athenes Haus näherte. Dann erblickte er im Arbeitszimmer Feuer und Rauch. Der Raum stand in Flammen und brannte so lichterloh, daß er bald auch das restliche Haus anstecken würde, wenn nichts geschah. Was war passiert? Was hatte sie getan?

Hinter ihm hielt ein Wagen am Straßenrand. Harry sah ein ängstliches Gesicht darin. »Rufen Sie die Feuerwehr!« brüllte er, riß das Tor auf und rannte durch den Garten zum Fenster des Arbeitszimmers. Drinnen loderten Flammen aus den Ecken, als habe der Brand gleichzeitig an verschiedenen Stellen begonnen. Athene saß noch genau da, wo er sie verlassen hatte, und starrte ausdruckslos auf die leere Tafel, an der Flammen emporzüngelten wie Weinreben, deren Leben auf eine einzige Minute zusammengedrängt war.

Harry hämmerte ans Fenster und rief Athenes Namen. Langsam und mit dem Widerwillen einer Tagträumerin drehte sie sich um und sah ihn an. Auf ihrem Gesicht lag ein ruhiges, ironisches, erkennendes Lächeln, von den lodernden Flammen erhellt. Sie schüttelte den Kopf, lächelte aber weiter. Es war eine Warnung, sich nicht einzumischen, verwoben mit einem sanften Lebewohl.

In einem zerbrochenen Blumentopf zu Harrys Füßen steckte eine Kelle. Er packte sie und schlug damit gegen das Fenster, dann nochmals mit verstärkter Kraft. Das Glas splitterte, und er schlug die Scherben heraus. »Schnell!« schrie er, während die Vorhänge schon mit einem dumpfen Knall Feuer fingen und Hitze ihm in die Kehle drang. »Hierher!« Aber sie rührte sich nicht.

Das Fenster war ein Sprossenfenster. Harry wurde klar, daß er es öffnen mußte, wenn irgend jemand hinein- oder herausklettern sollte, und so zerschlug er eine weitere Scheibe neben dem Griff und faßte hinein, um ihn zu drehen. Doch er rührte sich nicht. Der Griff war mit einem Schloß versehen und abgesperrt, der Schlüssel war nirgends zu sehen. Sie hatte das absichtlich getan! Sie hatte das Ganze geplant. Verzweifelt schaute er zu ihr hinein. Da wandte sie sich ab, und er sah auf der Schreibunterlage vor ihr sechs in blauen Stoff gebundene Notizbücher.

Harry wirbelte herum und rannte zur Seite des Hauses. Sie

hatte die Notizbücher, die echten Notizbücher! Er wollte verdammt sein, wenn er dastand und zusah, wie sie sich selbst zusammen mit ihnen verbrannte. Die Tür des Wintergartens war vielleicht noch offen. Selbst wenn sie inzwischen wieder verschlossen war, waren die Scheiben zu groß, als daß Athene ihn mit Schlössern hätte aussperren können.

Er erreichte die Rückfront des Hauses und drückte gegen die Tür. Sie gab nicht nach, Athene hatte sie abgeschlossen. Er lief zur Garage, packte die Mülltone an den beiden Henkeln, stolperte hinüber zum größten Fenster des Wintergartens und rammte den Boden der Mülltonne in die Scheibe. Sie zerbrach in tausend Scherben. Harry kletterte durch die Öffnung, ignorierte den Schnitt in seiner Hand, als er sich am Rahmen festhielt, und stürmte zwischen den Korbstühlen und dem Tisch hindurch, wo er und Athene erst vor zehn kurzen Wochen Kaffee getrunken und einander auf so ungleiche Weise abgeschätzt hatten.

Im Wohnraum war der Rauch schon ziemlich dicht, doch in der Halle war er geradezu wie erstickender Nebel, durchbrochen von einer wabernden Flammenlinie, die von einem blitzenden Lichtschalter neben der Tür zum Arbeitszimmer hinauf zur Decke und quer darüber führte. Harry rannte stolpernd vorwärts, den Arm vor sich ausgestreckt.

Als er das Arbeitszimmer betrat, war ihm, als dringe er in einen Ofen ein. Das Bücherregal stand bereits ebenso in Flammen wie die trockenen Holzbalken. Das Feuer hatte die Täfelung unter dem Kaminsims verzehrt und brüllte im Kamin, Flammen leckten an den Beinen des Schreibtischs. Athene saß noch immer dahinter, reglos wie eine Schaufensterpuppe, die Notizbücher vor sich auf der Schreibunterlage. Harry stürzte auf sie zu, doch Hitze und Rauch hielten ihn auf. Hustend und blinzelnd wich er in die Diele. Die Haustür befand sich zu seiner Linken, durch sie hätte er schnell entkommen können. Doch er rannte durch die Diele zur

Küche, entschlossen, nicht aufzugeben. Wenigstens die Notizbücher würde er retten. Athene konnte tun, was sie wollte, aber nicht mit dem Eigentum seines Sohnes.

Er riß ein Geschirrtuch vom Ständer neben dem Ausguß, hielt es unter den Wasserhahn, legte es sich über den Kopf und kehrte in die Diele zurück. Der Rauch war jetzt noch dichter, und er sah mehr als eine gezackte Flammenreihe auflodern. Er hielt sich ein Ende des Tuchs vor Nase und Mund, schloß die Augen, stürmte rücksichtslos voran und fand sich an der Tür des Arbeitszimmers wieder, als er die Augen öffnete.

Als er eintrat, stürzte die obere Hälfte des Bücherregals, durch das Feuer in den unteren Fächern aus dem Gleichgewicht gebracht, um und verstreute Bücher auf dem Fußboden, wo Funken den Teppich zwischen ihm und dem Schreibtisch in Brand setzten. Rauch stieg aus den Trümmern des Regals, stach ihm in die Augen, versengte seine Ohren. Mit jedem Atemzug sog er mehr Qualm ein. Hustend und mit tränenden Augen sah er, wie Athenes Kleider Feuer fingen. Mit einem Auflodern hüllten die Flammen sie ein. Sie beugte sich vor, ihr ganzer rechter Arm brannte, und legte die Hand auf die Notizbücher vor ihr. Irgendein Rettungsinstinkt, eine sinnlose Hoffnung, trieb Harry zu ihr hin. Doch mit einem weiteren dumpfen Knall breitete sich das Feuer aus, und Athene, der Schreibtisch und die Notizbücher waren Teil einer einzigen Flamme, die zur Decke loderte.

Harry wich zurück; sein fehlgeschlagener Versuch ängstigte und verwirrte ihn. Er wandte sich zur Tür und blieb dabei mit dem Fuß an der eingerollten Ecke des Teppichs hängen. Er stolperte und fiel, seine Schläfe traf auf die Kante eines der umgestürzten Bücherregale. Einen Moment lang war er desorientiert, dann wußte er wieder, wo er war.

Doch das reichte nicht. Es schien keine Luft zum Atmen mehr zu geben, nur Hitze und Rauch und erstickende Schwäche. Die Tür verschwamm und schien sich wie um eine Achse zu drehen. Doch wer sich drehte, war er, er rollte langsam auf die Seite, eine Hülle aus Dunkelheit und Hilflosigkeit schloß sich um seinen Kopf, sein Bewegungswille erlahmte, als seine Lungen und Muskeln ihn im Stich ließen. Die Tür verschwand. Dann die Fußleiste, auf der er lag. Dann der Teppich unter seinem Gesicht. Die Erkenntnis des Augenblicks als das, was er war – das Ende des Bewußtseins, die Schwelle des Todes –, war ein zerbrechlicher, flüchtiger Gedanke. Und sein letzter.

64. Kapitel

»LEBEN SIE WOHL, Harry.«

»Ich bringe diese Bücher zur Polizei«, sagte er und hielt triumphierend das Bündel hoch, als seine Befürchtungen schwanden. »Ich werde dafür sorgen, daß man nach Spuren Ihrer Anwesenheit in Davids Zimmer im Skyway sucht. Ein Fingerabdruck, ein Haar, eine Faser – irgend etwas wird es geben.«

»Vermutlich haben Sie recht.«

»Und dann wird man Sie holen.«

»Zweifellos.«

»Und Sie werden sich für das verantworten müssen, was Sie ihm angetan haben.«

»Da bin ich sicher.«

»Verstehen Sie?«

»Vollkommen.«

Sie sah ihn mit einem seltsamen, mitfühlenden und seelenvollen Blick an, der ihn tiefer berührte, als er zugeben wollte. Sie schien ihn sogar noch zum Gehen zu drängen, als sie ihn zurückrief. Noch immer rührte sie sich nicht.

»Leben Sie wohl, Harry.«

»Gehen Sie zum Teufel.« Er riß sich von ihrem Blick los und stürmte durch die Tür.

Zurück im Arbeitszimmer, dem Raum, den er gerade verlassen hatte. Mit dem gleichen Inhalt und den gleichen Maßen, der gleichen Bewohnerin, die ihn hinter dem Schreibtisch hervor wohlwollend anlächelte. »Geben Sie mir die Notizbücher, Harry«, sagte sie, und hinter ihm und ringsum hallte ihre Stimme wider. In diesem Augenblick erkannte er den Unterschied in ihrem Gesicht und im Zimmer. Die Anordnung ihrer Züge und die Stellung der Möbel waren verkehrt wie in einem Spiegel. »Geben Sie sie auf.« Er wirbelte herum und sah sie wieder, wie sie im ursprünglichen Arbeitszimmer auf ihn wartete. »Das müssen Sie.« Ihre Stimme hallte in seinem Kopf, und plötzlich zog der Raum sich zu einer unendlichen Folge seiner eigenen Abbildungen zusammen wie die Spiegelungen, die er in Slades Haus gesehen hatte. »Sie haben keine Wahl!« Er schaute auf seine Hand, wo die Notizbücher hätten sein sollen, und sah, daß sie leer war. »Überhaupt keine!« Angst erfüllte ihn, und er versuchte zu schreien, brachte aber keinen Laut heraus. Seine Kehle war trocken und stumm. »Sie können sie nicht behalten.« Er riß weit den Mund auf, bemühte sich, einen Schrei auszustoßen, kämpfte und wand sich. Und dann …

»Hallo, Harry.« Donna lächelte ihn beruhigend an. »Ich bin schon vor einer Weile gekommen, aber du hast noch geschlafen, und ich wollte dich nicht wecken. Du hast ausgesehen, als würdest du irgend etwas träumen.« Besorgnis vertrieb das Lächeln. »Hast du von dem Feuer geträumt?«

»Dem Feuer?« Er rang mit Bruchstücken seiner Erinnerung. »Ja, ich glaube schon.« Das Feuer im Avocet House, sein vergeblicher Versuch, die Notizbücher zu retten, die Verzweiflung bei seinem Mißerfolg: die Bestandteile dessen, was geschehen war, reihten sich vor seinem geistigen Auge aneinander wie der rückwärts ablaufende Film einer Zerstörung. Und dann erinnerte er sich, daß er wieder zu sich gekommen war, als ein Sanitäter ihm im Krankenwagen eine Sauerstoffmaske vor das Gesicht hielt. Daß man ihn in das Bett gebracht hatte, in dem er jetzt lag, und ihm gesagt hatte, welches Glück er gehabt habe. Daß er wieder gesund werden würde, schlafen solle, wenn er könne. »Wie ...« Seine Kehle war schmerzhaft wund. Er merkte, daß seine Stimme nur ein heiseres Krächzen war. »Wie spät ist es?«

»Gerade acht.«

»Abends?«

»Ja.«

»Also ... ist noch immer Dienstag.«

»Richtig.« Sie lachte, als amüsiere sie sich köstlich über seine dümmlichen Fragen. »Noch immer Dienstag.«

»Wo bin ich?«

»Im Krankenhaus.«

»Aber ... wo?«

»Oh, es heißt James Paget. In Gorleston, etwa zwanzig Meilen von Southwold, gleich jenseits der Grafschaftsgrenze in Norfolk.«

»Grenze«, sagte er sinnloserweise. »Englische Grafschaften sind nicht so bedeutend, daß sie Grenzen haben.«

»Richtig.« Ihr Lachen wurde breiter. »Das ist ein gutes Zeichen. Daß du mich bei kleinen Redewendungen korrigierst.«

»Was machst du hier?«

»Das ist eine lange Geschichte. Aber da du deinen Hals schonen sollst, kann ich dir ruhig davon erzählen. Ich bin heute morgen angekommen und nach Kensal Green gefahren, um dich zu sehen. Es war niemand zu Hause. Also ging ich zum Friedhof, aber da warst du auch nicht. Ich versuchte es in dem Pub, in den du immer gehst, aber die hatten dich seit den Feiertagen nicht mehr gesehen. Nahmen an, du wärst noch in Swindon. Ich wollte schon einen Zug dorthin nehmen, beschloß aber, es noch ein letztes Mal bei Mrs. Tandy zu versuchen. Während ich dort läutete, fuhr ein Streifenwagen vor, und ein Polizist stieg aus. Er fragte, ob ich dich kenne; sie versuchten, deine nächsten Angehörigen zu finden. Na ja, ich kann dir sagen, das hörte sich ziemlich beunruhigend an. Der Polizist wußte nur, daß sie dich in Southwold aus einem brennenden Haus gezogen und ins Krankenhaus gebracht hatten. Die Adresse in der Foxglove Road hatten sie von einem Brief in deiner Tasche.« Einem Brief? Sie mußte den Brief von Woodrow meinen. Wußte sie, was darin stand? War das der Grund, warum sie nach England geflogen war? »Ich sauste her, und was finde ich? Daß es dir wunderbarerweise ganz gutgeht. Du bist ein Glückspilz, Harry. Wenn Southwold keine eigene Feuerwehr hätte, wenn sie nicht so schnell gekommen wäre, wenn ein Feuerwehrmann nicht mit einem Beatmungsgerät bewaffnet ins Haus gelaufen wäre... Na ja, dafür, daß du den Helden gespielt hast, hast du nur ein paar Schnittverletzungen und Prellungen und einige geringfügige Verbrennungen plus eine leichte Rauchvergiftung aufzuweisen.«

»Hört sich belanglos an.«

»Ganz so belanglos ist es nicht.«

»Daß ich Rauch eingeatmet habe, ist kein Problem. Das habe ich mein Leben lang getan.«

»Vielleicht. Aber jetzt wäre eine gute Gelegenheit, damit aufzuhören.«

»Dazu sehe ich keinen Grund. Tatsächlich hätte ich jetzt gern eine Zigarette.«

»Kommt nicht in Frage.« Sie schüttelte mißbilligend den Kopf. »Du mußt auf dich achtgeben. Und wenn du das nicht tust, werde ich es tun.«

»Ist das ein Versprechen?«

»So ungefähr. Aber sag mal, was hast du überhaupt in Southwold gemacht?« Also wußte sie nicht, was Woodrow in Philadelphia entdeckt hatte. Sie wußte es wirklich nicht. »Ich meine, wieso bist du dahin zurück? Was hattest du noch mit Athene Tilson zu regeln?«

»Ist sie… tot?« fragte er, teilweise, um dem Thema auszuweichen, teilweise, um Bestätigung für das zu finden, was er nicht ganz glauben konnte.

»Ich fürchte, ja.« Donna nickte.

»Weiß man, wie der Brand entstanden ist?«

»Dazu ist es noch zu früh. Sie haben nicht mal Brandstiftung ausgeschlossen.«

»Brandstiftung?«

»Na ja, soviel ich hörte, gab es da eine Haushälterin, die im Haus wohnte. Du mußt sie letzten Herbst getroffen haben. Eine Frau namens Mace. Sie wird vermißt. Ein Nachbar hat sie heute früh nach Ipswich gefahren, und dem hat sie offenbar gesagt, die alte Dame habe sie rausgeworfen. Also, alles ist möglich.«

»Das nicht. Ich habe sie selbst in den Zug nach London gesetzt, bevor ich…« Er zögerte. Er wußte noch nicht, was er Donna schließlich erzählen würde, aber er wußte, daß er diese Entscheidung am besten aufschob. Für den Augenblick war er einfach unfähig, alle Faktoren zu bedenken. »Bevor ich den Bus nach Southwold nahm.«

»Du hast sie in Ipswich gesehen?«

»Rein zufällig.« Zumindest nahm er das an. Aber Athenes Berechnungen waren so weit und so tief gegangen, daß jetzt fast alle Zufälle wie trügerische Tricks wirkten. »Sie hat nichts damit zu tun.«

»Das werde ich der Polizei weitergeben. Sie werden dich bald vernehmen wollen.«

»Es wäre gut, wenn du sie auf morgen vertrösten könntest. Ich bin müde, und ich muß erst mal meine Gedanken ordnen.« Er gratulierte sich zu dem Euphemismus. Was er wirklich mußte, war, sich eine glaubwürdige Geschichte auszudenken.

»Kein Problem, das werden sie verstehen. Aber ich bin nicht sicher, ob ich es verstehe. Du hast mir immer noch nicht gesagt, warum du in Southwold warst.«

»Nein? Tut mir leid. Also, ich ... äh ... hatte dem alten Mädchen versprochen, ich würde sie wissen lassen, was bei meinen Ermittlungen herauskam, und dazu bin ich erst heute gekommen.«

»Oh, sie hat dich also erwartet?«

»Ja, wir waren verabredet. Aber natürlich habe ich sie gar nicht mehr gesprochen.«

»Das kann ich mir denken. Das Feuer brannte schon, als du hinkamst, ja?«

»Ja.« Er dachte zurück. »Ja, das tat es.«

»Das war tapfer, daß du versucht hast, sie zu retten.«

»Oder dumm. Kommt drauf an, wie man's betrachtet.«

»Möchtest du, daß ich deine Mutter anrufe?«

»Nein. Besser, sie nicht zu beunruhigen. Ich werde hier wieder raus sein, bevor sie weiß, daß ich drin war.«

»Was ist mit Mrs. Tandy?«

»Die ist noch bei ihrer Nichte in Warwickshire. Kommt morgen zurück. Dann rufe ich sie an. Es sei denn, du fährst über Warwickshire zurück.«

»Zurück?« Sie lächelte und schüttelte den Kopf darüber, wie wenig er ihr vertraute. »Ich bleibe, bis es dir so gutgeht, daß sie dich entlassen, Harry. Ich habe mir schon ein Hotelzimmer gleich die Straße hinauf in Great Yarmouth genommen. Außer du willst ...«, ihr Gesicht verdüsterte sich, »daß ich abreise.«

»Natürlich nicht.« Mit seiner bandagierten Hand tätschelte er ihren Arm. »Ich wußte nur nicht, wie lange ... ich meine ... Herrgott, du selbst hast auch nichts erklärt. Wieso bist du hier eingeflogen?«

»Ach, das ist nicht so einfach.« Sie fuhr mit den Fingern über die Ränder der Bandage. »Ich habe Neuigkeiten.

Überraschende. Aber warten wir, bis es dir bessergeht, ja?«

»Spannung wird meine Heilung nicht gerade beschleunigen.«

»Aber auch nicht aufhalten.« Sie schaute sich im Zimmer um. »Hier ist weder die Zeit noch der Ort dafür, Harry. Wenn du hier rauskommst, finden wir beides, abgemacht?« Dann beugte sie sich vor und küßte ihn auf die Wange. »Das ist ebenfalls ein Versprechen.«

65. Kapitel

BINNEN VIERUNDZWANZIG Stunden hatten Harrys Erlebnisse im Avocet House in seinen Erinnerungen traumähnliche Qualität angenommen. Er argwöhnte, daß da irgendein unbewußter Abwehrmechanismus am Werk war, der sein Gedächtnis in die Lage versetzte, das Geschehene zu assimilieren und zu bewältigen. Das verstärkte nur seinen Widerwillen, allzu gründlich über die Dinge nachzudenken, die Athene Tilson gesagt hatte. Was er weder glauben noch widerlegen konnte, blieb besser ungeprüft. Später würde er vielleicht bereuen, daß er dem zentralen Geheimnis im Leben seines Sohnes den Rücken gekehrt hatte, aber nicht jetzt. Er hatte nie viel davon gehalten, allzu weit in die Zukunft zu schauen.

Für Detective Constable Waller von der Suffolk Police erfand er eine pragmatische Lüge und hoffte, daß niemand ihn eine volle Stunde früher im Avocet House hatte eintreffen sehen, als er behauptete. Wallers Reaktion deutete darauf hin, daß er nichts zu befürchten hatte. Die Feuerwehr gab sich offenbar mit einer schadhaften elektrischen Leitung als Erklärung zufrieden, und Athene Tilsons Gebrechlichkeit wurde als Grund dafür angesehen, daß sie nicht hatte fliehen können, bevor der Brand zu heftig wurde. Diese Annahme wollte Harry gern teilen. Er war noch immer unsicher, was die Wahrheit war, aber er war sicher, daß man dieser Wahrheit erlauben sollte, mit der Frau zu sterben, die sie so lange gehütet hatte.

Als er Mrs. Tandy anrief und bescheiden von seinem vergeblichen Heldenmut berichtete, war sie so besorgt um sein Wohlergehen, daß sie vergaß, sich über den Zustand zu beklagen, in dem sie ihr Wohnzimmer vorgefunden hatte. Harry erwähnte ihn nicht und vertraute darauf, daß ihm zur rechten Zeit schon seine Erfindungsgabe zu Hilfe kommen würde.

Zwei Tage nach seiner Einlieferung in das James Paget Hospital wurde Harry so gesund entlassen, wie er es bei seinem Lebensstil sein konnte, und feierlich davor gewarnt, in den nächsten vier Wochen eine Zigarette anzurühren. Er versicherte dem Arzt, er werde sich daran halten, und beschloß, sein Glück nicht zu strapazieren, indem er danach fragte, was aus dem Päckchen geworden sei, das er bei seiner Einlieferung bei sich gehabt hatte.

Donna erwartete ihn, in Schal, Lammfelljacke, Jeans und Stiefel gekleidet. Harry war glücklicher, sie zu sehen, als er hätte sein dürfen, das wußte er. Bald würde sie nach Kalifornien zurückfliegen, und der beste Weg, sich mit dieser Tatsache abzufinden, bestand darin, irgendwelche vorwitzigen Hoffnungen, die ihm vielleicht in den Sinn kamen, im Keim zu ersticken. Darauf war er so bedacht, daß er die Neuigkeit, die sie ihm versprochen hatte, schon abtat, ehe er sie hörte, und auch alle Hinweise übersah, die ihr Verhalten vielleicht gegeben hätte. Sie war nervös, als wisse sie, daß der Tag noch etwas Bedeutsameres bereithielt, als er erwartete, als werde sie mit einer Herausforderung konfrontiert, für die sie noch nicht bereit war – einer Herausforderung, die irgendwie mit Harry zu tun hatte.

Sein Wunsch, sich persönlich bei dem Feuerwehrmann zu bedanken, der ihn aus Avocet House gerettet hatte, erforderte einen Umweg, der ihnen anscheinend beiden willkommen war. Donna hatte einen Wagen gemietet, um sie beide nach London zurückzufahren, sagte aber selbst, das habe keine Eile. »Wir haben den ganzen Tag«, sagte sie. »Nicht nötig, daß wir uns beeilen.« Ihr Ton ließ durchblicken, daß sie etwas ganz anderes nötig hatte.

Das Wetter war umgeschlagen. In Southwold wehte ein scharfer Ostwind bei tiefhängenden Wolken und Regengüssen. Ein Besuch auf der Feuerwache ergab, daß David Moorhouse nicht im Dienst war; beim Besuch in seinem Haus erfuhren sie, daß man ihn am Strand finden könne, wo er die vom Sturm beschädigte Strandhütte der Familie repariere.

Er war ein Mann um die Vierzig, von phlegmatischer Freundlichkeit, der nicht zugeben mochte, daß er mehr als das Übliche getan hatte, aber auch nicht Harrys Dankbarkeit zurückweisen wollte. »Sie hatten Glück«, sagte er ausweichend. »Wenn wir ein paar Minuten später gekommen wären... Für die alte Dame gab es natürlich keine Hoffnung. Komisch, als ich in das Zimmer ging, wissen Sie, was ich da gedacht habe? Was mein erster Eindruck war? Daß sie selbst die Quelle des Feuers war, das Zentrum, wissen Sie?« Er schüttelte den Kopf. »Sie brannte nicht bloß. Sie... loderte.«

»Ich dachte, man nähme einen elektrischen Schaden an«, warf Donna ein.

»Ja.« Moorhouse zuckte mit den Schultern. »Na ja, das sagen sie immer gern, wenn sie nicht die leiseste Ahnung haben, was wirklich passiert ist.«

Das Haus war eine geschwärzte Ruine. Die Außenmauern und der Kamin standen noch, doch das Dach, die Zimmerdecken, die Treppe und die meisten Innenwände waren fort. Ein Trupp von Arbeitern war bereits tätig und bewegte sich vorsichtig durch die ascheübersäten Trümmer, um den Abriß vorzubereiten. Auf der Straße standen zwei große Container, gefüllt mit verkohltem Holz, zerbrochenem Glas, Rollen verbrannter Teppiche, verbogenen Rohrstücken, leeren Bilderrahmen, Überresten verbrannter Bücher. Irgendwo inmitten dem Chaos lag ein Gehstock, den die Flammen verschont hatten, als hätten sie ihn übersehen.

»Moorhouse hatte recht«, sagte Donna. »Du hast wirklich Glück gehabt.«

»Ja«, sagte Harry und sah sich um. »Allerdings.«

»Was glaubst du, worauf er hinauswollte? Diese Andeutung, daß Dr. Tilson die Quelle des Feuers war? Meinst du, er hat von spontaner Verbrennung geredet?«

»Glauben professionelle Feuerwehrleute an solche Dinge?«

»Hätte ich nicht gedacht. Jedenfalls nicht ein so gelassener Typ wie Moorhouse.«

»Selbst gelassene Typen müssen das Unglaubliche glauben, wenn sie mit der Nase drauf gestoßen werden.«

»Was soll das heißen?«

»Ich weiß nicht genau.« Er lächelte und wollte ablenken. »Möchtest du was trinken? Sie haben gesagt, ich soll meinen Hals feucht halten.«

»Haben Sie?«

»Nein, eigentlich nicht.« Sein Lächeln wurde zu einem kleinlauten Grinsen. »Müssen sie vergessen haben.«

Das Lord Nelson war voller als am Dienstag. Es sei Markttag, erklärte das Mädchen an der Bar. Harry und Donna zogen sich an einen kleinen Tisch zwischen einem Spielautomaten und einem Hinterzimmer zurück, wo Harry seine wunde Kehle begeistert mit einigen Schlucken Bier kühlte, während Donna zögernd an ihrem Wasser nippte.

»Wie geht es Makepeace?« fragte er, als das Schweigen zwischen ihnen allmählich zu lange wurde.

»Sie ist enttäuscht. Sie hat gedacht, genau wie ich, daß es durch all die Publicity über die Globescope-Geschichte wirklich zu einer weltweiten Debatte über unsere Vorhersagen kommen würde, was so ungefähr die einzige Art wäre, die Dinge mit der Ernsthaftigkeit zu behandeln, die sie verdienen. Statt dessen ist bloß eine weitere Story über Kriminalität im Geschäftsleben dabei rausgekommen. Die Medien verlieren sogar daran schnell das Interesse, seit klar ist, daß es nicht zu einem Prozeß kommen wird. Ich meine, warum soll man sich darüber Sorgen machen, ob der Planet in hundert Jahren noch bewohnbar ist, wenn man den ganzen Tag irgendeinen Kabelsender sehen und sich mit dem wichtigen Geheimnis befassen kann, ob irgendein pensionierter Footballstar seine Exfrau umgebracht hat? So scheinen die Leute zu denken.«

»Du hörst dich noch zynischer an als ich.«

»Nicht zynisch, bloß deprimiert, weil die Leute sich so wenig um die Bedürfnisse der nächsten Generation kümmern – und der übernächsten.« Sie sah ihn stirnrunzelnd an. »Als ich vor einem Monat rüberkam, warst du derjenige mit den Depressionen. Aber inzwischen hast du dich anscheinend erholt. Schneller, als ich erwartet hatte.«

»Ich bin einfach froh, am Leben zu sein.« Er lächelte sie über den Rand seines Glases hinweg an und war sich bewußt, daß seine frohe Stimmung auf mehr beruhte als Erleichterung darüber, dem Tod entkommen zu sein. Seine Zufriedenheit rührte eher von einem posthumen Pakt mit Athene Tilson her, der ihm erst jetzt ganz klar wurde. Er und die tote Mathematikerin hatten der nächsten Generation geholfen – und der übernächsten. Sie würden das nie erfahren, aber trotzdem war es so. Und Harry hatte dabei unabsichtlich seine Rolle gespielt. »Was ist mit dieser Neuigkeit, die du mir versprochen hattest, Donna?« fuhr er fort. »Willst du mich nicht von meinem Elend erlösen?«

»Hol dir erst noch ein Bier. Du könntest es brauchen.«

»Okay.« Dazu brauchte er keine zweite Einladung, sondern stand auf und drängte sich mit dem leeren Glas in der Hand zur Bar. Das Mädchen war beschäftigt, aber der Besitzer tauchte hinter dem Tresen auf und bediente ihn. »Ein Broadside, bitte.«

»Natürlich, Sir. Waren Sie nicht vor ein paar Tagen hier?«

»Kann sein.«

»Ja doch, Sie sind der Mann, der diese Notizbücher vergessen hat. Haben Sie sie schon wieder? Wir haben sie irgendwo aufgehoben.«

»Notizbücher?« Harry machte sein dümmstes Gesicht. »Tut mir leid, ich weiß nicht, wovon Sie reden.«

»Aber sicher doch! Das waren ganz bestimmt Sie.«

»Ich fürchte nein. Sie haben den falschen Mann. Das passiert mir nicht zum erstenmal.« Harry bezahlte sein Bier und trank einen Schluck. »Anscheinend habe ich so ein Gesicht. Kennen Sie das? Seltsam vertraut.«

»Seltsam ist richtig.«

»Tja, so ist das.« Er nahm noch einen Schluck. »Das Bier ist übrigens sehr gut. Vielen Dank.« Er drehte sich um und schlenderte lässig an den Tisch zurück.

»Was war denn?« fragte Donna, als er sich setzte.

»Er hat mich für jemand anderen gehalten. Mach dir keine Gedanken.«

»Bist du sicher?«

»Aber ja. Ehrlich! Außerdem wolltest du mir doch endlich deine Neuigkeit erzählen, also?«

»Ich bin schwanger.«

Langsam setzte Harry sein Glas, das er schon halb an die Lippen geführt hatte, wieder ab und starrte sie an. »Was?«

»Ich bin in der siebten Woche schwanger.«

»Sieben Wochen? Du meinst...«

»Richtig, Harry. Ich bin von dir schwanger.«

»Aber... das kann doch nicht sein. Ich meine... ich dachte... du hättest sicher...«

»Ich glaube nicht, daß einer von uns mit dem gerechnet hat, was in Washington passiert ist, nicht? Und Sex war nicht gerade meine wichtigste Priorität, solange ich mich versteckt hielt. Ich habe Vorsichtsmaßnahmen ergriffen, um nicht umgebracht zu werden, nicht, um nicht schwanger zu werden. Außerdem...« Sie lachte, ein bittersüßes Lachen, in dem sich Ironie und Bedauern zu einer hartnäckigen Hoffnung verbanden. »Außerdem hat ein Mann deines Alters und deiner Gewohnheiten nicht so verdammt fruchtbar zu sein.«

Harry zog eine Grimasse. »Tut mir leid.«

»Tut es das?«

»Nun, kommt drauf an. Ich meine, wie du... was du davon hältst.«

»Ich bin schockiert. Bestürzt. Aus dem Gleichgewicht. Unter einen Zug gekommen, während ich noch nicht mal wußte, daß ich auf den Gleisen stand. Ich denke, das trifft es so ungefähr.«

»Also nichts, was man als hochwillkommene Entdeckung bezeichnen würde, oder?«

»Zuerst nicht. Ich habe sogar dran gedacht, es wegmachen zu lassen.«

»Denkst du noch dran?«

»Nein, sonst hätte ich es dir nicht gesagt. Ich habe über Weihnachten mit meiner Familie in Seattle alles erwogen. Meine Bedürfnisse, die Bedürfnisse des Kindes – und deine, so gut ich konnte. Ich denke, die Globescope-Affäre hat eine Rolle gespielt. Sie hat mich wohl veranlaßt, ein bißchen an die Zukunft zu glauben, an meine jedenfalls. Oder sollte ich sagen, an unsere?« Sie beugte sich zu ihm. »Ich möchte dieses Kind bekommen, Harry. Ich bin mir nicht ganz klar über alle Gründe. Die Zukunft. Die Vergangenheit. Du. Ich. David. Plus etliche Durchhänger und Hormone. Aber ich werde es durchstehen. Allein, wenn ich muß.«

»Wenn du mußt?«

»Diesmal wird dich keiner von der Vaterschaft abschneiden, wenn du es nicht selbst tust.«

Er griff über den Tisch und nahm zögernd ihre Hand in seine. »Was sagst du da, Donna?« Ein Teil von ihm wußte es schon. Aber er mußte die Worte hören, um sie zu glauben.

»Ich sage, daß du vielleicht gern in Erwägung ziehen würdest, die Katakomben des Friedhofs von Kensal Green gegen die Straßen von San Francisco zu vertauschen. Ich sage, daß wir eine gemeinsame Zukunft haben können.«

»Wir alle drei?«

»Genau. Aber ich kann nur für zwei von uns sprechen. Jetzt liegt es bei dir.«